中国古代叙事思想研究

丛书主编　赵炎秋

国家社会科学基金项目优秀结项成果

第一卷

先秦两汉叙事思想

⊙熊江梅　著

湖南师范大学出版社

图书在版编目（CIP）数据

先秦两汉叙事思想／熊江梅著．—长沙：湖南师范大学出版社，2011.3
（中国古代叙事思想研究·第一卷）
ISBN 978-7-5648-0371-1

Ⅰ.①先… Ⅱ.①熊… Ⅲ.①古典文学—文学研究—中国—先秦时代 ②古典文学—文学研究—中国—两汉时代 Ⅳ.①I206.2

中国版本图书馆CIP数据核字（2010）第263902号

先秦两汉叙事思想

熊江梅 著

◇责任编辑：谭南冬
◇责任校对：蒋旭东
◇出版发行：湖南师范大学出版社
　　　　　　地址/长沙市岳麓区　邮编/410081
　　　　　　电话/0731-88873071　88873070
　　　　　　网址/https：//press.hunnu.edu.cn
◇经销：湖南省新华书店
◇印刷：天津画中画印刷有限公司
◇开本：670×960　1/16
◇印张：17.75
◇字数：270千字
◇版次：2011年4月第1版
◇印次：2024年8月第2次印刷
◇书号：ISBN 978-7-5648-0371-1
◇定价：63.00元

建构中国本土叙事理论

（代序）

本套丛书的目的，是挖掘、整理中国古代叙事资源，以在中国叙事理论与叙事经验的基础上，建立中国本土叙事理论。

从世界范围看，进入20世纪以后，抒情文学与戏剧文学逐渐衰落，叙事文学一枝独秀。随着叙事文学的繁荣，叙事理论也得到了超常规的发展。但现有的叙事理论基本上是建立在西方叙事传统与叙事经验的基础上的，部分内容与中国叙事经验和叙事传统并不一致，而根据西方叙事理论来研究中国叙事文学特别是古代叙事文学，便难免出现"水土不服"的情况。比如布斯提出的隐含作者。一般认为，"在叙述中，隐含作者的位置可以说介于叙述者和真实作者之间，如果说现实中的作者是具体的，那么隐含作者就是虚拟的，它的形象是读者在阅读过程中根据文本建立起来的，它是文本中作者的形象，它没有任何与读者直接交流的方式，它通过作品的整体构思，通过各种叙事策略，通过文本的意识形态和价值标准来显示自己的存在"①。但是中国古代小说特别是白话小说如话本和章回小说中作者的形象不仅通过作品的整体构思和各种叙事策略建构，而且也通过他自己在作品中的出现、议论等方式建构。而且，他同真实作者和叙事者的距离也没有西方叙事作品中隐含作者那样大。与其说他是"隐含作者"，不如说他是"影子作者"。②再如，西方是拼音文字，有丰富的词形变化，轻音重音相间，句子成分严谨完整；而中国是方块汉字，没有词形变化，不强调句子的完整，字形兼具表意，有平仄

---

① 罗钢：《叙事学导论》，云南人民出版社，1994年，第214页。
② 参看《明清近代叙事思想·附录》第一节第一部分。

四声的变化，这些也必然要对中国的叙事实践与叙事思想产生影响。也正因为如此，用建立在西方叙事实践基础上的隐含作者的概念来分析中国古代话本与章回小说就会遇到困难，有时甚至有隔靴搔痒之感。

或许有人认为，中国是诗的国度，历来占主导地位的是抒情文学，叙事文学一直处于从属的地位，这一情况直到明清才略有好转；另一方面，就中国古代文论而言，其绝大部分都是诗论，而且由于受"诗言志"、"文以载道"等思想的影响，中国古代文论一贯重表达的内容，而不重表达的形式；因此，"叙事"本身一直未能成为理论家们关注的中心，在中国古代文艺思想中，有意识的纯理论形态的叙事理论不多。这是事实。但是我们也应该看到，中国古代叙事文学同样是源远流长，而且实际上也占了半壁江山——虽然相对而言不大引人注目。明清章回、宋元话本、唐代传奇、六朝志怪笔记小说自不待言，史传文在一定意义上也可以纳入叙事文学的范围。其内容虽然是史，但在谋篇布局、事件叙述、人物塑造、技巧运用等方面则实有文学之品格。如果去掉"文学"二字，单从叙事的角度考虑，作品更是洋洋大观。创作实践必然要在理论上有所反映。中国古代文学与文论中，虽然不存在系统的叙事理论，但相关的叙事思想还是比较丰富的。如刘勰的《文心雕龙》以近半的篇幅讨论各种文体及其发展，其中涉及叙事的地方就不少。至于明清小说理论如明清评点，包含的叙事思想就更加丰富。而自近代以后，叙事文学在中国的地位得到大幅度的提高，叙事文学的创作持续繁荣，出现了吴趼人、刘颚、李伯元、曾朴和后来的鲁迅、茅盾、巴金、老舍、沈从文、曹禺、田汉等一大批著名叙事文学作家，有关小说理论的探讨也十分繁荣。因此，建立中国本土叙事理论并不缺少叙事思想与叙事实践方面的资源。

因此，剩下的问题就是，中国古代叙事经验和叙事传统在今天是否还有价值，是否还有必要进行总结和理论提升，在古代叙事经验与叙事思想的基础上构建本土叙事理论？

答案无疑是肯定的。这不仅仅是弘扬传统文化，保持民族特性与民族凝聚力的问题，更重要的是，古代叙事文学至今对我们仍有巨大的艺术感染力和思想启迪作用。"三言"、"二拍"、《红楼梦》、《三国演义》、《水浒传》、《西游记》、《牡丹亭》、《长生殿》、《桃花扇》至今仍有巨大的艺术生命力。金圣叹、李渔等的叙事批评,现在仍给我们巨大的启迪。既然如此,我们就不应将之弃之如敝屣,而应对之进行研究,将其中有价值的东西挖掘出来,注入到我们今天的叙事理论与叙事实践中来。T·S·艾略特认为,过去与现在是紧密相联的,现在的每一部真正新的作品的产生,都要对它所在的那个系统产生影响,引起一定的哪怕是很小的调整。反过来,过去的传统也总是影响和制约着今天的现实。中国是有着几千年文明史的文明古国,文化传统深厚,这是中华民族的宝贵遗产,我们不应将其抛弃,而应继承发扬,使其在新的时代发挥新的作用。传统无法割断,中国的文化需要中华民族自己的根。古代叙事文学是我们今天叙事文学的根。留住了根,也就留住了我们的历史,留住了我们的文化,保持了我们的特性与凝聚力。

自然,要在古代叙事思想与叙事经验的基础上构建本土叙事理论,并不意味排斥西方叙事理论。各民族叙事文学是相通的。西方叙事理论有其普遍性的内容。故事、叙事者、叙事话语,人称、视角、复调、叙事方式、叙事时间、叙事声音,等等,在各民族叙事文学中都存在着,但它们在各民族叙事文学中有着不同的表现形式。构建中国本土叙事理论应该吸收现代西方叙事理论的成果,借鉴其相关范畴与理论体系,梳理、提炼、升华中国本土叙事思想与叙事经验,使之成为系统的可以在当前叙事环境中运用并与西方叙事理论展开对话的理论。只有这样,中国本土叙事理论才算真正构建起来,中国叙事传统与传统叙事经验也才能真正在当代中国叙事理论与叙事实践的构建与发展中发挥自己应有的作用。

构建中国本土叙事理论,有三个基础性的工作,一是把握中国古代的叙事思想与叙事经验,一是把握西方的叙事理论,一是把握中国现当代的叙事理论及叙事实践。其中,中国古代叙事思想由于容易被人忽略,因而在某种意义上尤为重要。中国古代叙事思想不仅存在于理论形态的文本之中,也存在于具体的叙事作品之中，不仅存在于文学文本之中，也存在于历史文本之中。而且，中国古代叙事思想与中国古代文化、社会状况也有密切的联系，在研究时应该综合考虑。本丛书试图做这方面的工作。然而万事开头难。我们的研究不能说毫无依傍，但可资借鉴的经验不多。"摸着石头过河"，难免有许多不如意的地方。好在开头的一步迈出去后，再接着迈第二步也就容易了一些。

以此代序。

赵炎秋

2010 年 12 月 31 日

目 录

绪论 ………………………………………………………… (1)
第一章　神话叙事思想 ……………………………………… (13)
　第一节　"零散性" ………………………………………… (14)
　　一、表现 …………………………………………………… (14)
　　二、原因 …………………………………………………… (16)
　　三、影响 …………………………………………………… (19)
　第二节　"弱叙述性" ……………………………………… (22)
　　一、表现 …………………………………………………… (22)
　　二、原因 …………………………………………………… (30)
　第三节　叙事时间 ………………………………………… (39)
第二章　史传叙事思想 ……………………………………… (43)
　第一节　"实录"叙事理念 ………………………………… (45)
　　一、所叙之事——"虚实杂糅的结合物" ………………… (45)
　　二、叙述态度——主观的"客观叙述者" ………………… (63)
　第二节　叙事视角 ………………………………………… (89)
　　一、概说 …………………………………………………… (89)
　　二、表现 …………………………………………………… (93)
　　三、特点 …………………………………………………… (98)
　第三节　叙事时间 ………………………………………… (103)
　　一、概说 …………………………………………………… (103)
　　二、表现 …………………………………………………… (106)
　第四节　叙事结构 ………………………………………… (113)
　　一、概说 …………………………………………………… (113)
　　二、演变 …………………………………………………… (118)
　　三、原因 …………………………………………………… (123)
　　四、特点：以《史记》为个案 …………………………… (125)
第三章　杂史杂传叙事思想 ………………………………… (133)
　第一节　叙事视角 ………………………………………… (134)

一、表现 …………………………………………………… (135)
　　二、特点 …………………………………………………… (137)
　第二节　叙事时间 …………………………………………… (142)
　第三节　叙事结构 …………………………………………… (147)
第四章　叙事诗叙事思想 ………………………………………… (153)
　第一节　叙事视角 …………………………………………… (153)
　　一、概说 …………………………………………………… (153)
　　二、《诗经》叙事诗叙事视角 …………………………… (156)
　　三、汉乐府叙事视角 ……………………………………… (160)
　第二节　叙事结构 …………………………………………… (164)
　　一、《诗经》叙事诗叙事结构 …………………………… (164)
　　二、楚辞叙事结构 ………………………………………… (168)
　　三、汉乐府叙事结构 ……………………………………… (170)
　第三节　小结 ………………………………………………… (171)
第五章　先秦两汉叙事思想对中国古代叙事思想的影响
　　……………………………………………………………… (177)
　第一节　"实录"叙事理念对中国古代叙事思想的影响 … (178)
　　一、概说 …………………………………………………… (178)
　　二、所叙之事——"虚实杂糅"对后世叙事思想的影响
　　　………………………………………………………… (179)
　　三、叙述者——主观的"客观叙述者"对中国古代叙事
　　　思想的影响 …………………………………………… (196)
　第二节　叙事视角思想对中国古代叙事思想的影响 ……… (202)
　　一、"中立型"而非"编辑型"全知叙事视角 ………… (206)
　　二、"流动型"而非"固定型"全知叙事视角 ………… (212)
　第三节　叙事时间思想对中国古代叙事思想的影响 ……… (219)
　　一、西方"写实性"叙事时间 …………………………… (220)
　　二、中国古代"写意性"叙事时间 ……………………… (224)
　第四节　叙事结构思想对中国古代叙事思想的影响 ……… (243)
　　一、概说 …………………………………………………… (243)
　　二、西方"时间化"叙事结构 …………………………… (244)
　　三、中国古代"空间化"叙事结构 ……………………… (246)
参考文献 …………………………………………………………… (273)
后记 ………………………………………………………………… (275)

绪　论

叙事是与人类共生的一种现象，其历史几乎和人类的历史一样长。但直到20世纪，人类才有意识地对叙事进行系统的研究，深入揭示了"讲故事"的奥妙，从而形成了叙事学。

叙事学是西方结构主义的分支，其研究立足于西方叙事。20世纪80年代以来，我国开始出现对西方叙事学的介绍热潮，在这一理论视角的刺激下，随后出现了运用叙事学原则与方法对中国叙事进行研究的尝试，并出现了一批卓有成效的论著。如杨义的《中国叙事学》①在借鉴西方叙事学研究框架的同时，又能突出中国叙事的特点，初步奠定了中国叙事研究的基础；陈平原的《中国小说叙事模式的转变》②在熟练运用西方已存的叙事学理论框架的同时，对之进行中国化改造，抓住小说叙事方式中最基本的元素——时间、视角与结构，尤其突出了适合中国小说特征的叙事结构问题，建立起适合于中国小说叙事研究的工作范式与理论框架，对中国文学至为关键的蜕变期进行了相当深入的研究。但总体而言，中国关于叙事学及叙事研究的论著，多是追随西方叙事学的理论视野，较少立足于中国叙事本身特点进行深入研究，其中有相当一部分论著，不顾中国叙事的实际情况，机械套用西方叙事学的理论话语，得出的结论不免出现偏差。

文化无国界，但却有民族性。一种新的理论话语往往能从一个新的角度激活理论研究，对西方理论研究中出现的新思潮、新方法视而不见，势必导致研究的落后和狭隘。但如果不顾具体的民族性特点，不作一番脱胎换骨、点铁成金的工作，妄图一劳永逸地机械借用西方的理论进行中国的文化与文学研究，很难使研究深入精确，切中肯綮。叙事理论的研究同样如此。

上面说过，叙事是与人类共生的一种文化现象，作为一种文

---

① 杨义：《中国叙事学》，人民出版社，1997年版。
② 陈平原：《中国小说叙事模式的转变》，北京大学出版社，2003年版。

化现象，叙事不可避免地具有民族性，而建立在叙事实践基础之上的叙事思想亦存在着民族差异性。中西叙事思想的差异性，归根结底是由民族的差异性造成的，中西迥异的叙事思想最终还得从中西民族哲学观、思维模式、思想文化和文学取向等找根源。这应该是我们着手研究中国叙事思想的理论出发点。从整体上看，中国古代叙事思想表现出鲜明的民族性特征，在叙事的基本观念、原则和模式上均与西方叙事学有明显差异。要对中国叙事思想作一个较为深入的研究，首先是要找出中西叙事方式的差异，进而概括出中西叙事特征的不同。但这尚属第一阶段的工作，要使研究深入，还得回答导致中西不同的"讲故事"方式的根源是什么，这就涉及中西叙事思想与叙事观念的差异。再深入一步，还得追问导致中西叙事思想与叙事观念差异的原因，这就回到了我们上面所说的理论出发点——发生学研究。因为很显然，上述问题不是注重文本内部研究和形式研究的西方经典叙事学所能回答的。西方经典叙事学对这些问题可能不屑一顾，这本来就不在它的理论研究视野内，但毋庸置疑，完全摈除社会、历史和心理因素来研究一种人类精神文化现象，不免会使纯形式研究的经典叙事学陷入了无源之水、无本之木的尴尬境地，并难以经受来自社会历史和文化哲学的置疑，比如它面对上述问题就显得无能为力。西方后现代叙事理论看到了文本内部研究的无能为力，再次引进了诸如社会、历史和心理等批评维度，有效地推进了叙事学研究。

可见，要考察中国古代叙事思想，对中西叙事作对比研究是理想的研究角度。在找到中西叙事的不同特征后，就必须做一番追根溯源的工作，以期对造成其差异的根源作出回答，这就涉及叙事思想的不同，而叙事思想的不同显然又与民族性密切相关。所以，在研究中国叙事思想时，从中西民族性差异出发，运用西方叙事学的研究成果，结合中国本身的实际确立适合于中国叙事研究的基本框架和范式，对中国叙事思想进行深入的研究，不仅可以揭示出人类文化的共通之处，更能透视不同民族文化的差异性，这无疑是非常有意义的一项工作。

所以，西方叙事学只是一个参照物，借助它可以凸显中国叙事学的民族性特征。要想全面、深入地研究中国叙事，建立切合中国实际的叙事学，首先恐怕得对中国古代叙事思想作出全面、系统的清理。因为归根结底，中国叙事思想是在中国漫长的叙事发展过程中逐渐形成的，尽管缺乏完整的理论形态与系统的理论体系，但中国古代积累了丰富的叙事思想，并形成了与西方叙事学不同的"中国气派与中国风格"。而要把握中国古代叙事思想，首先得探讨中国叙事思想的发生。因为很显然，任一事物在发生期显示的特点，往往会在以后的发展过程中演变成为其基本特征，甚至是本质性特征。而这一发生期，我们倾向于将其确定在先秦两汉时期。理由是，在此一历史时期，中国形成了关于叙事理念、叙事结构、叙事时间、叙事视角等基本叙事思想，表现出与西方叙事学的明显差异性特征，这些叙事思想成为中国古代叙事思想的源头，潜在地制约着后世叙事及叙事思想的演化趋势。因此，要对中国古代叙事思想有一个清晰的认知，对其作发生学的研究是有必要的。

与西方相比，中国古代叙事有一个突出特点，即缺乏史诗。黑格尔说，中国无史诗。对这一观点的正确与否虽然尚存在争论，但中国缺乏西方式的大型史诗，却是一个不争的事实。大型叙事作品的缺乏，对中国古代叙事思想和叙事实践的影响是很大的。同时，尽管中西叙事源头均可追溯到神话，但介于中西神话与小说之间的中介，却并不相同：西方是史诗，中国则是史传。中国古代神话不发达，史传则得到高度发展，至两汉时代已形成基本成熟的叙事观念。所以美国汉学家浦安迪说，中国没有荷马，却有司马迁。将司马迁与荷马并置，显然着眼于史传对中国古代叙事思想的深刻影响。

简而言之，先秦两汉可视为中国古代叙事思想的发生与基本形成期。在此一时期，中国古代叙事思想基本形成，表现出迥异于西方叙事理论的民族性特征，并以强大的渗透力与影响力，发展成为中国古代叙事思想的基本特征。这一特征，可以简单地以"诗化"与"史化"来指称。

一、中国古代叙事思想的"史化"

由于对实用理性的过度推崇，中国神话失去了及时进行"二次创造"的历史性机会。因此，尽管从神话所涉及的内容看，中国神话与古希腊神话一样丰富，但在叙事上却大为逊色，"片断式"、"零散性"及"弱叙述性"的叙事特征表现得十分突出，就连被誉为"记载神话材料特多"的《山海经》，也根本无法与古希腊荷马史诗的叙事成就相比。也就是说，中国神话基本上停留在"原生神话"阶段，因而很难像荷马史诗那样，因其叙事上的高度成熟，成为后世叙事文学的直接源头。所以，中国古代文学传统缺乏史诗性源头。

实用理性的发达与儒家文化"不语怪力乱神"的推波助澜，在遏制中国神话"二次创造"进程的同时，却又促成了史传的高度发达。与神话叙事的相对不足相反，中国古代史传叙事高度发达，因而取代神话成为中国古代叙事的正式源起。神话本身也作为一种文化生长点，被有机地整合进其他文化系统中，尤其是史传中。中国神话的"历史化"、神话与中国上古史的密切关系，现已被学界基本认同。神话进入历史，史传叙事思想成为中国古代叙事思想的直接理论渊薮，因此，"史化"成为中国古代叙事思想的基本特征。

浦安迪说过，中国没有荷马，却有司马迁。他这一评价显然是着眼于两者对后世文学传统形成的基本性影响上，而将司马迁与荷马并置，确实很形象地揭示了中西叙事不同走向的发生学根源，这种比拟和并列恰好说明了导致中西叙事思想巨大差异的根本性原因之所在。西方叙事学源于《荷马史诗》，故以"虚构"为叙事之本质，且以叙事诗学为正统；而中国古代叙事思想则以史传为正式源起，史传因其权威地位和叙事上的高度成就，成为中国古代叙事思想基本的叙事资源。中国古代叙事思想受到史传叙事思想的深刻影响，表现出鲜明的"史化"特征，从而呈现出与西方叙事理论明显的差异性特征。

中国古代叙事思想的"史化"特征主要表现为三个方面。

其一，中国古代小说理论表现出强烈的"慕史"倾向，并推崇"拟史化"批评。

中国古代小说创作者往往具有浓厚的"慕史"意识。如葛洪《西京杂记》的拟史式写作，唐传奇《古镜记》追求的史传效果，明清小说《三国演义》、《水浒传》对历史事件的演义，直至晚清白话小说《二十年目睹之怪现状》所追求的"实事实录"。正如人们通常认为词为诗余、曲为词余一样，文言小说常被视为史余，即所谓"国史之辅"。因此《隋志·杂类序》在探讨杂史杂传等古小说的成因时这样说："古时史官，必广其所记……汉时阮仓作《列仙传》，刘向典校经籍，始作《列仙》、《列士》、《列女》之传。皆因其志尚，率尔而作，不在正史……因其事类相聚，而作者甚众；名目转广，而又杂以虚诞怪妄之说。推其本源，盖亦史官之末事也。"可见，这些古小说与史体并无二致。这种普遍存在的强烈的"慕史"倾向使古代小说理论推崇"拟史化"批评，名著者如班固的《汉书·艺文志》、刘歆的《上山海经表》、郭璞的《注山海经叙》、干宝的《搜神记序》、刘知己的《史通》，乃至顾炎武的《日知录》、章学诚的《文史通义·史考释例》等，均倾向于认为：小说体卑，文不雅驯，故不值得津津乐道；但"虽小道，必有可观"，作为出于"稗官"小道的小说，作为史的补充，也自有其一定价值，故而强调小说"补史之缺"的社会功用，小说虽小道，亦不可尽废，可用来观民情风俗厚薄，小补于君子的治道。这些论述均可归于典型的"拟史化"批评之列。

其二，在根本性的叙事理念上，中国古代叙事思想标举"实录"的叙事理念。

中国古代小说理论普遍存在的"慕史"倾向，不仅导致古代小说理论推崇"拟史化"批评，而且使史传叙事思想成为我国古代叙事思想的渊薮。无论在根本性的叙事理念上还是具体的叙事思想上，中国古代叙事思想基本上祖述史传叙事思想，从而表现出鲜明的"史化"特征。

从叙事理念来看，小说本为虚构性叙事，但与西方视"虚构"为小说之本质不同，中国古代叙事思想多承继史传"实录"的叙事理念，视"实录"为小说的根本特性，虽然"实录"观本身具有丰富内涵，如浦安迪就强调中国有两种"真实观"，但标榜"实录"，强调"虚"、"实"之辨，是中国古代小说理论长期讨论的问题，这一现象本身就清晰地反映了中国古代多以读史的眼光来读小说的"史化"理念。

其三，在具体的叙事视角、叙事时间及叙事结构思想上，也都表现出相当程度的史传的强力渗透，表现出独特的"史化"特征。从本质上来说，史传并不重在叙事，而强调通过叙事表达史家的"史识"，它的一切叙述谋略和叙事思想，如"空间化"叙事结构、"中立型"全知叙事视角、"人文化"叙事时间，甚至"实录"叙事理念等，都得从这一层面才能得到较为全面的解释。

后世叙事祖述史传，亦多表现出这些叙事思想特征，这也是构成中国古代叙事思想"史化"特征的重要因素。

二、中国古代叙事思想的"诗化"

中国神话不发达，神话进入历史，一方面造成中国古代叙事缺乏史诗性源头，史传充当了古代叙事思想的基本理论资源，因而表现出鲜明的"史化"特征；另一方面由于史传标举"实录"，贬抑虚构，必然导致对虚构性文学样式的疏离和抑制，从而导致了中国古代小说的晚熟。作为叙事文学基本样式的小说的晚熟，必然导致中国古代叙事诗学的欠缺，叙事诗学被基本排除在传统诗学理论视野之外。与此同时，抒情诗学则占据了传统诗学的主流地位，并对中国古代叙事思想产生了一定的影响，"诗骚"抒情传统的渗透使中国古代叙事思想表现出"诗化"特征。相对于史传对中国古代叙事思想的"显在"性影响，"诗骚"抒情传统的影响要隐晦一些，主要表现为一种无所不在的渗透与浸润，因此，中国古代叙事普遍表现出轻"再现"重"表现"的"亚叙事"倾向，并形成了中国古代叙事思想独特的"诗化"特征。

"诗骚"奠定了中国文学的抒情传统，总结《诗经》创作经验的"诗言志"说作为中国诗学"开山的纲领"（朱自清语），对中国文学面貌与文学理论的影响是十分深远的。对于"志"，《说文解字》的解释是："志，意也。从心止。止亦声。"孔颖达认为："情、志一也。"闻一多论述说："'志'从'止'从'心'，本义是停止在心上。停止在心上亦可说藏在心里。"可见，"志"字本义偏重于指人的精神活动，其所包含的主体性色彩是很明显的。因此，与西方"摹仿说"不同，中国古代文论历来轻"再现"重"表现"，这种倾向也渗透到叙事及叙事思想上。先秦两汉叙事思想初步表现出这一"诗化"特征，并深刻地影响了后世的叙事思想。如标志着中国古代叙事思想正式源起的先秦两汉史传叙事思想就已呈现出"诗化"特征，在史传叙事结构上，显示出由"编年体"向"纪传体"的转换趋势，淡化"历时性"事件流程，强化"共时性"场景呈现，逐渐发展出"空间化"叙事结构思想，在淡化时序和因果律的同时，却通过对事件系列的精心排列与连缀，产生某种"有意味"的组接，借以传达某种认知与情感。在史传叙事时间上，不注重"时间倒错"等叙事时间操作技巧，强调经由对时速的操作显示深层用意，构筑"人文化"、"哲理化"叙事时间。在史传叙事视角上，在保持全知叙事视角的权威性的同时，不斤斤计较于细致描摹，调动"以无写有"、"以形传神"的高度技巧，达到一种整体的把握和情感的传达。这些"诗化"特征通过史传叙事思想的影响，发展成为中国古代叙事思想的基本特征。

再如叙事诗叙事思想。叙事诗本属典型叙事，荷马史诗即为突出代表，但中国古代叙事诗却深受抒情传统的影响，氤氲着或浓或淡的抒情化特征，表现出或隐或显的"亚叙事"倾向。相应地，叙事诗叙事思想也表现出"诗化"特征。如以叙事结构而论，通常认为，叙事以"历时性"为构架特征，抒情以"共时性"为构架特征，但中国古代叙事诗叙事结构却普遍呈现出"空间化"取代"时间化"的构架特征，于是，叙事向感事转化，表现出一种"亚叙事"的"诗化"倾向。无论先秦两汉的《诗经》、汉乐府，还是后世被称为典型叙事诗的作品，在叙事结构上均不强调"历时性"事件流程的渐次展开，而多呈现出"共时性"的"空间化"结构特征，也就是说，这些叙事诗并不构成"论述始终"的叙述，而强调借助场景、画面的并置与连缀传达某种情致，是一种侧重于"感事"的"亚叙事"，从而表现出叙事思想上的"诗化"特征。

从整体上着眼中国古代抒情传统对古代叙事思想的渗透与影响，择要而言，大致有以下几点：其一，以"神联"而非"形联"的"整体关照"、"空间化"叙事结构思想；其二，"人文化"、"哲理化"叙事时间思想；其三，"流动性"而非"固定性"叙事视角思想。

如上所论，先秦两汉叙事中足以成为后世叙事思想渊薮的，当属史传。所以，我们把中国古代叙事思想发生期的探讨重点放在史传叙事思想的系统研究上，并在此系统研究的基础上，力图揭示其对后世叙事思想的深刻影响，这也是发生学研究的基本理论思路。当然，从学理的角度来看，理论研究理应强调理论性，叙事思想史研究应该把研究的重点放在对古代文论中叙事思想的系统清理上，并在此基础上运用现代叙事学观念将其系统化，从而得出清晰的理论框架，建立完整的古代叙事思想体系，但这里遇到了两个方面的困难：

其一，中国古代文论本不擅长理论阐发，而以印象式批评见长，即便是极称兴盛的诗论、文论亦多停留在直觉感悟层面，多缺乏清晰明确的理论形态。何况在中国古代文论传统中，由于实用理性的遏制，孔子的不语怪、力、乱、神，神话基本上停留在原生神话状态，叙事上的不足是显而易见的，更不用说神话叙事理论上的概括。而源于"街谈巷语、道听途说"的小说历来被视为"小道"，小说体卑，本不值得津津乐道，故对小说叙事思想的理论探讨更是不甚着意，自成体系的小说理论很是罕见。即便是明清评点，大大提高了小说的文体地位，对小说叙事亦作出了许多精彩的评点，形成了颇具规模的小说批评态势，但评点这种批评形态无疑局限了理论体系化的建立。其二，即便是本已薄弱的古代神话、小说理论也表现出对叙事思想研究的漠视。从整体上看，中国古代神话、小说理论基本上被儒家史学话语所支配和包容，重在强调思想观念、社会教化等方面，而甚少涉及形式研究，不注重叙事文本的内部分析。如古代对于神话的探讨，多不及其叙事特征，却多方征引以证"神"之实有，从而驳斥对神话"荒谬不实"的指责。如郭璞针对"世之览《山海经》者，皆以其闳诞迂夸，多奇怪俶傥之言，莫不疑焉"的现象，反复论证"物不自异，待我而后异，异果在我，非物异也"，① 以强调神话的真实性。干宝本"信好阴阳术数"，相信鬼怪神异本为实有，明言其编撰《搜神记》的目的是"明神道之不诬"。② 小说理论多标举其"稗史"地位，强调小说与史传的承继关系以自高身价，强调其观民情风俗厚薄，小补于君子治道的"补史"作用，却较少对小说叙事思想进行深入研究。明清评点家，尤其是李贽和金圣叹尽管表现出了较为强烈的文学意识和小说的文本意识，但还是受到小说批评传统的影响，对叙事思想的讨论尚有不足。在明清评点家中，金圣叹算得上是一个文本意识强烈的批评家，注重对小说文学特性的探讨，反复强调"至文"之中有一种普遍性和内在规律，这就是他提出的"精严"："何谓之精严？字有字

---

① 黄霖、韩同文选注：《中国历代小说论著选》（上），江西人民出版社，1982年版，第7页。

② 黄霖、韩同文选注：《中国历代小说论著选》（上），江西人民出版社，1982年版，第21页。

法，句有句法，章有章法，部有部法是也。"他明确指出，每部叙事作品都有不同的风格，《庄子》不同于《史记》，但他强调的是超越这些风格的差别直探其文之所以为文的根本之同，别人读《论语》恐怕多注意其中的义理微言，而他只关心篇章布局与字句修辞，对中国古代叙事思想颇多特见。但这种具有文本意识的批评家实属罕见，即便是李贽，也表现出叙事文本意识的不足。他虽然解决了小说文体的地位问题，但他的美文意识不足，欣赏眼光颇受局限。稗官、传奇固然存在着天下的"至文"，但"至文"之所以为"至文"的文本根据，李贽则语焉不详，故对于叙述的发明实为有限。一句"天下之至文，未有不出于童心焉者也"，尽管破除了文学领域中的种种"道理闻见"，使不登大雅之堂的稗官小说、传奇等均有可能晋身为天下"至文"的行列。但"文"毕竟有其自身的形式规范、技巧修辞，有它的文学特性，这些并不能从所谓"童心"中得到解释，所以，本"心"论"文"是不能深入的。比起神话、小说的不登大雅之堂，史传在中国古代文论中备受青睐，论者甚多，但论及史传叙事思想的却并不多，即便触及，也多为蜻蜓点水，很少能够深入研究。在中国古代叙事中占据崇高地位的史传叙事思想研究尚不充分，中国古代叙事思想探讨的薄弱可想而知。理论系统的不足和对叙事形式研究的薄弱，导致我们可以借鉴的本土叙事理论资源相当匮乏。

基于上述两个方面的原因，我们对中国古代叙事思想的研究，采用将古代叙事理论资源与古代叙事文本的具体研究相结合的方法，借助两者的相互印证阐明观点。相对而言，先秦两汉阶段的叙事理论资源更显匮乏，故论述更多地依赖对叙事文本的解读。采用的基本研究方法则是西方叙事学研究中常用的演绎法，即在借鉴西方经典叙事学的理论框架的前提下，在把握中国古代大致的叙事思想轨迹的基础上，去繁就简，抽绎出重要的叙事观念，并从古代叙事理论资源和叙事文本出发作较为详尽的论述。由于缺乏足够的理论传统的支撑与印证，论证不免粗疏，理论深度也明显不够，好在本书不过是建立中国古代叙事思想的基础性研究工作，是对中国古代叙事思想发生学的初步探讨，希望在以后的研究中，对粗疏浅陋之处再作进一步的深入探讨。

本书分五个部分。前四章分别以神话、史传、杂史杂传和叙事诗为个案,着重从叙事理念、叙事视角、叙事时间和叙事结构等方面入手,分析先秦两汉基本叙事思想的发展演变,意在追寻和勾勒中国古代叙事思想发生期的大致轨迹。在此基础上单列第五章,重点探讨先秦两汉叙事思想对中国古代叙事思想的影响。

  第一章探讨神话叙事思想。神话是最早的叙事,是叙事思想的源头。就叙述内容而言,中西神话大同小异,不存在实质性区别;但就叙事而言,中西神话却表现出明显的差异。古希腊神话经过"二次创造",发展成为具有高度叙事成就的史诗。而中国古代神话由于实用理性的束缚,基本上没有经历"二次创造"的"再生神话"阶段,一直停留在"原生神话"状态,没有发展成为如古希腊荷马史诗那般高度成熟的叙事作品,在叙事上表现出"片段性"、"零散性"和"弱叙述性"的鲜明特征。中西神话叙事上的差异,导致了中西叙事思想上的根本性分野。西方叙事思想以史诗为源头,经过亚里士多德的理论弘扬,确认了叙事的"虚构性"本质,强调诗描述"按照可然律或必然律所该说的或该做的事情"的特征,确认诗"更接近哲学而更高于历史",从而确立了叙事诗学传统。中国叙事思想的源头尽管也可追溯到神话,但中国神话表现出叙事上的明显不足,因而在中国古代叙事思想史上,实则是史传取代神话奠定了叙事思想的基本观念,从而形成了"实录"叙事理念,这对中国古代叙事思想产生了至为深远的影响。而且,由于神话叙事的"片段性"、"零散性",导致神话无法自成体系,而被其他的文化系统所吸收,尤其是被史传所吸收,神话进入历史,使得叙事理论基本上被摈弃于传统诗学视野之外。

  第二章探讨史传叙事思想。与亚里士多德诟病历史仅仅"描述个别事件",因而不能达到"一般真理"的高度,故无法像诗歌一样"接近哲学"相反,中国古代史传享有崇高的地位。历史叙事的高度发达,使得中国古代史传在先秦两汉时代,就已形成了相当成熟的叙事理念,史传实际上标志着中国古代叙事思想的正式形成,并对中国古代叙事思想产生了至为深远的影响。鉴于史传叙事思想在中国古代叙事思想史中的基础性地位,以及对史传叙事思想论述中普遍存在的简单化甚至误读倾向,本章花了较长的篇幅对史传叙事思想作了详尽阐发。如对"实录"叙事理念的辨析,既强调了中国古代史传"史有诗心、文心"的"虚实杂糅"特征,解答了标举"实录"的史传何以能孕育出虚构性叙事的问题,同时辨析了"客观叙述者"的主观性本质,从而澄清了长期以来对"实录"叙事理念的误读。这些看法,在一定程度上与新历史主义的观点相合。新历史主义坚持认为,历史并非如亚里士多德所指出的那样,纯粹是偶然事件的排列,它与文学一样是一种叙事"文本"。历史是诗性的历史,历史之中不仅不可避免地具有想象性因素,而且具有某种不可约简的主体性色彩。抛开某些极端之论,新历史主义的这些观点是站得住脚的。就中国古代而言,由于时代的久远、知识视野的限制,更由于史家念念不忘的述史职责,古代史传就具有想象性因素。这就是标举"实录"的史传能孕育出虚构性叙事的主要原因,也是中国古代叙事强烈的"慕史"倾向与"拟史化"批评的风行却并未真正阻止虚构性叙事发展的根本性原因。除了对叙事理念的辨析,这一章还对史传的叙事时间、叙事视角与叙事结构作了比较详细的阐发。

第三章探讨杂史杂传叙事思想。杂史杂传经历了一个与史传同源而异态的嬗变过程。先秦两汉杂史杂传在追慕史传、因袭史传叙事思想的同时,也表现出一定的变异性特征,呈现出更为鲜明的虚构性倾向和小说性叙事特征,从而充当了中国古代叙事从史传到小说的过渡性中间形态。本章在探讨杂史杂传与史传的承继关系的同时,更多地考察了它在叙事上所表现出来的小说化倾向,并着重从叙事视角、叙事时间及叙事结构方面理清杂史杂传与史传在叙事思想上的承继与变异关系,从而凸显其过渡性叙事特征。

第四章探讨叙事诗叙事思想。相对于源远流长的抒情诗传统,中国古代叙事诗明显不够发达,且深受中国抒情诗传统的影响,往往变"叙事"为"感事",表现出鲜明的"亚叙事"特征。本章主要从叙事视角及叙事结构两方面论及先秦两汉叙事诗的"亚叙事"特征。就叙事视角而论,从《诗经》的第一人称叙事视角向汉乐府的第三人称叙事视角的转换,表面上表现出从主观"表现"到客观"呈现"的转换,但汉乐府所采用的第三人称叙事视角,在吸取史传"中立型"叙事视角的长处时,并没有从根本上改变中国古代叙事诗的"感事"特征,依然呈现出鲜明的"亚叙事"倾向。先秦两汉叙事诗"亚叙事"特征尤为突出地体现在叙事结构上,无论《诗经》、《楚辞》还是汉乐府,均清晰地表现出淡化"历时性"、强化"共时性"的"空间化"叙事结构特征,"共时性"取代"历时性",强化了叙事诗的"亚叙事"特征。

　　第五章讨论先秦两汉叙事思想对后世叙事思想的影响。先秦两汉是我国古代叙事思想的发生期和形成期,至汉代,中国古代叙事思想基本形成,并对后世叙事思想产生了深远的影响。本章首先强调了"史传"和"诗骚"对中国古代叙事的深刻渗透。神话的不发达,使中国古代叙事缺乏史诗性源头,导致叙事理论被摈除在传统文论视野之外,抒情诗学占据主流地位,从而导致中国古代叙事的"诗化"倾向。史统的权威地位、史传所取得的高度叙事成就,导致了中国古代叙事经久不衰的"慕史"倾向、"史化"特征及"拟史化"批评。"诗化"和"史化"不仅成为古代叙事的基本特征,而且也无所不在地渗透于中国古代叙事思想中,无论是叙事视角、叙事时间还是叙事结构都表现出"诗化"和"史化"的深刻影响。这可以说是本章讨论先秦两汉叙事思想对后世叙事思想影响的大纲,从根本上说,正是源于先秦两汉叙事思想的"诗化"和"史化"特征,中国古代叙事思想才在整体上表现出与西方叙事理论迥异的民族性特征。在强调了这种根本性影响的基础上,本章分别从叙事理念、叙事视角、叙事时间和叙事结构等几个方面,就先秦两汉叙事思想对中国古代叙事思想的影响作了较为详细的论述。

第一章　神话叙事思想

叙事是与人类共生的一种文化现象，而神话无疑是原初先民最早的叙事。神话是关于"神"的"话"，也就是叙述关于神的故事，它反映了人类最早的观察与体验、愿望与理想。但这种反映，往往并不符合事实，充满了神秘色彩，其中既有认识水平的因素，也与神话产生的基本动因有关。说到神话产生的基本动因，马克思的看法无疑是深刻的，他说："任何神话都是用想象和借助想象以征服自然力，支配自然力，把自然力加以形象化；因而，随着这些自然力之实际上被支配，神话也就消失了。……希腊艺术的前提是希腊神话，也就是已经通过人民的幻想用一种不自觉的艺术方式加工过的自然和社会形式本身。"① 鲁迅对神话的解说也很精辟："昔者初民，见天地万物，变异不常，其诸现象，又出于人力所能以上，则自造众说以解释之：凡所解释，今谓之神话。神话大抵以一'神格'为中枢，又推演为叙说，而于所叙说之神，之事，又从而信仰敬畏之，于是歌颂其威灵，致美于坛庙，久而愈进，文物遂繁。故神话不特为宗教之萌芽，美术所由起，实特为文章之渊源。"② 容格则借助精神分析进行探讨，他说："原始人对显见事实的客观解释并不那么感兴趣，但他有迫切的需要，或者说他的无意识心理有一股不可抑制的渴望，要把所有外界感觉经验同化为内在的心理事件。对原始人来讲，只见到日出和日落是不够的，这种外界的观察必须同时也是一种心理活动，就是说太阳运行的过程应当代表一位神或英雄的命运，而且归根到底还必须存在于人的灵魂之中。"③ 三人的论述各有偏重，但都明确指出，神话是由"人"本身的需要而产生的，是诉

---

① 《〈政治经济学批判〉导言》，《马克思恩格斯选集》第二卷，人民出版社，1962年版，第113页。
② 鲁迅：《中国小说史略》，人民文学出版社，1963年版，第7页。
③ 容格：《原型与集体无意识》，中译文载《文艺理论译丛》第一辑。

之于人类的内在心理需要的产物。马克思甚至认为,神话是一种能够再生产某种特定交往关系的极其重要的"实践",而并非是"懒洋洋地睡在棕榈树下白日见鬼,白昼做梦"①的产物。因而,神话的产生是十分严肃的,是原始人仰观天庭、俯察地面,力图解释宇宙、自然和人类的奥秘,从而借以"征服自然力,支配自然力"的产物。

所以,就叙述的基本内容而言,中西神话不存在实质性的差别,都是借助"想象力"试图来解释自然、社会及自身的产物。因而,中西神话都涉及了天地开辟、万物生成、人类起源等自然神话和其后的英雄神话。但就叙事表现形态来看,中西神话则表现出了很大的差异。简而言之,古希腊神话在荷马笔下是"生气勃勃的、强大的、完整的"②,构成了一个系统而完整的故事系列。而中国古代神话则缺乏此种完整性与系统性,在叙事上表现出鲜明的"片段性"、"零散性"和"弱叙述性"特征。下面分而述之。

第一节 "零散性"

一、表现

中国神话叙事的"零散性"和"片段性",主要是从神话的整体性特点着眼界定的。

在荷马史诗中,古希腊神话构筑了一个以宙斯为主神的系统的奥林匹斯神系以及与之相关的英雄传说系列,完整地演绎了原始初民的历史。相比之下,中国古代神话叙事缺乏整体性和系统性,根本没有形成如希腊神话宙斯那样的主神,茅盾就倾向于认为,要从中国上古史抽绎出神话中的"诸神世系"是相当难的,尽管他提出了从伏羲、帝俊和黄帝入手的可能性,但最终还是认为缺乏足够的证据支持,难以作出令人信服的结论。

---

① 胡适:《白话文学史》,上海古籍出版社,2009年版,第9页。
② 《马克思恩格斯全集》第四十卷,北京人民出版社,1985年版,第123页。

叙述的"零散性"和"片段性"导源于神话的原始性。在这种原初神话的叙事形态中，神话突出地反映了原始初民对自然与自身的直接感应，因而具有简单、粗糙、图腾色彩浓厚等特点，在叙事上则表现出明显的"零散性"和"片段性"特点。

比如《山海经》，以记载众多神话而著名。尽管其中记载了形形色色的神异灵怪，但这些神灵各自为政，四处游荡，它们之间的隶属关系很不清晰，并没有形成为一个神的系统和家族，这种神话的原始性使得整部《山海经》表现为典型的"片段性"和"零散化"叙事形态，它的结构模式清晰地表现了这一特征。

与荷马史诗的"时间化"叙事结构模式相比，《山海经》采用的是地理与神话渗透的特异形态，突出的是"空间化"结构要素。全书以地理方位，包括山川走向和海陆位置，作为基本的结构方式，去统系千奇百怪的神异化幻想。《山海经》的基本描写模式如下：

> 又东三百八十里，曰鼋翼之山，其中多怪兽，水多怪鱼，多白玉，多蝮虫，多怪蛇，多怪木，不可以上。
> 又东三百七十里，曰纽阳之山。其阳多赤金，其阴多白金。有兽焉，其状如马而白首，其文如虎而赤尾，其音如谣，其名曰鹿蜀，佩之宜子孙。怪水出焉，而东流注于宪翼之水，其中多元龟，其状如龟而鸟首鳖尾，其名曰旋龟，其音如判木，佩之不聋，可以为底。（《南山经》）

很显然，以地理方位作为基本的结构方式，把灵怪异物依附和粘着于山川方域，这种"空间化"叙事结构模式必然带来叙述的"零散性"特征。

保留在其他典籍中的神话，如《淮南子》、《列子》等，在单篇叙述的完整性上明显胜过《山海经》，但从整体上来看，其记载依然是片段式、零散化的，各神灵之间的关系同样模糊不清，没有形成为一个完整的神的家族和神的系统。比如，关于开天辟地的神话，这本应是神话中的第一页，世界各民族基本上都留存有代表其宇宙观的天地开辟的神话，但中国古代这一天地开辟的神话却并不见于先秦两汉典籍，直至三国时徐整的《三五历记》

和《五运历年纪》方有盘古垂死化身、创造天地的记载，而学者对此多有怀疑。据林岗的看法，盘古开天辟地的神话与典型的创世神话相距甚远。①《淮南子·览冥训》中记载有"女娲补天"的神话，从逻辑角度来看，在盘古开天辟地的神话与女娲再造天地的神话之间，中间显然有脱榫，这就是保留在其他神话系统中的"神的劫难"。可见，即便就天地创造的神话系统来看，中国古代留下的也只是其间的片段式部分，从而显露出叙述上清晰的"零散性"特征。至于关于其他的宇宙、自然、人类的神话，同样是分散零碎的，缺乏系统性和完整性。

二、原因

那么，中国古代神话缘何表现出此种"片段性"、"零散化"的叙事特征呢？鲁迅和胡适都曾经注意过这个问题，并且作出了解释。鲁迅在《中国小说史略》中分析说：

> 中国神话之所以仅存零星者，说者谓有二故：一者华土之民，先居黄河流域，颇乏天惠，其生也勤，故重实际而黜悬想，不更能集古传以成大文。二者，孔子出，以修身齐家治国平天下等实用为教，不欲言鬼神，太古荒唐之说，俱为儒者所不道，故其后不特无所光大，而又有散亡。然详案之，其故殆尤在神鬼之不别。天神地祇人鬼，古者虽若有辨，而人鬼亦得为神祇。人神淆杂，则原始信仰无由蜕尽；原始信仰存则类于传说之言日出而不已，而旧有者于是僵死，新出者亦更无光焰也。②

胡适在《白话文学史》中分析：

> 故事诗（Epic）在中国起来的很迟，这是世界文学史上一个很少见的现象。要解释这个现象，却也不容易。我想，也许是中国古代民族的文学确是仅有风谣与祀神歌，而没有

---

① 参见林岗：《明清之际小说评点学之研究》，北京大学出版社，1999年版，第169页。

② 鲁迅：《中国小说史略》，人民文学出版社，1963年版，第7页。

长篇的故事诗,也许是古代本有故事诗,而因为文学的困难,不曾有纪录,故不得流传于后代;所流传的仅有短篇的抒情诗。这二说之中,我却倾向于前一说。《三百篇》中如《大雅》之《生民》,如《商颂》之《玄鸟》,都是很可以作故事诗的题目,然而终于没有故事诗出来。可见古代的中国民族是一种朴实而不富于想象力的民族。他们生在温带与寒带之间,天然的供给远没有南方民族的丰厚,他们须要时时对天然奋斗,不能像热带民族那样懒洋洋地睡在棕榈树下白日见鬼,白昼作梦。所以《三百篇》里竟没有神话的遗迹。所有的一点点神话如《生民》、《玄鸟》的"感生"故事,其中人物不过是祖宗与上帝而已。所以我们很可以说中国古代民族没有故事诗,仅有简单的祀神歌与风谣而已。后来中国文化的疆域渐渐扩大了,南方民族的文学渐渐变成了中国文学的一部分。试把《周南》、《召南》的诗和《楚辞》比较,我们便可以看出汝汉之间的文学和湘沅之间的文学大不相同,便可以看出疆域越往南,文学越带有神话的分子与想象的能力。我们看《离骚》里许多神的名字——羲和、望舒等——便可以知道南方民族曾有不少的神话。至于这些神话是否取故事诗的形式,这一层我们却无法考证了。①

按照鲁迅和胡适的观点,我国神话之所以不发达,主要原因有两个:首先,由于我国处于半封闭的大陆性地理环境,中原地区较早就进入了农业社会,因而造成闭塞、孤立感和强烈的自我意识,性格内向,重实际而黜玄想,实用理性的过度膨胀使得神话的发展受到制约。其次,更重要的是自周以来重人轻神的思想得到统治者的赞同,故我国古代虽然曾经长期存在巫、史两部分文化,但由于特定的历史环境,负责神、人交通的巫,其地位日趋低下,因此导致同神话有关的巫文化得不到发展,而史官文化则逐渐居于主导地位,把本来属于巫文化的一部分也吸收过去,这种历史背景更进一步促成了神话的古史化。

他们两人的解释是有道理的。总体而言,由于实用理性的冲

---

① 胡适:《白话文学史》,上海古籍出版社,2009年版,第9页。

击,早在殷周之际,中国文化就发生了从宗教性文化向世俗性文化的巨大转变,于是人们的兴趣被引向现实生活,关注的往往是日常生活和个人经验,使得神话的发展失去了适宜的土壤、氛围和动力,也就是说,失去了"二次创造"的机会,古代神话一直保持着原生态,而没有发展成为"再生神话"。

众所周知,神话的发展历经了一个漫长的历史过程,顾颉刚先生曾经提出著名的"古史传说层累增加"定律,认为传说的时地愈广,其变形愈大,枝节愈丰富,故此愈不可靠。这种说法无疑洞彻了神话传说产生、发展、修正、再修正的长期发展变化的本质。早期神话产生于原始初民的野性想象,具有零散、粗糙、图腾意味浓的特点,可以称之为原生态神话。如《山海经》在以原始思维解释物种的起源时,运用的是奇特的"生"、"化"概念。《大荒北经》中有记载说:"黄帝生苗龙,苗龙生融吾,融吾生弄明,弄明生白犬,白犬有牡牝,是为犬戎。"在神的生成中,竟然出现了白犬的异类分支,但在原始思维中,这不是降低了人格,反倒是显示了神性。《大荒西经》记载说:"有神十日,名曰女娲之肠,化为神。""化"比"生"显然更为奇幻,它不是指肉体的传承,而是指精魂的转借。"化生"创世的概念突出地体现了神话原生态的原始特征。另外,在中国古代神话中,还可以看到与西方神话不同的一个显著特征是,这些早期神话往往模糊人、神、禽兽的种类界限,以怪诞的想象重新组合异物形态,在人、神、禽兽的形体的错综组合的形式中,显示了一种充满野性的思维特点。如日后美丽慈祥的西王母,在《山海经》中却是一副青面獠牙的怪模样:"西三百五十里曰玉山,是西王母所居也。西王母其状如人,豹尾虎齿而善啸,蓬发戴胜,是司天之厉及五残。"日后成为夫妇情深之化身的"帝二女",《山海经》也将其居所渲染成一派阴森恐怖的氛围:洞庭之山"帝之二女居之,是常游于江渊。……出入必以飘风暴雨。是多怪神,状如人而载蛇,左右手操蛇。多怪鸟。"

原生态神话是整个神话赖以发展的基础,由于原生态神话产生于没有文字和文字尚不发达的时期,因此它往往是变动的、片段的、缺乏系统化和定型化的初期神话,它要经历一个再组织与再创造的阶段,方能够发展成为再生神话。再生神话吸收人类对自然、社会及自身的新的认知,利用新的艺术手段,一方面对原生态神话进行系统化与定型，另外一方面则修正、增添新的内容，比起零散、粗糙的原生态神话而言，一般具有丰富、系统、社会内容增多、人神同形同性、艺术上比较成熟等特点，其典型代表就是古希腊神话中的奥林匹斯神系以及与之相关的英雄传说。而中国古代神话，即便到了战国时代出现的《山海经》、《天问》、《穆天子传》等，其中尽管保存了不少神话，但这些典籍对于神话基本上只是停留在一种搜集阶段，并未进行积极的"二次创造"的工作，故而其中的神话主要还是以原生形态存在，在叙事上则表现出"片段式"、"零散性"特点。

三、影响

中国古代神话"片段式"、"零散性"的叙事特点，对中国古代叙事思想产生了深刻影响。这种影响主要体现在两个方面：其一是影响了承神话而来的古代志怪的叙事形态；其二是潜在影响了中国古代诗学的发展走向。

先看第一点，对古代志怪叙事形态的影响。

依鲁迅的看法，志怪的本根在于神话与传说，他辨析说：

> 志怪之作，庄子谓有齐谐，列子则称夷坚，然皆寓言，不足征信。《汉志》乃云出于稗官，然稗官者，职惟采集而非创作，"街谈巷语"自生于民间，固非一谁某之所独造也，探其本根，则亦犹他民族然，在于神话与传说。①

志怪系统上承《山海经》遗风，下取民间原始信仰，主要由那些嗜好方技术数的文士杂取子、史笔法点染而成。中国古代志怪代不乏作，从六朝志怪，到唐宋两代以志怪为主体的笔记小说，再到清代纪昀、袁枚的以志怪为主体的笔记小说，直至蒲松龄《聊斋志异》，尽管在叙事上渐趋完整、绮丽，尤其是《聊斋志异》以"传奇笔志怪"，大大改变了历代志怪的"弱叙述性"特征，拓出了一个审美新境界，但整体而言，由于受神话叙事的影响，古代志怪多记事简短、粗陈梗概，缺乏完整的结构与系

---

① 鲁迅：《中国小说史略》，人民文学出版社，1963年版，第7页。

统,基本上呈现出"片段式"、"零散性"的叙事形态。

如魏晋六朝,因时代思潮影响,多张皇鬼神,称道灵异,故特多鬼神志怪之说,志怪小说蔚然成为大宗,但就叙事而言,则多徜徉于《山海经》的叙事模式。如《神异经》和《十洲记》,其叙事结构模式基本上因袭《山海经》。《十洲记》开篇即称"汉武帝既闻王母说八方巨海之中,有祖洲、瀛洲、玄洲、炎洲、长洲、元洲、流洲、生洲、凤麟洲、聚窟洲,有此十洲,乃人迹所希绝处。又始知东方朔非世常人,是以延之曲室,而亲问十洲所在,所有之物名,故书记之。"全书分述十洲仙境仙宫,叙事结构显然与《山海经》有因袭关系。其记方丈洲所在的东海之扶桑"仙人食其椹,而一体皆作金光色,飞翔空玄。……真仙灵宫,变化万端,尽无常形,亦有能分形为百身十丈者也",叙事模式与《山海经》基本一致。《神异经》以"经"命名志怪之作,显然是受到《山海经》的启发,其叙事结构模式亦深受《山海经》的影响,应看作两汉之际重新校定《山海经》,"文学大儒皆读学"风气中的产物。《神异经》凡九篇,分述东、东南、南、西南、西、西北、北、东北等八荒及中荒的山川异物、殊域仙人。在描述怪兽异禽上,《神异经》也因袭了《山海经》的叙写惯例,如《西北荒经》记穷奇:"状似虎,有翼能飞,便剿食人。"简而言之,《神异经》、《十洲记》在叙事结构模式上,均承袭了《山海经》以地理方位统系灵异神怪的惯常方式,而这种叙事结构模式必然带来叙事上的"片断式"与"零散性"。至《搜神记》、《拾遗记》与《幽明录》等,已从单纯承袭逐渐开始突破《山海经》的叙事模式,叙事显较《山海经》细致和完整,但在整体上,依然呈单篇短制,"片断式"与"零散性"特征还是很突出。即便是到了唐段成式的《酉阳杂俎》,也未改变"片断式"与"零散性"的叙事特征。评家多认为《酉阳杂俎》的内在素质带有几分大唐气度,如想象的奇丽、诗乐趣味的浓郁、审美思维的自由从容等,可见出作者是以怡适心态从事怪异题材的创作和处理的,这就使得《酉阳杂俎》具有一种清新的审美意味,但就叙事而言,显然与神话叙事特征一脉相传。比如其所载西王母神话,说西王母名叫杨回,"治昆仑西北隅,以丁丑日死";西王母使者是青足、赤嘴、黄素翼的鸟,在齐郡函山为西王母守药函;洛阳华林园内有王母桃,俗称"王母甘桃,食之解劳"。这些叙事零零碎碎,叙事上的"片断式"与"零散性"表现突出。

再看第二点影响。"原生神话"经过"二次创造"形成"再生神话",这是世界各民族神话发展的基本历程,"再生神话"作为对"原生神话"的再创造,不可能完全保持其原始状态与"本来样貌"。对于这个问题,鲁迅早就谈到过,他说:"惟神话虽生文章,而诗人则为神话之仇敌,盖当歌颂记叙之际,每不免有所粉饰,失其本来,是以神话虽托诗歌以光大,以存留,然亦因之而改易,而消歇也。如天地开辟之说,在中国所留遗者,已设想较高,而初民之本色不可见,即其例矣。"① 鲁迅敏锐地察觉到了神话保存过程中出现的修改与增饰现象。中国古代神话未被整合成"再生神话",基本上是以原生态形式留存于古籍中,伴随"原生神话"的"片段性"、"零散性"叙事特点,神话更难保持其"本来样貌",而必然作为一种文化生长点,被整合进其他文化系统中。神话被其他文化"吸收与整合",其结果对中国古代叙事思想的影响非常深刻。当然,与神话"片段式"、"零散性"叙事特点对古代志怪叙事形态的直接影响相比,这一影响相对隐秘,但显然更为重要。

中国"原生神话"作为一种文化生长点,主要是被史传整合与吸收,因而很难以"本来样貌"被记录下来。中国神话的"历史化",神话与中国上古史的密切关系,现已被学界基本认同。神话进入历史,亦使中国神话难以形成如同古希腊荷马史诗那样的长篇巨帙,并以其叙事上的高度成就,成为叙事文学的直接源头。所以,中国古代文学传统缺乏史诗性源头。而史传却以其崇高地位和叙事艺术上的成就,取代神话成为中国古代叙事的正式源起,所以浦安迪说,中国没有荷马,却有司马迁,这一比拟和并列形象地说明了中西叙事思想的差异性根源。西方叙事源于史诗,故以"虚构"为叙事之本质,并以亚里士多德《诗学》为标志,发展出西方基本叙事理论。而中国古代叙事则以史传为正式源起,故以"实录"为基本叙事理念,并以《史记》为基础,产生了基本的叙事思想,为中国古代叙事思想奠定了基础。

---

① 鲁迅:《鲁迅全集》,人民文学出版社,1981年版,第17页。

第二节 "弱叙述性"

上节从中国古代神话整体性着眼,讨论了其叙事的"片段性"与"零散性"特点,本节从单篇神话着眼,探讨其叙事上的"弱叙述性"特征。

据厄尔·迈纳的看法,"叙事"与"抒情"的区别,主要在于一以"历时性"为特征,一以"共时性"为特征。苏珊·斯坦福·弗里德曼持类似看法,她认为,叙事被解作一种模式,突出了能动地运行于时空之中的一系列事件。抒情诗被解作一种模式,突出了一种同时性,即投射出一个静止的格式塔的一团情感或思想。叙事以故事为中心,抒情诗则聚焦于心境,尽管每一种模式都包含着另一种模式的因素。① 神话是讲述关于神的故事,当属典型叙事,理应展示"历时性"的故事流程,着力于营构完整的故事情节,古希腊神话叙事即为突出代表。但我国神话却表现出明显的叙述上的淡化和"弱化",美国汉学家浦安迪认为,中国神话的原型是"非叙述性"的。当然,"非叙述性"并非完全没有叙述,而是指叙事的薄弱,因而,本书将中国神话叙事上的不足定为"弱叙述性"。

一、表现

(一)中国神话的"弱叙述性",首先表现为叙事不完整,缺少"历时性"的动态过程展示。

古希腊神话中充满了"行动"因素,如英雄的离家远游与重返故里、死亡与复活、奇迹的追寻等等,西方神话的主"行动性"决定了其必然采用"时间化"的动态完整叙事模式。相比之下,中国神话中往往缺乏"行动性"因素,中国神话与其说是在叙述一个事件,倒不如说是在罗列一个事件。如大禹治水的艰难历程未见展示;共工怒触不周山的过程未经触及;羿上射十日、下除诸害的过程未见一字。摒弃了"时间化"因素,动态的"历

---

① 参阅《妇女作品中抒情诗对叙事的颠覆:弗吉尼亚·伍尔芙与情节的暴君》。

时性"故事流程被转化成为静态的画面呈现,从而显示了与古希腊神话"时间化"叙事模式不同的"空间化"叙事形态。

如当希腊神话告诉我们普罗米修斯如何盗火、怎样受难的动态故事的时候,中国神话只会展示夸父"入日渴死"这样一幅简单的静态图案:

> 夸父与日逐走,入日,渴欲得饮,饮于河、渭;河、渭不足,北饮大泽,未至,道渴而死;弃其杖,化为邓林。(《山海经·海外北经》)

记载的"时间性"因素很微弱,既未展示夸父与日逐走的整个过程,也缺乏对故事前因后果的揭示。说到底,中国古代神话的"弱叙述性",主要源于故事缺少"行动性"。心理学认为,"行动"从根本上来说是由人物的愿望驱动的,愿望是故事发展的动力源泉。这为我们理解中国古代神话的"弱叙述性"提供了一个参照角度,从这个角度来看,中国古代神话的"弱叙述性"似可溯源为忽视人物愿望这一"故事"动力的结果。如果说共工触不周山是因"怒",后羿射日是奉尧之命为民除害,女娲补天是救民之苦,精卫填海是报己之仇,这些目的尽管并非完全出自人物之愿望,但勉强也还讲得通的话,那么夸父与日逐走的目的性却实难猜测,也许初民叙述这一故事的目的,只是为了展示他们的原始激情?一般而言,任何"行动"均可在人的愿望中找到解释,弗洛伊德更是指出,一切行为均可在人的深层心理意识中得到说明。人的愿望是人物行动的源泉,是故事发展的动力。而在中国神话叙事中,往往忽视对人物愿望的揭示,即便提到这一点,也常常是暗示性的语焉不详,于是,本来可以通过愿望的形成、消长、归并、传递、转移等来敷衍出"历时性"完整叙事系列的可能性就丧失了。因此,尽管《山海经》中不乏杀伐、逐日、治水等戏剧性很强的行动,但由于缺乏愿望的驱动力,所以未能滋生出情节系列,于是在整体上呈现为平面静态的叙述。

如"大禹治水"的故事,虽然经过代复一代的流传和补充,已经形成了一个具备时间性动态流程的故事,但却仍然呈现为"弱叙述性"的静态记载。《史记·河渠书》引《夏书》云:"禹抑洪水十三年,过家不入门。陆行载车,水行载舟,泥行蹈橇,山行即桥。以别九州，随山浚川，任土作贡。通九道，陂九泽，度九山……九川既疏，九泽既洒，诸夏艾安，功施于三代。"大禹治水的故事，在题材上与西方的洪水神话遥相对峙，但是，中西在处理这一相似的题材时却采用了不同的叙事方式：西方《圣经》里的诺亚方舟完全是一个按照时间流程呈现的动态故事；而中国《史记》中的大禹治水则只是一幅静态画面的呈现，本来活生生的神话故事转变成为缺乏叙事色彩的简要记载。

叙事不完整，故事历程未及充分展开，而以空间连缀为主要叙事结构的"弱叙述性"特征，在收录神话材料"特多"的《山海经》和《天问》中表现尤为突出。《山海经》里描述了各种各样奇奇怪怪的地貌和生物，但却没有追溯它们的来龙去脉；《天问》只是罗列了一连串神话中的人名和事迹而已，叙事上的不足显而易见。如在《山海经》中，几乎看不到时间的流逝，全书按照地理方位依序铺开，以山川海荒为经，以东南西北为纬，它的空间内容几乎挤夺了时间的位置。还以《南山经》为例作一简要说明，且看《山海经》的基本描写模式：

  又东三百八十里，曰鼀翼之山，其中多怪兽，水多怪鱼，多白玉，多蝮虫，多怪蛇，多怪木，不可以上。
  又东三百七十里，曰纽阳之山。其阳多赤金，其阴多白金。有兽焉，其状如马而白首，其文如虎而赤尾，其音如谣，其名曰鹿蜀，佩之宜子孙。怪水出焉，而东流注于宪翼之水，其中多元龟，其状如龟而鸟首鳖尾，其名曰旋龟，其音如判木，佩之不聋，可以为底。（《南山经》）

可见，《山海经》在叙述神怪时，大量堆砌名词及其辅助词类，而与时间联系密切的动词的出现率则相对较低。缺少动词意味着叙述的薄弱，也就是说，对神怪的外形、来历、方位、仪仗等描述详尽，而对其行动的叙述却并非是必须出现的常项，即便有，也屈居末位，被淹没在重重的描述之中。所以袁珂认为《山海经》"大都只有神而无神话"，"故事情节完整的神话……实在并不多见。检核起来，不过是七八段罢了"。[①] 袁珂举《西次三经》中一节为例：

---

① 袁珂：《中国神话史》，上海文艺出版社，1988年版，第21页。

钟山，其子曰鼓，其状如人面而龙身，是与钦䲹杀葆江于昆仑之阳，帝乃戮之钟山之东曰𥲤崖。钦䲹化为大鹗，其状如雕而黑文白首，赤喙而虎爪，其音如晨鹄，见则有大兵；鼓亦化为鵔鸟，其状如鸱，赤足而直喙，黄文而白首，其音如鹄，见则其邑大旱。

袁珂认为，"从神话本身看，故事情节已比较完整了：山神内讧，谋杀无辜，作为神国最高统治者的黄帝予以严厉的惩处，将他们杀死，而他们又各化为异物"。① 然而，即便是在这一段凤毛麟角的记事中，主要的关注点依然是神的外形而非神的行动，叙述的薄弱和不足还是很明显。

《天问》涉及的神话材料虽多，叙事上却未及展开，只是罗列了一连串神话中的人名与事迹，其基本描写模式如下：

鸱龟曳，鲧何听焉？顺欲成功，帝何刑焉？永遏在羽山，夫何三年不施？伯禹愎鲧，夫何以变化？……洪泉极深，何以填之？地方九则，何以坟之？河海应龙，何画何历？鲧何所营？禹何所成？康回冯怒，地何故以东南倾？

作为叙事，应扣住时间流程这一轴心，展示"鲧何听"、"帝何刑"等事件的动态性完整过程，而《天问》却恰恰没有对此作出任何说明，也许屈原本来对此就存有疑惑，但对"愿望"与"行动"要素的忽视，却导致了"弱叙述性"的叙事特点。

（二）中国神话的"弱叙述性"，还明显地表现为细节的匮乏。

细节常常标志着叙事的密度。如《荷马史诗》中描述阿喀琉斯之"怒"，竟然占据了几十页的篇幅；而《淮南子·天文训》记共工"怒而触不周之山"，却仅有寥寥几十字："昔者共工与颛顼争为帝，怒而触不周之山，天柱折，地维绝。天倾西北，故日月星辰移焉；地不满东南，故水潦尘埃归焉。"不过是简单的故事概述，名为"怒"，实际上没有在"怒"字上作出任何文章来。

---

① 袁珂：《中国神话史》，上海文艺出版社，1988年版，第22页。

再如《淮南子·本经训》记载了"羿射十日"的神话：

> 逮至尧之时，十日并出，焦禾稼，杀草木，而民无所食；猰貐、凿齿、九婴、大风、封豨、修蛇，皆为民害。尧乃使羿诛凿齿于畴华之野，杀九婴于凶水之上，缴大风于青邱之泽，上射十日而下杀猰貐，断修蛇于洞庭，禽封豨于桑林。万民皆喜，置尧以为天子。

同样是简单的结果呈现，叙述十分简略，既无动态过程展示，也几乎没有保留任何细节性描写。与保留了大量具体细节的希腊神话相比，中国神话保留的仅仅只是骨架，"羿射十日"本是一个极便于进行细部敷衍和充分描绘的英雄神话，但《淮南子》显然是"压缩式"记载，如何"诛"、如何"杀"、如何"擒"、如何"射"，均未及展示，不见渲染。即便如"黄帝战蚩尤"这样重大且极易于敷衍的事件，亦缺乏细节性的描绘，惜墨如金，语焉不详。《山海经·大荒北经》记载说：

> 有系昆之山者，有共工之台，射者不敢北乡。有人衣青衣，名曰黄帝女魃，蚩尤作兵伐黄帝，黄帝乃令应龙攻之冀州之野。应龙蓄水，蚩尤请风伯雨师，纵大风雨。黄帝乃下天女曰魃，雨止，遂杀蚩尤。魃不得复上，所居不雨。

《史记》则更是一笔带过："蚩尤作乱，不用帝命。于是黄帝乃征师诸侯，与蚩尤战于逐鹿之野，遂擒杀蚩尤。""弱叙述性"的特征显而易见。

本源于神话、传说的志怪在叙事上深受神话叙事的影响，不仅在整体上表现出"片段性"和"零散性"的叙事特征，同时也呈现出鲜明的"弱叙述性"特征。志怪多叙述神异灵怪之异形、异貌、异行，后世多视之为怪诞，然考其本意，"亦非有意为小说，盖当时以为幽明虽殊途，而人鬼乃皆实有，故其叙述异事，与记载人间常事，自视固无诚妄之别矣"。① 既然视神异灵怪为

---

① 鲁迅：《中国小说史略》，人民文学出版社，1976年版，第29页。

"实有","志怪"只不过是对实有之事的简单记载,自然不强调叙事,从而导致"弱叙述性"特征。与神话的"弱叙述性"相类似,志怪的"弱叙述性"主要表现在两个方面:

其一,缺乏故事的"历时性"流程展示,多表现出"空间化"叙事结构,这在早期志怪中表现尤为突出。

早期志怪基本沿袭《山海经》的叙事模式,多表现出"弱叙述性"特点。如产生于两汉之际、旧题东方朔所撰的《神异经》与《十洲记》,最为典型地体现了《山海经》"弱叙述性"特点的深刻影响。《神异经》凡九篇,分述东、东南、南、西南、西、西北、北、东北等八方及中荒的山川异物、殊域仙人,其结构方式与《山海经》相似,在具体叙述上,《神异经》的某些条目也沿袭了《山海经》的叙事模式。如《西北荒经》叙述穷奇云:"状似虎,有翼能飞,便剿食人。"《南荒经》叙述獾兜云:"人面鸟喙而有翼,手足扶翼而行,食海中鱼。"《十洲记》分述十洲仙境仙宫之神异,叙事模式与《山海经》亦如出一辙。比如记方丈洲所在的东海之扶桑:"仙人食其椹,而一体皆作金光色,飞翔空玄。真仙灵宫,变化万端,尽无常形,亦有能分形为百身十丈者也。"《洞冥记》旧题郭宪著,其序自述创作意旨云:"武帝以欲穷神仙之事,故绝域遐方贡其珍异奇物及道术之人。"可见也以记述殊方贡品、绝域异物为宗旨,如其中借东方朔之口称:"臣游北极至种火之山,有园囿池苑,皆植异木异竹。有明茎草,夜如金灯,折枝为炬,照见鬼物之形。亦名'洞冥草',亦名'照魅草',采以藉足,履水不沉。有草似蒲,色红,昼入地,夜则出。亦名'怀梦',怀其草则知梦之吉凶,立验也。帝思李夫人之容不可得,朔乃献一枝,帝怀之,果梦夫人。因名'怀梦草'。"这些记载与《山海经》类似,叙述以空间为重心,"时间性"因素仿佛在叙述中消失,强调本体而善于画图案,叙事上的薄弱显而易见。

另有一些志怪,已经开始化解《山海经》叙事的古拙,出现了叙事上的绮丽,如张华的《博物志》、王嘉的《拾遗记》、刘义庆的《幽明录》、干宝的《搜神记》等。但仔细阅读这些叙事作品,可以发现,其叙事上的离古拙趋绮丽,并未从根本上脱离"空间化"叙事模式的影响,叙事上依然表现出鲜明的"弱叙述性"。《神异经》已经出现此种转变,如《中荒经》中有记载云:

"昆仑之山有铜柱焉,其高入天,所谓天柱也。围三千里,周圆如削。下有回屋,方百丈,仙人九府治之。上有大鸟,名曰希有,南向,张左翼覆东王公,右翼覆西王母。背上小处无羽,一万九千里。西王母岁登翼上,会东王公也。故其柱铭曰:'昆仑山铜柱,其高入天,周圆如削,肤体美焉。'其鸟铭曰:'有鸟希有,碌赤煌煌,不鸣不食。东覆东王公,西覆西王母。王母欲东,登之自通。阴阳相须,唯会益工。'"与《山海经》的记载相比,故事渐趋绮丽动人,西王母亦由"虎齿豹尾、蓬发戴胜"的神话异物,摇身一变而成为多情女仙,但叙事重心依旧在于"空间性"关系的叙述,"时间性"因素并不突出。

其二,叙事缺乏细致描摹,多表现为概述式的粗陈梗概。即便被誉为足以代表六朝志怪成就的《搜神记》,亦多为粗陈梗概,叙述上的不足显而易见。如《搜神记》卷十六记载有:

> 阮瞻字千里,素执无鬼论,物莫能难,每自谓此理足以辨正幽明。忽有客通名诣瞻,寒温毕,聊谈名理,客甚有才辨,瞻与之言良久,及鬼神之事,反复甚苦,客遂屈,乃作色曰:"鬼神古今圣贤所共传,君何得独言无?即仆便是鬼。"于是变为异形,须臾消灭。瞻默然,意色大恶,岁余而卒。

故事的叙述性显然是不足的,如从故事性考虑,"人鬼辩及鬼神之有无"之"辩"的过程,"鬼变为异形"之"变"均可大做文章,但作品显然无意于故事情节的营构和细部的描摹,而是寥寥数笔带过,这样就导致了叙述上的"弱叙述性"。

如将志怪与传奇作一简单的对比,志怪的"弱叙述性"特征显露得更为突出。以写梦为例,《幽明录》中的《柏枕幻梦》与唐传奇《南柯太守传》,其创作主旨有相通之处,均借助梦境来倒映人生,宣扬"人生如梦"的虚无观念,但就叙事而言,两者呈现出"叙述宛转"与"粗陈梗概"的显著差别。

《柏枕幻梦》叙述的是:

> 焦湖庙有一玉枕,枕有小坼。时单父县人杨林为贾客,至庙祈求。庙巫谓曰:"君欲好婚否?"林曰:"幸甚。"巫即

遣林近枕边，因入坼中，遂见朱楼琼室。有赵太尉在其中，即嫁女与林，生六子，皆为秘书郎。历数十年，并无思归之志，忽如梦觉，犹在枕傍，林怆然久之。

故事叙述杨林从柏枕裂缝中进入一个极乐世界，并且在其间娶妻生子，飞黄腾达，最后被庙巫招呼出来，目前依然是一个枕头，"谓枕内历年载，而实俄顷之间矣"。这是我国古代小说中第一篇以梦境倒影人生的作品，具有浓厚的哲理意味。它叙事上的"弱叙述性"特征表现很明显，如写杨林婚后之飞黄腾达，寥寥数语，粗陈梗概，只用"历数十年"一语带过，并无渲染之势，表现出鲜明的"弱叙述性"特征。《南柯太守传》的大致情节与立意均与《柏枕幻梦》相似，意在表达人所极力追求的荣华富贵不过如同转瞬间的梦境，从而表达了虚无的人生感受。但《南柯太守传》在叙事上显然有大的改善，比起《柏枕幻梦》的粗陈梗概，《南柯太守传》的情节叙述周详细致。它讲述的是，东平淳于棼家广陵郡东十里，宅南有大槐一株。贞元七年九月因沉醉致疾，二友人扶他归家，令其卧东庑下，而自秣马濯足以等待。淳于棼躺下后，昏昏然入梦，见二紫衣使者称奉王命相邀，出门登车，驱车进入"大槐安国"。淳于棼既至，即被拜为驸马，复出为南柯太守，守郡三十载，"风化广被，百姓歌谣，建功德碑，立生祠宇"，王甚是重视，递迁大位，生五男二女，后来率兵与檀萝国战，不幸失败，后公主薨。生罢郡，而威福日盛，王于是疑惮他，遂禁止淳于棼游从，处之私第，已而送之归家。既醒，则"见家之童仆拥彗于庭，二客濯足于榻，斜日未隐于西垣，余樽尚湛于东牖，梦中倏忽，若度一世矣"。《南柯太守传》不仅具有完整细致的故事情节，而且改变了神话与传奇细节匮乏的粗略形态，描摹细致入微、淋漓尽致。即便是结尾处命仆人发穴，以究根源，乃见蚁聚，悉符前梦，也以纤毫毕现的"工笔"出之：

  ……有大穴，根洞然明朗，可容一榻。上有积土壤以为城郭殿台之状，有蚁数斛，隐聚其中。中有小台，其色如丹，二大蚁处之，素翼朱首，长可三寸，左右大蚁数十辅之，诸蚁不敢近，此其王矣：即槐安国都是也。又穷一穴，直上南枝可四丈，宛转方中，亦有土城小楼，群蚁亦处其中：即生所领南柯郡也。……

这种假实证幻、余韵悠长的叙述，已非《柏枕幻梦》的"忽如梦觉，犹在枕傍，林怆然久之"的戛然而止所能相比，从而显示了叙事上的长足长进。

再如清代蒲松龄的《聊斋志异》，从内容上着眼，当属于谈奇说怪的志怪作品，但由于《聊斋志异》以"传奇笔志怪"，吸取了传奇长于叙事的摇曳笔致，故一改神话和传统志怪的"弱叙述性"，表现出叙事上的长足发展。就叙事而言，《聊斋志异》显然受到唐传奇的深刻影响，叙事完整，描摹细致，表现出巨大的叙事张力。从审美内质而言，《聊斋志异》是与正统文学不同的充满山林趣味的幻想文字，应归属于志怪系列之中。但在借助神异幻想的志怪传统中，《聊斋志异》在叙事上又显得别具一格。纪昀在《阅微草堂笔记》中曾自称作小说，"不描摹才子佳人如《会真记》"，① 实际上是影射《聊斋志异》取法唐传奇叙事笔法，对于这种以"传奇笔志怪"的手法，纪昀不以为然，他所强调的是"著书者之笔"而非"才子之笔"，对于《聊斋志异》的"一书而兼二体"，他是相当隔膜的。但实际上，《聊斋志异》正是在融合传奇和志怪两个文体系统中，突破传统志怪叙事模式，开拓出新的审美境界的。比如，它在保持山野清新奇诡的幻想的同时，又有机地吸取了史传的叙事笔法，从而在很大程度上变传统志怪的"弱叙述性"而趋于叙事的完整、细腻，变传统志怪的粗陈梗概而为描写细致，叙述宛转，使花妖狐魅、灵异鬼怪都具有相当完整的音容、笑貌、行状和命运，在怪异的联想中有机地交织着惯常所见的人情物理，从而创造了一个充满民俗观念的人情化与诗情化的审美新境界。

二、原因

中国神话为何呈现"弱叙述性"的叙事特征呢？通行看法认为，中国神话的"弱叙述性"主要导源于"空间化"叙事结构原型，如浦安迪就指出，中国神话之所以表现出"非叙述性"特

---

① 纪昀：《阅微草堂笔记》，上海古籍出版社，1984年版，第5页。

征，是因为在中国美学的原动力中缺乏一种要求"首、身、尾"连贯一体的结构原型。"首、身、尾"连贯一体的结构原型即"时间化"结构原型，据此，可由浦氏此一观点顺理成章地推出下一结论：西方神话的"叙述性"导源于西方美学原动力中存在的"时间化"结构原型。这一看法现被学界基本认同。按照西方经典叙事学，"首、身、尾"连贯一体的叙事结构导源于"时间化"原型，它强调了依据"行动"再现"历时性"故事流程的叙事理念。而中国古代叙事中却缺乏这种要求"首、身、尾"连贯一体的"时间化"结构原型，而倾向于场景罗列式的"空间性"叙事模式，在这种叙事模式中，往往缺乏故事流程的"历时性"展现，叙事不完整，从而导致"弱叙述性"的特点。这种区别早在中西叙事源头之神话叙事中，就典型地体现出来了。

但将中国神话的"弱叙述性"仅仅归结于缺乏"时间化"结构原型，并没有明确中西神话叙事差异性的根本性原因。这里存在着一个显而易见的问题：为什么西方会形成"首、身、尾"连贯一体的"时间化"结构原型，而中国古代却缺乏这种结构原型呢？要解决这个问题，单纯的叙事学理论显然是无法胜任的，必须结合哲学、思维模式、文化传统等因素作综合探讨。概而言之，造成中西叙事结构原型差异性的因素是多方面的，最重要的当属中西宇宙观、思维模式及文学取向的不同。下面试作简要分析。

（一）不同宇宙观所导致的对"事"和"叙事"的不同认识，是形成中西不同叙事结构原型的根本性原因。

中西宇宙观最根本的区别表现在，西方将宇宙视为一个实体的世界，而中国古代则标举以"无"为本的宇宙观。

西方哲学倾向于将宇宙视为一个实体的世界，并认为这个实体的世界是可以被认识的。在这种宇宙哲学观下，西方强调理性中心，强调对明晰、因果、逻辑的把握。这种理性中心和"因果律"偏好也渗透到叙事观念中，因而强调叙事对事件的来龙去脉、前因后果的把握和表达。这一叙事观念清晰地体现在亚里士多德的《诗学》中。亚里士多德视情节为悲剧的灵魂，而情节显然是一种过程或运动，故亚氏强调指出，一个"完整"的情节，"指事之有开头，有中间，有结尾。所谓开头，指不必上承他事，但却下接他事；所谓结尾，与此相反，常常或必然上承他事，但却不必下启他事;所谓中间,就是承前启后。因此情节完美意味着既不能随便开头也不能随便结尾,而须合理安排三部分"。① 这段关于"情节"的经典性论述,以确信无疑的语气指出,一个"完整"的情节不仅包含有事件的"时序性"因素,而且隐含着事件间的"因果性"关系。这一观点奠定了西方"时间化"叙事结构的原型。莱辛觉察到亚里士多德"情节"三要素中所隐含的因果关系,在分析作为空间艺术的绘画和作为时间艺术的诗歌两者的区别时,他主要沿袭亚里士多德对情节的定义,指出:

> 诗人也毫无必要,去把他的绘画集中到某一顷刻。他可以随心所欲地就他的每个情节从头说起,通过中间的所有变化曲折,一直到结局,按顺序说下去。这些变化曲折中的每一个,如果由艺术家来处理,就要专用一幅画,但是由诗人来处理,它只要一行诗就够了。孤立地看,这行诗也许使听众听起来不顺耳,但是它在上文既有了准备,在下文又将有冲淡或弥补,它就不会发生断章取义的情况,而是有上下文结合在一起,来产生最好的效果。②

莱辛明确指出,诗歌情节的时间顺序中存在着"变化曲折"的问题。"变化曲折"是指叙事时间与故事时间的相悖。莱辛认为,由于上下文的作用,它同样能产生一种秩序,"在上文既有了准备,在下文又将有冲淡或弥补",因此由上下文语境构成的新秩序取代了自然时间秩序,成为一种新的理性秩序。这种新的理性秩序是由事件之间的因果律构成的。卫姆塞特、布鲁克斯也指出:"开头、中腰与结尾三者,强烈暗示一种因果关系。亚里士多德说,一个人一生的全部事迹不能包括在一个故事里。固然,完美不必以开头、中腰、结尾三者与亚里士多德的三段论法——大前提、小前提、结论——的字面相似,而强调两者有什么联系,我们在亚里士多德的'后分析论'仍可看出演绎法或三段论法,

---

① 亚里士多德:《诗学》,人民文学出版社,1982年版,第51页。
② 莱辛:《拉奥孔》,朱光潜译,人民文学出版社,1979年版,第23页。

与归纳法或戏剧性推理之间的关系。"① 简而言之,西方实体性宇宙观是西方"首、身、尾"连贯一体的"时间化"结构原型形成的根本原因,这一结构原型内在地包含着"时序性"与"因果律"追求,从而奠定了西方"情节"中心叙事结构,形成强调按照时间因素呈现故事流程的叙事观念。

与西方标举"实体"的宇宙观不同,中国古代主要持以"无"为本的宇宙观,正如汉儒郑玄所说:

> 以理言之谓之道,以数言之谓之一,以体言之谓之无,以物以开通谓之道,以微妙不测谓之神,以应机变化谓之易,总而言之,皆虚无之谓也。

"无"并非虚空,其中充满着生化创造功能的气,气化流行,衍生万物。张载说:"太虚无形,气之本体,其聚其散,变化之客形尔。"这种有无相生的"气"的宇宙观认为,从根本上来说,清晰地认知与说明具体事物是不可能的。与西方对清晰性、因果、逻辑的偏好不同,中国古代重直觉、感悟和经验,重视整体功能的把握,反对将事物从整体系统中孤立出来作单独分析。李约瑟认为,中国人是"关联式的思考"方式,"概念与概念之间并不互相隶属或包涵,它们只在一个'图样'中平等并置;至于事物之相互影响,亦非由于机械的因之作用,而是由于一种'感应'"。② 李约瑟对中国人的思维模式的概括相当准确。浦安迪也将中西思维模式的差异概括为"时间化"与"空间化"思维模式的差异。中国古人的宇宙观与思维模式渗透进叙事观念中。"概念与概念之间并不互相隶属或包涵,它们只在一个'图样'中平等并置",从而排除了寻求事件之间的时间、因果、逻辑关系的"时间化"叙事结构观念,而重视各个事件在故事中的功能及其相互关系,事件因其所处位置而获得结构性功能,这导致了中国古代"空间化"叙事结构的观念。这从古代"叙"和"叙事"的用法及释义中也可清晰看出。中国古代"序"、"叙"通用,

---

① 卫姆塞特、布鲁克斯:《西洋文学批评史》,中国人民大学出版社,1987年版,第29页。

② 李约瑟:《中国古代科学思想史》,江西人民出版社,1990年版,第6页。

《说文解字》释"叙"为"次第",段注补充曰:"古或假序为之。""序"的空间化内涵显而易见。"叙事"一词最早出现在《周礼·春官》:

> 冯相氏掌十有二岁、十有二月、十有二辰、十日、二十有八星之位,辨其叙事,以会天位。

这里的"叙事"强调的是"依序而行之"的"空间化"秩序。可见,中国古代侧重于从"空间化"结构原型理解叙事。

早在神话叙事中,中西已经清晰地显示出宇宙观的不同所带来的差异。沿地中海各文化传统都流传有创世神话,这些神话都包含宇宙从某一明确时间开始的观念,也就是说,宇宙是一个有限的时间过程,有的甚至还认为宇宙有一个尽头。与此相类似的是中国的"盘古开天地"的神话,但此神话直到三国时才出现记载,因而学者多怀疑其可靠性。即便这样,"盘古开天地"的神话与典型的创世神话依然有很大的区别。"盘古开天地"叙述的是,原初混沌如鸡子,轻清者上浮而成天,重浊者下沉而成地。可见,这一神话缺乏造物主的概念,盘古并非造物主,它的作用至多只是加速无穷的演化,盘古所开之天地实际上仍然是自然而然演化的宇宙,这种演化处于无始无终的无穷过程。这也与西方创世神话宇宙为一有始有终的观念相去甚远。

沿地中海文化传统的创世神话显示了以因果律感受、把握、归纳人在宇宙中的经验的特点。因果律设定事物运动是由一个外在原因引起的,而引起他物运动的原因必定在时间上先于运动的事物而存在。因此因果链条与时间链条是一致的,在因果律支配下把握、归纳经验实际上是遵循时间顺序的安排来把握、归纳经验。神话的叙述在此情形下以"时间性"作为结构原则实在是很自然的事。推而言之,"时间性"结构原则不仅体现在神话叙事中,而且继续支配欧洲中世浪漫传奇和近世小说的结构模式。福斯特在区分故事与情节时说,故事只是按照时间顺序叙述出来的事件;而情节尽管同样要叙述事件,但特别注重突出事件之间的因果关系。所谓情节性强就是指叙述者在明晰的因果律思路下叙述故事。可以说,以"时间性"为基本结构模式,在叙述事件中贯穿着因果律的意识,这是自神话至中世浪漫传奇和近世小说的西方叙事文学主流,是西方宇宙观和思维模式的必然结果。

相比之下,"盘古开天地"的神话没有造物主的观念,从而排除了将造物主与宇宙的关系置于外在动因、机械作用的因果律之下进行说明的可能性,反映了中华民族自然而然的宇宙观和哲学观。既然认为宇宙万物的变迁演化是自然而然,其后并无可资追问的外在动因,因而倾向于认为那种强以因果律寻求事物之间的相互关系进而希图给出最终解释的倾向是徒劳的。如《山海经》中频频出现的一个"见"字,充分强调了吉凶难测的偶然性,暗示其后并不存在可资追问的因果律。这一哲学观构成了中国古代"空间化"叙事结构基础,因为排斥对事物因果关系的追究而对事物进程采取自然的态度,那么在叙事的大框架上自然主张显示事物进程的"本来样貌",而力排对事物进程的各种人为加工和主观解释。不追问事件之间的因果逻辑关系,必然导致对叙事中"时间性"因素的漠视,因而中国古代叙事逐渐发展出了一种"空间性"叙事结构原型。在"空间化"叙事结构原型中,不注重"历时性"的情节叙述,而以事物运动变化自然而然的顺序有组织地将事件罗列出来,这种罗列使读者感觉不到情节的因果特性,感觉不到时间在组织故事中的重要作用,于是时间仿佛从叙事中消失了,而只剩下空间性的因素。浦安迪强调中国神话叙事的空间性架构原则,认为中国神话的特征主要是"非叙述、重本体、善图案"。① 确实,中国神话的此种"非叙述"性特征是很突出的。

(二) 中西文学取向的差异,是导致中西不同叙事结构原型的重要原因。

厄尔·迈纳曾经这样概括叙事诗与抒情诗的区别:

> 简言之,我将把抒情诗视为极端共时呈现性的文学,而把叙事文学视为具有极端历时延续性的文学。若抒情诗之根是共时呈现的话,其手段必然是对即时存在的强化而不是对开始和延续的展开。②

---

① 浦安迪:《中国叙事学》,北京大学出版社,1996年版,第5-6页。
② 厄尔·迈纳:《比较文学·前言》,王宇根、宋伟杰译,北京中央编译出版社,1998年版,第2页。

厄尔·迈纳区分的是叙事诗与抒情诗，但他的结论显然适用于其他叙事作品与抒情作品的区分。从发生学的角度看，叙事作品面对的是一个相对客观的"事"，因对象的产生、发展具有"历时性"特征，故"叙事"在表达上应体现出"历时性"特征；抒情作品关注的不是客观之事，而是主体的情绪、情感，它具有瞬时性、不稳定性，因而作品更注重把握那个特定的"此时"，自然要求表达上呈现出"共时性"特征。迈纳的概括是可信的。

西方重摹仿，亚里士多德认为，诗对存在或实现的关系是一种隐喻关系，或曰摹仿关系，而作为隐喻或摹仿对象的现实，是一种永恒运动的生命，那么，诗对现实的摹仿，便成了对人或物的流动性的摹仿。而时间是运动的数，因此对人的摹仿也就成了对生命在时间中的运动轨迹的描述，故而西方诗学首重叙事。西方文学之源的古希腊文学的主要成就表现在叙事性的史诗和戏剧方面，因此，西方文学创作及理论均以叙事文学为高，在诗歌方面相应地推崇长篇史诗和叙事诗，在中国备受青睐的抒情诗在亚里士多德的《诗学》里连名称都没有，仅被称作"另一种艺术"，其不受重视的程度可想而知。仅以英国为例，著名诗人弥尔顿、拜伦、雪莱均以叙事长诗而闻名，华兹华斯创作了不少优美的抒情诗并以此著名，但他立志要写一部伟大的史诗《隐士》，认为这样才能使自己名垂青史。与此相应，西方的教授们开设英诗课，讲授的几乎全部是长篇史诗和叙事诗，他们认为抒情诗只是些小玩意，不屑一谈。叙事文学取向和"再现论"的突出，使西方倾向于形成"时间性"叙事结构原型。

中国古代文论轻"再现"重"表现"，这突出地体现在被朱自清先生称为中国诗学"开山的纲领"①的"诗言志"概念中。对于"志"的含义，闻一多先生分析说："志有三个意义：一记忆，二记录，三怀抱。"按照他的说法，无论记忆、记录，还是怀抱，其本源都是"藏在心里"："……上文说志的本义是'停止在心上'，也可说是'蕴藏在心里'，记忆一义便是由这里生出的。但是情思、感想、怀念、欲慕等心理状态，何尝不是'停在

---

① 朱自清：《诗言志辨·序》，凤凰出版社，2008年版，第4页。

心上'或'藏在心里'？这些在名词上五花八门，实际并无确定界限的心理状态，现在看来，似乎应该统名之为陆机《文赋》所谓'诗缘情而绮靡'之情，古人则名之为意。"①闻一多先生分析得很精辟，"志"字本义便包含着人的精神活动，诗歌创作便是这种属于个人心理范围的情或意的活动。故而中国诗学首重抒情，文学主流为抒情性文学，叙事文学屈居其下，且深受抒情传统的潜移默化。抒情文学取向和"表现论"的突出，遏制了"时间化"结构原型的形成，使中国古代倾向于形成"空间化"结构原型。"空间化"结构原型对中国古代叙事产生了深刻影响，叙事中"时间性"因素的淡化，"空间性"因素的强化突出，使得"历时性"的故事流程常常转化为"共时性"的场景并置，整体上呈现出"亚叙事"特征，表现出鲜明的"弱叙述性"特点。

中西"时间化"与"空间化"原型的差异在神话叙事中有着鲜明的体现。古希腊神话往往以时间为轴心，重视情节结构"首、身、尾"的整一连贯，习惯于"历时性"地展开故事流程，因此表现出很强的叙事性；而中国神话则强调空间因素，时间色彩不明显，大多缺乏故事情节的"历时性"发展流程，而静态的空间关系和状态描绘等"空间性"因素却占据了中心位置，这样导致了中国神话的"弱叙述性"。如在《山海经》中，就几乎看不到时间的流逝，书中大量堆砌的是名词，动词的出现率则相对较低，缺少动词就意味着缺乏叙事，故《山海经》在叙述神怪时，多着眼于他们的外貌、形状、来历、方位、仪仗等，行动却屈居末位，而且不是必须出现的常项。忽视对"行动"的叙述自然导致"弱叙述性"。再比如《尚书·尧典》中涉及羲、和等奉命各守一方的天文过程时是这样写的：

> 乃命羲、和、敬若昊天，历象日月星辰，敬授人时。分命羲仲，宅嵎夷，曰旸谷。寅宾出日，平秩东作。日中，星鸟，以殷仲春。厥民析、鸟兽孳尾。申命羲叔，宅南交。平秩南讹。敬致。日永、星火、以正仲夏。厥民因，鸟兽希革。分命和仲，宅西，曰昧谷。寅饯纳日，平秩西成。宵

---

① 闻一多：《闻一多全集》卷一《诗与歌》，湖北人民出版社，1993年版，第185页。

> 中，星虚，以殷仲秋。厥民夷，鸟兽毛毨。申命和叔，宅朔方，曰幽都。平在朔易。日短，星昴，以正仲冬。厥民隩。鸟兽氄毛。帝曰，咨，汝羲暨和。三百有六旬有六日。以闰月定四时，成岁。允厘百工，庶绩咸熙。

这则记载包含了有关太阳升降、四季循环的内容，是一种很内在的神话材料，但故事内容以静态的空间关系和状态描绘来展开，"时间性"因素仿佛从叙述中消失，"共时性"取代"历时性"，"弱叙述性"的特点表现突出。

另如《尚书·尧典》中所载共工故事：

> 帝曰。畴、咨。若时登庸。放齐曰。胤子朱、启明。帝曰、吁、嚚讼、可乎。帝曰、畴、咨。若予采。欢兜曰、都、共工方鸠僝功。帝曰、吁、静言庸违、象恭滔天。帝曰、咨、四岳、汤汤洪水方割、荡荡怀山襄陵、浩浩滔天。下民其咨、有能俾乂。佥曰、于、鲧哉。帝曰、吁、哉、方命圮族。岳曰、异哉、试可乃已。帝曰、往、钦哉。九载、绩用弗成。帝曰、咨、四岳。朕在位七十载、汝能庸命、朕位。岳曰，否德忝帝位。曰、明明扬侧陋。师锡帝曰、有鳏在下、曰禹舜。帝曰、俞、予闻、如何。岳曰。瞽子。父顽。母嚚。象傲。克谐以孝。不格奸。帝曰，我其试哉。女于是、观厥刑于二女。降二女于、嫔于虞。帝曰。钦哉。

共工是个具有浓厚神话色彩的人物，他的故事具备了发展成为一个按照"历时性"流程展开的潜在情节，但《尧典》所载却基本上全部采用对话形式，以"空间性"叙事结构取代"时间性"叙事结构，从而清晰地显示了"弱叙述性"特点。

综而观之，中西不同的宇宙观和文学取向，导致了中西"时间化"与"空间化"的不同思维模式和结构原型，从而影响了中西神话叙事结构模式。古希腊神话以时间为轴心，故重视"行动"要素，强调过程而善于讲述故事，叙事色彩浓；中国神话以空间为重心，重视关系与功能要素，强调本体而善于画图案，呈现出"弱叙述性"特征。

第三节 叙事时间

谈到中国神话，其叙事的不足是显而易见的。就单篇神话叙事而言，多表现出"弱叙述性"特点；就神话叙事整体而论，则表现出"片段性"、"零散性"特征。中国许多古籍中都保留有神话方面的材料，但却没有一部神话专集，而是零零碎碎散见于《诗经》、《尚书》、《庄子》、《列子》、《楚辞》、《淮南子》和《山海经》等典籍中。当然，中国神话的"零散性"不仅指没有被系统地编纂成书，更重要的是指中国神话材料本身缺乏一个完整的系统，故而许多学者认为，与古希腊神话相比，中国古代神话是"片断神话"而非"体系神话"，"我国古代神话（这里主要指汉民族神话）从内容涉及的广度来说，是丰富多彩的，但大都是比较零散、甚至是片断的记载，没有像古希腊那样发展成为一个神的家族和神的系统"。①

当然，指出中国汉族神话体系化的程度远远比不上古希腊神话，并不等于中国汉族神话毫无体系可言。事实上，中国神话的"历史化"过程，在把零散的神话形象加以"历史化"的同时，也完成了中国式的"体系化"工作，从而形成了独特的中国历史神话体系。

"自从盘古开天地，三皇五帝到如今"，"历史化"、"体系化"的最后皈依，是落实到"三皇五帝"的正统神话轨道上。于是，在"史官文化"意识的参与下，原本混杂零散的神话被加以层级处理，从而构筑了独具特色的神话体系。从黄帝、颛顼到尧、舜、禹，各个独立的正神们终于找到了自己的神性归属——黄帝系；与此相对应，从炎帝、蚩尤到夸父、刑天、共工等反面神也找到了自己的神性归属——炎帝系。于是，黄帝对抗炎帝的"阪泉之战"，以及随后爆发的黄帝镇压蚩尤的"涿鹿之战"就获得了正义战胜邪恶的空前道德意味。许多著名的神话人物，诸如女丑、天女魃、风伯、雨师、应龙等都被网进这一神话体系之

---

① 马积高、黄钧：《中国古代文学史》，湖南文艺出版社，1992年版，第24页。

中。正如汉学家马伯乐所指出的："神和英雄于此变成圣君和贤臣，而妖怪则变成叛乱的诸侯或奸佞的官吏。……其实，在这里只有历史之名，并无历史之实。"①

但是，这种经过加工整理的历史神话体系依然存在着诸多混乱之处。因为很显然，既然这些所谓的"历史人物"都是出于神话的想象，"只有历史之名，并无历史之实"，那么，出现谱系的混乱亦在情理之中。混乱的谱系使得想从神话中理出一个清晰的时间系列的努力变得徒劳。

尽管初民虔诚地将他们所述说的神话看作真实发生过的事件，但无论如何，神话却是虚构的故事，因此神话中的时间是一种心理学意义上的时间而不具有编年史意义。我们可以从福斯特对情节的因果概念的分析中得到启发。"国王死了，然后王后也死了"，这仅仅是一个情节梗概；"国王死了，王后由于过度忧伤也死了"，这是一个有着因果关系和清晰时序的情节；而"王后死了，没有人知道她的死因，后来有人发现她可能是由于因国王的死过度忧伤而死的"，这是一个具有未知因素的情节，它的时序缺乏明确界限。② 神话中的情节和时序与福斯特列举的此三种情节相类似。姑且以"女娲补天"与"共工怒触不周山"为例说明。

"女娲氏炼五色石以补其阙。其后共工氏与颛顼争为帝，怒而触不周之山。""补天"与"触不周山"是两件没有因果链的事件，它们只有时序而无因果关系，因此，相当于"国王死了，然后王后也死了。""诸侯有共工氏，……乃头触不周山，崩。女娲乃炼五色石以补天"，则像"国王死了，王后由于过度忧伤也死了"一样，它既有时序也有因果关系。茅盾先生说："把女娲补天作为共工氏折断天柱以后的事，未见他书，所以《三皇本纪》云云，显然是修改了的传说。"这就相当于"王后死了，没有人知道它的死因，后来有人发现它可能是由于因国王的死过度忧伤而死的"，这也是一种具有未知因素的情节，它的时序也缺乏明确的界限。

---

① 马伯乐：《书经中的神话》，冯沅君译，商务印书馆，1929年版，第49页。
② 参阅福斯特：《小说面面观》，伦敦1927年版，第116页。

这三种形式哪一种更好些？实际上，它们之间是无所谓优劣的，因为它们仅仅是不同的虚构故事情节的构成方式。虽然从单纯的文学性的角度来看，情节愈复杂似乎愈好些，但就这点而论，它对神话是没有什么意义的。判断神话的优劣除了文学性以外，更为重要的另外一个标准是它的原始性。神话是在世代相传中形成的，重叠和矛盾实属正常现象，因此，神话中的事件的序列常常是相互矛盾的，我们不能武断地说哪一种时序才是神话最正当的序列，因为它们既然是虚构，也就丧失了建立时序标准的可能性，正如福斯特所指出的三种形式的情节结构一样，它们本身很难说有什么优劣的标准。

　　我国神话叙事的"零散性"特征使得神话不可能具有时间上的明确性，即便是经过层级处理的汉族历史神话体系同样存在着诸多模糊和混乱之处。因此，争论神话之中的时序是缺乏意义的，但争论神话之外的时序则是有意义的。神话学认为，神话并非子虚乌有的"胡思乱想"，作为原始先民的"严肃"叙事，神话是某些重大历史事件的象征性反映，因此，在不同的神话之间有可能呈现出产生它们的历史背景的时序，从而昭示历史纵深之处的深层真实。如《诗经·大雅·生民》中姜原履巨人迹，《太平御览》中华胥履大迹，甚至《商颂·玄鸟》中的"玄鸟生商"等，均未涉及父系，实际上这正是神话中真正历史因素的表现。

　　如《诗经·大雅·生民》中记载有："厥初生民，时维姜原。生民如何，克禋克祀，以弗无子。"郑玄《毛诗笺》："祀郊禖之时，时则有大神之迹，姜原履之，足不能满，履其拇指之处，心体歆歆然，其左右所止住，如有人道感己者也，于是遂有身，而肃不复御；后则生子而养长之，名曰弃。"这个"姜原履大人之迹"的神话实际上反映了古代神话中处女生殖的观念。《说文》说"姓"："姓，人所生也。古之神圣，母感天而生子，故称天子；从女从生，生亦声。"所谓"母感天而生子"和处女生殖的含义是一样的，无非是把英雄的诞生与神联系在一起。弗雷泽也曾在《自然的崇拜》中指出：世界的始祖最早是分离的，"天"与"地"是作为"两个母亲"来理解的。同样的思想也曾为其他的西方思想家所论述过。例如巴霍芬就曾经指出过："并不是大地模仿母亲，而是母亲模仿大地；在古代，婚姻被看作像土地的耕耘同样的事情,整个母系制所通行的专门术语实际上是从农耕那里借来的。"① 甚至在柏拉图的著作中也可以找到同样的论述:"在多产和生殖中,并不是妇女为土地树立了榜样,而是土地为妇女树立了榜样。"② 所以,不要以为弃是男性英雄形象就认定他是父系社会的产物,从姜原履巨人迹而生弃的神话背景来看,他仍然是母系社会的产物,这是神话中最有价值的历史因素的体现。

神话中的人物无法坐实,比如在中国神话中广为人知的女娲和共工显然不是真实的历史人物,但他们都可能是被浓缩了的历史性事件的象征性代表,而并不仅仅是幻想的产物。马克斯·缪勒曾说过,人类"有一种天生的崇敬过去的本能"。③ 神话之所以能够长期保存下来并且给人以巨大的历史感,主要就在于它是一种历史事件的变形。一个被压缩了的神话正如一个被压缩了的梦一样,它可能出现时序上的颠倒,但历史事件的精神本质却仍然是可以加以分析而被发现的。

所以,神话叙事时间尽管只具有心理学意义,但研究不同的神话之间的关系,则有可能呈现出产生它们的历史背景的时序,从而昭示历史纵深之处的真实,这是神话研究中最有意义的地方。

---

① 卡尔·奥尔布雷克特·贝诺里编,约翰·雅科布·巴霍芬著作选(*Urreligion und antike symbole*),莱比锡1926年版,第308页。
② 柏拉图:*Menexenus*。
③ 马克斯·缪勒:《比较神话学》,A·斯迈思·帕尔默(A Smythe Palmer)编,伦敦版,第17页。

第二章　史传叙事思想

尽管中西叙事源头均可追溯到神话，但介于中西神话与小说之间的中介，却并不相同：西方是史诗，中国则是史传。

第一章在讨论神话叙事时，我们曾经强调指出，由于对实用理性的过度推崇，中国神话失去了及时进行"二次创造"的历史性机会。因此，尽管从神话所涉及的内容看，中国神话与古希腊神话一样丰富，但在叙事上却大为逊色，"片断式"、"零散性"及"弱叙述性"的叙事特征表现得十分突出，就连被誉为"记载神话材料特多"的《山海经》，也根本无法与古希腊荷马史诗的叙事成就相比。也就是说，中国神话基本上停留在"原生神话"阶段，因而很难像荷马史诗那样，因其叙事上的高度成熟，成为后世叙事文学的直接源头。所以，中国古代文学传统缺乏史诗性源头。

由于缺乏史诗性源头，中国古代叙事不得不另找叙事性资源。实用理性的发达与儒家文化"不语怪力乱神"的推波助澜，在遏制中国神话"二次创造"进程的同时，却又促成了史传的高度发达。与神话叙事的相对不足相反，中国古代史传叙事高度发达，因而取代神话成为中国古代叙事的正式源起，史传叙事思想成为中国古代叙事思想的直接理论渊薮。

美国汉学家浦安迪说过，中国没有荷马，却有司马迁。他这一评价显然是着眼于两者对后世文学传统形成的基本性影响上，而将司马迁与荷马并置，确实很形象地揭示了中西叙事不同走向的发生学根源，这种比拟和并列恰好说明了导致中西叙事思想巨大差异的根本性原因之所在。西方叙事学源于《荷马史诗》，故以"虚构"为叙事之本质，且以叙事诗学为正统；而中国古代叙事思想则以史传为正式源起，史传因其权威地位和叙事上的高度成就，成为中国古代叙事思想基本的叙事资源，中国古代叙事思想受到史传叙事思想的深刻影响，表现出鲜明的"史化"特征，从而呈现出与西方叙事理论明显的差异性特征。最根本的影响是史传所标榜的"实录"观成为后世的基本叙事理念。这种影响可从表层和深层两个方面分析。从表层影响着眼,"实录"叙事理念标举"信实",贬斥虚构,在某种程度上偏离了文学叙事的虚构性本质,致使中国古代小说往往处于史的荫庇之下,难以冲破史的束缚走向真正的自觉,从而在很大程度上导致了我国古代虚构叙事的不发达。但从深层影响着眼,"实录"叙事观又不能拘泥于简单的字面理解,这一观念包含丰富的内涵:在充分尊重事实的同时,它也认同合情入理的"揣测"之辞,故标举"实录"的史传能够孕育出小说文体。从根本上来说,由于中国古代没有大型虚构叙事作品,因此历史叙事在一定程度上承担了文学叙事的责任,这在一定程度上导致了史传叙事的文学色彩,也正是中国古代以史书为中心,在史书、史传中有机容纳诸如神话、寓言、传说等多种文化因素和虚构意识的早期叙事,逐步孕育了小说这一文体观念的生成。

  史传对中国古代文学叙事的影响是全方位的。无论是叙事实践还是叙事思想,史传的影响都是显而易见的。对于小说文体与史传的承继关系,中国古代文论家有着清晰的认识。金圣叹指出:"《水浒传》方法,都从《史记》出来,却有许多胜似《史记》处。"[①] 张竹坡说:"《金瓶梅》是一部《史记》。"[②] 戚蓼生指出《红楼梦》吸取了史传"微言大义"的叙事修辞:"如《春秋》之有微词,史家之多曲笔。"[③] 尽管所论不免笼统、牵强,但在客观上确实指出了小说与史传的渊源关系,从这一角度看,史传确立了中国古代基本的叙事思想。基于史传在中国古代叙事思想发展史上的基础性地位,如想对中国古代叙事思想作发生学方面的考究,首先应该对史传叙事思想有一清晰的认知。下面拟从叙事理念和叙事技巧两方面着手,对先秦两汉时期的史传叙事思想进行具体探讨。

---

  ① 金圣叹:《读第五才子书法》,《水浒传会评本》,陈曦钟等辑校,北京大学出版社,1981年版,第16页。
  ② 张竹坡:《批评第一奇书金瓶梅读法》,黄霖、韩同文选注《中国历代小说论著选》(上),江西人民出版社,1982年版,第374页。
  ③ 戚蓼生:《石头记序》,黄霖、韩同文选注《中国历代小说论著选》(上),江西人民出版社,1982年版,第492页。

第一节 "实录"叙事理念

与西方叙事理论相比,中国古代叙事观念显得独具特色。和西方"虚构"叙事观不同,中国古代叙事观念向以"实录"为准的。"实录"叙事观念不仅是史传的基本叙事原则,也成为中国古代叙事的基本原则和理念。通常认为,渊源于史传的"实录"叙事观排斥虚构,在很大程度上阻碍了我国古代文学性叙事的发展与成熟,带来了诸多的不良后果,小说的晚熟即为突出表现之一。实际上,这种认识有失偏颇,因为"实录"叙事观的内涵并非像字面那样一目了然,而有着丰富辩证的内涵。本节的目的即在于,通过尽可能客观辩证的考察,重新认识和评价"实录"叙事理念。

一般认为,"实录"叙事观包含着相辅相成的两方面内容:所叙之事和叙述态度,既强调事件的真实不妄,又要求叙述立场的不偏不倚。但实际情形要复杂得多。先来辨析"所叙之事"这一层面。

一、所叙之事——"虚实杂糅的结合物"

毋庸置疑,要想真正理解中国古代叙事思想,最好的方法就是将其与西方叙事理论作一对比,而将对比的起点设置在两者的源起上应该是合适的,因为,追根溯源,源起的不同是导致本质不同的根本性原因。

众所周知,西方叙事源自于史诗(epic)。西方意义上的史诗本质上属于虚构性艺术,亚里士多德在《诗学》中提出了区别历史与史诗的著名论断:

> 诗人的职责不在于描述已发生的事,而在于描述可能发生的事,即按照可然律或必然律可能发生的事。历史学家与诗人的差别不在于一用散文,一用韵文。希罗多德的著作可以改写成为韵文,但仍是一种历史,有没有韵律都是一样;两者的差别在于一叙述已经发生的事,一描述可能发生的事。因此,写诗这种活动比写历史更加富于哲学意味,更

高。因为诗所描述的事带有普遍性,历史则叙述个别的事。

所谓"有普遍性的事",指某一种人,按照可然律或必然律,会说的话,会行的事,诗要实现追求这目的。①

这段著名的论述以毋庸置疑的话语指出了史诗与历史的不同就在于它的"虚构"本质,而且强调指出史诗的目的并非再现个别的事物,而在于通过虚构,体现普遍的真理,合乎可然律和必然律,因此,史诗比历史具有更高的真实。据此可以推断,亚氏认为历史是真实的,历史学家的职责即是"描述已发生的事",这似乎与中国古代历史叙事所持"实录"叙事原则相一致。

自从孔子开始,中国古代史传就把"实录"奉为最高的叙事理念和原则,孔子说:"我欲载之空言,不如见之于行事之深切著明也。"② 孔子述史,首重史事的确凿无疑,即刘知己所谓"传信":"信以传信,疑以传疑","古者为史,皆据所闻见实录事迹,不少损益,有所避就也,谓之传信。"在撰史过程中,如果有疑问,那就应该"疑则传疑"或"文疑则阙",是绝对排斥讹言、传闻和虚诞之言的。司马迁就曾经说过:"至于《禹本纪》、《山海经》所有怪物,余不敢言也。"何也?只因这些是无法加以考实的传闻,有悖于"实录"的原则,故不敢妄言之。

在传统观念中,历史的第一要义是"真实"。由于认定史传应该是对历史的绝对真实的记录,故而历代都有人曾经对史传中的虚构性成分提出过异议。纪昀在《阅微草堂笔记》卷十一发出疑问说:"䶮麂槐下之词,浑良夫梦中之噪,谁闻之欤?"李元度《天岳山房文钞》卷一《䶮麂论》云:"又谁闻而谁述之耶?"李伯元《文明小史》第二十五回王济川亦以此问塾师,并且认为"把它写上,这分明是个漏洞"。《孔丛子》中则借助博士的话,认为这些言辞记述源于史官,试图以此证明其真实性和可信度:

陈王涉读《国语》言申生事,顾博士曰:"始予信圣贤之道,乃今知其不诚也。……晋献惑听谗,而书又载骊姬夜

---

① 亚里士多德:《诗学》,人民文学出版社,1982 年版,第 36 页。
② 转引自陈引驰编校《梁启超国学讲录二种》,中国社会科学出版社,1997 年版,第 21 页。

泣，公而以信入其言。人之夫妇，夜处幽室之中，莫能知其私焉，虽黔首犹然，况国君乎？予以是知其不信，乃好事者为之辞，将欲成其书，以诬愚信也，故使愚并疑于圣人也。"博士曰："不然也，古者人君，外朝则有国史，内朝则有女史。举则左史书之，言则右史书之，以无讳示后世，善以为式，恶以为戒。废而不记，史失其官。故凡若晋侯骊姬床第之私，房中之事，不得舍焉。"（《孔丛子·答问》）

尽管陈涉表现出了难能可贵的疑史精神，但博士却引古论今，力证史传所叙之事的确凿无疑，博士之言固不可信，却生动地反映了"实录"叙事观念的强大渗透力。

尽管历史叙事一贯强调所叙之事的确凿无疑，但很显然，历史叙事的绝对真实是颇为可疑的。维柯认为最初的历史必定是"诗性的"历史；柯林伍德认为历史学家首先是一个"讲故事者"；海登·怀特进一步补充说，历史就是一种"编织情节"的运作行为，他说："对于历史学家来说，历史事件只是故事的因素。事件通过压制和贬低一些因素，以及抬高和重视别的因素，通过个性塑造、主题的重复、声音和观点的变化、可供选择的描写策略，等等——总而言之，通过所有我们一般在小说或戏剧中的情节编织的技巧——才变成了故事。"① 在《历史的话语》一文中，罗兰·巴特令人信服地指出，历史写作中明显地存在着话语的手段，历史就像现实主义小说一样，"它们的'真实'来自精心的叙述、讲究的章法和大量的扩充（这里指所谓的'具体细节'）"，因而历史话语不可能到达"真实界"，而只能培植一种"真实性的效果"。史传亦是叙述，其所叙之事不可能完全真实，其中难免出现一些虚构和想象成分。戴维斯在《档案中的虚构》中指出，历史学家所珍视的档案文献表现出虚构的特征；海登·怀特则指出，在历史话语中，存在着"一系列将事实清单转换为故事的那些诗歌和修辞成分"。

与西方现代这些视"历史为文本"的极端之论相比，中国古

---

① 海登·怀特：《作为文学虚构的历史本文》，见张京媛主编《新历史主义与文学批评》，北京大学出版社，1993年版，第163页。

代史传强调"实录",排斥"虚辞"①,与上述论述形成了鲜明对照。但实际上,中国古代发端于史传的"实录"叙事观并不完全排斥虚构之辞,正如傅修延所指出的,即便史传也是"虚实杂糅"的结合物。且看史传"虚实杂糅"的具体表现。

(一) 表现

如上所述,中国古代史传尽管标举"实录",推崇所叙之事的确凿无疑,但史传中的想象和虚构却普遍存在着。

赵麂触槐前的内心独白,骊姬的夜半泣诉,早有人指出其为无中生有的文学性创造,柳宗元斥其为"务富文采,不顾事实,而益之以诬怪,张之以阔诞",柳宗元的指斥显然是从尚"实录"的角度立论的。实际上,"诬怪"、"阔诞"是先秦两汉史传的一种整体性特征,而不仅限于《国语》。《左传》历来被视为"诬谬不实",对于《史记》,早有人指出:"子长之爱,爱奇也"。即就《左传》而论,其"诬谬不实"的特征,主要表现为喜语神异,"颇与孔子'不语怪力'相违反"②,诸如灾祥、鬼怪、报应、梦兆之类难以征实之事,在《左传》的记载中比比皆是:

> 初,内蛇与外蛇斗于郑南门中,内蛇死。六日而厉公入。公闻之,问于申𦈭曰:"犹有妖乎?"对曰:"人之所忌,其气焰以取之,妖由人兴也。人无衅焉,妖不自作。人弃常则妖兴,故有妖。"(庄公十四年)

> 魏颗败秦师于辅氏,获杜回,秦之力人也。初,魏武子有嬖妾,无子。武子疾,命颗曰:"必嫁是。"疾病,则曰:"必以为殉。"及卒,颗嫁之,曰:"疾病则乱,吾从其治也。"及辅氏之役,颗见老人结草以亢杜回。杜回踬而颠,故获之。夜梦之曰:"余,而所嫁妇人之父也。尔用先人之治命,余是以报。"(宣公十五年)

这些记叙显然属于荒诞不羁之列。当然,我们不能据此断言史家具有清醒的虚构意识,也许,这些被后人目为神异的记载,

---

① 刘知己:《史通·杂述》,转引自《中国历代小说论著选》(上),黄霖、韩同文选注,江西人民出版社,1982年版,第34页。

② 王充:《论衡·案书篇》,上海古籍出版社,2010年版,第64页。

恰恰被时人视为确实发生过的真实事件，史家只是将其客观地记录下来，因而这些叙述应该归属于"实录"之列。但《左传》中充斥着诸如此类的神异传说，而且作者对此津津乐道，无疑反映了一种"好奇"的态度。

如果认为充斥于古代史传的神异怪诞之事，只不过反映了古人认识上的局限性，因而不能为史传的"虚构性"提供有效的证明，我们还可以举出更有力的证据来说明史传的虚构性特征，这主要显露为所叙事件逻辑上的漏洞。还是以《左传》为例说明。相对于"喜语神异"的浅层表现，更能显示《左传》"诬谬不实"的虚构性的是由所叙之事在逻辑上的漏洞构成的，它隐藏得更深一些，也更具有小说意味。如宣公二年"晋赵盾弑其君夷皋"，其中的著名插曲"槐下之叹"经不起逻辑的推敲，显然是虚构之辞。"槐下之叹"从何得来？钱钟书否定了史官在旁潜听窃视、据实记录的可能性：

  骊姬泣诉，即俗语"枕边告状"，正《国语》作者拟想得之，陈涉所谓"好事者为之辞"耳。吾国史籍工于记言者，莫先乎《左传》，公言私语，盖无不有。虽云左史记言，右史记事，大事书策，小事书简，亦只谓君廷公府尔。初未闻私家置左右史，燕居退食，有珥笔者鬼瞰狐听于旁也。①

既非据实记载，自属史家臆造，出自于史家的"想当然"了，钱钟书接着说：

  盖非记言，乃代言也，如后世小说、剧本中之对话独白也。左氏设身处地，依傍性格身份，假之喉舌，想当然耳。……明清评点章回小说者，动以盲左、腐迁笔法相许，学士哂之。哂之诚是也，因其欲增稗史声价而攀缘正史也。然其颇悟正史稗史之意匠经营，同贯共规，泯町畦而通骑驿，则亦何可厚非哉。史家追叙真人实事，每须遥体人情，悬想事势，设身局中，潜心腔内，忖之度之，以揣以摩，庶几入情

---

① 钱钟书：《管锥编》第一册，中华书局，1991年版，第165页。

合理。盖与小说、院本之臆造人物，虚构境地，不尽同而可相通；记言特其一端。……《左传》记言而实乃拟言，代言，谓是后世小说、院本中对话、宾白之椎轮草创，未遽过也。①

《左传》宣公二年与《公羊传》宣公六年均记载了"晋赵盾弑其君夷皋"。饶有意味的是，两书所记事件内核基本一致，但敷衍于其外的微细事件却不尽相同。《公羊传》所记为：

灵公心怍焉，欲杀之。于是使勇士某者往杀之。勇士入其大门，则无人门焉者；入其闺，则无人闺焉者；上其堂，则无人焉；俯而窥其户，方食鱼飧。勇士曰："嘻！子诚仁人也。吾入子之大门则无人焉，入子之闺则无人焉，上子之堂则无人焉，四子之易也。子为晋国重卿而食鱼飧，是子之俭也。君将使我杀子，吾不忍杀子也。虽然，吾亦不可复见吾君矣。"遂刎颈而死。

这里使狙麂感动的不是赵盾"盛服将朝"、"坐而假寐"中体现出来的"恭敬"，而是作为"晋国重卿"，他的生活竟如此俭易，他所感叹的内容和自杀的方式均与《左传》所记不一致。很显然，如果再换一个人来叙述这一事件，具体细节上肯定又有所区别，如果都是对历史事实的真实记载，又怎么解释这些细节上的差异呢？这些细节上的差异充分暴露了"实录"叙事理念之中虚构想象成分的存在。

推而言之，这种标举"实录"却内含虚构性成分的现象并非《左传》所独有，此前之《尚书》、《春秋》，此后之《史记》均氤氲着某种亦真亦幻的色彩。

《尚书》以记言为主，但并不独独记言，而是记事与记言互为映发，相得益彰。其中的《金縢》显示了古人相当清醒的叙事意识，它讲述的故事在叙事的完整性和生动性上相当突出：武王有疾，辅国大臣周公祈以身代，置祷词于金縢；成王即位，惑于

---

① 钱钟书：《管锥编》第一册，中华书局，1979年版，第166页。

"三叔"流言,周公蒙受不白之冤;风雷示警,成王启金縢,泣读祷词,出郊迎回周公。故事不仅完整自足,而且明显带有想象色彩,尤其是对周公蒙冤所导致的天怒人恐以及真相大白后的偃禾尽起的描写,更是接近小说笔法,其中的虚构成分是显而易见的,正如王国维《古史新证》中所言:"史实之中,固不免有缘饰。"

孔子不喜语怪、力、乱、神,修《春秋》时又曾对鲁旧史严加斧削,故其中绝少虚构成分,历史学界亦认为其真实性无可置疑:"此书(指《春秋》)虽渗透孔子褒贬之义,但其所述春秋史实之真实性则无可疑,为迄今最早的编年体断代史料。"① 恰好相反,削去细节上的虚构并不等同于"真实性"。史家主体性色彩的渗透,诸如"孔子褒贬之义"的渗透和"春秋笔法"的运用、"善善恶恶"的叙事功用追求、理想政治图景的展示等,恰恰削弱了史传的真实性与可信度。

司马迁深谙史实与虚构的巧妙处理,善于在历史事实的关键环节进行合乎情理的艺术加工,进行有血有肉、生动传神的细节描写。如《项羽本纪》中的"垓下之围"部分,垓下被围、迷失道路、反复突围、杀伤数将、乌江自刎等应属于历史事实,但展现在这些基本情节之中的一系列细节,如"四面楚歌"的悲凉氛围、"虞兮虞兮"的千古诀别、"田父绐曰"的生死机缘、"瞋目叱之,辟易数里"的超凡神威等,应属司马迁借助想象与虚构进行的艺术加工。且看:

> 项王军壁垓下,兵少食尽,汉军及诸侯兵围之数重。夜闻汉军四面皆楚歌,项王乃大惊曰:"汉皆已得楚乎?是何楚人之多也!"项王则夜起,饮帐中。有美人名虞,常幸从;骏马名骓,常骑之。于是项王乃悲歌慷慨,自为诗曰:"力拔山兮气盖世,时不利兮骓不逝。骓不逝兮可奈何,虞兮虞兮奈若何?"歌数阕,美人和之。项王泣数行下,左右皆泣,莫能仰视。(《项羽本纪》)

---

① 朱凤瀚、徐勇:《先秦史研究概要》,天津教育出版社,1996年版,第46页。

这一细节描写的历史真实性是相当可疑的。遍观《史记》，此类带有虚构色彩的例子比比皆是，下仅摘几段脍炙人口者：

> 良尝闲从容步游下邳圯上。有一老父，衣褐，至良所，直堕其履圯下。顾谓良曰："孺子，下取履！"良愕然，欲殴之；为其老，强忍，下取履。父曰："履我。"良业为取履，因长跪履之。父以足受，笑而去。良殊大惊，随目之。父去里所，复还，曰："孺子可教矣。后五日平明，与我会此！"良因怪之，跪曰："诺。"五日平明，良往，父已先在，怒曰："与老人期，后，何也？"去，曰："后五日早会。"五日鸡鸣，良往。父又先在，复怒曰："后，何也？"去，曰："后五日复早来。"五日，良夜未半往。有顷，父亦来。喜曰："当如是。"出一编书，曰："读此，则为王者师矣。后十年，兴。十三年，孺子见我济北，谷城山下黄石即我矣。"遂去，无他言。不复见。旦日，视其书，乃《太公兵法》也。良因异之，常习诵读之。（《留侯世家》）

> 晏子为齐相，出，其御之妻从门间而窥其夫。其夫为相御，拥大盖，策驷马，意气扬扬，甚自得也。既而归，其妻请去。夫问其故。妻曰："晏子长不满六尺，身相齐国，名显诸侯。今者妾观其出，志念深矣，常有以自下者。今子长八尺，乃为人仆御，然子之意，自以为足，妾是以求去也。"其后，夫自抑损。晏子怪而问之，御以实对。晏子荐以为大夫。（《管晏列传》）

《史记》向被推为"实录"，但文本中却颇多此种虚构性细节，可见，所谓的"实录"叙事观念，实际上并不完全排除虚构与想象。金圣叹曾经谈到了《史记》中的虚构想象因素，所论相当到位：

> 夫修史也，国家之事也；下笔者，文人之事也。国家之事，止于叙事而已，文非其所务也；若文人之事，固当不止于叙事而已，必且心以为经，手以为纬，踌躇变化，务撰成绝世奇文焉。司马迁之书，是司马迁之文也，司马迁书中所叙之事，则司马迁之文之料也。是故，司马迁之为文也，吾

见其有事之巨者而隐括焉，又见其有事之细者而张皇焉，或见其有事之阙者而附会焉，又见其有事之全者而轶去焉，无非为文计不为事计也。①

金圣叹的观点很鲜明：无论隐括、张皇，还是附会、轶去，全在于"文"的因素在起统帅作用，它支配、制约着各种事件形迹和各种艺术手法的调度安排以达到自己的目的。从这个意义上说，"司马迁书中所叙之事，则司马迁之文之料也"，事件形迹不过是叙事作文的"文料"，其虚构性是在所难免的。现代历史研究也明确指出，"历史"与"小说"的区别远非泾渭分明，有的历史学家甚至认为历史不过是一种"文本"和"话语"，因此历史中的虚构性成分是难免的，甚至是不可或缺的。汤因比指出，历史学家如果同时不是一个伟大的艺术家就不可能成为一个伟大的历史学家，而且强调说，仅仅把事实加以选择、安排和表现，就属于虚构范围所采用的一种方法。② 修昔底德是以严格考究事实著称的历史学家，柯恩福却在《爱编故事的修昔底德》中指出他的历史叙述分明受到希腊悲剧的惯例支配。海登·怀特公开把历史文本称为"文学虚构"，强调它不可能是对已经发生过的历史事件的"真实再现"，而只是一种"想象性再现"。

由此可见，钱钟书先生所持"史有诗心、文心"之论，确为不诬。中国史官文化的早熟以及早期文化巫、史不分的特点，决定了中国古代叙事以史为中心而展开，而不像西方那样形成以史诗为源头的虚构叙事传统。但中国古代叙事虽以历史叙事为标的，标榜"实录"原则，同时却又把大量的神话、传说、妄诞和虚构成分糅合进去，从而导致中国古代的历史叙事从一开始就不可能具备严格意义上的"真实性"，而往往带有大量的想象虚构的成分，正可谓是亦真亦幻、亦幻亦真。傅修延认为，作为中国古代叙事传统发端的先秦叙事，包括历史叙事是"虚实杂糅"的结合物。晋人干宝以"卫朔失国，二《传》互其所闻；吕望事周，子长存其两说"为证据，旗帜鲜明地指出，即便史传也难免

---

① 金圣叹：《金圣叹批评〈水浒传〉》第二十八回回前评，齐鲁书社，1991年版，第545页。
② 汤因比：《历史研究》，曹未风等译，上海人民出版社，1986年版，第55页。

"虚错"、"失实"。明人余象斗也指出世界上本来就没有信史，一部十七史，"其序事也，或出幻渺；其意义也，或至幽晦"。司马迁的《史记》，历来被誉为"实录"，汉人扬雄则早已指出其"好奇"的特点；宋人黄震更进一步指出《史记》夹杂有小说成分，他认为："今迁之所取，皆吾夫子之所弃，而迁之文足以昭世，遂使里巷不经之说，间亦得为万世不刊之信史。"①

（二）原因

那么，标举"实录"的史传何以不可能完全真实地再现历史事件，而必然地带有虚构性成分呢？这实际上牵涉对历史的本质性认识。

历史究竟叙述了什么？它真的如亚里士多德所言，仅仅是叙述"已经发生的、个别的"偶然事件吗？如果确实如此的话，那么，所谓"历史叙事"，不过就是一堆杂乱无章的陈尸残骸的聚合物，是相互之间没有因果逻辑联系的一些零碎事件的集合体。实际情况显然不是这样，我们看到的史传，并非如亚里士多德所说的，是偶然事件的排列，其间同样具有时序和理性秩序，这种时序和理性秩序的获得，不是"客观的"历史事件本身所具有的，而是借助史家的主观性渗透获得的。而史家主观性的渗透无疑动摇了史传的"真实性"程度。这可从两个方面进行分析。

首先，从客观上来看，历史是无间断的已经发生的所有的事件的集合，史家如果想要完全重现历史的本来面目，就得把这已经发生的一切全部记录下来，但这显然是不可能的。这种不可能性缘于历史世界的"断点"，它属于认识论范畴，受到人类知识的限制。保罗·维恩用一个比喻来说明："历史是一座大宫殿，它还有我们没有进去的地方——我们不可能一下子看过所有的房舍。"要填补历史世界的"断点"，除了依靠新的文献的发现（即便发现再多，显然也不可能填补所有的历史"断点"），就得进行各种可信的推测。最常见的情形就是，由于时间的流逝，作者见闻的限制，许多历史事件的细节已经模糊，甚或无从找寻了。于是，为了填补历史世界的不完整性和"断点"，推测、虚构和想象就在所难免。所以，任何一部史书，都不可能完全符合历史的

---

① 黄震：《黄氏日钞》，台湾商务印书馆，1986年版，第243页。

原貌而只能无限接近。

其次，更重要的是，史传负载意义。史家在叙述历史时，总会持有某种历史意识，总是在一定的历史意识的指导下叙述历史。比如，中国古代史书往往负载着史家的"史识"，很大程度上涉及"义"的问题。如孟子论《春秋》说："王者之迹熄而《诗》亡，《诗》亡然后《春秋》作。晋之《乘》，楚之《梼杌》，鲁之《春秋》，一也：其事则齐桓、晋文，其文则史。孔子曰：'其义则丘窃取之矣。'"（《孟子·离娄下》）什么是"义"呢？简而言之，所谓"义"，就是指通过"奖善惩恶"，从而使得"乱臣贼子惧"，这是孔子改编《春秋》的根本目的，故而司马迁说："《春秋》以道义。"① 所以说，史家在叙述历史时，并非有事必录，而往往是按照自己的历史意识选择历史事件，并赋予这些历史事件以某种因果逻辑关系，从而使某些本来毫无关系的历史事件之间具有了因果关系，并借此传达史家的历史哲学。在这种历史意识支配下，作者为了说明所认同的某种理念或准则，甚至不惜牺牲某些历史事实或真相。如《左传·宣公三年》所载：

> 乙丑，赵穿攻灵公于桃园。宣子未出山而复。太史书曰："赵盾弑其君。"以示于朝。宣子曰："不然。"对曰："子为正卿，亡不越竟，反不讨贼，非子而谁？"宣子曰："乌呼，我之怀矣，自诒伊戚，其我之谓矣。"孔子曰："董狐，古之良史也，书法不隐。赵宣子，古之良大夫也，为法受恶。惜也，越竟乃免。"

从史实的角度看，"赵盾弑其君"这一叙述显然是不真实的，它并没有客观地反映历史真相；但从礼法的角度来看，却又是真实的，因为它体现了儒家视以为天经地义的道义原则，因此，这实际上是一个典型的史传叙事文本，负载着史家的历史认知与评判，有着鲜明的主观色彩。孔子充分肯定董狐的叙事行为，说明他所说的"书法无隐"，实际上包含着为了表达史家的某种理念、价值观或态度，对历史事实进行文饰的认可。这也导致了史传中

---

① 司马迁：《史记·太史公自序》，中华书局，1982年版，第1426页。

的虚构性成分的存在。

由此可见，标举"实录"叙事观念，并不能够保证历史的真实性"再现"，故闻一多说："诗即史。"罗兰·巴特则认为，关于"过去事件"的叙事（也即通常意义上的历史叙事）与"史诗、小说或戏剧"中那种想象性的叙事没有什么区别，它们强调的都是"真实感"，而不是"真实性"。所以，历史叙事并不是对历史事件的完全"客观"的记录，它只是造成一种叙述上的"真实感"。

那么，史传是如何形成"真实感"的呢？途径无疑有多种，但最重要的一种是因由身份写作而带来的权威性，比如在《史记》的叙事文本中，司空见惯的作为论赞标识的"太史公曰"就提供了此种可能性。正如《正义》所谓："太史公，司马迁自谓。……虞熹云：'古者主天官者皆上公，非独迁。'"① 史公是一个持久且特殊的身份，借助于这一身份，司马迁才能把历史的意义归结于他所叙述的那些事件和人，造成它们的真实感。可见，历史所叙述的史事的"真实性"是一种经由特殊的身份写作而造成的，这也从另外一个角度充分地表明了所谓的史实其实是不可靠的，它只不过是一种"乌托邦"，只能成为一种无法达到的理想的目标，正如尼古拉斯·布宁所言：

> 传记，在罗素对这个术语的用法中，它是以知觉者终其一生知觉到的全部对象。这种个人经验的整体和完整的感觉材料不同于作为个人经验的记忆材料。罗素将后者称为"视野"。难于理解的是，罗素把不被任何人经历的传记叫作"正式"传记。②

罗素关于传记概念的思考也许正好揭示出历史传记概念的本性。它至少提出了这么几层意义：首先，传记可能概括的内涵超越了个人的实际经历；其次，传记不是个人经验的记忆，从而它超越了个人经验的视野；第三，传记只能被写作而不能被经历。

---

① 张大可：《史记研究》，甘肃人民出版社，1985年版，第369页。
② 余纪元编：《西方哲学英汉对照词典》，北京人民出版社，2001年版，第123页。

我国古代历史叙事以纪传体为中心,如罗素所言,这种旨在传真传信的传记实质上不过是一种写作,它的本质是诗,是"乌托邦",因而,史事的确凿无疑是难以实现的,虚构想象在所难免。

(三) 史传叙事中两种"真实观"的辨析

既然中国古代史传无法保证所叙之事的完全"真实",何以又信誓旦旦地标榜"实录",声称接受"真实性"标准的检验呢?这里实际上涉及两种"真实观"的辨析,这种辨析对我们理解中国古代"实录"叙事理念至为关键。

叙事学认为,在叙事诸要素中,最重要的是叙述者。因为叙事是作者向读者传达知识、情感、价值和信仰的有力工具,不管叙述者隐藏得有多深,他总会通过控制叙事来控制读者的反应,从而达到自己的叙事目的。历史叙事自然也不会例外。

现在普遍认为,历史中有着某种不可约简的"主观性"的东西,它不可避免地感染着任何对过去理解的尝试。在中国史传写作中,这一点表现得尤为突出,史家撰史的首要目的不是为了过去自身的缘故而去发现有关过去的"真实性",而是强调历史为现实生活服务的目的,也可以说,历史与其说是一门科学,还不如说是一种实践活动更为贴切。浦安迪阐述中国的真实观说:

> 真实一词在中国则更带有主观的和相对的色彩……中国叙事传统的历史分支和虚构分支都是真实的……或是实事意义上的真实,或是人情意义的真实。①

浦安迪的看法不无道理,他强调指出,中国叙事意义上的"真实"观有两个层面:一指"事件之真",二为"本质之真"。这两种"真实观"的区别是显而易见的。从整体上而言,在中国古代史传写作中,史家更为强调"人情意义的真实",关注对"本质真实"的探求与反映。《左传》所载宣公二年赵麑自杀前自言自语这一细节,纪昀斥其为谬,林纾则认为:

> ……初未计此二语是谁闻之。宣子假寐,必不之闻;果

---

① 浦安迪:《中国叙事学》,北京大学出版社,1996年版,第32页。

为舍人所闻，则趄麂之臂，久已反剪，何由有闲暇工夫说话，且从容以首触槐而死？文字中诸如此类甚众。柳下惠之"坐怀不乱"，此语又对谁言？言出自己，则一钱不值；言出诸女，则万无其事。他如黄仲则之《焦节妇吟》，如"汝近前来妾不惧"云云，时夜静人眠，节妇见鬼，与鬼作语，且见骷髅，且见血衣，是谁在旁作证？然诗情悲恻，人人传诵，固未察其无是事理也。①

林纾强调，为了传达"人情意义的真实"，不妨诉诸虚构，而不必拘泥于其事之有无。可见，在"实录"叙事观的背后，传达的是历史"应当"如此的信念。在这一点上，所谓的"实录"倒是与亚里士多德所言的诗的本质有着某种相似之处：历史并非是叙述"已经"发生过的事实，而是叙述"应该"发生的事情。

所以，历史叙事与其说追求历史事件的"真实再现"，毋宁说它更为关注历史"本质真实"的呈现。这种追究历史"本质真实"的冲动使中国古代史传自觉认同诸如"赵盾弑其君"的叙事文本，借助对历史事件的想象性再现，传达史家的史识。司马迁表白他的述史动机说"亦欲究天人之际，通古今之变，成一家之言"，清楚地表白了他解释历史、探究"本质真实"的强烈愿望。当然，史家传达史识，史传探究"本质真实"，往往表现得很含蓄。孔子标榜《春秋》是"述而不作"，同时却又借助"一字褒贬，微言大义"的"春秋笔法"曲折地传达对历史的评价，这成为后世叙事竞相采用的叙述谋略。再如古代史传多载荒诞不经之事，如《左传》的喜语神异、司马迁的"好奇"，虽不排除认识上的局限性，但对此种"街谈巷语、道听途说"的"无根"之论，却并不像司马迁所说："至于《禹本纪》、《山海经》所有怪物，余不敢言也"，采取"疑则传疑"或"文疑则阙"的原则和态度，反而津津乐道，不免有悖于"实录"的叙事理念。但实际上，这些神异怪诞之事背后却有深意在。诸如《左传》借鬼神以言人事，司马迁对始祖神话的处理，实则都显示了史家探究"本质真实"的努力。

---

① 林纾：《左传撷华》，商务印书馆，1921年版，第32页。

《左传》历来被视为"诬谬不实",喜语神异,诸如灾祥、鬼怪、报应、梦兆等在《左传》的记载中比比皆是,"颇与孔子'不语怪力'相违反"。①

  冬十二月,齐侯游于姑棼,遂田于贝丘。见大豕,从者曰:"公子彭生也。"公怒曰:"彭生敢见!"射之,豕人立而啼。公惧,队于车,伤足,丧履。(庄公八年)
  晋侯梦大厉,被发及地,搏膺而踊,曰:"杀余孙,不义。余得请于帝矣!"坏大门及寝门而入。公惧,入于室。又坏户。公觉,召桑田巫。巫言如梦。公曰:"何如?"曰:"不食新矣。"公疾病,求医于秦。秦伯使医缓为之。未至,公梦疾为二竖子,曰:"彼,良医也,惧伤我,焉逃之?"其一曰:"居肓之上,膏之下,若我何?"医至,曰:"疾不可为也,在肓之上,膏之下,攻之不可,达之不及,药不至焉,不可为也。"公曰:"良医也。"厚为之礼而归之。六月丙午,晋侯欲麦,使甸人献麦,馈人为之。召桑田巫,示而杀之。将食,张,如厕,陷而卒。小臣有晨梦负公以登天,及日中,负晋侯出诸厕,遂以为殉。(成公十年)

  显然,这些都应归于荒诞不经之言之列,在以"实录"为准的的史传中,应该加以清除。但《左传》中充斥着诸如此类的神异传说,不仅显示了作者"好奇"的态度,而且隐约透露其后应有某种深意在。伯顿·沃森说,《左传》本是"一本道德因果指南,一个预言体系,这个体系不是建立在数字或预兆的基础上的,而是建立在更复杂的、更值得信服的、在实际的人类历史中可觉察的道德模式基础上的。"② 把整部《左传》看作是"一本道德因果指南"和"一个预言体系",难免有以偏概全之嫌,但是在《左传》中,确实充斥着某种普遍原则,作者通过历史叙述希图表达他对历史的某种阐释,从这个意义上来说,历史学家往往把史传所述故事当作某种意义的载体。汪中更是清楚地指出,《左传》所言灾祥、鬼怪、报应、梦兆等怪异之事,实则均不离

---

① 王充:《论衡·案书篇》,上海古籍出版社,2010年版,第64页。
② Early Chinese Literature, NewYork, 1962年版, 第47—48页。

人事。在《述学·左氏春秋释疑》中，汪中明确指出：

> 《左氏》所书，不专人事。其别有五：曰天道，曰鬼神，曰灾祥，曰卜筮，曰梦。"其失也诬"，斯之谓欤？吾就其书求之：……子产以为天道远，人道迩，灶焉知天道，是亦多言矣，岂不或信，遂不与，亦不复火。由是言之，《左氏》之言天道，未尝废人事也。随侯以牲犬肥豚，粢盛丰备，谓可信于神；季良认为："民，神之主也。圣王先成民，而后致力于神，民和而神降之福。"齐侯疾，梁丘据请诛于祝固、史嚚，晏子以为祝不胜诅。由是言之，《左氏》之言鬼神，未尝废人事也。郑内蛇与外蛇斗，内蛇死，申繻以为妖由人生，人无衅焉，妖在自作。陨石于宋五，六鹢退飞过宋都，内史叔兴以为是阴阳之事，非吉凶所生，吉凶由人。由是言之，《左氏》之言灾祥，未尝废人事也。晋献公筮嫁伯姬于秦，史苏占之，不吉；及惠公为秦所执，曰："先君若从史苏之言，吾不及此。"韩简认为："先君多败德，史苏是占，勿从何益！"南蒯将叛，筮之得坤之比，子服惠伯以为忠信之事则可，不然必败，《易》不可以占险。由是言之，《左氏》之言卜筮，未尝废人事也。卫成公迁于帝邱，梦康叔曰："相夺予享。"公命祀相，宁武子认为："相之不享于此久矣，非卫之罪；不可以间成王、周公之命祀。"晋赵婴通于庄姬，婴梦天使谓己："祭余，余福女！"士贞伯以为："神福仁而祸淫，淫而无罚，福也。祭其得亡乎？"祭之明日，而放于齐。由是言之，《左氏》之言梦，未尝废人事也。

可见，《左传》的真正兴趣并不在于述说奇异故事，而要借助"怪、力、乱、神"，含蓄表达史家的史识，以探究历史兴衰成败的深层原因。

司马迁对始祖神话的处理同样体现了追寻历史"本质真实"的努力。司马迁的《史记》因其对史料的审慎选择和运用而被誉为"实录"，在对待远古神话上，司马迁提出了一个著名的观点，即"至《禹本纪》、《山海经》所有怪物，余不敢言之矣"。既不可信，按"文疑则阙"的"实录"精神，就应该阙而不论。然而与此观点相悖的是，《史记》中却存留着不少神话，表面看来，这与"实录"观无疑有矛盾之处,但仔细分析,这一看似矛盾的现象背后,自有其深意在。简而言之,史迁意在通过对始祖神话的处理,富有深意地传达他对历史"本质真实"的认知。

司马迁将黄帝作为中华民族的共祖列于《史记》卷首。黄帝在先秦至汉的诸多记载和民间传说中多具有神性特征,司马迁视之为不"雅驯"而未采入《五帝本纪》中,因为他认为旷古遥远的事情很难说得清楚,因此,尽管关于黄帝的神话传说很丰富,他大多弃而不用。《史记》对黄帝的记载十分概念化和抽象化,黄帝的伟大事业也叙之甚少,因而梁启超说:

> 太史公作《五帝本纪》,亦作得恍惚迷离。不过说他"生而神明,弱而能言,幼而徇齐,长而敦敏,成而聪明",这些话很像词章家的点缀堆砌,一点不踏实,其余的传说,资料尽管丰富,但绝对靠不住。纵然不抹杀,亦应怀疑。①

读黄帝本传,我们感觉到司马迁隐隐约约为我们勾画的只是一位远古先祖模糊而伟大的身影,黄帝只不过是他的代名词而已,这无疑反映了司马迁采撷神话材料的审慎态度。但与此同时,司马迁却又精心地编织了一个从黄帝开始、以血缘传承为纽带、带有家国同构性质的中华民族的庞大谱系,其中甚至网罗了当时周边的各少数民族。由此,黄帝成为时人心目中中华民族的共祖,黄帝成为一股强大的凝聚力,使中华民族有了强烈的认同感。这是否有悖于"实录"原则呢?从史实的角度分析,司马迁的说法自然不一定靠得住,但却反映出作为史学家的司马迁的过人识见。司马迁没有采用感生神话的形式让黄帝成为人类起源的第一位始祖,而是让黄帝在神农氏渐衰的历史背景下走上历史舞台。这也就是说,司马迁承认黄帝之前早有人类存在,黄帝只是因为开创了中华文明的曙光而成为中华民族的共同祖先。司马迁对黄帝的描述传递了这样的信息:黄帝时,部落连年征战,天下苦不堪言,黄帝顺应时势统一了天下;黄帝以德得天下,又以德治天下,于是世代享有天下,从而成为当今人类共祖。这显然体

---

① 梁启超:《梁启超学术论著集》,华东师范大学出版社,1998年版,第126页。

现了司马迁对理想政治的憧憬及写照，同时也展示出他清醒的历史意识以及他对中国历史进行的深刻思考。这与那种流于表面的所谓"真实"历史记录有着高下之别，是不可同日而语的。

令人疑惑的是，在《五帝本纪》中弃而不用的感生神话在殷、周、秦本纪中却得到了激情渲染，这又是为什么呢？张大可先生认为"无父而生"乃是远古先民普遍流传的神话，史迁把它保留下来，正好体现了他的"阙疑"精神以及烛照大处的深邃眼光。始祖感生神话在恩格斯的《家庭、私有制和国家的起源》中被描述为母权制社会的形象再现，在恩格斯看来，这些怪诞的神话恰恰显示了历史纵深之处的真实性。因此，爱德华·泰勒说：

> 被某些人当作虚假的无稽之谈而抛弃的真实的神话，以其创作者和传播者几乎未梦想过的方式，证实着它正是往事的源头。
>
> 作为思维发展的证据，作为很久以前的信仰与习惯的记录，甚至在某种程度上作为各民族历史的素材，古老的神话在历史事实中都已合理地占有一席之地，具有这种见识的当代历史学家，就能够放下架子，重建历史的真实面目。①

司马迁正是这样的历史学家。我们知道，人类社会的过去无法在一种纯物理的"客观"的意义上再现，司马迁试图凭借历史感悟式的直觉把握尽可能地揭示神话蕴涵的历史真实内核。神话时代，原始思维还无法为理念本身找到一种适合的表现方式，形象和意义的异质使黑格尔把神话看作是不自觉的象征。他说：

> 古人在创造神话的时代，就生活在诗的气氛里，所以他们不用抽象思考的方式而用凭想象创造形象的方式，把他们的最内在最深刻的内心生活变成认识的对象，他们还没有把抽象的普遍观念和具体的形象分割开来。②

---

① 爱德华·泰勒：《原始文化》，连树声译，上海文艺出版社，1992年版，第282页。

② 黑格尔：《美学》第二卷，朱光潜译，北京商务印书馆，1979年版，第18页。

这就有理由使我们相信,在神话所揭示的东西背后还有更深刻的存在。司马迁对始祖神话的记载,应该说正是基于这样的认识,由此,我们可以说,作为一个伟大历史学家,司马迁在关注历史事件的真实性的同时,更为注重对历史本质的真实的描述。从这一层面上来理解司马迁对殷、周、秦民族始祖感生神话的描述,应该是归属于"实录"范畴的,这比那些虚妄的附会与仅仅停留于表面的所谓事实记录,甚至愈来愈带有社会价值倾向的所谓"实录",更能揭示人类社会生活本质的真实。

综上所论,可以得出一个简短的结论:就"实录"叙事观的第一个层面而言,历史叙事显然不仅仅是对"已经发生过"的"个别事件"的真实记录,而是对过去事件的"想象性再现",借助虚实杂糅,史家尝试着将孤立事件联系起来,从混乱而不连贯的往事中找出某种道理和意义,借以表达对历史"本质真实"的认知,从而含蓄传达史家的"史识"。所以,"史有诗心",史与诗的区别仅是一种程度上的区分,而非概念意义上的本质差异。

二、叙述态度——主观的"客观叙述者"

叙述者指叙事中的"陈述行为主体",[①] 或称"声音或讲话者",[②] 是叙事学中最核心的概念之一。中国古代文学理论中没有"叙述者"之称,但在叙事文本中同样活跃着叙述者形象。

根据叙事学理论,叙述者可划分为不同的类型。一般认为,我国古代史传的叙述者属于"客观叙述者"范畴。所谓"客观叙述者",就是强调文本叙述者只充当故事的观察者、目击者和传达者,起陈述故事的作用,而不表明自己的主观态度和价值判断,即使讲到最伤心或最得意之处也保持不介入的态度。正如《格列佛游记》的叙述者所表白的:"我宁愿以最朴素的方式和风格向你们讲述单纯的事实。因为我的主要目的是传达而不是愉悦你们。"[③] "讲述单纯的事实",这就是客观叙述者的基本特征。中国晚清有个匿名的批评家所论与上述观点不谋而合,他说:

[①] 托多洛夫:《文学作品分析》,载《叙述学研究》,中国社会科学出版社,1989年版,第71页。

[②] 瑞蒙-科南:《叙事虚构作品》,伦敦,1983年版,第87页。

[③] 斯威夫特:《格列佛游记》,人民文学出版社,1979年版,第276页。

"小说之描写人物,当如镜中取影,妍媸好丑令观者自知。最忌掺入作者论断,或如戏剧中一脚色出场,横加一段定场白,预言某某若何之善,某某若何之劣,而其人之实事,未必尽肖其言。即先后绝不矛盾,已觉叠床架屋,毫无余味。故小说虽小道,亦不容着一我之见。……夫镜,无我者也。"① 这位批评家所倡导的就是"客观叙述者"形象。

中国史传叙述者之所以被认定为"客观叙述者",主要是由其叙事理念造成的。史传崇尚"实录",鄙弃虚幻,往往把抟实传信作为最高的创作准则和批评信条。但是,前面曾论及,标举"实录"的史传,其所叙之事不可能完全排除虚构性因素,实际上是"虚实杂糅的结合物"。既然史传中的虚构想象之辞难以避免,那么,历史叙事的目标就是最大限度地造成叙述的真实感。如何获得叙事的真实感?除了经由叙述者身份标识来显示其毋庸置疑的权威性外,最行之有效的方法无疑是保持叙述的客观姿态。因为很显然,在这个问题上,客观事实或生活事件本身并不起决定性的作用。从根本上来看,客观事实或生活事件只是一个被描述的现象,而任何现象都可以用不同的方式来描述,从而被赋予不同的特性,于是现象就被纳入了各自不同的阐释性假设之中。那么,叙述者面临的一个难题就是,怎样才能使一个明明是被叙事者描述的现象获得真实感,被人们信以为真地认为是客观事实或生活事件的"真实再现"呢?在这里,起决定作用的因素无疑是叙述者的叙事态度。叙述者应该尽量避免用自己的声音说话,尽量隐藏自己的主观态度和价值判断,从而使读者误以为,这一正被讲述的事件或生活之所以呈现出如此这般的状貌,与叙事者的主观因素毫无关系。《礼记·经解》云:"属辞比事,《春秋》之教也。"推敲运用精当语言,排比陈述历史事件,这是《春秋》叙事的基本态度,这种叙事态度和孔子所一贯标榜的著述态度是相符合的。《论语·述而》记载孔子的话说:"述而不作,信而好古,窃比我于老彭。""述"即传述、传承,与"作"即创新、撰写相对,相比于"作","述"无疑大大淡化了主观态度而突出强调了客观精神。

---

① 阿英编:《晚清文学丛钞·小说戏曲研究卷》,中华书局,1960年版,第351-352页。

（一）"客观叙述者"的具体表现

那么，中国古代史传的"客观叙述者"有哪些具体表现呢？概而言之，与西方叙事主要借助"叙述"的表达方式不同，中国古代史传主要采用"描写"的表达方式。叙事学认为，"描写"中所流露的叙述者的声音是很微弱的。

热奈特在将"叙述"与"描写"作出区别后，赞同亚里士多德把"叙述"置于主导地位的观点，因为在他看来，"描写"只具备外在的现象性和感受性，不能把握深层本质；"叙述"则超越了外在的现象性与感受性，具有内在的本质性和思想性。卢卡契在《叙述与描写》中也表达了类似的观点。在文章中，卢卡契分析了资本主义文学中前后两个时期的叙事差异：前期是以巴尔扎克、歌德、托尔斯泰为代表的"叙述"，后期是以左拉为代表的"描写"，叙述具有内在的"体验"特征，而描写则是外在的"观察"。由于左拉们已不可能像巴尔扎克等前辈作家那样成为社会发展的积极参与者，故而只能在社会发展的主流之外，以旁观者姿态来观察社会，最后导致对社会本质把握的失落。这种看法显然导源于传统哲学的本体论思想，传统哲学设定存在着一种形而上的终极真实，而"现象和感觉"不具有自足的真实性，它们只是导出更高等级的真实——"本质或思想"的一种"能指"，或者用柏拉图的比喻说，它们是自足真实的映像。叙述的叙事行为与叙事内容有时间上的差异，因而有理由认定它包含了事物在变化后显现的本质，其常用的过去语式恰当地传达出叙事中全知视角的自信含义；而描写只能建立在对正在展开的事态、物态的外在感知上，其叙事行为与叙事内容在时间上具有假定的同步性，其或明或暗的进行时态折射出叙事中限定视角的悬置不定的态度，具有托多洛夫所说的"纯感觉主义"的特征。从这一区别来看，只具有感觉性或表层意义的"描写"，必须在"因为……所以……"的逻辑推导中被还原为具有本质性和深层意义的叙述命题，才能获得叙事的文旨所在。既然"描写"只有外在的现象性和感觉性，无法把握内在的本质和深层的意义，相对于"叙述"而言，"描写"方式所流露的叙述者的声音显然要微弱一些。况且在"描写"中，一般采用的即时性叙述和限知视角均倾向于将初始经验置于客观地位，从而有力地拒斥了叙述者主观意绪的渗透。在诉诸"描写"的叙事作品中，叙述者往往极力掩盖自己的情感倾向以及主观态度，对所叙述的事件保持着沉默，叙述者似乎已经从故事的讲述者完全变成了读者的眼睛，从而造成一种"作者退出小说"的表象。车尔尼雪夫斯基十分赞赏莎士比亚："他描写人的生活，却并不表露他自己对问题的看法，而由他的人物凭各人的意愿去解决。奥瑟罗说'是'，伊阿古说'否'，莎士比亚不做声，他不愿意对'是'或'否'说出自己的爱憎。"① 只"描写人的生活，却并不表露他自己对问题的看法"，这就是"描写"所带来的"客观叙述者"的特点。

具体到中国古代史传，叙述者往往只描写其所见所闻，既不武断地闯入人物内心作心理分析，也不直接表白观点，传达主观评价。具体而言，这种"客观叙述者"的表现大致有如下两端：

第一，将历史人物的语言及其语言化的思想直接记录下来。

中国古代史传擅长栩栩如生地刻画人物的言行。首先来看语言描绘。

在叙事学上，直接引语采用人物本身为基准的人称，不掺杂叙述者的介入，仿佛人物的言谈和意识被直接呈现出来，这是消除叙述者痕迹的重要手段。中国古代史传深谙此道，作者往往隐而不露，而借助历史人物之口传达其情感、见解、思想和评价。

《左传》记载"五石六鹢"，不仅"记异"，而且借助宋襄公与叔兴的问答表达对这一异常事件的看法与评述：

> 十六年春，陨石于宋五，陨星也。六鹢退飞过宋都，风也。周内史叔兴聘于宋，宋襄公问焉，曰："是何祥也？吉凶焉在？"对曰："今兹鲁多大丧，明年齐有乱，君将得诸侯而不终。"退而告人曰："君失问。是阴阳之事，非吉凶所生也。吉凶由人，吾不敢逆君故也。"

《左传》对此一异常事件自然持有自己的看法与评价，并巧妙地借助叔兴的"退而告人"之言，含蓄地表达其"吉凶由人，祸福在民"的历史观，但叙述中并未直接表达出来。

---

① 转引自巴赫金：《陀斯妥耶夫斯基诗学问题》，三联书社，1988年版，第107页。

司马迁对汉高祖刘邦多有讽刺，如《项羽本纪》叙述楚汉之争，述及：

> 当此时，彭越数反梁地，绝楚粮食。项王患之。为高俎，置太公其上，告汉王曰："今不急下，吾烹太公。"汉王曰："吾与项羽俱北面受命怀王，曰'约为兄弟'，吾翁即若翁。必欲烹而翁，则幸分我一杯羹。"项王怒，欲杀之。项伯曰："天下事未可知。且为天下者不顾家，虽杀之，无益，只益祸耳。"项王从之。

尽管借助刘邦和项伯的语言，司马迁透露了刘邦的本来面目，但叙述者本人是隐蔽的，他只是呈现人物的语言，其评价也是经由读者的推测而得出的。

再如《项羽本纪》中写到项羽西屠咸阳、火烧阿房宫之后思归楚地：

> 人或说项王曰："关中阻山河，四塞，地肥饶，可都以霸。"项王见秦宫室皆以烧残破，又心怀思欲东归，曰："富贵不归故乡，如衣绣夜行，谁知之者。"说者曰："人言楚人沐猴而冠耳，果然。"项王闻之，烹说者。

司马迁显然借说者的话批判项羽"背关怀楚"、目光短浅，但叙述者的意见是隐秘的，是读者借助叙述"读出"的。

第二，直接呈现历史人物的外部动作。

再来看动作细节的呈现。《左传》对于人物动作细节的描绘十分传神：

> 秦伯纳女五人，怀嬴与焉，奉匜沃盥，既而挥之。怒曰："秦晋，匹也，何以卑我？"公子惧，降服而囚。（僖公二十三年）
>
> 穿封戌囚皇颉，公子围与之争之，正于伯州犁。伯州犁曰："请问于囚。"乃立囚。伯州犁曰："所争，君子也，其何不知？"上其手，曰："夫子为王子围，寡君之贵介弟也。"下其手，曰："此子为穿封戌，方城外之县尹也。谁获子？"

囚曰："颉遇王子，弱焉。"（襄公二十六年）

重耳盥洗后"既而挥之"的甩手动作，伯州犁"上下其手"的传神写照，细加分析，都言少意丰、含蓄蕴藉，具有丰富的隐含意义。如重耳盥洗后"既而挥之"的甩手动作就很耐人寻味。从表面上看，这不过是一件微不足道的小事，但不要忘记当时为重耳"奉巾沃盥"的怀嬴是秦穆公的侄女，她曾经嫁给重耳之侄（夷吾之子）为妻，后来夷吾之子回晋为晋怀公，她也就成为留在娘家的弃妇。秦穆公支持重耳复国，其幕后的条件是重耳立怀嬴为夫人，对重耳来说，娶侄媳妇为妻子实在有点难堪，所以那情不自禁的甩手动作实际上反映了他下意识中的厌恶情绪，而怀嬴的当头棒喝又使他立刻明白政治利益压倒一切，于是态度由前倨急变为后恭。但单就叙述者而言，采取的显然是客观姿态。

再如《史记·项羽本纪》叙述楚汉之争，汉军大败，汉王刘邦仓皇逃命：

汉王道逢得孝惠、鲁元，乃载行。楚骑追汉王，汉王急，推堕孝惠、鲁元车下，滕公常下收载之。如是者三。曰："虽急，不可以驱，奈何弃之！"于是遂得脱。

为自己逃命，情急之下竟然将亲生骨肉推堕车下，简单的动作描写凸显人物品性，叙述者的态度也就尽在不言中了，充分显示了描写所蕴涵的巨大审美张力。

再如《史记·苏秦列传》叙述苏秦游说六国从约功成后，述及：

苏秦为从约长，并相六国。北报赵王，乃过洛阳，车骑辎重，诸侯各发使送之甚众，疑于王者。周显王闻之恐惧，除道，使人效劳。苏秦之昆弟妻嫂侧目不敢仰视，俯伏侍取食。苏秦笑谓其嫂曰："何前倨而后恭也？"嫂委蛇蒲匐，以面掩地而谢曰："见季子位高而多金也。"

司马迁只客观描绘了苏秦"位高多金"后众人的表现，并未对战国时代社会风气直接发表看法，是典型的客观叙述者。

(二) 客观叙述者的"主观"本质

尽管客观叙述者备受推崇,但所谓的"纯客观"叙述,不过是一种刻意保持的姿态,是一种虚拟的表面现象,或者说仅仅是叙事的"面罩"而已。因为从根本上来说,不可能存在"纯客观"的叙事,任何叙事都是作者向读者传达知识、情感、价值和信仰的一种工具,因而不能不包含着主观成分。契诃夫狂热信奉他称之为"客观性"的东西,他认为,艺术家不应该是他的人物和他们谈话的评判者,而应该是一个无偏见的见证人,作家的职责是精确地按照他们听到的谈话报告,充当故事的传达者,起陈述故事的作用,而不能表明自己的主观态度和价值判断,应该让陪审团也即读者去估计它的价值。也就是说,一个作家必须像化学家那样客观,他必须抛弃主观方式。但在契诃夫那里,这种"客观性"很难保持,因为契诃夫同时认为,作家的作用是启迪人物说出自己的语言,也就是说,作家在保持完全超然事外的时候还负有启迪人物的任务。那么,根据什么标准来"启迪"呢?布斯的反驳无疑击中了要害:

忠实于"固有的"东西就是"善"吗?包括"风景"的每个部分就是善吗?如果是,为什么?按照什么价值尺度?拒绝一个尺度必然意味着还有另一个价值尺度。①

因此,尽管西方现代叙述者力图保持客观姿态,但并不意味着作品不带任何意识形态的痕迹。当然,为使叙事更显冷静、客观,叙述者应该尽量避免主观色彩的直接表露,作者从来就不应该说教,即便是在有明显的社会、政治、道德等目的的故事中,也永远不应该露骨地说教,而应借助诸如情节的设置、场景的呈现、人物的安排或象征、隐喻等叙述谋略微妙含蓄地传达叙事意图。相比之下,历史叙事更为强调真实感和权威性,因此更反感主观性的直接介入,叙述者的主观性表达更为隐蔽。

隐蔽并非没有,正如布斯所断言的,作者可以选择隐而不见,但却不能选择完全消失。布斯是针对小说而言,但同样适用

---

① 布斯:《小说修辞学》,北京大学出版社,1987年版,第79页。

于史传的叙述者。

史传中的叙述者可以"隐而不见",但却不能"完全消失",史家可以通过精心地控制叙事修辞与叙述谋略,从而巧妙地传达叙述者的声音。海登·怀特强调指出,历史叙事是一种解释,当然不是那种三段论式的解释,他认为"历史领域里的元素"(历史事件)按照一定次序排列成一种编年史,这编年史可转换成一种故事,这故事可通过情节编排获得("被解释成")某种意义,也就是说,历史里的解释相当于"一种特定的情节结构,它有一套历史事件,历史学家希望赋予这些事件一种特殊的意义"。他用一段出色的言论有力地证明了这一观点:

> 希尔格鲁伯的情况……表明,选择什么样的情节编排方式,将会支持什么样的可能栖居于特定历史场景或历史语境中的事件、力量、行动、施事和被动者等。悲剧里没有低下或卑俗的位置;在悲剧里,连恶人也是高尚的,或者说卑鄙也会被转化成高尚。据说有一次被问及《中世纪的衰亡》为何不把贞德写进去时,作者惠津加回答说:"因为我不想让我的故事里出现一个女英雄。"希尔格鲁伯选择将德国国防军东线保卫战的故事处理成悲剧的情节编排方式,表明他想让这个故事有一个英雄,让它成为一个英雄的故事,至少以此保留纳粹时代在德国历史上的一点遗迹。①

可见,历史叙事中的"主观性"是不可"约简"的客观存在,甚至是决定性因素,它控制着史传的"呈现"状态,"在悲剧里,连恶人也是高尚的"。只是这种"主观性"的表达往往是含蓄的。就先秦两汉史传而言,这种"客观叙述者"的"主观性"主要借助以下几种方式来传达。

第一,"春秋笔法"的采用。

《春秋》述史,重在记载事件的性质和结果,采用的是大纲、标题式的概括叙述,其基本记述模式为:

---

① 海登·怀特:《元历史》,译林出版社,2004年版,第128页。

隐公元年——
三月，公及邾仪父盟于蔑。
夏五月，郑伯克段于鄢。
秋七月，天王使宰咺来归惠公、仲子之赗。
桓公元年——
元年春王正月，公即位。
三月，公会郑伯于垂，郑伯以璧假许田。
夏四月丁未，公及郑伯盟于越。
秋，大水。

即便在如此简括的记述中，依然隐含着史家的主观色彩和声音，《左传·成公十四年九月》有云："《春秋》之称，微而显，志而晦，婉而成章，尽而不汙，惩恶而扬善，非圣人孰能修之！"这就是常说的"春秋笔法"。杜预把此种笔法分为五种类型：

一曰微而显，文见于此而起义在彼，称族尊君命、舍族尊夫人、梁亡、城缘陵之类是也。二曰志而晦，约言示制，推以知例，参会不地、与谋曰及之类是也。三曰婉而成章，曲从义训，以示大顺，诸所讳避、璧假许田之类是也。四曰尽而不汙，直书其事，具文见意，丹楹、刻桷、天王求车、齐侯献捷之类是也。五曰惩恶劝善，求名而亡，欲盖而章，书齐豹盗，三叛人名之类是也。（《春秋左氏经传集解序》）

且看杜预的分析：
一是"微而显"，孤立地去看一段文字，看不出它所隐含的褒贬，若把同类的写法归纳起来加以比较，其深藏的意思便显露出来。杜预举了三个例子说明。一例是《春秋》成公十四年："秋，叔孙侨如之齐逆女。""九月，侨如以夫人妇姜氏至自齐。"前后对侨如的称呼略有不同，前者在侨如前冠以族名"叔孙"，这是表示尊重，因为他代表国君出使齐国；后者不称族名，是因为要尊重夫人。二例是《春秋》僖公十九年："梁亡。"如果按照客观史实记载，应该写成"秦灭梁"，这里仅仅记为"梁亡"，意指梁自取灭亡，含有贬义。三例是《春秋》僖公十四年："诸侯城缘陵。""城缘陵"就是说在缘陵筑城，事实是齐国率领诸侯替杞人在缘陵筑城，这里省掉"齐"，含有批评齐国不负责任、城未筑牢便撒手走了的意思。

二是"志而晦"，《春秋》的文字简约而隐晦，但只要加以推求就能够知道它的体例，从而明白叙述的态度。杜预举了两个例子说明。其一是"参会不地"，参加会盟不记载会盟地点，这表示会盟未遂，因为凡是会盟成功的均会记下会盟地点。其二是"与谋曰及"，凡记出兵会合别国作战而事先同谋的叫"及"，倘若事先未予同谋而临时被迫出兵的则叫"会"。

三是"婉而成章"，意谓用婉转避事讳的方式记叙。杜预举了"璧假许田"的例子。《春秋》恒公元年："郑伯以璧假许田。"文字表面是说郑伯用璧来借鲁国的许田，但文字间却含有隐衷，按礼制，诸侯的田地不能交换，郑国以枋田交换鲁国的许田，因枋田量少不能与许田等价，故郑伯添上块璧作为补偿，《春秋》替他们隐讳，不言交换，而说"郑伯以璧假许田。"

四是"尽而不纡"，意谓照实记录，是非曲直以及作者的褒贬，事实本身即已作了回答。杜预举了四个例子说明。一例为"丹楹"，将房柱漆成红色，《春秋》庄公二十三年："秋，丹桓宫楹。"按照礼制，柱子不能漆成红色，桓公这样做，显然违反了礼制，无须评论，事实就已经说明问题了。以下三例都是同一个类型。《春秋》庄公二十四年："春，刻桓公角。"又桓公十五年："天王使家父来求车。"又庄公三十一年："齐侯来献戎捷。"三件事都是照实记载，未加任何褒贬，因为在当时，这些行为的不合礼制是世所共知的，所以无须评论而是非昭然。

五是"惩恶劝善"，作者的态度体现在如何称呼名字与称呼不称呼名字上，记事却仍然是客观的。卫国的齐豹杀死卫侯之光，《春秋》昭公二十年："盗杀卫侯之兄絷。"称齐豹为"盗"，不称他的名字，这就含有谴责的意思。又襄公二十一年："潃庶其以漆，间丘来奔。"庶其把自己国家的土地献给鲁国，作为投奔鲁国的见面礼，他的名位低微，本不具备上《春秋》的资格，但作者为了谴责他叛卖国家的行径，故而破例把他记载在《春秋》里。

可见，所谓"春秋笔法"，就是经由极其严谨的遣词用字所造成的"微言大义"，于此"微言大义"之中传达出主观色彩和褒贬评价，这就是"一字寓褒贬"的"书法"。可见，被后人视为"客观叙述"典范的《春秋》,借助"春秋笔法",在貌似客观的记载背后,却寓含着作者鲜明的主观态度。

这种"皮里阳秋"、暗含褒贬的"春秋笔法"成为后世史家述史的常规笔法,如在司马迁的笔下就得到了出色的运用,《项羽本纪》中所述刘邦"吾宁斗智,不能斗力"之语;"为天下者不顾家"之事,与项羽匹夫之勇、妇人之仁、不肯过江东之行对比,其历史评价与道德评价豁然可窥,这是"太史公曰"的赞论之外无言的赞论,也就是刘知己所说的"用晦之道":"睹一事于句中,反三隅于字外。"

《高祖本纪》中记叙刘邦的出生,司马迁采用的是感生神话的叙事模式:

> 高祖,沛丰邑中阳里人,姓刘氏,字季。父曰太公,母曰刘媪。其先刘媪尝息大泽之陂,梦与神遇。是时雷电晦冥,太公往视,则见蛟龙于其上。已而有身,遂产高祖。

《高祖本纪》始言刘邦乃神龙所生,继而说:"(高祖)常从王媪、武负贳酒,醉卧,武负、王媪见其上常有龙。"当刘邦醉中斩蛇后,有老妇夜哭,说是:"吾子,白帝子也,化为蛇,当道,今为赤帝子斩之。"更有甚者说高祖隐于山石之中,吕后每求必得,言之曰:"季所居上常有云气,故从往常得季。"因此沛中子弟闻而多附之。凡此种种,似乎是太史公有意为刘邦渲染灵异神光,然而这只是表层现象,如果细加品味,字里行间似乎另有深意在。很显然,自汉以来,神化刘邦的附会层出不穷,如《帝王世纪》说:"汉昭灵后含始游洛池,有宝鸡衔赤珠出炫日,后吞之,生高祖。"《诗含神雾》所载与之相同。可见诸如此类的说法早已广泛流播,《高祖本纪》所言当是众说之一,足以与《夏本纪》孔甲豢龙一事相照应,其实,《夏本纪》中早已为刘氏先祖埋下了一个伏笔,即刘累为孔甲豢龙一事。郝敬道出了其中奥秘:"孔甲好鬼而淫乱,无足称者。《本纪》于诸帝中独详其豢龙一事,以为刘累赐姓本末。缘刘累为汉姓所出,而氏本豢龙,故刘媪感龙生季,犹龙云尔。夫龙不可豢,豢龙而即氏御龙,犹吞薏而姓姒,吞鸟卵而姓子,皆悠谬之谈也。史迁好奇,不详事理有无，多此类。"① 这里陈说刘姓由来，言之有理，但谓"史迁好奇，不详事理有无"，却又失当。如果仔细揣度《本纪》神化刘邦的叙述，可以看出其中显示了深层次的矛盾，而这大概正是司马迁的真正用意所在。《本纪》与其他神化刘邦的说法相比，最突出的特点是，刘邦并非像其他始祖那样"无父而生"，而多出了一个人间的父亲，言语之间颇有一些调侃意味。其后说高祖为泗水亭长，"廷中吏无所不狎侮，好酒及色"，又叙述沛令设宴，高祖往贺，"乃绐为谒曰：'贺钱万'，实不持一钱"，这一形象显然与前面那些神化之辞形成强烈的反差，更与用同样模式展示的殷、周、秦始祖形象形成强烈的对比。这样，司马迁隐藏于文本深处的讽刺意义便流溢而出。至于白帝、赤帝之说，《集解》引应劭云："秦襄公自以居西戎，主少昊之神，作西畤，祠白帝。至献公时栎阳雨金，以为瑞，又作畦畤，祠白帝。少昊，金德也，赤帝尧后，谓汉也。杀之者，明汉当灭秦也。秦自谓水，汉初自谓土，皆失之。至光武乃改定。"这是汉儒对兴亡更替所作的神学化解说。《史记》成书的年代，此种神学思想弥漫整个思想界，司马迁对此种学说颇有一些异议，其《高祖本纪》赞曰："周秦之间，可谓文敝矣。秦政不改，反酷刑法，岂不谬乎？故汉兴，承敝易变，使人不倦，得天统矣。"可见，司马迁认为汉之得天统，不过是救秦之敝，顺应时势而已。韩兆琦先生认为，刘邦夺得天下之后，神化刘邦的附会层出不穷，司马迁"不能不照着官方档案的原样写。他是有意地把这些离奇的神话和刘邦其他的那些庸俗卑劣的行径，和他阴刻丑恶的灵魂放在一起，于是就使人觉得刘邦这个人很滑稽，其效果就不是神化，而是把他漫画化了。"② 韩兆琦先生的看法是有道理的，司马迁借用感生神话的叙事模式暗含反讽，曲折地传达了对汉朝开国天子的嘲讽，表达自己对历史的批判精神，这实际上与"春秋笔法"的精神是相通的。

第二，概述。

概述能清楚地显示叙述者的存在。叙事学认为，在叙事作品中存在着故事时间和叙述时间两种时间，叙事时间与故事时间的

---

① 郝敬：《史汉愚按》（卷一），明崇祯间郝氏刻山草堂集本。
② 韩兆琦：《〈史记〉通论》，广西师范大学出版社，1996年版，第57-58页。

距离越大，叙述时间越像一个人为的过程或者设计结果，叙述者的声音也就越明显。亨利·詹姆斯指出："在小说提供给我们的东西中，我们越是看到那'未经'重新安排的生活，我们就越感到自己在接触真理；我们越是看到那'已经'重新安排的生活，我们就越感到自己正被一种代用品、一种妥协和契约所敷衍。"在概述中，故事的实际时间长于叙述时间，我们看到的显然是"那'已经'重新安排的生活"，从而清晰地显示了叙述者的存在。如《左传》所记载襄公十年的郑国"西宫之变"：

> 初，子驷与尉止有争，将御诸侯之师而黜其车。尉止获，又与之争。子驷抑尉止曰："尔车，非礼也。"遂弗使献。初，子驷为田洫，司氏、堵氏、子师氏皆丧田焉。故五族聚群不逞之人，因公子之徒以作乱。于是子驷当国，子国为司马，子耳为司空，子孔为司徒。冬十月戊辰，尉止、司臣、侯晋、堵女父、子师仆率贼以入，晨攻执政于西宫之朝，杀子驷、子国、子耳，劫郑伯以如北宫。子孔知之，故不死。书曰"盗"，言无大夫焉。
>
> 子西闻盗，不儆而出，尸而追盗。盗入于北宫，乃归授甲，臣妾多逃，器用多丧。子产闻盗，为门者，庀群司，闭府库，慎闭藏，完守备，成列而后出，兵车十七乘。尸而攻盗于北宫，子侨帅国人助之，杀尉止、子师仆，盗众尽死。侯晋奔晋，堵女父、司臣、尉翩、司齐奔宋。

较之《春秋》的大纲式记载，《左传》所记显得丰盈多了，但细细品味整个叙事，基本上没有细节上的描摹，而是对一连串迅雷不及掩耳之势的行动的回顾式概述。据乌里·玛戈琳的看法，回顾式叙述是指被叙述事件在文本中呈现为先前事件，叙述者在事后的某一个时间点上，把早先的状态和事件组合成具有统一结构和意义的总体。在这种叙事方式中，叙述者对整个事件有着清晰的整体性的认知，因而有理由作出回顾性的反思和评价，它承载有鲜明的主体性色彩。① 上记"西宫之变"，在简短的文字

---

① 戴卫·赫尔曼主编：《新叙事学》，北京大学出版社，2003年版，第107页。

表述中，交代了暴乱发生的起因，暴乱的时间、地点和过程，平暴经过，属于历史事件的回顾性概述。在这一概述中明显地渗透着叙述者对于整个事件的整体性认知和评价，尽管没出现直接的主观性评判，但字里行间却流露出褒贬态度，并借解释《春秋》的措辞用意委婉传达评价，叙述者的声音亦清晰可见。

第三，描写转化为叙述。

在中国古代史传中，叙述与描写往往穿插使用，而且描写往往占较大比重。叙事学认为，"叙述"能够清晰地显示叙述者的存在，而"描写"中所表露的叙述者的声音则较微弱。在中国古代史传中，史家往往让历史人物自己说话、思想和行动，很少直接介入，"叙事中不参入断语"，就像马克·哈里斯所说的那样："我将不告诉你任何事情，我将让你去偷听我的人物说话，有时他们要说真话，有时他们要撒谎，你必须在他们这么干时自己去判断……我可以多'显示'些，但仅仅是'显示'而已……""显示"和"描写"往往造成故事"自己讲述自己"的印象，叙述者仿佛从故事中消失。

但"叙事中不参入断语"，只是说在描写中，叙述者并不直接介入作"专断的讲述"，直接陈述自己的看法和意见，却并非真的没有自己的看法与评价。当然，史家的看法与评价是含蓄传达的，往往采用"将描写转化为叙述"的高妙手法，将自己的立场、观点和情感融于客观含蓄的叙事中，顾炎武称之为"叙事中寓论断法"①，从而巧妙地传达作者的认知与评价。因为从本质上来说，描写并不仅仅展示外在的现象性和感觉性，不仅仅只"把环节摆在面前"，与叙述一样，它也具有"讲述"和评价功能。

比如叙事中常见的言行描写。言行不仅是表面行为，同时也是人物复杂内心活动的外化表现，是人物内心世界的无意识流露。如西方的行为分析学派倾向于认为人的行为和动作能够有效地表现情感；苏珊·朗格和克乃夫·贝尔都认为"舞蹈是一切艺术之母"，它能够通过身体的扭动与张力直接、有效地表现情感；卡夫卡认为，从某种意义上来说，人物的心理和情感是不可言说的，行为却能泄露人的内心秘密。所以言行不仅是一种浅层的外

---

① 顾炎武：《日知录》，上海古籍出版社，2006年版，第413页。

部呈现，透过言行往往能感受人物的心态、性格，因而，对人物言行的描绘常常能有效地呈现人物的内心世界。如在《普宁》这部小说中，作品设置了主人公普宁教授晚饭后洗茶杯一节，这一细节与故事情节的发展似乎无关紧要，但作品却细致地刻意描绘了那只茶杯将普宁的手指划破时的情景，使读者联想到，客人在场时，普宁谈笑风生，应付裕如，但客人走后，他独自一人洗刷杯盘时却神情恍惚以至于将手指划破，这一动作细节描绘显然承担了巨大的心理内容，深刻地揭示了普宁复杂的内心世界。而这一"显示"因其巧妙地传达了人物的内心世界，故能含蓄传达叙述者的主观性色彩。

布斯通过充分的考察得出结论说，为了达到绝对的客观性叙述，我们不仅要反对用自己声音说话的作者，还要反对任何一个戏剧化的人物的可靠陈述，因为即使最高度戏剧化的叙述者所做的叙述动作，其本身就是作者在一个人物延长了的"内心观察"中的呈现，也带有作者介入的痕迹①。知觉负载着思想，用热奈特的话来说，"描写已经被吸收为叙述"。可见，在描写中，叙述者并非销声匿迹，"不论一位非人格化的小说家是隐藏在叙述者后面，还是躲在观察者后面……作者的声音从未真正沉默"，而只是其介入的方式更为复杂、隐秘和精巧罢了。如当项羽一再感叹"天之亡我，非战之罪"的时候，那么，我们清楚地知道，这里透露出了司马迁的评价。

在中国古代史传中，常直接呈现历史人物的言行，从而造成人物和事件自己"表演"的印象，叙述者仿佛销声匿迹。但根据叙事学观点，这些描写并不仅仅只涉及表层化描绘，而且还具有"讲述"的功能，"描写转化为叙述"，从而显示了叙述者存在的身影。

如《苏秦列传》中述及苏秦"并相六国"、备极尊荣后，司马迁只描绘了众人的表现，就已经入木三分地揭示了战国时代赤裸裸的人际关系，而且他还进一步借助苏秦本人的感受来鞭挞世态的炎凉：

---

① 布斯：《小说修辞学》，北京大学出版社，1987年版，第96页。

> 苏秦喟然叹曰："此一人之身，富贵则亲戚畏惧之，贫贱则轻易之，况众人乎！且使我有洛阳负郭田二顷，吾岂能佩六国相印乎！"于是散千金以赐宗族朋友。

再如《左传》，世人常遗憾于它的叙事之简，值得注意的是，与精简、含蓄且"铺叙平板"的叙述文字相比，其对于言辞的描写十分突出。钱钟书认为"左氏于文学中策勋树绩，尚有大于是者，为史有诗心、文心之正"，"则其记言是矣"。① 可将其中的叙述与描写作一简单的对比。《左传》中的叙述多用单句，且多无修饰成分。如：

> 初，郑武公娶于申，曰武姜，生庄公及共叔段。庄公寤生，惊姜氏，遂恶之。爱共叔段，欲立之。亟请于武公，公弗许。（隐公元年）
> 王巡三军，拊而勉之，三军之士皆如挟纩。（宣公十二年）

这些概要的叙述，摈弃一切枝节，直截了当，如"恶庄公"、"爱共叔段"、"亟请于武公"、"挟纩"，其中皆大有表现的空间，但《左传》却未多加笔墨，可见其用字之简。

而言辞的描写则不然。长篇大论姑且不说，且看下面一个短句：

> （蔡仲）对曰："姜氏何厌之有？不如早为之所，无使滋蔓，蔓，难图也；蔓草犹不可除，况君之宠弟乎？"

用"蔓草"来比附姜氏得势之后的狂态，此一比喻比"皆如挟纩"的简略超出甚远，它指出了本体和喻体（姜氏与蔓草）的相似性（不可除），并且暗示了不除姜氏的危害；而"皆如挟纩"则没有本体和喻体相似性的比较，更无"如挟纩"的士兵对战事影响的分析或暗示。

---

① 钱钟书：《管锥编》，中华书局，1994年版，第124页。

为什么左氏叙事偏重言辞描写而略于事件叙述？这实际上触及史家述史的目的。中国古代史家因古已有之的神圣使命，总愿意在史书中晓以儒家义理，意在"劝惩"，故历史叙事的重心不在于逸闻趣事和曲折的情节，而必然突出事件的"劝惩"意义。而"劝惩"意义的表达，除了借助"春秋笔法"，"一字寓褒贬"之外，更多的是借用言辞来表达。左氏常不失时机地借事件中的人物之口来阐发观点，发表议论。如战争爆发前，必定有人分析敌我士气、民心向背，无不是在结局尚未出现之前就有战争胜负的预测。某些重大历史事件之后出现的"君子曰"、"孔子曰"，更是直陈事件的劝惩意义。

　　既然言辞描写负载"劝惩"意义，那这种描写就不仅仅是为了刻画人物，同时还是一种推进情节、阐发意义的有效手段，这样，描写转化为叙述，含蓄地传达了史家的史识。

　　如所载"郑伯克段于鄢"，其聚焦人物庄公的思想性格及其与共叔段的冲突，一并借助语言描写来加以展现。庄公的思想性格是在与几个臣子的冲突中呈现的，臣下多方设比，请除共叔段于弱势，但是庄公不为所动，仅仅用三句话就轻巧地打发了："多行不义必自毙，子姑待之。""无庸，将自及。""不义不昵，厚将崩。"欲置兄弟于死地而后快的心理昭然若揭。而事件也便在他打定主意坐观事态发展的过程中进展着，在群臣的悲叹感慨中进展着。究其底，正是共叔段的势力一步步地发展着，故此群臣的劝谏日趋强烈，《左传》展现出来的是言辞，而事件就在言辞的背后进展，言辞实际上牵动着事态发展的线，从这个意义上说，言辞的呈现何尝不是一种不动声色的叙述呢？

　　"宫之奇劝谏虞公假道于晋"也类似于此。宫之奇多方设喻，苦口婆心，向虞公痛陈"唇亡齿寒"的利害，痛斥朝三暮四、不仁不义的晋，这并没有让虞公有半点不舒坦，他只摆出祖先和鬼神加以搪塞："晋，吾宗也，岂害我哉？""吾享祀丰洁，神必据我。"虞公为了事前的贿赂可以将国之危亡大事视如儿戏，在人臣面前简单地以祖先和鬼神这些缥缈之物来搪塞，确实是不分轻重、不识时务的昏君，而宫之奇至诚至笃、至恭至敬的形象也如在眼前。语言描写不仅仅凸显历史人物的性格特征，而且转化成为叙述，宫之奇和虞公的言辞冲突其实也就是"假道"事件两条道路的冲突，随着冲突—方宫之奇的无功而退、对天长叹，晋国东征路上的一个最大障碍就此扫除，假道于晋的虞国也便迅速地走上灭亡之路。

以上的简略分析表明，尽管中国古代史传尽力隐藏叙述者的声音，造成"客观叙述"的假象，但为此采取的每一叙事技巧和叙事修辞却都清晰地显示了叙述者的存在。正如华莱士·马丁所说："在一部作品中，透过一切虚构的声音，我们可以感受到一个总的声音，一个隐含在一切声音之后的声音，它使读者想到一个作者——一个隐含作者——的存在。"①

（三）原因

那么，中国古代史传所推崇的"客观叙述者"本质缘何依然是"主观"的，是不折不扣的"介入"式叙述者呢？

历史叙事追求"实录"，强调"不虚美，不隐恶"，要求客观、公正地再现与评价历史事件和历史人物，因而自然以"客观叙述者"为尚。这不仅仅是中国古代史家的追求，也是历史叙事中的普遍现象。许多历史学家都不懈地在要求着历史著作的无党无私和一视同仁，历史学著作中的论据和结论如果被歪曲来投合作者个人的偏见或宣传的目的，那些著作就普遍地被人谴责为恶劣。无论如何，人们普遍认为真正的历史应该和宣传区别开来，而且可以说正是因此才具有客观的有效性。但是显然，关于这个问题还有另一个方面。当一个局外人观看历史的时候，最打动他的事情之一就是他发现对于同一个问题却存在着各种有分歧的说法。不仅每一代人都发现有必要重写前人已经写过的各种历史；而且在任何给定的时间和地点，都可以对同样的一组事件得出互不相同的而且显然是互不相容的各种说法，其中每一种都自称是给出了如果不是全盘真相的话，至少也是目前所得到的尽可能之多的真相。一个历史学家的解说，被另一观点加以驳斥，而且争论不单单是技术性的（对证据的正确解说），而是更多地有赖于终极的预先假设的概念，而那是断然不可能被普遍接受的。由此看来，在历史思维中就存在着一种（不同于在科学思维中所能发现的）主观成分在起作用，这一因素限制了历史学家希望获

---

① 华莱士·马丁：《当代叙事学》，北京大学出版社，1990年版，第160页注一。

得的客观性，或者是改变了它的性质。而这并不是历史学本身必定要加以否定的"非科学"因素，不管以前的历史学家如何竭尽全力去实现所谓的"客观性"，今天的历史学家们显然更为清楚地意识到了历史中不可避免的主观性，如果要求他们把自己从所有的预先假设的概念里解放出来，以一种全然"非个人"的方式去研究他们的事实，他们是会感到不安的。他们会说，在历史学中要追求物理学中的非个人性，就会产生出某种根本就不是历史的东西，他们很可能会采用如下的论证来支持他们的论断：每一部历史都是根据某种观点写出来的，并且是只能根据那种观点才有意义。取消了一切观点，那么你就没有留下任何可以理解的东西了。

显然，这种观点并不是无稽之谈，它甚至可以由进一步的论证来加强其说服力，那就是，历史思维中有着一个极为突出的概念——"选择"。没有一个历史学家可能叙述过去所发生的一切事情，哪怕是在他所选择的研究范围之内；所有的人都必须选择某种事实作为特殊的重点，而把其他的统统略去。用一种陈词滥调的说法就是，进入到历史中来的唯一的事实，就只能是那些具有某种程度上的重要性的事实。但是成其为"历史上的重要的东西"这一观念，乃是双重的相对的，它既相对于独立于任何人的思维之外所发生的事，同时也相对于做出这一有关重要性的判断的人。在这里，显然我们无法完全消灭第二种因素，因为每一个历史学家都把一组利害、信仰和价值——它们显然对他所认为是重要的东西有着某种影响——带到了他的研究里面来。

这里，可以司马迁、班固对屈原的评价对上述观点作一简要论证。

屈原是一个颇有争议的历史人物，其所开创的浪漫主义创作，形成了我国古典文学的另一个源头，在文学史上的地位是很高的，但它显然与《诗经》的传统不同。故此，整个汉代围绕着屈原及其作品的评价展开了论争。其中，同为史家、都标举"实录"的司马迁和班固对屈原的评价却表现出很大的分歧，这其中传达的意味耐人寻味。

司马迁充分地肯定了屈原积极浪漫主义的创作精神，同时结合自己的身世之感，揭示了屈原的创作动机为"怨"，是因"怨"而发愤创作的结果。在他看来，这种"怨"不是一般儒者那"怨而不怒"之"怨",也不是"愁神苦思"的个人之"怨",而是由于"正道直行"受到压迫,不得不发出的灵魂的惨怛呼号,这就是由"穷"生"怨"、"发愤著书"。在《史记·屈原贾生列传》中,他说:

> 屈平疾王听之不聪也,谗谄之蔽明也,邪曲之害公也,方正之不容也,故忧愁幽思而作《离骚》。《离骚》者,犹离忧也。夫天者,人之始也;父母者,人之本也。人穷则返本,故劳苦倦极,未尝不呼天也;疾痛惨怛,未尝不呼父母也。屈平正道直行,竭忠尽智,以事其君。谗人间之。可谓穷矣,信而见疑,忠而被谤,能无怨乎?屈平之作《离骚》,盖自怨生也。

接下来,司马迁分析了屈原创作由主观情感之"怨",过渡为具体的艺术形象,从而达到"讽谏"与"争义"的社会目的的原因。在《史记·屈原贾生列传》中,他说:

> 《国风》好色而不淫,《小雅》怨诽而不乱,若《离骚》者,可谓兼之矣。上称帝喾,下道齐桓,中述汤、武,以刺世事,明道之广崇,治乱之条贯,靡不毕见。其文约,其辞微,其志洁,其行廉,其称文小而其旨极大,举类迩而见义远。其志洁,故其称物芳;其行廉,故死不容自疏。濯淖污泥之中,蝉蜕于浊秽,以浮游尘埃之外,不获世之滋垢,皭然泥而不滓者也。推此志也,虽与日月争光可也。

在这里,司马迁揭示了屈原的理想抱负和《离骚》所涵盖的深厚内容,并说明了在当时浑浊黑暗的社会环境中屈原所表现出来的崇高品质。与此形成对照的是,司马迁在评价宋玉、唐勒、景差等赋家时,明确指出:

> 屈原既死之后,楚有宋玉、唐勒、景差之徒者,皆好辞,而以赋见称。然皆祖屈原之从容辞令,终莫敢直谏。

作为深受儒家传统思想影响的正统史家,班固则对屈原及其作品中所体现的斗争精神表现了不满：

> 今若屈原，露才扬己，竞乎危国群小之间，以离谗贼。然责数怀王，怨恶椒、兰，愁神苦思，强非其人，怨怼不容，沉江而死，亦贬絜狂狷景行之士。多称昆仑冥婚宓妃虚无之语，皆非法度之正、经义所载。谓之兼《诗》风雅而与日月争光，过矣。
>
> 且君子道穷，命矣。故潜龙不见，是而无闷。《关雎》哀周道而不伤，蘧瑗持可怀之智，宁武保如愚之性，咸以全命避害，不受世患。故大雅曰："既明且哲，以保其身。"斯为贵矣。

可见，班固对屈原的斗争精神及其作品中流露出来的强烈怨悱之情，主要是持一种批判态度。司马迁曾充分地肯定了屈原的"怨"，认为这是"正道直行"受到压抑后所必然发出的抗争。而班固却从儒家"明哲保身"、"温柔敦厚"的传统观念出发衡量屈原，从而曲解了其人其诗，把屈原正义的爱国斗争，曲解为个人的意气之争。

可见，即便是对于同一历史人物，史家的评价也不尽相同，甚至是大相径庭，这就说明"客观叙述者"的主观色彩是不可避免的，因为很显然，史家必然持有一定的理念作为选择、记述和评价的标准，而这种标准是不可能完全一致的。

显而易见，任何一位叙事者在叙述历史事实或生活事件时，必然有意无意地持有一定的先验的理念作为选择、记述和评价的标准。早在先秦，儒家的历史叙事在这方面已经开风气之先。《左传·宣公三年》记载：

> 乙丑，赵穿攻灵公于桃园。宣子未出山而复。太史书曰："赵盾弑其君。"以示于朝。宣子曰："不然。"对曰："子为正卿，亡不越竟，反不讨贼，非子而谁？"宣子曰："乌呼，我之怀矣，自诒伊戚，其我之谓矣。"孔子曰："董狐，古之良史也，书法不隐。赵宣子，古之良大夫也，为法受恶。惜也，越竟乃免。"

孔子在这里充分肯定董狐的史笔，尽管晋灵公只是一个不君而该死的昏君，尽管赵盾是一位不折不扣的良大夫，而且他并不负有弑君的直接责任。"赵盾弑其君"的叙事文本，从事实的角度来看是不真实的，它并没有客观地反映历史真相；但从礼法的角度来看却又是真实的，因为它体现了儒家视以为天经地义的道义原则。中国历史叙事从产生之日起就肩负着立法垂教、借事明理的重任。《孟子·离娄下》云："王者之迹熄而《诗》亡，《诗》亡然后《春秋》作。晋之《乘》，楚之《桃杌》，鲁之《春秋》，一也，其事则齐桓、晋文，其文则史，孔子曰：'其义则丘取之矣。'"可见，"义"是贯穿史传叙事的核心和灵魂，所谓"寓义于事"、"借事明义"，其要义即在于历史叙事必须表达作家的思想、情感、愿望，必须发挥特定的政治和教化功能。在《史通》中，刘知己强调了作史的目的："况史传为文，渊深广博，学者苟不能探颐索隐，致远钩深，乌足以辨其利害，明其善恶。"这里强调的是，作史是为了"上明先王之道，下辨人之化，别嫌疑，明是非，定犹豫，善善恶恶，贤贤贱不肖，存亡国，继绝世，补敝起废"①，"欲叙国家之兴衰，著生民之休戚，使观者自择其善恶得失以为劝诫"②。可见，史家对于国家之兴衰、社会之治乱、生民之休戚的强烈关注，使叙述流露出或浓或淡的主观性色彩。

孔子肯定董狐的"书法无隐"，实际上包含着对文饰历史事实的充分认可，由此可见，所谓"实录"，并不意味着"纯客观"、毫无"偏见"的事实记录，而更为强调史家的主观阐释。刘知己失见于此，在其《史通》中拘泥于"实录"标准，并据此指斥《春秋》"于内则为国隐恶，于外则承赴而书，求其本事，大半失实"。近人皮锡瑞《经学通论》对此辩护说："孔子并非不见国史，其所以特笔褎之者，止是借当时之事，做一样子，其事之合与不合，备与不备，本所不计。孔子是为万世作经，而立法以垂教，非为一代作史，而记实以征信也。"这话虽然说得稍嫌有些极端，但却深刻地揭示了孔子作《春秋》的态度，即：选择史料有所取舍，记述事实有所详略，评价事件有所褒贬。孔子的

---

① 司马迁：《太史公自序》，中华书局，1982年版，第1427页。
② 司马光：《资治通鉴》，中华书局，2009年版，第5页。

目的是"立法以垂教",而不是"记实以征信",在孔子看来,前者应该比后者更具有真实感。司马迁窥透了这一点,在《史记·孔子世家》中,他明确指出:

> 子曰:"弗乎,弗乎?君子病没世而名不称焉。吾道不行矣,吾何以自见于后世哉?"乃因《史记》作《春秋》,上至隐公,下迄哀公十四年,十二公。据鲁,亲周,故殷,运之三代,约其文辞而指博。故吴楚之君自称王,而《春秋》贬之曰"子";践土之会实召周天子,而《春秋》讳之曰"天王狩于河阳"。推此类以绳当世。贬损之义,后有王者举而开之。《春秋》之义行,则天下乱臣贼子惧焉。孔子在位听讼,文辞有可与人共者,弗独有也。至于为《春秋》,笔则笔,削则削,子夏之徒不能赞一辞。弟子受《春秋》,孔子曰:"后世知丘者以《春秋》,而罪丘者亦以《春秋》。"

据此可知,《春秋》主要是借"记事"来传道。孔子平时为文并不专断,唯修《春秋》却不容他人置喙,盖因即便其中一字之笔削也凝聚着他的思想观念和价值取向。所以,孔子为"拨乱世反之正"而修《春秋》,其中自然带有鲜明的惩恶扬善的政治色彩和褒贬倾向,刘勰《文心雕龙·史传》形容为:"褒见一字,贵逾轩冕;贬在片言,诛深斧钺。"

因此,司马迁在回答"昔孔子何为而作《春秋》"这个问题时,就曾引述孔子的话说:"我欲载之空言,不如见之于行事之深切著明也。"接着他又引述董仲舒的解释说:"周道衰微,孔子为鲁司寇,诸侯害之,大夫雍之。孔子知言之不用,道之不行也,是非二百四十二年之中,以为天下仪表,贬天子,退诸侯,讨大夫,以达王事而已矣。"历史,从来就是历史学家记载的历史,是历史事实的影像,而不可能是纯粹的历史事实本身。同样,叙事也从来就是叙事者撰述的产物,不过是叙事者的心像而已,而不可能是纯粹的生活事件原貌的展示。

更何况,中国古代叙事,包括追求"实录"叙事理念的史传,往往具有鲜明的"抒愤"色彩,强烈的自写身世之意和磊块不平之气,也使得叙述者很难保持"客观"姿态,而恰如李贽所言,不过是"借他人之酒杯,浇自己之块垒"罢了。有名者如司马迁的"发愤著书"、韩愈的"不平则鸣"、欧阳修的"穷而后工"、吴伟业的"发愤作曲"等,无不强调突出了作者的主观意图的重要性。这种"抒愤"色彩的浸润使叙事"文中有我",叙述者主体性的渗透是显而易见的,这种特征在标举"实录"的史传中亦有着鲜明表现。如《史记》中的《李将军列传》,记叙时虽不见一句议论,但太史公通过公孙昆邪"李广才气,天下无双"的评语和文帝"子不遇时"的惋惜,已于笔墨间浸润了主观情感。其后,更是通过对李广一生至为重要的四次战役的精心刻画抒写,对其功高赏薄、含愤自杀的悲惨遭遇予以无限的惋惜与同情,同时也寄寓了司马迁真切的身世感慨。

  证之以西方叙事,同样清楚地表明了这一点。当然,这里有着"历史"与"文学"的差异,将两者扭结在一起进行对比分析不免让人产生疑问,但这种对比分析在我们看来依然是有效的。且不说中国古代的史传是"史中有文",钱钟书就曾提出"史有诗心、文心"之论,两者是相通的因而具有可比性,单就中国古代史传与现代西方小说理论界均标举"客观叙述者",反对"讲述",追求"展示"的艺术倾向来看,两者的理论观点也是相通的,而且两者的"主观性"实质亦相通。这也是布斯将自己的小说理论研究定名为"小说修辞学"的缘故,在他看来,不管是何种形式的"展示",不管叙述看起来是多么的"客观"和"不动声色",实际上都出于作者的"修辞"考虑,在于达到"讲述"的目的。因而,通过现代西方小说"客观叙述者"的分析,可以反观和加强对中国古代史传"客观叙述者"的"主观性"本质的深入认知。

  现代西方小说普遍采用"显示",即自然而然地客观展示人物活动和事件经过的手法,抛弃了传统小说中叙述者把真实生活中没人能知道的东西讲述出来的惯常专断做法。西方现代许多小说家以及小说理论家都认为,叙述者应该自我隐退,放弃直接介入的特权,让小说人物在舞台上决定自己的命运。也就是说,自从福楼拜以来,许多作家和批评家都确信,"客观的"或"戏剧式的""显示"要高于任何允许作者或者他的"可靠叙述人"直接出现的方法。珀西·卢伯克认为:

  直到小说家把他的故事看成一种"显示",看成是展示的,以致故事讲述了自己时，小说的艺术才开始。①

英国文学批评家福特·马多克斯·福特亦写到：

> 小说家绝不能用加入某方来展示他的偏爱——他必须——描绘而非讲述。②
>
> 总的来说，那些从未成为英语小说特性的特性，现在已经成为它的特性了。也就是说，今天没有人会企图用班扬、笛福、菲尔丁的追随者们所写的那种小说去赢得不管是受过教育的、还是几乎无知的人们的赞赏——没有一位作家今天会像萨克雷那样，把他那破鼻子和眼镜伸到自己写的最激动人心的场景之中，为的是告诉你，虽然他的女主人公是个邪恶之徒，但是他自己的心却在正确立场上。③

亨利·詹姆斯也声称：

> 在小说提供给我们的东西中，我们越是看到那"未经"重新安排的生活，我们就越感到自己在接触真理；我们越是看到那"已经"重新安排的生活，我们就越感到自己正被一种代用品，一种妥协和契约所敷衍。④

这些言论都认为，纯粹的"显示"要优于"讲述"。但如果据此断定，采用"讲述"的叙述者是介入式叙述者，而采用"显示"的叙述者则是"客观叙述者"，这种论断无疑片面而且偏颇。

显而易见的是，"显示"中潜藏着"讲述"，一个象征性的细节、人物的某个特定动作、着意采用的反讽与含混等，实际上都具有讲述的功能，不是讲述消失了，而是讲述以更为隐秘的方式出现。有时我们会惊讶地发现，即便在被认为是最为典型的现实主义作家的作品中，人为标志也无法完全避免，作者的声音不可

---

① 珀西·卢伯克：《小说的技巧》，伦敦，1921年版，第62页。
② 转引自布斯：《小说修辞学》，北京大学出版社，1987年版，第128页。
③ 《英国小说：从早期到约瑟夫·康拉德之死》，伦敦，1930年版，第121页。
④ 转引自布斯：《小说修辞学》，北京大学出版社，1987年版，第165页。

能真正沉默。例如詹姆斯，他自己的作品中并非完全是那些"未经重新安排的生活"，其作品的可见结构常常显示出人为的明显印记，他甚至可以相当自由地评论自己的故事和方法。我们可以在其《青春期》中读到："朗东先生正脸瞧着那位高贵的夫人，他可以辨别出她是否从自己说的话里敏锐地猜测到……"还有："当范先生自己以后不能把这些话的语调对他产生的特殊效果传达给任何感兴趣的朋友时，他的记录者便利用了不能装得更聪明这一事实——相反地，只限于简单地说，它们使范先生的脸颊上升起了一阵刚好看得见的红晕。"《波士顿人》的叙述者告诉我们说："如果我们此刻要看看伯雷奇夫人内心的话，我怀疑我们将会发现……"在另一时间他又说："伯雷奇夫人——因为我们已经开始观察她的内心，所以我们可以继续这一过程——而并不想……"当然，这种使读者惊讶的叙述者的介入来自于"早期的詹姆斯"。但是，他后来的作品中其实也充满了我们在《青春期》中所看到的那种东西，《使节》的"记录者"告诉我们说："如果我们要进入我们的朋友正在从事的一切之中，那就得改善我们的文笔。"对于这样的"败笔"，詹姆斯的信奉者只好得出结论说，詹姆斯自己时常"从客观叙述上偏离出去"，并且提议说，我们应该原谅"詹姆斯这个'老介入者'"，因为他"还是离十九世纪的小说常规太近，以致他从未能够完全避开它们的方式和方法的不断袭扰。"①

其实，不是因为詹姆斯"离十九世纪的小说常规太近，以致他从未能够完全避开它们的方式和方法的不断袭扰"，而是因为从根本上来说，介入是不可能完全避免的。当然，不再是传统叙述者的直接抛头露面，而是以更为隐秘的方式显示其在场，"艺术家就像创世的上帝，出现在自己亲手造物之上下左右，里里外外，隐而不见，修炼达到无声无形，若无其事地修剪着自己的手指甲"。布斯的这一观点不仅适用于评价西方"客观叙述者"，而且同样适合于评述中国古代史传的"客观叙述者"。先秦两汉史传标举"实录"，强调叙述的客观性、中立性和公正性，但由于史传负载着借史明理、立法垂教的重任，故貌似客观的叙述背后

---

① 小约翰·蒂尔福德：《老式介入者詹姆斯》，载《现代小说研究》第4期，第157页。

实则蕴含有鲜明的情感倾向与价值评判，当然，叙述者一般不诉诸"专断式讲述"，而借各种"叙事修辞"手法委婉地传达主体性色彩。

概而言之，中国古代史传"实录"叙事理念并非像字面一般一目了然，清晰明了，而是一个内涵极为丰富的概念。通常认为，它包括两个方面：一为所叙之事的真实性；一为叙述态度的客观性。但实际上，标举"实录"的中国古代史传既不可能做到史事的确凿无疑，也不可能达到叙述上的完全公正客观，而是强调"虚实杂糅"，并从历史所应发挥的"立法垂教"、"惩恶扬善"的社会政治作用着眼，承认适当文饰历史的必然性和必要性，它追求的与其说是"事真"，不如说是"理真"，从而透露出"客观叙述者"的"主观性"本质。

第二节　叙事视角

一、概说

在叙事学中，视角是一个备受关注的问题。它是"作者和文本的心灵结合点，是作者把他体验到的世界转化为语言叙事世界的基本角度"，① 因此，在叙事文本中，视角是无处不在的。那么，什么是叙事视角呢？胡亚敏认为，叙事视角是叙述者或人物与叙事文中的事件相对应的位置或状态，换句话说，叙事视角探讨的是叙述者或人物从什么角度观察和讲述故事，② 因而视角在叙事中的地位是不言而喻的。美国小说理论家卢伯克曾经指出："小说技巧中整个错综复杂的方法问题，我认为都要受观察点问题——叙述者所站位置对故事的关系问题——支配。"③ 这一观点也许表现出对叙事视角的过分厚爱，但我们不得不承认，观察的角度不同，同一事件会出现不同的结构和情趣，甚至是截然相反的结构和情趣。布斯曾经作过一个有趣的设想，他说，在阅读

---

① 杨义：《中国叙事学》，人民文学出版社，1997年版，第191页。
② 胡亚敏：《叙事学》，华中师范大学出版社，1998年版，第19页。
③ 珀西·卢伯克：《小说的技巧》，伦敦，1966年版，第251页。

《奥德修纪》时,"我们会明确地对英雄们表示同情,并对求婚者们表示轻蔑,不用说,要是另一位诗人从求婚者的角度来处理这一系列情节,他也许会轻易地引导我们带着不同的期待与担心进入这些历险"①。布斯的这番话形象地说明叙事中叙事视角的妙用:讲述者的立足点不同,同一事件将会变得大异其趣。

史传同样需要采用叙事视角。在上一节,我们对中国古代历史叙事的"实录"叙事观念作了较为详尽的论述,我们的结论是,这一观念的内涵是相当复杂的,既包含有所叙之事的"虚实杂糅",又内在地强调貌似客观的叙述背后的"主观性"实质。因此,"实录"叙事观念将虚实、主客有机地融合于一体,就此一特点而论,史传和小说一样,只不过是作者借以传达某种认知或观念的叙事文本。简言之,中国古代史传并非仅仅客观记录历史事实,而是要借助历史叙述传达史家的"史识",具有鲜明的主体性色彩。因此,一切的叙事谋略,包括叙事视角的设置都是为了加强历史叙事的权威性、真实感和传达史家的历史哲学而安排的。

叙事视角的选取有其内在依据。为了加强史传的权威性、真实感和传达史家的"史识",必然要求采用全知叙事视角。因为史传叙述的是已经发生的事件,亦即叙述围绕着从总体的叙述位置看已经过去的行动和事件展开,这种叙事的特点在于确定性和事实性。哲学家大卫·K·刘易斯对此作了简单明了的说明:"在故事世界里,讲故事行为就是实话道出讲述者所知之事的行为。"而且"(在这个故事世界之内)故事是作为已知事实来讲述的"。况且,中国古代史传不仅要保存信史,还强调"惩劝鉴诫"的述史职责,这就需要在总体上采用全知视角的回顾性叙述。在史传中,被叙述的事件过程呈现为先前事件,叙述者对整个事件过程都有一个完整的了解,并根据自己的反思与评价对事件进行选择与重构,从而把过去的事件组合成具有统一结构和意义的总体。这种"回头赋予意义"的叙述同样需要如上帝般洞悉世事的全知全能的眼力。

应该指出,历史叙事在总体上采用全知视角,但并不排除在

---

① 布斯:《小说修辞学》,北京大学出版社,1987年版,第8页。

局部描写上采取限知叙事视角。一些精彩的片段就是由于限知叙事视角的采用，在事件原因、过程和结果的发展链条中出现了表现和隐藏、外在事态和深层原委之间的张力，使叙述委婉曲折，耐人寻味。如《左传》"庄公十年"叙述"曹刿论战"，即采取了限知视角：

> 十年春，齐师伐我。曹刿请见。其乡人曰："肉食者谋之，又何间焉？"刿曰："肉食者鄙，未能远谋。"乃入见，问何以战。公曰："衣食所安，弗敢专也，必以分人。"对曰："小惠未遍，民弗从也。"公曰："牺牲、玉帛，弗敢加也，必以信。"对曰："小惠未孚，神弗福也。"公曰："大小之狱，虽不能察，必以信。"对曰："忠之属也，可以一战。战，则请从。"
>
> 公与之乘，战于长勺。公将鼓之。刿曰："未可。"齐人三鼓。刿曰："可矣。"齐师败绩。公将驰之，刿曰："未可。"下观其辙，登轼而望之，曰："可矣。"遂逐齐师。
>
> 既克，公问其故。对曰："夫战，勇气也。一鼓作气，再而衰，三而竭。彼竭我盈，故克之。夫大国难测也，惧有伏焉。吾视其辙乱，望其旗靡，故逐之。"

这个完整的叙事片段自始至终采用了限知叙事视角，叙述者所知与曹刿重合。视角的限知，使长勺之战的叙述具有清晰的层次和顺序，先表面后深层，先战况后揭示原因。当曹刿在长勺战场指挥作战时，人们只看到他的行为；战争获胜后，他以士气与战机、侦察与决策的道理解释自己的行为，人们看到的是他的心思。限知叙事视角把各种社会层面和人物行为心理各个层面的揭示，写成一个整然有序的认知过程，它设置悬念，又化解悬念，使文本内部充满波折和由波折带来的活力，往往成为叙事精致化的标志。

但中国古代史传只在局部偶尔采用限知视角，整体上仍是以全知视角为基本叙事视角。在全知叙事视角下，历史叙述者以无所不知、无所不在的上帝式洞彻万物的眼光俯察一切，他可以从所有的角度观察被叙述的事件与人物，可以自由地穿梭遨游于时空、走进任何不为人知的隐秘角落，任意地从一个位置移向另个位置。他时而俯瞰纷繁复杂的群体生活，时而窥视各类人物隐秘的内心世界，他可以毫无障碍地纵观前后，环顾四周，思接千载，视通万里，并且作出最具权威性的判断。叙述者既知悉对象的一切，又具有评判对象是非功过的才能，兼具鸟瞰宏观世界和细察微观细件的多重功能，便于"究天人之际，通古今之变"，全方位地表现历史事件的复杂因果关系、人事关系与兴衰存亡的形态，借此赋予历史世界以确定的结构与意义。如《史记》多采用回顾性的全知叙事视角。一个历史人物的一生是漫长的，可供史家选用的事例是繁多的，制约史事择取的是史家的"史识"，司马迁就是在确定了对历史人物的评价后，回头"将意义赋予历史人物的行动和事件"，才能借助三五事件将一个历史人物塑造得入骨三分、栩栩如生。如《史记·项羽本纪》，即便叙述项羽反秦之前的早年逸事，也是在回顾性的全知叙事视角下完成的，这些"琐事"的选用是饶有深意的，是作者站在后来的时间位置上，以综合的眼光审视整个事件过程与结果作出的总体评价的一部分。

　　叙事学认为，全知叙事视角的表达模式往往借助不断并置起来的两个层面的时间、信息和意识的对比来实现。在框架内的层面上，人物的生活在当前时刻顺次展开，他们在任何阶段上对先前事件的了解和理解都是不完整的，甚至是错误的，也就是说，在这一层面上，人物以某种不确定的甚至是错误和无知的基本方式存在着；而在框架层面上，全知叙述者对人物所历经的所有情境及其行为结果都有全面的和正确的了解。对于这个全知叙述者来说，整个事件过程已经成为过去的、完成的、从外面观看的事情，人物曾经历的各个时间阶段此时都已经成为追忆的对象，这样的全知叙述者当然有能力作出回顾性的反思和评价。这个看法是有说服力的，也适合于评说史传叙事视角特征。比如就《史记·项羽本纪》中的项羽而言，他的生命历程在史传中被顺次展开，人物对自身的处境和未来命运的理解是不完整的，作为在"此刻"行动的历史人物，他无法对自己的行为作出正确的评估，并对自己的未来命运作出正确的计划；而在史传的整体框架层面上，全知叙述者则洞悉项羽的一生，并能在历史回顾的情境叙述中，对项羽的一生作出整体性的反思和评价，并借以重构事件之间的关系、功能和意义。在全知叙事视角的控制下，读者能够随时了解人物的精神状态，同时又高出人物甚至超脱于人物，因为他已从全知叙述者那里得到有关事件过程及其结局的全部信息，并且通过叙述者所采用的种种艺术手段——场景连缀、细节刻画、暗示象征等——清晰地把握了史家的叙事意图。

二、表现

先秦两汉史传全知叙事视角最突出地表现在叙述者的"无所不在"与"无所不知"。

"无所不在"是指叙述者不受人物空间位置变化的影响，能随人物活动空间的变化而变化，对人物、事件作全方位的叙述。具体体现为三个方面：其一，"无所不在"的叙事视角能使同一时间不同空间的人、事毕现无遗。如叙述巨鹿之战，叙述者在"中间总处，提处，间接处，遥接处，多用'于是'，'当是时'等字"①，一笔并写几面，镜头时而投向项羽，时而投向章邯，这样，由"无所不在"的全知视角带来了叙述上的全景式特征。其二，"无所不在"的叙事视角能够将不同时空的人事并置一处，这主要体现在合传与类传上。《管晏列传》中的两位贤相相隔百余年，但史迁独具慧眼地提炼出"知"字来贯通文章，围绕着管仲和晏婴被人知和善知人的特殊经历安排结构。《屈原贾生列传》中的两位传主所处时代不同，但都胸怀壮烈且最终抑郁不得志。《刺客列传》中五位刺客处于不同时空，但叙述者能以类相从，层层递进，气势贯注，毫无割裂之痕，司马迁"瞩高聚远，以类相并，大有浮山越海而会罗山之观"②，使叙事具有整体感和连贯性。其三，"无所不在"的叙事视角还能使叙述者自由翱翔，"徜徉中庭，北上玉堂，跻于罗帏，经于洞房"（宋玉：《风赋》），可以描写任何隐秘的角落。在垓下项羽帐中听项羽歌"力拔山兮气盖世"，在宫中听骊姬夜泣，在丞相府中听灌夫骂座，叙述者具有高度的空间自由度。

全知叙述者的"无所不知"，表现在叙述者能全面地了解人物所处的时代环境，人物的身世、命运，甚至历史人物的一些鲜

---

① 吴见思：《史记论文》，见杨燕起：《历代名家评史记》，北京师范大学出版社，1986年版，第242页。
② 钱钟书：《管锥编》，中华书局，1996年版，第165页。

为人知的奇闻逸事。如《史记·高祖本纪》中，叙述者不仅知道刘邦是一个具有雄才大略的国君，而且还知道他是一个卑鄙渺小的无赖；不仅熟悉他"人"的一面，还知悉他"神"的一面。由于叙事视角的全知，叙述者能够洞隐烛微，巨细宏微尽发笔端。

"无所不在"与"无所不知"的全知叙事视角尤为突出地体现在充斥于先秦两汉史传中的细节描写中。前一节在探讨史传"实录"叙事理念时，曾经指出，中国古代史传擅长于言行描写，这些栩栩如生的描绘实则显示了史传的虚构性因素。实际上，充斥于先秦两汉史传中的细节描写，不仅显露了史传的虚构性色彩，同时也清晰地呈现出史传的全知叙事视角特征。如《左传》本是为《春秋》作传，以解其义，以明其旨，但通观整部《左传》，叙事显然重于释史，虚构色彩与小说意味均可称浓厚，其中最能够显示其小说意味的是充斥于叙事过程中的细节描写，这些细节描写无疑得益于叙述中那"无所不知"、"无所不在"的全知叙事视角的采用。且以晋公子重耳出亡为例略作说明。

晋献公宠幸骊姬，骊姬逸太子申生，申生被逸而死之后，晋国的另外两位公子——重耳和夷吾为避难出亡，夷吾逃往梁，重耳逃往狄。重耳出亡历程很长，奔狄、适齐、过卫、适曹、过宋、及郑、适楚、至秦，然后在秦国的帮助下返晋为君，可谓磨难重重，历尽艰险，《左传》在展示这一出亡过程时，将叙事重心主要放在一系列的细节刻画上，从而清晰地显示了全知叙事视角的存在。

重耳在狄国一住就是十二年，后来决定转往齐国。离狄适齐之前，《左传》叙述了这么一个小细节："将适齐，谓季隗曰：'待我二十五年，不来而后嫁。'对曰：'我二十五年矣，又如是而嫁，则就木焉。请待子。'"重耳与季隗的这一对话过程被栩栩如生地刻画出来，读者很容易就可以看出这一细节暴露了叙述者的全知叙事视角。有意思的是，向以"实录"著称的《史记》，对此种细节叙述亦津津乐道："……于是遂行。重耳谓其妻曰：'待我二十五年不来，乃嫁。'其妻笑曰：'犁二十五年，吾冢上柏大矣，虽然，妾待子。'"至齐后，齐桓公待之甚厚，妻之，重耳贪图安逸，乐不思蜀，《左传》叙述说："公子安之。从者以为不可。将行，谋于桑下。蚕妾在其上，以告姜氏。姜氏杀之，而谓公子曰：'子有四方之志，其闻之者，吾杀之矣。'公子曰：

'无之。'姜氏曰：'行也！怀与安，实败名。'公子不可。姜与子犯谋，醉而遣之。醒，以戈逐子犯。"这里通过全知叙事视角，详细展示姜氏的言行，刻画了一个深明大义的女性形象。《史记》的叙述与之相似，且更加强了细节的细部敷衍："留齐凡五岁，重耳爱齐女，毋去心。赵衰、咎犯乃于桑下谋行。齐女侍者在桑上闻之，以告其主。其主乃杀侍者，劝重耳趣行。重耳曰：'人生安乐，孰知其他！必死于此，不能去。'齐女曰：'子一国公子，穷而来此，数士者以子为命。子不疾反国，报劳臣，而怀女德，窃为子羞之。且不求，何时得功？'乃与赵衰等谋醉重耳，载以行。行远而觉，重耳大怒，引戈欲杀咎犯。咎犯曰：'杀臣成子，偃之愿也。'重耳曰：'事不成，我食舅氏之肉。'咎犯曰：'事不成，犯肉腥臊，何足食！'乃止，遂行。"重耳过曹时，曹共公欲观其骈胁，于是偷看重耳沐浴，《左传》于此又叙述了一个细节："僖负羁之妻曰：'吾观晋公子之从者，皆足以相国。若以相，夫子必反其国。反其国，必得志于诸侯。得志于诸侯，而诛无礼，曹其首也。子何早自贰焉！'乃馈盘飧，置璧焉。公子受飧反璧。"全知叙事视角的运用，既使重耳返国称霸的行为合理化，同时又勾勒出了一个深谋远虑的女性形象。最后，秦送重耳归晋至河时，又出现了一个细节："及河，子犯以璧授公子，曰：'臣负羁绁从君巡于天下，臣之罪甚多矣，臣犹知之，而况君乎？请由此亡。'公子曰：'所不与舅氏同心者，有如白水！'投其璧于河。"《史记》不仅仅保留了这一细节，而且还对之进行了进一步延展："文公元年春，秦送重耳至河。咎犯曰：'臣从君周旋天下，过亦多矣。臣犹知之，况于君乎？请从此去矣。'重耳曰：'若反国，所不与子犯共者，河伯视之！'乃投璧河中，以与子犯盟。是时介子推从，在船中，乃笑曰：'天宝开公子，而子犯以为己功而要市于君，固足羞也。吾不忍与同位。'乃自隐渡河。"细部敷衍大大充实了史传的叙事内容，而这些小插曲同时也清晰地显示了全知叙事视角"无所不知、无所不在"的鲜明特点。

下面再抽取史传细节描写中的语言描绘作进一步分析。言语具有即时性特点，如不即时记录，它就会随风消逝。古代既无"录音之具"，自然很难做到即时记录言语行为，可见史传中大量存留的语言描写基本上是"想当然"的"拟言"，这就暴露了史传的全知叙事视角。当然,史传大量采用语言描写,究其本意和初衷,大概是想使叙述更显客观和真实,因为在呈现人物的言行时,一切仿佛都是从人物自身发出,叙述者好像已经从叙述中消失。但事与愿违,这种如上帝般的"眼睛"和"耳朵"恰恰显示了全知视角的存在。古人曾质疑《史记》记言的真实性云:"苏、张之游说,范蔡之共谈,何当时一出诸口,即成文章,而又谁为记忆其字句?"① 钱钟书先生曾精辟地指出古史中的记言大半出于"想当然"的"代言",并且认为司马迁的记言是"善设身处地,代作喉舌而已"②。可见,史传中其言凿凿的人物语言,只不过是史家的"喉舌"而已,是史家设身处地的言语性"虚构",从而暴露了叙述的全知视角。

确实,在先秦两汉史传中,《国语》、《左传》、《史记》等的人物对话,大到群臣班列、列国盟约的大场面,小到家庭宴饮、夫妻对坐的小场景;上至项羽、刘邦这些叱咤风云的时代英雄,下到游侠刺客这些难见经传的市井细民,史家无不"遥体人情,悬想事势",为之"拟言、代言"。叙述者往往还从全知角度出发,潜入历史人物的内心世界,对其心理活动作栩栩如生的独白式描摹。诸如此类描写,均清晰地显示了全知叙事视角的存在。"骊姬之泣"、"介之推言禄"、"李斯之叹"等,不过是其中脍炙人口的段落。且看《左传》"僖公二十四年"所载"介之推言禄":

> 晋侯赏从亡者,介之推不言禄,禄亦弗及。推曰:"献公之子九人,唯君在矣。惠、怀无亲,外内弃之。天未绝晋,必将有主。主晋祀者,非君而谁?天实置之,而二三子以为己力,不亦诬乎?窃人之财,犹谓之盗,况贪天之功以为己力乎?下义其罪,上赏其奸;上下相蒙,难与处矣。"其母曰:"盍亦求之?以死,谁怼?"对曰:"尤而效之,罪又甚焉。且出怨言,不食其食。"其母曰:"亦使知之,若何?"对曰:"言,身之文也。身将隐,焉用文之?——是求显也。"其母曰:"能如是乎?与女偕隐。"遂隐而死。晋侯

---

① 钱钟书:《管锥编》,中华书局,1996 年版,第 165 页。
② 钱钟书:《管锥编》,中华书局,1996 年版,第 165 页。

求之不获。以绵上为之田,曰:"以志吾过,且旌善人。"

如从求实的角度看,此一对话从何而得?介之推与母"隐而死",且介之推否定了母亲"使知之",即在隐居前向晋文公表白心迹的提议,故此可以推断,这一对话是史家之"臆测"而非"记言"。对于此种明显属于"臆测"的文字,后代史家不仅认可,而且也同样采用此种手法,就以被誉为"实录"的《史记》而言,对于《左传》所载"介之推言禄"细节不仅全部采用,而且还补充了"悬书宫门"和"壶叔求禄"的小插曲,以为余波荡漾,且看《史记》的记载:

> 文公修政,施惠百姓。赏从亡者及功臣,大者封邑,小者尊爵。未尽行赏,周襄王以弟带难出居郑地,来告急晋。晋初定,欲发兵,恐他乱起,是以赏从亡未至隐者介之推。推亦不言禄,禄亦弗及。推曰:"献公子九人,唯君在矣。惠、怀无亲,外内弃之。天未绝晋,必将有主。主晋祀者,非君而谁?天实开之,二三子以为己力,不亦诬乎?窃人之财,犹曰是盗,况贪天之功以为己力乎?下冒其罪,上赏其奸,上下相蒙,难与处矣!"其母曰:"盍亦求之?以死谁怼?"推曰:"尤而效之,罪有甚焉。且出怨言,不食其禄。"母曰:"亦使知之,若何?"对曰:"言,身之文也。身欲隐,安用文之?文之,是求显也。"其母曰:"能如是乎?与女偕隐。"至死不复见。
>
> 介之推从者怜之,乃悬书宫门曰:"龙欲望上天,五蛇为辅。龙已升云,四蛇各入其宇,一蛇独怨,终不见处所。"文公出,见其书,曰:"此介之推也。吾方忧王室,未图其功。"使人召之,则亡。遂求所在,闻其入绵上山中,于是文公环绵上山中而封之,以为介推田,号曰介山,"以记吾过,且旌善人。"
>
> 从亡贱臣壶叔曰:"君三行赏,赏不及臣,敢请罪。"文公报曰:"夫导我以仁义,防我以德惠,此受上赏。辅我以行,卒以成立,此受次赏。矢石之难,汗马之功,此复受次赏。若以力事我而无补吾缺者,此复受次赏。三赏之后,故且及子。"晋人闻之,皆说。

三、特点

先秦两汉史传整体上采用全知叙事视角，这种全知叙事视角表现出鲜明的"中立型"而非"编辑型"叙事视角特点。

历史叙事毕竟不同于文学性虚构叙事，它是"以文运事"，而非"因文生事"，"是先有事如此如此，却要算计出一篇文字来"。因此尽管允许有一定程度的合乎情理的虚构，但却要受到史实的限制，是戴着镣铐的舞蹈，毕竟不能随心所欲。"实录"叙事理念的主要指向，首先须得使历史叙事显得"真实"，也就是具有真实感，这样才能保证其叙述的权威性，进而传达史家的"史识"，发挥其"别嫌疑，明是非，定犹豫"① 的功用。为了使叙述更显真实、客观和公正，从而确保其权威性，史传全知叙事视角表现出"中立型"而非"编辑型"的鲜明特征。

"编辑型"和"中立型"均属于全知视角类型，其视角宽广灵活，几乎不受任何限制，作者不仅知道事件的起因、经过和结果，而且还清楚地知道人物的过去、现在与未来，包括那些不为人知的细节和秘密，无论它是闺房私语、暗室密谋还是个人的内心独白。总之，在此种叙事视角控制下，作者常常站在一个高于他所叙述的文本的高处俯视着每一处枝枝蔓蔓，上帝般地存在着。但两者又有所区别。"编辑型"全知叙事视角不仅可以自由地展示叙事中任何人物的观念和情感，而且还可以自由地表达自己的思想、情感和爱憎倾向，包括抛头露面地直接在作品中发表关于人生、历史、道德、习俗等的各种议论。相比之下，"中立型"全知视角中的叙述者则不再在作品中直接抛头露面，大发议论，也不再直接干预故事的进展，人物的言谈举止和思想活动似乎都是自发地演出，这当然更为切合史传的"真实感"叙事追求。

如《左传》就提供了叙述者充当"记录者"的范例，他采取"无所不在"身临其境的第三人称报告人的姿态，叙述他的所见所闻，但他本人却并未介入到他所报告的事件中去。这种"中立型"全知叙事视角，既能对历史人物、历史事件作出生动、细致

---

① 司马迁：《史记·太史公自序》，中华书局，1982年版，第1426页。

的描摹，同时又能够充分保证所述事件的可靠性和权威性。这种叙事视角重在记录人物的言、行等外在层面。叙述者不仅不武断地作出主观评价，甚至也不分析任何人物心理，拒绝直接进入人物的内心层面，这种直接呈现历史人物的言、行的叙事视角，可以创造一种不受中介的阻碍而直接接近人物的幻觉，从而更易于产生真实可信的感觉。《史记》对叙事视角的处理更为成熟。它在总体上采用"中立型"全知叙事视角，叙述者在保持"上帝式"的全知全能的权力的同时，却没有扮演"说教者"的角色。他不代替人物去思维，而让人物自己去活动，让人物获得尽可能充分的自我表白的机会，展现其独特的内心世界，因而作为对象主体的人物能获得较高的主体性地位，成为活生生的充满着血肉的人物形象，从而达到了叙述的原生态和鲜活，保证了史传的真实感。

　　为了造成最大的真实感和权威性，中国古代史家放弃了"专断式讲述"，转而采用客观呈现和"展示"人物及事件，叙述者仿佛从叙事中消失，"艺术家……修炼达到无声无形，若无其事地修剪着自己的手指甲"，他不"讲述"，更不直接表达自己的观点与评价，叙事视角是典型的"中立型"。但"中立"只不过是假象。实际上，仿佛是发自于人物自身的言谈举止和思想活动，并非真的不受任何控制。萨特说，小说中的任何东西都是作者操纵的表现；布斯认为，"在小说中，提出它们的行动本身就是作者的介入"。作者通过设置叙事修辞达到对读者反应的控制，其中最重要的就是对叙事视角的有效控制。因此，看似完全客观、"中立"的叙事视角却能借助叙述谋略，清晰地折射出叙述者的主观性，所以"中立"是有限度的，先秦两汉史传叙事视角的"中立"同样是有限度的。

　　史传不仅是对过去事件的简单记载，而且强调借助史事传达史家的"史识"，其中有着不可约简的主观性。尽管史家力图造成"真实的幻觉"，但总有着主观性意识的或隐或显的流露。在《小说修辞学》中，布斯令人信服地指出，在任何一部叙事作品中，叙述者可以选择隐而不现，但却无法选择完全消失。用布斯的这一观点考察中国古代史传"中立型"全知叙事视角是极为恰当的。貌似"中立"的史传叙事视角中必然渗透有史家的"主观性"，只是这种"主观性"的介入是含蓄的，史家并不直接抛头露面，大发议论，而是把自己的立场、观点、感情融于含蓄精巧的叙事中。"春秋笔法"、《左传》中的神异之语、《史记》的"寓论断于叙事之中"等都是有名的暗寓评价的叙事修辞。

早在《春秋》中，孔子就通过"春秋笔法"来曲折地传达对历史的认知和评价。据傅修延的看法，"春秋笔法"可界定为四项，即寓褒贬于动词、示臧否于称谓、明善恶于笔削、隐回护于曲笔。① 通过这一套完整的叙事笔法，在貌似"中立"的叙事视角背后成功地渗透和传达了叙述者的主观意识倾向与鲜明的价值评判。

《左传》喜语神异的特征，更是早已引起了人们的注意，其中所记载的卜筮、灾祥、鬼怪、报应、梦兆等比比皆是，"颇与孔子'不语怪力'相违反"。② 如：

> 晋侯改葬共太子。秋，狐突适下国，遇太子。太子使登，仆，而告之曰："夷吾无礼，余得请于帝矣，将以晋畀秦，秦将祀余。"对曰："臣闻之：'神不歆非类，民不祀非族。'君祀无乃殄乎？且民何罪？失刑、乏祀，君其图之！"君曰："诺。吾将复请。七日，新城西偏将有巫者而见我焉。"许之，遂不见。及期而往，告之曰："帝许我罚有罪矣，敝于韩。"（僖公十年）
>
> 魏颗败秦师于辅氏，获杜回，秦之力人也。初，魏武子有嬖妾，无子。武子疾，命颗曰："必嫁是。"疾病，则曰："必以为殉。"及卒，颗嫁之，曰："疾病则乱，吾从其治也。"及辅氏之役，颗见老人结草以亢杜回。杜回踬而颠，故获之。夜梦之曰："余，尔所嫁妇人之父也。尔用先人之治命，余是以报。"（宣公十五年）

就史家述史本意而言，《左传》之"喜语神异"，自然不是简单地记载当时的神异之事，貌似"中立"的叙述背后有深刻的隐意在。早已有人窥透左氏"借鬼神以言人事"的深意，汪中明确指出，"《左氏》所书，不专人事"，但考其本意，又"未尝废于

---

① 傅修延：《先秦叙事研究》，东方出版社，1999年版，第182–184页。
② 王充：《论衡·案书篇》，上海古籍出版社，2010年版，第64页。

人事"①。如上述白日见鬼的故事，并非仅仅着眼于说奇志怪，而借用来解说人生祸福的道理。前一则用来解释晋惠公（夷吾）后来在韩之战中失败的原因，后一则则解释了魏颗之所以获杜回的原因。也就是说，其中所记载的神异之事，最后终可在人事上得到说明，其目的不过是借助这些神异之事，来阐述"吉凶由人祸福在民"的道理，既然其中有深刻的主观性"寓意"在，那所谓的"中立型"叙事视角的中立性就相当可疑了。

  《史记》更是采用多种叙述谋略，"叙事中不参入断语"，看起来是不折不扣的"中立型"叙事视角，但太史公又往往借助对叙事的精心结撰和对人物的描摹自然渗透和流露作者的思想、情感和评判，从而显示了明显的史家"用心"。如在《项羽本纪》中，作者对项羽"力拔山兮气盖世"的英雄气概是衷心佩服的，对其"三年，遂将五诸侯灭秦，分裂天下，而分王侯，政由羽出，号为霸王"的历史功绩作了高度的评价。但同时也指出了项羽的错误，客观全面地分析了他失败的原因。司马迁借"太史公曰"作出的评判基本上是符合历史事实的。在这种直接的评述之前，司马迁设置了很多细节，借助历史人物自身的言行曲折地显示他的评价。鸿门宴后，刘邦韬光养晦以迷惑项羽，而项羽还沉浸在胜利占领咸阳的喜悦中，在烧杀抢劫之后，思归江东。此时，有人进言劝说道："关中阻山河，四塞，地肥饶，可都以霸。"项羽则曰："富贵不归故乡，如衣绣夜行，谁知之者！"执意不从，进言者于是说："人言楚人沐猴而冠耳，果然。"作者并未出现，他只是呈现了历史人物自身的言行举止，但我们能够清晰地感受到他的存在和评价。在这一细节设置中，不仅显示了项羽性格中的重大缺陷，隐含着叙述者的评价和讽刺，同时也预示了其难成大业的结局。再如项羽被围垓下、带兵突围、东城激战、乌江自刎这一系列举动中，尽管依然保持了他一贯的勇猛、重情、重义、知耻等正面性格特征，但也再次暴露了他刚愎自负、有勇无谋、目光短浅等性格弱点，但作者并不直接出面评价，而是通过借助项羽反复重述的一句话"天之亡我，非战之罪也"，曲折传达自己的看法和评判，并在"太史公曰"中最后总括说："自矜功伐，

---

① 汪中：《述学·左氏春秋释疑》，扬州书局，同治八年重刻本，第185页。

奋其私智而不师古，谓霸王之业，欲以力征经营天下，五年卒亡其国。身死东城，尚不觉悟，而不自责，过矣。乃引'天亡我，非用兵之罪也'，岂不谬哉！"

再如司马迁叙述《刺客列传》中的荆轲时，极力表达他对刺客"立意较然，不欺其志，名垂后世"的气节的赞美之情。但叙述主要是采用"中立型"全知叙事视角，在貌似"中立"的呈现中含蓄地显露评价。燕丹为确保荆轲刺杀秦王的成功，为其作了精心的准备，以百金求得沾人立死的匕首，并且为他配备了一个副手，"燕国有勇士秦舞阳，年十三，杀人，人不敢忤视，乃令秦舞阳为副"。但这一被极力渲染的少年勇士实则难成大事，入秦后，秦王在咸阳宫召见燕使者，"荆轲奉樊於期头函，而秦舞阳奉地图夹，以次进。至陛，秦舞阳色变振恐，群臣怪之。荆轲顾笑舞阳，前谢曰：'北蕃蛮夷之鄙人，未尝见天子，故振慑。愿大王少假借之，使得毕使于前。'"十三岁即能杀人的所谓"少年勇士"却突然"色变振恐"，面对突如其来的变故，荆轲的表现堪称机智、冷静和镇定，从而化解了节外生枝所带来的紧急状况。而他在行刺未果的情况下，身被重创后却依然"倚柱而笑，箕踞以骂"秦王时，读者虽不免为其功败于垂成而扼腕叹息，但他带给我们的却是一个刺客带血的笑容。司马迁尽管没有直接出面评述，但对荆轲的赞美与崇敬却溢于言表。最后，司马迁还设置了鲁句践的一段评价："鲁句践已闻荆轲之刺秦王，私曰：'嗟乎，惜哉其不讲于刺剑之术也！甚矣吾不知人也！曩者吾叱之，彼乃以我为非人也！'"在这里，鲁句践的出现是有用意的，既构成前后照应的完整性结构，又与荆轲这一形象的刻画形成鲜明的对比。早年，荆轲游于邯郸，曾与鲁句践争道，鲁句践怒而叱之，荆轲竟然仓皇逃离，这一印象显然与"刺秦"时的荆轲形成了截然不同的对照。司马迁借助鲁句践对自己目中无人、目不识人的自惭与反省，曲折强调了荆轲的深沉个性和大无畏精神，从而传达了自己的衷心钦敬之情。

综上所论，中国古代史传为了全面、准确地叙述历史，基本上是采用回顾性的全知叙事视角。同时，为最大限度地保持叙事的真实感与权威性，主要采用"中立型"而非"编辑型"全知叙事视角，但"中立"是有限度的。史传通过种种叙事修辞，含蓄传达史家的情感倾向与价值评判，从而保证史传的权威性。

第三节 叙事时间

一、概说

　　叙事时间与故事时间是两个不同的概念。在叙事作品中，故事时间是一个不可变易的常数，而叙事时间却是一种时间变形。西方叙事学对故事时间与叙事时间的关系进行了深入研究，法国文论家热奈特对叙事时间与故事时间的顺序关系、速度关系以及频率关系的探究使我们更进一步发现了"讲故事的奥妙"。西方叙事学对叙事时间的研究充分证明："叙事是一组有两个时间的序列……被讲述的事情的时间和叙事的时间。这种双重性不仅使一切时间畸变成为可能……更为根本的是，它要求我们确认叙事的功能之一是把一种时间兑现为另一种时间"。①

　　任何叙事都具备两种时间序列，但在如何"把一种时间兑现为另一种时间"的问题上，每一叙事文本的处理就不尽相同。在这个问题上，中西的民族性差异也表现得相当明显。本书第一章在分析中国神话的叙事时间时，已经有所涉及，下面主要以先秦两汉史传为个案，进一步研究中国古代叙事时间的民族性特征。

　　中国古代叙事中同样存在着"双重性"时间，我国学者赵毅衡将叙事时间与故事时间的不一致称为"时间变形"，并且指出，时间变形是叙述文本得以形成的必要条件，史传也不例外。在赵毅衡看来，即便是标举"实录"、强调"述而不作"、客观记载史实的史传，要完全复现历史时间也是不可能的。原因很简单，历史是人叙述的，因而无法消除史家的主体性意识。因此，史传中同样存在"时间变形"问题。中国古代史传的"时间变形"具有鲜明的民族性特征。

　　史传中的叙事时间存在着"时间变形"问题。但是，与西方叙事十分强调"时间倒错"相比，中国古代史传整体上主要采用连贯性叙述。其实，不仅史传，中国古代虚构性叙事基本上也是

---

①　克里斯蒂安·麦茨：《电影涵义论文集》，柯林克西克，1968年版，第27页。

采用连贯性叙述。正如陈平原所说,尽管中国作家很早就意识到了叙事时间与故事时间的不一致,明清评点家也对处理此类矛盾的笔法作了一些阐发,如金圣叹评价《水浒传》所列的"横云断山"法、毛宗岗评点《三国演义》时所说的"横桥锁溪"法、张竹坡评点《金瓶梅》时列出的"夹叙他事"法。但所有这些"断"、"锁"、"夹"都没有打断故事的自然时序,也就是说,这类笔法并未真正触及小说的"时间倒错"问题。①

这实际上根源于中国古人的哲学观。在神话叙事思想中,我们曾经对中西宇宙观、哲学观作了扼要对比,认为中国古代多取自然论哲学观。自然论哲学观取向使中国古代叙事倾向于呈现事件的本来自然样貌,故多遵循自然而然的时间顺序呈现事件或故事,对于体现时间关系和因果逻辑的"情节时间"的探索比较漠视,对热奈特所特别重视的"时间倒错"更是缺乏自觉意识,于是,叙述从整体上表现为一种连贯性叙述。

但是,中国古代叙事在采用连贯性叙述,按照自然而然的顺序呈现故事的同时,又突出了对叙事时间的"人文化"和"哲理化"追求。

从根本上来说,时间本是运动着的物质的存在形式和基本属性,是一种物理性的客观现象,但人类对时间的体验却带有鲜明的主体色彩。中华民族的整体性思维模式更倾向于对时间进行整体性的观照与把握,这种整体性的时间观念是与天地之道的整体观相联系的,前者是后者的一个组成部分或一种具体的表现形式。以时间呼应天道,往往把天象运行、季节更替、万物荣枯,以及人对于自身的生命形态和年华盛衰的体验交融在一起,也就是说,时间意识往往连接着生命意识,《论语》有语云:"子在川上曰:'逝者如斯夫!不舍昼夜。'"以江河流逝喻指时间流逝,并且从中体验出人事变幻和生命短促,这在长期的文化积淀过程中已经成为中华民族的潜在惯常思维模式。所以,中国叙事的时间标示不能被看成一个纯粹的客观的数学刻度,它包含着叙述者的知识、情感和哲理认知的投入,因而叙事时间具有"人文化"特征,是一种"主观性"时间,其中隐含着某种文化密码,具有

---

① 陈平原:《中国小说叙事模式的转变》,北京大学出版社,2003年版,第37页。

丰富的文化内涵和哲理意蕴。

前面在讨论史传的叙事视角时曾经认定，史传主要是采用回顾性的全知叙事视角。因为史传叙述的是已经发生的事件，亦即围绕着从总体的叙述位置看已经过去的行动和事件展开，这种叙事的特点在于确定性和事实性。实际上，所有的叙事在讲述故事时，都得采用回顾性叙述，哲学家大卫·K·刘易斯对此作了简单明了的说明："在故事世界里，讲故事行为就是实话道出讲述者所知之事的行为。"而且"（在这个故事世界之内）故事是作为已知事实来讲述的"，被叙述的事件过程在文本中呈现为先前事件，叙述者对整个事件过程应该有一个完整的了解，并在此基础上对事件进行重构，从而把过去的事件组合成具有统一结构和意义的总体。从这一角度来看叙事时间，它当然不是一个纯粹的客观的数学刻度，而渗透了"人文化"特征。中国先锋小说家余华就主张将"时间"作为结构世界的中心：

> 世界是所发生的一切，这所发生的一切的框架便是时间。因此时间代表了一个过去的完整世界。当然这里的时间已经不再是现实意义上的时间，它没有古代的顺序关系。它应该是纷繁复杂的过去世界的随意性很强的规律。
>
> 当我们把这些过去世界的一些事实，通过时间的重新排列，如果能够同时排列出几种新的顺序关系（这是不成问题的），那么就将出现几种不同的新意义。这样的排列显然是由记忆来完成的，因此我将这种排列称之为记忆的逻辑。所以说，时间的意义在于它随时都可以重新结构世界，也就是说世界在时间的每一次重新结构之后，都将出现新的姿态。①

余华认为，通过对自然时序的拆组，可以找到一种结构世界的新秩序，从而重新观测世界，进而认知和理解世界，这样的叙事时间当然不仅是一种叙述上的小技巧，而且已经深刻地"人文化"了。余华谈论的是小说的叙事时间，但他的观点显然也适合于中国古代史传的叙事时间。

---

① 余华：《虚伪的作品》，载《上海文论》，1989年第5期，第49页。

二、表现

中国古代史传叙事时间的"人文化"特征主要表现在"预叙"和"时速"上。

（一）预叙

西方普遍认为叙事是"与时间做的绝妙游戏"（热奈特语），亚里士多德认为按照自然而然的时间顺序呈现故事属于糟糕的"缀段式"结构，故西方叙事从《荷马史诗》开始，就重视对"生活"进行重新安排的"情节时间"，强调对叙事时间的驾驭、控制与征服。西方叙事学极为重视对"时间倒错"的研究，热奈特的《叙事话语》对此问题作了精彩的分析。西方强调"情节时间"，故与中国古代叙事通常采用连贯性叙述不同，西方传统叙事往往"从中部开始"，从中间讲起，难免要追溯一下事件的来龙去脉，这就是西方叙事普遍采用的"从中间开始，继之以解释性回顾"的倒叙。中国古代史传叙事也很早就运用了倒叙，如《左传》宣公三年所载：

> 冬郑穆公卒。初，郑文公有贱妾曰燕姞，梦天使与己兰，曰："余为伯鯈。余，而祖也，以是为而子。以兰有国香，人服媚之如是。"既而文公见之，与之兰而御之。辞曰："妾不才，幸而有子，将不信，敢征兰乎？"公曰："诺。"生穆公，名之曰兰。……穆公有疾，曰："兰死，吾其死乎，吾所以生也。"刈兰而卒。

这段文字先叙述郑穆公的死亡，然后才回顾他的降生和命名，是典型的倒叙。在《左传》中，倒叙实际上用得很多，并且形成了用"初"字领起的习惯语。譬如隐公元年，叙述郑伯克段，用"初，郑武公娶于申"领起，倒叙武姜不喜欢郑庄公而偏爱共叔段的缘由；桓公二年，记载晋始乱，用"初，晋穆侯之夫人姜氏以条之役生太子，命之曰仇"领起，追叙命名不当成为祸乱之预兆；桓公十六年，记载卫侯出奔，用"初，卫宣公烝于夷姜，生急子"领起，追叙卫宣姜与公子朔谗恶急子，寿子、急子争死，国人怨公子朔（即卫惠公），故惠公出奔的缘由。根据叶绍钧《十三经索引》统计，整个《左传》，用"初"字领起的倒叙有九十九例之多。① 到了《史记》，则特别发展了以"当是时"领起的插叙，用以处理横向的空间关系。如《项羽本纪》这一篇中，插叙多达十六处，《高祖本纪》一篇，插叙多达十二处。但与西方"时间倒错"不同，中国古代史传对倒叙和插叙的运用，并没有打乱故事的自然时序，主要故事可能由于次要故事的插入而暂时中断，可插入一旦结束，故事马上又接着讲。也就是说，就叙事学而论，这些都不过是作家追求文法变化的小技巧，并没有真正触及"时间倒错"问题。所以，清人王源对此类文法不以为然，他说："追叙之法，谁不知之？但今之所谓追叙者，不过以其事之不可类叙者，置之于后作补笔耳。"② 他强调要扭曲叙事时间以突出叙事效果，故特提出"凌空跳脱法"："唯中者前之，后者前之，前者中之后之，使人观其首，乃身乃尾；观其身与尾，乃首乃身。如灵蛇腾雾，首尾都无定处，然后方能活泼泼也。"③ 但实际上，直到19世纪末，这一探索并没有得到足够的重视，"凌空跳脱法"并没有得到有效的实践，中国古代叙事，包括史传依然是以连贯叙述为主。

但是，中国古代叙事在以连贯叙述为主的同时，却又突出采用预叙，从而表现出鲜明的民族性特征。

热奈特认为：

> 提前，或时间上的预叙，至少在西方叙述传统中显然要比相反的方法（指倒叙）少见得多；虽然三大史诗《伊利亚特》、《奥德修纪》、《埃涅阿斯纪》每一部都以一个提前的概要开始，这概要在某种程度上说明了托多罗夫用于荷马叙事的术语"宿命情节"的正确。小说（广义而言，其重心不如说在19世纪）"古典"构思特有的对叙述悬念的关心很难适应这种作法，同样也难以适应叙述者传统的虚构，他应当看上去好像在讲述故事的同时发现故事。因此在巴尔扎克、

---

① 叶绍钧：《十三经索引》，中华书局，1983年版，第381页–383页。
② 王源：《左传评》，居业堂藏版，见《文公二年》评语。
③ 王源：《左传评》，居业堂藏版，《文公十一年》评语。

狄更斯或托尔斯泰的作品中预叙极为少见……①

里蒙-凯南也认为:"预叙远不如倒叙那么频繁出现,至少在西方传统中是这样。"② 预叙指对未来事件的暗示或预期,也就是热奈特所说的"事先讲述或提及以后事件的一切叙述活动"。③ 预叙事先揭破故事的结果,显然破坏了读者发现最终结局的阅读期待,因而在以"情节"为中心、注重悬念的西方叙事中较为少见。而在中国古代叙事中,由于自然论的潜在影响,叙事一般不讲究情节的精心组织安排和悬念的营构,却力求对接人道与天道,从而传达对宇宙、生命等的哲理性思考。预叙在牺牲叙事悬念的同时,能够有效地承载叙事的深层意蕴,故在中国被相当普遍地采用。中国古代叙事常在开头即采用预叙,事先揭破故事结局,往往充满对历史、对人生的透视感和预言感。预叙成为中国古代"人文化"、"哲理化"叙事时间的有效构成手段。

预叙主要在古代史传中逐步发展成熟,既而成为中国古代"人文化"叙事时间的独特表征。

早在殷商甲骨卜辞中,就已经出现了最初的预叙形态。甲骨问事是在一定的仪式程序中占问吉凶的,它一般由叙辞、命辞、占辞和验辞四个部分组成,其中的"占辞"就是根据甲骨上中征兆来预言吉凶,这些卜辞被记录下来,就成为最早的萌芽状态的预叙。至先秦两汉史传中,预叙被广泛采用。《国语·晋语》中记载有"卜伐骊戎"一节:

> 献公卜伐骊戎,史苏占之,曰:"胜而不吉。"公曰:"何谓也?"对曰:"遇兆,挟以衔骨,齿牙为猾,戎、夏交捽。交捽,是交胜也,臣故云。且惧有口,携民,国移心焉。"公曰:"何口之有!口在寡人,寡人弗受,谁敢兴之?"对曰:"苟可以携,其入也必甘受,逞而不知,胡可雍也?"

---

① 热奈特:《叙事话语 新叙事话语》,中国社会科学出版社,1999年版,第17页。

② 里蒙-凯南:《叙事虚构作品:当代诗学》,中国社会科学出版社,2004年版,第29页。

③ 热奈特:《叙事话语 新叙事话语》,中国社会科学出版社,1999年版,第17页。

公弗听,遂伐骊戎,克之。获骊姬以归,有宠,立以为夫人。公饮大夫酒,令司正实爵与史苏,曰:"饮而无肴。夫骊戎之役,女曰'胜而不吉',故赏女以爵,罚女以无肴。克国得妃,其有吉孰大焉!"史苏卒爵,再败稽首曰:"兆有之,臣不敢蔽。蔽兆之纪,失臣之官,有二罪焉,何以事君?大罚将及,不唯无肴。抑君亦乐其吉而备其凶,凶之无有,备之何害?若其有凶,备之为瘳。臣之不信,国之福也,何敢惮伐。"

饮酒出,史苏告大夫曰:"有男戎必有女戎。若晋以男戎胜戎,而戎亦必以女戎胜晋,其若之何!"里克曰:"何如?"史苏曰:"昔夏桀伐有施,有施人以妹喜女焉,妹喜有宠,于是乎与伊尹比而亡夏。殷辛伐有苏,有苏氏以妲己女焉,妲己有宠,于是乎与胶鬲比而亡殷。周幽王伐有褒,褒人以褒姒女焉,褒姒有宠,生伯服,于是乎与虢石甫比,逐太子宜臼而立伯服。太子出奔申,申人、鄫人召西戎以伐周,周于是乎亡。今晋寡德而安俘女,又增其宠,虽当三季之王,不亦可乎?且其兆云:'挟以衔骨,齿牙为猾。'我卜伐戎,龟往离散以应我。夫若是,贼之兆也,非吾宅也,离则有之。不跨其国,可谓挟乎?不得其君,能衔骨乎?若跨其国而得其君,虽逢齿牙,以猾其中,谁云不从?诸夏从戎,非败而何?从政者不可以不戒,亡无日矣。"

……士㠯曰:"诫莫如豫,豫而后给。夫子诫之,抑二大夫之言其皆有焉。"既,骊姬不克,晋正于秦,五立而后平。

《国语》里"卜伐骊戎"一节,主要叙述史苏的占卜以及他为占卜结果所作的辩护,尽管作者并未详细地描述史苏的预言如何应验,但最后却简单说明了骊姬无法服晋,而晋在经过五位国君的统治之后,在秦的帮助下才最终安定下来,可见这里采用了预叙形式。在这段预叙中,借史苏的卦兆预言了事件的结果,从而清晰地显示了史家用意:不在于叙述一个曲折、富于悬念的故事,而重在揭示史实的借鉴意义,从而表达史家的历史哲学认知,预叙的"人文化"特征很清晰。

《左传》、《史记》中多涉及战争征伐等,但对于战争经过的叙述甚为简略，往往是寥寥数笔，一带而过，却把叙述重点放在战前的预测和战后对胜负因素的分析上，因而开头常采用预叙方式，在战争进行之前，就已经预测了征战双方的胜负，而且这种预测往往得到丝毫不爽的应验。预叙的运用在很大程度上消解了悬念和情节的紧张度，从而清楚地显示出古代史传叙事的关注点不在于情节和悬念，而重在关注事件折射的深意，有力地促成了"人文化"叙事时间的形成。如晋楚鄢陵之战，见载《左传》成公十五年：

> 楚将北师，子囊曰："新与晋盟而背之，无乃不可乎？"子反曰："敌利则进，何盟之有？"申叔时老矣，在申，闻之，曰："子反必不免。信以守礼，礼以庇身，信、礼之亡，欲免，得乎？"

成公十二年，晋楚曾互派使节，缔结盟约，如今楚却要背弃盟约，出兵去攻打晋的羽国郑和卫，因而申叔时不以为然，作出了"子反必不免"的结论。子反不听劝告，侵郑及卫，晋国中军帅栾书打算兴兵反击楚，但遭到下军帅韩厥的劝阻：

> 栾武子欲报楚。韩献子曰："无庸，使重其罪，民将叛之。无民，孰战？"

战争于是爆发。后来，子反过申时，特意去拜会申叔时，并且请教他对楚师以及这次战争的看法：

> 过申，子反入见申叔时，曰："师其何如？"对曰："德、刑、详、义、礼、信，战之器也。德以施惠，刑以正邪，详以事神，义以建利，礼以顺时，信以守物。民生厚而德正，用利而事节，时顺而物成，上下和睦，周旋不逆，求无不具，各知其极。故诗曰：'立我烝民，莫非尔极。'是以神降之福，时无灾害，民生敦纯，和同以听，莫不尽力以从上命，致死以补其阙，此战之所由克也。今楚内弃其民，而外绝其好；渎齐盟，而食话言；奸时以动，而疲民以逞。民不知信，进退罪也。心恈所庇，其谁致死？子其勉之！吾不复

见子矣。"

申叔时再次表达了他对于楚师必败的看法,而最后战争的结局也确实印证了他的预测是正确的。很显然,在上述历史叙事文本中,作者并非是要讲述一个富有悬念的故事,而重在挖掘和显示这一史实背后显露的历史意义。

(二) 时速

所谓时速,也就是叙事时间速度,是由历史故事时间的长度和叙事文本的长度相对比而成立的。简而言之,历史时间越短而文本长度越长,叙事时间速度就越慢;反之,历史时间越长而文本长度越短,叙事时间速度就越快。在两者的变换之间,起决定作用的是作为人的叙述者的主体意识的投入。所以,叙事时间速度的快慢并不是任意的,其中投射有叙述者或作者的情感和思想。中国古代叙事在时速的处理上,注重借助对时速的精心操作来凸现深层的意蕴追求,从而与预叙一起,营构了"人文化"的叙事时间。这在古代史传中也有着突出表现。

上面讨论史传的"预叙"时曾经谈到,以《国语》、《左传》、《史记》等为代表的先秦两汉史传,其中多涉及战争征伐,就叙事时间"顺序"而言,这些叙述战争的笔墨多采用预叙:在战争进行之前,预测征战双方的胜负,而且这种预测往往得到丝毫不爽的应验。可见叙事重心并不在于营构情节和悬念,而重在分析战争胜负背后隐含的深层内蕴。就"时速"而言,这些史传对于战争经过的叙述甚为简略,往往是寥寥数笔,一带而过,而往往把叙述重点放在战前和战后的"枝节性"叙述上。这种叙事时间速度的安排,同样清晰地反映了史家的叙述重心不在于讲述一段惊心动魄的征战故事,而重在挖掘战争折射的深意。"时速"与"预叙"均凸显了中国古代叙事时间的"人文化"、"哲理化"特征。

如《史记·项羽本纪》的"垓下之围"部分,刘邦联合韩信、彭越合兵垓下,与项羽决战,战争接触繁多,但这些都没有耗费多少笔墨,而一系列"枝节性"事件:霸王别姬、战败"演说"、乌江边诉衷肠等,其于故事主导情节的推动与发展几无作用,但史迁却娓娓道来。如"霸王别姬"片段:

项王军壁垓下，兵少食尽，汉军及诸侯兵围之数重。夜闻汉军四面皆楚歌，项王乃大惊曰："汉皆已得楚乎？是何楚人之多也！"项王则夜起，饮帐中。有美人名虞，常幸从；骏马名骓，常骑之。于是项王乃悲歌慷慨，自为诗曰："力拔山兮气盖世，时不利兮骓不逝。骓不逝兮可奈何，虞兮虞兮奈若何？"歌数阕，美人和之。项王泣数行下，左右皆泣，莫能仰视。

在异常惨烈的战争时期，在"四面楚歌"的悲凉氛围中，竟然将叙事笔墨集中在历史人物的日常情感生活上，由此可清晰地看到司马迁对于历史人物作为"人"的极大关注。史家主体意识的投入，使叙事出现了"有意味的错位"，也正是通过对叙事时速的精心操作，清晰地表明了史家的史识与主体色彩。

再如《资治通鉴》，叙事时速的人为操作痕迹也很明显，而对叙事时速影响甚为深刻的因素，无疑是史家的"史识"。作者司马光在《进资治通鉴表》中明确表达了自己叙述历史的原则："每患迁、固以来，文字繁多，自布衣之士读之不遍，况于人主日有万机，何暇周览？臣常不自揆，欲删削冗长，举撮机要，专取关国家盛衰，系生民休戚，善可为法，恶可为戒者，为编年一书，使先后有伦，精粗不杂。"这里说得非常清楚，史传并非遇事必录，决定叙事取舍和笔墨多寡的是"国家盛衰，生民休戚，善可为法，恶可为戒"的史家用心。所以尽管该书声称采用的是编年体，但却显然不是"客观"呈现历史的本来面目，而借助对叙事时间速度的精心操作，来投射叙述者的历史哲学。

通观《资治通鉴》，编纂者按照"鉴于往事，有资治道"的基本原则，通过选择关系"国家盛衰，生民休戚"的历史事件，从而揭示出王朝盛衰兴亡的因果关系，而它权衡历史是非的标准，主要是儒家的仁义道德和礼制民心。如第二卷的"周纪二"，其间叙述战国诸雄的相互攻伐，无义可言；对于商鞅变法，嫌其"道非粹白"；苏秦的纵横家游说，无非是儒家眼中不关仁信的计谋和权术，因此都着墨有限，一卷竟然囊括了四十八年。而第二百二十九、二百三十卷的情形却恰好相反，两卷所包括的时间是半年，这里的叙事时间速度几乎只有上述"周纪二"的百分之一。其中花费很多笔墨叙述陆贽。陆贽虽未得相位，却极受皇帝宠信,"大小之事,上必与贽谋之,故当时谓之内相"。他经常直谏忤上,出谋划策,所上奏疏,建言"立国之本,在乎得众;得众之要,在乎见情",确为事理通达,也是作者司马光所深以为然的,因而有关陆贽对策和奏疏的文字,在这两卷中竟然占去了四分之一左右的篇幅。可见,经由史家主体意识的投射和对叙事时速的精心操作,故事时间便转换成饶有意味的"人文化"叙事时间。

综上所论,中国古代史传也具有双重性时间序列,故存在着"时间变形"。史传的"时间变形"主要体现在两个方面:第一,在保持连贯性叙述的同时,突出预叙;第二,对叙事时速的精心操作。无论预叙还是时速,中国古代史传强调通过"叙事变形"达到叙事时间的"人文化"、"哲理化"深度,这对中国古代叙事时间思想的影响甚为深远。

第四节 叙事结构

一、概说

叙事结构是叙事学中的重要研究课题。所谓叙事结构,就是一部叙事作品的"外形",是叙事作品整体呈现出来的模样和体制。通常认为,中国古代叙事结构与西方经典叙事结构有着明显的差异,这一差异通常借"空间化"与"时间化"的差别来表征,并且认定,与西方经典叙事结构强调"首—身—尾"叙事线条的整一连贯不同,中国古代"空间化"叙事结构模式呈现出"缀段式"的散漫无章。著名学者陈寅恪说过这样一段话:"至于吾国小说,则其结构远不如西洋小说之精密……如《水浒传》、《石头记》与《儒林外史》等书,其结构皆甚可议。寅恪读此类书甚少,但知有儿女英雄传一种,殊为例外。"[①] 从陈寅恪的话中可以看出,他认为中国古典小说,包括中国古代文学中一流的代表作均存在结构散漫的缺点。这种看法尽管具有普遍性,却是令

---

① 陈寅恪:《论再生缘》,见《寒柳堂集》,上海古籍出版社,1980年版,第60页。

人质疑的,最为明显的是,明清之际的评点家对中国古典长篇小说叙事结构的"精严"赞不绝口。如金圣叹评点《水浒传》时就明确指出其"字有字法,句有句法,章有章法,部有部法"的"精严"结构。怎么理解这种截然相反的评价现象呢?恐怕还得先从文化背景的角度弄清中西叙事结构的差异性所在。

在神话叙事思想部分,我们曾经引用美国汉学家浦安迪的观点,指出西方从亚里士多德的《诗学》开始,就形成了以"情节"为中心的"时间化"叙事结构原型,强调"开头—中间—结尾"的连贯整一。而在中国古代美学中形成的"空间化"叙事结构原型,却不注重对情节的周密组织安排,主要依照事件自然而然的演进呈现事件单元,从而造成了中国古代长篇小说"缀段"的特点。

在中国古代文论中,"叙事"与"序事"经常互文换用。《说文解字》训"叙"为"次第也";而"序"的本义是"东西墙也"。段注引《释宫》曰:"'东西墙谓之序。'按堂上以东西墙为介。《礼经》谓阶上序端之南曰序南。谓正堂近序之处曰东序、西序。"又曰:"《周礼》、《仪礼》序字多释为次第,是也。"① 可见叙事之"叙"与次序之"序"是通用的,而"序"直接由一个划分区域空间的分界概念转义而来,它暗示空间安排的意思十分明显。明清小说评点家经常使用"叙事"一词,但并不关心叙事在时间方面的含义,不将批评兴趣立基于叙述视点转移、故事时间转换、时距变化等诸如此类从叙事时间角度分析故事的批评框架上。就叙事来讲,评点家们似乎把它理解成在空间次序方面安排一篇故事,而不是将它理解成在时间中讲述一个故事。如张竹坡就说:"做文如盖造房屋,要使梁柱笋眼,都合得无一缝可见;而读人的文字,却要如拆房屋,使某梁某柱的笋,皆一一散开在我眼中也。"② 张竹坡此一妙喻隐含着如此的观念:将艺术作品看成具有空间结构形式的创造物,房屋的比喻再明显不过地表示人们可以从空间结构的角度把握一部叙事作品的根本艺术特征。再如清初的李渔非常重视戏曲的叙事结构,谈论"结

---

① 段玉裁:《〈说文解字〉注》,上海古籍出版社,1981年版,第126页、第444页。

② 张竹坡:《张竹坡批评〈金瓶梅〉》,齐鲁书社,1991年版,第40页。

构"时也把它和盖房子联系在一起：

> 至于结构二字，则在引商刻羽之先，拈韵抽毫之始，如造物之赋形，当其精血初凝，胞胎未就，先为制定全形，使点血而具五官百骸之势。倘先无成局，而由顶及踵，逐段滋生，则人之一身，当有无数断续之痕，而血气为之中阻矣。工师之建宅亦然，基址初平，间架未立，先筹何处建厅，何方开户，栋需何木，梁用何材，必俟成局了然，始可挥斤运斧。倘造成一架而后再筹一架，则便于前者不便于后，势必改而就之，未成先毁，犹之筑舍道旁，兼数宅之匠资，不足供一厅一堂之用矣。……尝读时髦所撰，惜其惨淡经营，用心良苦，而不得被管弦、副优孟者，非审音律之难，而结构全部规模之未善也。

对照明清之际小说评点，评点家关注的往往是将艺术作品条分缕析：何处起结、何处关锁、何处照应。也就是说，叙事之"叙"，主要是指故事"段"与"段"之间按照一定的准则巧妙配合连接的意思。可见，中国古代叙事侧重于"空间化"结构模式，这种叙事结构模式与西方具有连贯性和因果律的"时间性"结构模式显然不同，叙事看起来不过是一系列事件的罗列，事件之间的时间关系和逻辑性往往并不明晰，从而表现出散漫而无章法的"缀段式"特点。

但这只是表层现象，细究文本，且参照中国古代关于叙事结构的论述可以发现，中国古代"空间化"叙事结构模式同样具有内在的整体性，只是这种整体性不表现为"首—身—尾"的连贯整一。就中国古代"空间化"叙事结构模式而论，事件之间缺乏明显的连贯性和因果律，表面看起来，不过是将散漫无章的事件排列起来，但其实质却是，经由"神理"而非"形迹"的内在性关联，将表面散漫无章的事件系列精心组构成一个具有内在整体生命感的结合体。

中国古代"空间化"叙事结构不仅具有整体感和生命感，而且富于哲理性意味。

说到底，艺术形式不仅仅是形式，正如西方"时间化"叙事结构模式所折射的是西方追求明晰、因果和逻辑的哲学特点，中国古代"空间化"叙事结构模式反映的则是中国古代的整体性思维模式的特点。中国古代哲学本就是一种"关联式的思考方式",擅长在整体关联中观照事物,在事物的相互关联中确定其关系、功能和地位。故对于整体叙事结构而言,某句话、某个人物、某一事件处于结构的这一位置,而不是那一位置,这本身就是一种功能和意义的标志。"空间化"叙事结构中的各个事件正是以其在作品中的位置显示其功能和意义,确定其在叙事中的地位,同时又借助各个事件之间有意味的组接,传达某种超出事件之外的认知。这种叙述结构在留有所谓"缀段性"的遗憾的同时,却获得了深层次的哲理意蕴的深刻表达,因此,叙事结构常常被哲理化了。正是基于这种认识,杨义将叙事结构区分为"结构之技"与"结构之道",中国古代优秀的叙事作品多具有双构性叙事结构,往往以显层的技巧性结构蕴涵着深层的哲理性结构,同时又能以深层的哲理性结构贯通着显层的技巧性结构,这种双构性的叙事结构蕴涵着深层的文化密码,使得中国古代叙事结构呈现出整体性生命和哲理性深度。① 杨义的观点对理解中国古代叙事结构模式的特征是有启发意义的。

譬如《左传》所记载的成公二年齐鲁、卫齐之间错综复杂的战争。它首先叙述齐伐鲁之北鄙,卢蒲就魁因攻门被俘,齐侯要求鲁不要杀他,而鲁却杀而暴尸城上,齐侯怒而亲鼓,士陵城,齐鲁战争由此爆发。接下来另起一头,叙述卫侯使孙良夫、石稷侵齐,与齐师遇,石子欲还,孙子不可。师败,石子劝孙子稍听顶住,孙子不听。石子自告奋勇断后抵敌,齐师乃止。此时,新筑人仲叔于奚出救孙子,孙子得免。按照常规逻辑,如果强调故事结构的"时间性"特征,接着往下应该叙述孙子还于新筑,不入国都直奔晋乞师,而此时鲁臧宣叔亦如晋乞师,晋侯许之车七百乘,这样就可以顺理成章地引到晋与齐的直接冲突之上。但《左传》显然不重视故事情节的"时间性"连贯,它没有兴趣按照"历时性"结构讲述一个首尾完整的故事,而是顺着仲叔于奚出救孙子这条线索,叙述"既,卫人赏之邑,辞,请曲悬繁缨以朝",从而引发出孔子那一番"唯器与名,不可以假人"的著名

---

① 参看杨义:《中国叙事学》,人民出版社,2004年版,第47页。

评论。按照"时间化"叙事结构模式来看，这显然偏离了中心情节，无疑是枝蔓，是应该避免和删除的。但《左传》的处理显示，作者并不仅仅着眼于线性情节结构的完整性，而更为看重事件背后所隐藏的借鉴意义。

确实，不能把叙事结构仅仅归结为一种"形式"。所以说，中国古代叙事结构尽管不追求情节、悬念的人为组织和安排，但却极为重视结构背后所蕴涵的深意，结构各部分之间往往存在着极为复杂的关系，它们的组合并不是简单的相加，结构整体的意义也并不简单地等同于各部分意义相加的总和，它往往超越了具体的文字，而在文字所表述的叙事单元之间或叙事单元之外，蕴藏着作者对于世界、人生以及艺术的理解，从这个角度看，叙事结构可以说是具有哲学意味的构成。司马迁《报任安书》阐述创作《史记》的目的说："网罗天下放失旧闻，略考其事，综其终始，稽其成败兴坏之纪，上计轩辕下至于兹，为表十、本纪十二、书八、世家三十、列传七十，凡百三十篇。亦欲究天人之际，通古今之变，成一家之言。"他把全书的叙事结构和他所探讨的历史哲学联系起来，其中所透露的意味是深长的。

《史记》的叙事结构尽管受到前代文献的某些启发，但它的整体结构意识远为自觉，位置所具有的功能性意义显示得更为充分。在《史记》中，一个历史人物或历史事件在整体结构中处于何种位置，是具有深刻的意义的。孔子、陈涉、项羽以及刺客、游侠等诸多人物，因为在《史记》叙事结构中所占据的特殊位置，获得了引人注目的特殊意义。班固的父亲班彪敏感地觉察到了司马迁的苦心深意，尽管他对这种具体安排不以为然："司马迁序帝王则曰本纪，公侯传国则曰世家，卿士特起则曰列传。又进项羽、陈涉而黜淮南、衡山，细意委曲，条例不经。"① 明代的何乔新则充分肯定了《史记》的叙事结构意识：

> 司马迁负迈世之气，有良史之才，其作《史记》也，措辞雄健，寓意深远，三代而下，秉史笔者未能或之先也。进观其书，本纪者天下之统，世家者一国之纪录，列传者一人

---

① 范晔：《后汉书·班彪列传》，岳麓书社，2009年版，第1048页。

之事，书著制度沿革之大端，表著兴亡理乱之大略，此其大法也。本纪始于黄帝以见帝王之统绪，世家始于太伯以见封国之先后。怀王既泯，而项羽主命，故记项羽焉；惠帝幼弱而吕后擅朝，故纪吕后焉，盖从实录也。孔子在周则臣道，在后世则师道，故以世家别之；陈涉在夏商为汤武，在秦为陈涉，故以世家系之，盖有深意焉。①

可见，叙事结构绝不仅仅是一个简单的形式技巧的问题，更是一种隐含着某种人生、哲理意味的叙述谋略。它既内在地统摄着叙事的程序，又外在地指向作者所体验到的人间经验和人间哲学。故此，借助看似散漫而无章法的"缀段式""空间化"叙事结构，中国古代叙事却能传达深厚的人生哲理意蕴。

但是，尽管中国古代叙事从《史记》开始，就表现出了这种富有民族特征的叙事结构模式，并深刻地影响了中国古代叙事结构思想，但却缺乏理论自觉。即便是明清评点家，尽管在评点中对古代叙事结构模式作了一些精彩的分析，如毛宗岗对《三国演义》叙事结构的分析，张竹坡对《金瓶梅》叙事结构的分析，都触及了其"空间化"特点，以及蕴藏于其间的深层内蕴，但他们的评点，也基本停留在审美直觉上，没有上升为一种理论自觉。当然，从发生学的角度看，这种叙事结构的产生不可能是一蹴而就的，它经历了长期的发展过程，先秦两汉史传在中国"空间化"叙事结构模式的发展演变历程中扮演了重要的角色和不可缺少的一环。下面对先秦两汉史传叙事结构模式的历史嬗变作一个较为详细的考察。

二、演变

先秦两汉史传的叙事结构大致经历了从编年体、国别体到纪传体的演变。这种演变，实际上呈现了中国古代叙事结构由"时间化"转为"空间化"的探索历程，其中《左传》的"过渡性"特征尤为突出，到《史记》则基本上确立了"通体关照"的"空间化"叙事结构模式。仔细分析这一演变过程所透露的信息，

---

① 何乔新：《何文肃公文集》，康熙三十三年刊本，第123页。

对于更深入地理解中国古代叙事结构思想是有意义的。

《春秋》是典型的编年体史书。它通过历史事件的编年式罗列，提供了历史事件发生的时间序列，即杜预所说的"以事系日，以日系月，以月系时，以时系年"，① 通过时间使事件有条不紊地呈现。这种编年体叙事结构可对历史宏观变化作轨迹清晰的连贯记述，但由于叙事要依从历史时间序列，故而不能够在某一人物或者某一事件上作较长时间的停留，更不便于把时间暂时凝固起来，对人物或事件作前因后果的完整描述，而只能将这些人物或事件敲打成"碎片"，镶嵌在时间序列的长廊中，造成了事件表述的不完整性。同时，这里的"时间"是指编年时间，其概念内涵是客观物理意义上的，它不过是起着一种客观时间的标示作用，并不具备亚里士多德所说的"情节时间"所蕴含的时序与理性秩序的涵义，因而难以对历史事件系列作出清晰的具有因果逻辑的分析。这是编年体最大的叙事局限，编年时间或历史时间本身无法自动演变为"时间化"叙事结构模式。

《左传》基本上承袭《春秋》的编年体结构体例，同时力求突破编年体的叙事局限，有意识地克服和避免了编年体叙事的某些不足，实际上处于由编年体到纪传体的过渡阶段。

《左传》已经开始注意到遵从编年时间序列必然带来历史事件表述的不完整性，因此，尽管《左传》基本上还是按照历史时间序列编排史实，但内部却显示出对叙事结构完整性的初步探求。因为史事表述的完整性主要依靠事件序列的因果关系来体现，所以《左传》在主要按照历史时间顺序编排史实的同时，又开始注重史实内部因果序列的呈现，从而初步解决了编年体于史实表述不完整的矛盾，故梁启超认为《左传》"叙事有系统，有别裁，确成为一部'组织体的'著述，彼'账簿式'之《春秋》，'文选式'之《尚书》，虽极庄严典重，而读者寡味矣"。② 梁启超的评价着眼于《左传》叙事结构的创新性上。具体而论，这种改造和完善大致是从两方面入手的。

---

① 杜预：《杜预集·春秋左传集解》（第一册），上海人民出版社，1977年版，第84页。
② 梁启超：《梁启超学术论著集》，华东师范大学出版社，1998年版，第276页。

第一，通过伏笔、照应等手段将孤立的细节串连起来，使其"缀而不忘"。如《左传》叙述晋惠公被俘一事就先有伏笔，后有照应。此事发生在僖公十五年，而早在僖公十四年就已埋下了伏笔："秋八月辛卯，沙鹿崩。晋卜偃曰：'期年将有大咎，几亡国。'""冬，秦饥，使乞籴于晋，晋人弗与。"预示着秦晋的矛盾会更尖锐，而晋国的不义行为将使其处于危险的境地。果然在僖公十五年秦晋之间发生了韩原之战，晋惠公被俘。然后又用追叙加以照应说明："初，晋献公筮嫁伯姬于秦……史苏占之，曰：'不吉……为雷为火，为嬴败姬。车说其輹，火焚其旗，不利行师，败于宗丘（韩原之别名）。'"

又如叙述楚灵王的骄盈奢侈。《左传》在记载其为令尹时就处处显示他的这一特点，多次预言他将不得善终。如晋司马侯说："楚王方侈，天或者欲逞其心，以厚其毒，而降之罚，未可知也。"（昭公四年）郑子产说："吾不患楚矣。汏而愎谏，不过十年。"（昭公四年）等，最后楚灵王果然众叛亲离，在政变中被迫自杀身亡。《左传》在楚灵王死后，又用一个故事结尾："初，灵王卜曰：'余尚得天下！'不吉，投龟，诟天而呼曰：'是区区者而不余畀，余必自取之。'民患王之无厌也，故从乱如归。"（昭公十三年）用追叙揭示了他必然覆灭的结局。尽管由于编年体的局限，这些事件散落在历史的时间长廊中，每一段之间并未联接在一起，然而通过隐秘的伏笔和照应，还是表现出了追求整体性叙事结构的清醒意识。《左传》在运用伏笔前后呼应、形成叙事结构的完整性上，已表现出相当的自觉性，精通《左传》的杜预对此看得很清楚。如襄公二十四年然明预料程郑将死，杜注："为明年程郑卒张本。"襄公二十九年郑子羽预料王子围不宜为幼立令尹，杜注："为昭元年围弑郏敖起本。"凡此"张本"、"起本"就是为了使叙事有一个完整的结构而特意安排的以为前后照应的伏笔。

第二，通过预叙、倒叙等叙述手法使历史事件的表述相对集中。据统计，《左传》中"初"字凡八十六处，以"初"字引出的内容，有人物身世、遗闻逸事，也有事件发生的原因和预兆，主要是作为补记各类内容的领起语而被频繁使用。"初"字的充分运用表现出《左传》为使史实叙述相对集中的良苦用心。

如果我们将《左传》与《国语》的叙事结构作一个简单的对

比，那我们对编年体割裂史实表述完整性的缺点会看得更清楚，也更能够体会到由编年体发展到纪传体的必然性。

《国语》在编纂体例上是先分国记事，然后在一国之内大体按照年代顺序排列史事，所以能够在连续的篇章中将头绪纷繁的大事件交代得脉络清楚。同时，《国语》已具有纪事本末体雏形，因而刻画了不少丰满完整的历史人物形象。具体而论，《国语》全书二十一卷，二百四十三章，每章基本上就是一个独立的首尾完整的故事。这些独立的历史故事在编纂者的精心安排下，除了按国别、年代顺序外，还基本上把某一历史人物的言行集中起来，成为一个有机的整体，故《国语》虽然"分八国，各为卷，是亦一国之本末也。其传一人之事与言，必引其后事牵连一终之，是亦一人一事之本末也"。① 如《鲁语下》前七章全部叙述孙穆子之事，《晋语三》八章全部叙述晋惠公之事，《越语下》均以范蠡为中心而展开灭吴故事。这样一来，就可以较为系统、完整地反映一个重要历史时期的重大历史事件和历史人物。不像《左传》的编年体，将一个人物、同一连续的事件分属多年，一人一事未了结，又被别国他人之事所阻隔，颇有割裂之感。

编年体的本质特征是"依时叙事"，这种叙事结构的致命弱点是必然会割裂史实表述的完整性，《左传》中频繁出现的"初"字，实际上显示了左氏极力挑战不可逆的时间束缚，尽力呈现被时间壁垒隔离的相关事件系列的努力。但是，仅使用"初"字领起的倒叙等叙事手法，并不能真正突破编年体的桎梏。编年体在一视同仁地叙述各类事件上确有所长，但当要集中讲述以某一重要人物为核心的故事时，编年体的内在属性便与其发生了尖锐的冲突。如《左传》将历时二十四年的重耳出逃、返国为君、称霸诸侯的事迹集中在五年内讲述，这实际上体现了对编年体体例局限有所认识，并且试图通过这种集中讲述来缓解"依年布事"与"事系于人"的矛盾。可是，就在那五年中，还是有一些与重耳兴霸无关的事件发生，《左传》不可能回避它们，于是那五年的记述仍然是混杂的。看来要真正解决史实叙述的完整性，还得从改造叙事结构入手。

---

① 高士其：《左传纪事本末》，中华书局，1979年版，第3页。

历史是人物活动的结果，人物是行动的主体，是叙事得以进行的关键，因而叙事结构必须得从浮泛笼统的事件罗列中摆脱出来，将聚焦点转向人物，转向与人物相关的事件系列。罗兰·巴特曾经声称："适合于叙述的并非行动，而是作为'专名'的人物。"所以纪传体的出现是必然的。纪传体在《国语》的"依地而述"中得到了初步回应，如《国语》对重耳故事的叙述就比《左传》更为集中，实际上已经显露出人物传记的端倪；再如《吴语》对吴王夫差故事的讲述更为集中，整篇《吴语》完全消除了其他事件的干扰，是一部完完全全的吴王夫差的人物传记。到了先秦晚期的史著《世本》中，纪传体基本上成型。据考证，《世本》叙事结构为"依人而述"，其体例分帝系、本纪、世家、传、谱、居、作、氏姓、谥法等，其中的帝系、本纪、世家、传、谱体现出以历史人物为叙事轴心的鲜明特点。从《世本》的概貌看，它基本上规范了纪传体的基本格局：以人物为纲提携各类事件，从而奠定了一种既纵贯古今又包罗万象的叙事结构框架。纪传体文献研究者王锦贵说："《世本》的出现，为《史记》等系列纪传体文献的问世立下了汗马功劳。"①

中国古代史传叙事结构从"依时叙事"、"依地叙事"发展到"依人叙事"，除了要保持史实表述的完整性外，显然还与中国古代历史叙事的目的有关系。从先秦开始，中国历史叙事就不仅是为了保存史实，而更强调立法垂教、鉴诫后世的作用，借历史的兴衰成败总结历史经验教训以资借鉴。历史的兴衰成败有很多原因，但在古人看来，历史人物的道德善恶直接关乎人事范围的兴衰成败。因此，历史叙事的关注重心应当是历史人物。即便如《春秋》那种极为简要的编年体记事大纲，看似不过是历史事件的编年式排列，但正如诸多论者所指出的，"述而不作"、"依时叙事"的背后，却借助高妙的"春秋笔法"传达着"善善，恶恶，贤贤，贱不肖"的深层动机与追求。所以说，历史事件的叙述最终还是指向历史中的人物，但由于体例的限制，《春秋》、《左传》对这种叙事追求的表达不够明确。到了纪事本末体，尤其是纪传体，这种借人来传达史家的历史认知的意识才更为清晰

---

① 王锦贵：《中国纪传体文献研究》，北京大学出版社，1996年版，第14页。

和明朗。所以，纪传体看似不重视情节叙述的完整性，实则是以"人"为中心来组织和连缀史实，从而凸显历史人物在历史活动中的关键性地位，借以表达历史兴衰成败与历史人物道德善恶的密切关系。

只要对照一下纪事本末体和纪传体的差别，这种看法就会更清楚。从"情节"中心的角度来考察，纪事本末体显然强于纪传体，如就《国语》来看，它的结构体例为国别体，其"分八国，各为卷，是亦一国之本末也。其传一人之事与言，必引其后事牵连一终之，是亦一人一事之本末也"。① 可见在《国语》中开始出现纪事本末体雏形。纪事本末体以"事"为中心，适合于展示事件的内在因果逻辑关系和来龙去脉，适应于完整性史实的表达，显然也更倾向于形成"时间化"叙事结构。而纪传体的主要关注点则是"人"，与以"事"为结构中心的纪事本末体不同，纪传体往往以"人"为中心罗列事件，从而形成"空间化"叙事结构。纪传体潜在地具有割裂史实表述完整性的危险，因为事件之间缺乏明晰的时序和因果逻辑，因而没有构成为"情节"，事件的罗列和连缀使读者感觉不到其间的因果律，感觉不到时间因素在组织故事中的重要作用，时间仿佛从叙事中消失了，于是叙述显得散漫无章。但奇怪的是，自《史记》之后，中国古代史传多采用纪传体，原因何在？笼统而言，是因为与其他史传体例相比，纪传体能更好地完成历史叙事的目的。前面谈到，纪传体的散漫无章只是表面现象，我们已经充分地证明了，这种"空间化"叙事结构不仅具有整体感与生命性，而且往往具有"人文化"色彩与"哲理性"意蕴。况且，纪传体式的"空间化"叙事结构也更符合中国古代思想文化的根本特性。所以，这种"空间化"叙事结构影响甚为深远，并成为中国古代基本的叙事结构。

三、原因

从上面对先秦两汉史传叙事结构演变过程的分析可知，中国古代史传叙事结构经历了一个从"时间化"到"空间化"的演

---

① 高士其：《左传纪事本末》，中华书局，1979年版，第3页。

进。"纪事本末体"表现出以"时间性"因素构筑完整性叙事结构的努力，但从整体上看，中国古代史传最终没有突出"时间化"叙事结构倾向，而形成了以"空间化"为特征的叙事结构模式，造成这种现象的原因是什么，这其中又透露了什么信息呢？要回答这个问题，恐怕还得联系思想文化背景来谈。因为，它既是中国古人宇宙观的必然结果，又深刻地透露出儒家思想文化对叙事思想的渗透与影响。

中国古人一般是持"自然论"立场。在他们看来，宇宙万物运行无穷，时刻处于变迁演化之中，包括时起时灭的人事现象，都只不过是万象自身的自然而然，并无有意志主宰者在其中起作用。在历史上尽管也有主张有意志主宰者主宰着宇宙万物的周流运行，但"自然论"一直占据着主流立场。既然一切事物的生长起灭都是自然而然的，故人为探求宇宙万物兴衰起灭以及它们之间的因果关系，是不可能的。所以，"自然论"观念具有排斥以因果律寻求事物相互关系进而给出最终解释的倾向。有理由相信，这种宇宙观深刻地影响了古人的叙事思想，也是导致中国古代叙事结构"空间化"特征的根本性原因。

排斥了对事物因果关系的追究而对事件进程采取自然而然的态度意味着在叙事的大框架上应该显示出事物进程的本来"自然样貌"，而力排对事件进程的各种"主观解释"。历史叙事结构模式最为充分地显示了这一信念，这从上述《国语》与《史记》的叙事结构对比中看得十分清楚。《国语》中已出现了比较成熟的"纪事本末体"，说明早在先秦两汉时期，中国就有"时间化"叙事结构观念的萌动，但最终没有发展成为中国古代史传的中心体例。这一现象看似很奇怪，但结合中国古人哲学观来看却并不难理解。因为"纪事本末体"强调以"事"为结构中心，要求以"情节"为中心展示事件的内在因果逻辑关系和来龙去脉，侧重于探究历史的兴衰起灭以及它们之间的因果关系。强调以因果律感受和把握事件之间的关系，突出因果链条与时间链条的一致性，这是"时间化"叙事结构的内在性依据。而这一点恰与中国古人的"自然论"哲学观相左。而《史记》的纪传体"空间化"叙事结构则契合了"自然论"哲学观。观《史记》的体例，分"本纪"、"世家"、"列传"、"书"和"表"。"表"记载在时间流程中世系的变迁；"书"是记载同一性质的大事；其余三种则均为个人生命历程的记载,也就是所谓的列传体,这种体例是我国历代历史记载的中心体例。为什么中国古代史学家特别偏爱列传体?大概就是因为这种体例安排下的历史十分符合历史进程的本来"自然样貌",具有无可比拟的直观性,它以事件运动变化自然而然的顺序有组织地罗列事件单元,这种罗列使读者感觉不到情节的因果特性,推究司马迁独创此一体例,似含有自然而直观地把握已经迁延消逝的历史的深意。在此体例下,史家多注意尽可能详细还原历史的"自然样貌",注重针砭其中个人行为的是非善恶,而很少于超越个人行为的是非善恶之上去探究历史整体兴衰的前因后果。因为在自然论的观念下,王朝的兴衰起灭关乎"天数",而"天数"已经是一个最终的解释了,若问何为"天数"?"天数"就是王朝的兴衰起灭的本身,史家和叙述人能够做到的,就是指出参与历史中的个人行为的是非善恶,除此以外,一切都是自然而然。

这里需强调的是,自然论对史传"空间化"叙事结构的影响,主要限于叙事的大框架上。在"空间化"叙事结构的整体性结构操作中,古人消解了事件的时序与因果关系,力排对事件进程的各种"主观解释",呈现事物进程的本来"自然样貌",从而直观地展示古人的自然论信念。但史传"空间化"叙事结构在大框架上呈现事物进程的本来"自然样貌"的同时,在放弃了"情节中心"、"时间化"叙事结构所必然伴随的因果律的同时,却又通过事件的选择、连缀和组合达到了叙事结构"人文化"与"哲理化"的深层意蕴追求,这明显地体现了儒家文化的强力渗透与影响。所以在史传中,"空间化"叙事结构的采用,一方面反映了史家对超出人事范围是非善恶的因果解释的冷淡,另一方面又清晰地表现出史家对人事范围以内是非善恶的深切介入,哪怕是以"客观"姿态出现的叙述者,其是非善恶的立场均是清晰可见的。这种相反相成的"空间化"叙事结构思想,在后世长篇章回小说中得到了出色的运用,这也是我国古代叙事结构既显得散漫无章,并被讥为"缀段"式结构,但同时又蕴含着哲理化深度的基本原因。

四、特点:以《史记》为个案

与西方"时间化"叙事结构相比,中国古代叙事更偏重于

"空间化"叙事结构。如前所论,"空间化"叙事结构在叙事形态上呈现出散漫无章的"缀段"式特点,但具备内在的逻辑性和整体感,并追求"结构之技"与"结构之道"的双构性叙事结构,以显示"人文化"与哲理性深度。从根本上来说,这种叙事结构是中国古代哲学观念与传统文化的深刻影响的反映。

中国古代"缀段式"叙事结构模式,强调生活的"原样呈现",这极有可能带来这样一种认识:既然强调自然而然的"原样呈现",就应当尽力排除主体因素,所以通常认为中国古代叙事中不存在叙述视角的主观解释。这显然是一种误读。"自然论"的哲学观对中国古代叙事结构的影响,主要限于叙事的大框架上。但另一方面,由于传统儒家思想文化的潜移默化,古代叙述者对于人事范围以内的是非善恶有着相当深切的介入,往往持鲜明的道德立场来解释、评价人事的起伏沉浮,即便采取多面游移的叙述视点,叙述者是非善恶的立场也总是清晰可见。

这种"人事"与"天数"之间的复杂关系,恰好可借"空间化"叙事结构为合适载体。"自然论"认为"天数"无可深究只能领悟,因而导致了叙事结构大框架上的"自然而然"的"原样呈现",而立足于儒家理性的传统文化思想修养又使得古代叙事执著于人事范围内是非善恶的探究。一方面,是天数的自然而然;另一方面,则是人为事功的主观性。那么,这看似矛盾的两者是如何统一的呢?这就涉及中国古代叙事结构中那个把诸种事件联结起来的"神"。也就是说,我国古代"空间化"叙事结构尽管表面散漫而无章法,但实则有着自身的内在逻辑性与整体感,这种内在的逻辑性与整体感主要借助"神联"而非"形联"达到。

中国古代"空间化"叙事结构主要在史传中发展成熟,到《史记》基本确立。这里以《史记》为个案,对古代"空间化"叙事结构特点作具体分析。

司马迁首创纪传体,这种以人物为中心、"事随人变"的体例往往缺乏一个贯穿始终的事件,而是若干小规模事件的连缀,叙述结构因此显得凌乱随意,但实际上,这些表面毫不相干的事件却都围绕着某一核心内容作向心运动,从而构成形散神聚、"通体关照"的叙事结构。历代名家论述《史记》时已经涉及此一问题。黄庭坚《余师录》对此结构即有觉察:"凡为文须熟读司马子长、韩退之文,每作一文,皆须有宗有趣,终始关键,有开有阖。如四渎,虽纳百川,或汇而为广泽,汪洋千里,要自发源注海耳。""《史记》长篇之妙,千百言如一句,由其线索在乎,举重若轻也。识得此法,便目无全牛。"① 所谓"有宗有趣",所谓"线索"、"千百言如一句",即清楚地指明了《史记》以整体"意趣"来组织文章的结构特点。

《陈丞相世家》叙述了陈平六出奇计,协助高祖定天下,又在多难之秋履险如夷,卒建大功,成为西汉一代名臣的全过程。林云铭《古文析义》说:"智谋是陈曲逆一生得力,不特善于立功,且善于自全。但智谋非临时可办,其叙少时所好与分肉里社之事,正见其决策当年,胸中自有一番大本领也。至吕后临朝时,子房见几辟谷于前,王陵戆谏免相于后,而曲逆被吕须之谗,乃能全身以立功于国,其作用为尤难者。赞中'倾侧扰攘'、'纷纠'、'患难'、'多故'等字,极言其难下手处,能下手处,所以为智谋。"可见,"智谋"是陈平一生行事的关键,司马迁准确地把握住这一特征,立"智谋"二字为本篇的主脑,选材叙事处处围绕这一意脉结构,前后照应,贯彻始终。正如司马迁论赞中总结性地指出:清册扰攘,卒归高祖,是陈平的智谋;纷纠之难,常出奇计,帮助刘邦创建并且初步稳定汉帝国,也是其智谋;王诸吕,始乃伪听,本谋欲诛,卒定汉难,亦其智谋。因此说,时事多故,不惟自脱,并且最后诛诸吕,卒定宗庙,以荣名显,可谓大智矣。可见,文章虽然表面结构松散,缺乏西方叙事结构的整一联贯,但实际上,由于司马迁主要围绕"智谋"二字,展现了陈平云蒸雾变、曲伸随时、察因观衅、鹰击鸷搏的功夫,因而成功地显示了"空间化"叙事结构形散神聚的整体性和生命感。

如《田单列传》,司马迁抓住"奇"字作为统领全文意脉结构的线索。开头叙述了田单逃难中的一件小事,充分显示了他的智谋过人,事件虽小,却具有提摄全文的结构功能。这也是"空间化"叙事结构的基本特点:事件看似随意排列,但任何事件所处位置均具有结构性功能。接下来完全循着这个"奇"字组合事

---

① 转引自杨燕起等:《历代名家评史记》,北师大出版社,1986年版,第208页、第221页。

件系列。田单用反间计离间了燕惠王与乐毅,使燕王派愚蠢的骑劫代替了精明强悍的乐毅,大大削弱了燕军的战斗力;田单又借鬼神迷信迷惑燕军造成他们心理上的恐惧;田单又用燕军的暴行来激怒齐国的士卒和民众,增强了齐国的士气;田单还身体力行,鼓舞士卒,并且假意约降,麻痹敌人,使得燕军益加懈怠。故事高潮"火牛阵"亦是以"奇"制胜。可见,司马迁叙述中就是这样扣住"奇"字,一环紧扣一环,一计紧随一计,计计出奇,事事动人。李景星对此文的叙事结构有一个全面细致的评价:"《田单传》以'奇'字作骨,至赞语中始点明之,盖单之为人奇,太史公又好奇,遇此等奇人奇事,哪能不出奇摹写?前路以缚铁笼小事作渲染,已是奇想;随即接入破燕,而以十分传奇之笔尽力叙之。写田单出奇制胜,妙在全从作用处着手……节次写来,见单之奇功,纯是以奇济之。赞语曰:'兵以正合,以奇胜,善之者出奇无穷,奇正还相生,如环之无端。'连用三'奇'字将篇之意醒出。'始如处女'四句,亦复奇语惊人。君王后,奇女;王蠋,奇士,不入传中,而附于传后,若相应若不相应,细绎之,却有神无迹。合篇通观,出奇无穷,的为《史记》奇作。"① 这段话清楚完整地概括了《田单列传》中以"奇"字作为意脉来巧妙地"通体关照"全篇的结构特点及效果。

《李将军列传》中的传主李广,是汉初以来最光辉的人物之一。他精于骑射,作战勇敢;热爱士卒,不贪钱财;为人简易,号令不烦。但就是这样一个人,却一生坎坷,不但未能建功立业,反而一生郁郁不得志,最后竟至于被迫自杀。为了揭露汉代统治者的摧残人才,刻薄寡恩,司马迁通篇以"数奇"为结构文章的主宰。正如李景星的评论:"此篇用意尤在数奇二字,而叙事精神更在射法一事。赞其射法,正所以深惜其数奇也。"篇首文帝曰"惜乎,子之不遇时"等等,已伏数奇之根。以后叙击吴楚还赏不行,此一数奇;叙马邑诱单于无功,此一数奇;叙赎为庶人,叙出定襄无功,叙出右北平军功无赏,直至引刀自刭,是以数奇终之。"其数奇之旁写,则以从弟李蔡事为趁,以望气王朔语、以天子诫卫青语为趁,并借以点明眼目也。其数奇之余

---

① 李景星:《四史评议》,岳麓书社,2009年版,第137页。

波,则当户之早死也,敢之被射杀也,陵之生降也,又李氏陵迟衰微,李氏名败云云,皆是极端叹其数奇处。"① 由此可见,司马迁循着操笔谋篇时的"所为激昂不平",使其所叙之事或正或侧,或虚或实,总为数奇不遇,从而形成全传"太史公负一世奇气,郁一腔奇冤,是以借此奇事而发为奇文"的整体的、一贯的气势,从而让读者借助这种饶有深意的叙事结构,来体味"李将军于汉,为最名将,而卒无功,故太史公极意摹写淋漓,悲咽可涕"的无限悲愤和苍凉。

《孟尝君列传》、《平原君列传》、《魏公子列传》、《春申君列传》,司马迁用"四君传俱以好客为主""通体关照"全文,典型地反映了"形散神联"的"空间化"叙事结构特点。以《魏公子列传》为例:"通篇以客起,以客结,最有照应。中间所叙之客,如侯生,如朱亥,如毛公,薛公,固卓卓可称;余如探赵阴事者,万端说赵王者,与百乘真赴秦军者,斩如姬仇头者,说公子忘德中,背魏之赵者,进兵法者,亦皆随事见奇,相映成姿。盖魏公子一生大节在救赵却秦,成救赵却秦之功,全赖乎客。而所以得客之力,实本于公子之好客。故以好客为主,随路用客穿插,便成一篇绝妙佳文。"②

两人或多人合传要将不同时代、不同经历、不同评价的历史人物置于一篇之中叙述,叙事结构的操作显得尤为重要。"时间化"叙事结构模式显然不适合,司马迁运用"通体关照"的"空间化"叙事结构出色地解决了这一难题。

如在《卫将军骠骑列传》中以"天幸"二字作为"通体关照"的意脉结构,对传主事迹的叙述皆以此为主宰。本传叙述了卫青、霍去病如何打击匈奴有功,如何不断地受到汉武帝的提拔、赏赐和爱重,但却不是像在《李将军列传》中那样直接地通过对战争的具体描写显示他们的战功,而是用意深微地通过大量引用皇帝所下的诏书间接地叙述。于慎行《读史漫录》卷三说:"卫、霍传所叙二将战功,若不容口,及《佞幸传》则曰:'卫青、霍去病亦以外戚幸,然颇用才能自效',此太史本旨也。以此推广,所叙战功,率取行军奏报之词及玺书所褒属,次第其

---

① 李景星:《四史评议》,岳麓书社,2009年版,第125页。
② 李景星:《四史评议》,岳麓书社,2009年版,第187页。

语，非实予之也。"便是清楚地认识到这一主宰。因此，传记中虽然叙述了皇上对卫青、霍去病皆下诏褒嘉，青封长平侯，为大将军，去病封冠军侯，为骠骑将军，可谓功盖一世，实际效果却是"卫之封侯，意已含讽刺矣；霍则讽刺更甚，句中有筋，字中有眼，故知文章须得偏鸷不平之气，乃是佳耳。"① 这种中肯透彻的分析可谓深得太史公本意。也难怪黄震在《黄氏日钞》中击节叹赏："凡看卫霍传，须合李广看。卫霍深入二千里，声振华夷，今看其传，不值一钱。李广每战辄北，困踬终身，今看其传，英风如在。史氏抑扬予夺之妙，岂常手可望哉？"这种"抑扬予夺之妙"效果的形成，正是与"子长作一传，必有一主宰"的叙事结构有关。又如在记叙吴起、孙武、孙膑的生平事迹的《孙子吴起列传》中，就紧紧地抓住了三个军事家的善用"兵法"二字作为叙事结构的关键。《四史评议》评曰："通篇以'兵法'二字作骨，首次武以兵法见吴王，卒斩二姬为名将；后次膑与庞涓俱学兵法，而膑以兵法为齐威王师，及死庞涓显当时传后世，皆兵法也；篇终结兵法三字，与首句相应。"评价精当，观乎全篇，确实是做到了叙事结构上的"终始关键"、"自然相应"。

有时，司马迁还常选用一些人物的小故事、小细节来作为叙事结构的关键，这些细节表面无关宏旨，实则小中见大，细微处往往能够透露出人物基本性格特征，运用得当，更能显示形散神聚的"空间化"叙事结构的妙处。如《李斯列传》便在开头选择了这样一个细节作为全文的结构线索：

年少时，为郡小吏，见吏舍厕中鼠食不洁，近人犬，数惊恐之。斯入仓，观仓中鼠，食积粟，居大庑之下，不见人犬之忧。于是李斯乃叹曰："人之贤不肖譬如鼠矣，在所自处耳！"

可以说，只此一细节就写出了李斯的整个人生观，展现出造成其一生悲剧命运的核心性格特征：贪恋爵禄，热衷势力。作者以此作为选择和组合事件系列的标准，叙述了李斯由一介闾巷布

---

① 曾国藩：《曾文正公全集》，中国书店出版社，2010年版，第1245页。

衣，辅佐秦始皇统一六国、创建制度、位列三公的过程；叙述在秦始皇死后，李斯因畏祸贪权而卖身投靠，杀扶苏，立胡亥，以及助桀为虐、为虎作伥的种种行为；还叙述了其最终不免身败名裂，为赵高、胡亥所杀的悲惨结局。通篇形散神聚，"斯毕生得失，在入仓观鼠一段，全罩通篇"，"空间化"叙事结构内在的整体感与哲理化深度，得到了淋漓尽致的表达。

再如《酷吏列传》中所载张汤儿时事：

> 其父为长安丞，出，汤为儿守舍。还而鼠盗肉，其父怒，笞汤。汤掘窟得盗鼠及余肉，劾鼠掠治，传爰书，讯鞫论报，并取鼠与肉，具狱磔堂下。其父见之，视其文辞如老狱吏，大惊，遂使书狱。

此一细节说明，在性格上，张汤早年就潜藏着韧狠苛刻的本质；在爱好兴趣方面，他具有近乎天才的执法意识；在家庭方面，其父慧眼识人为其日后成材创造了条件。这一细节是司马迁为张汤其人一生作为打出的一个定格，发挥了提领全文的结构性功能。此后叙述的张汤官至御史大夫，用法深文苛刻，以致最终遭陷被杀，事件系列之间尽管缺乏清晰的"时间性"因素，却在"张汤审鼠"的提摄下显出形散神聚的整体感。

除了借助人物的突出特点、典型细节"通体关照"全文外，司马迁还采用了多种方式结构作品，这些饶有意味的叙事结构方式，同样显示了中国古代"空间化"叙事结构"形散神不散"的深层审美意蕴与追求。如《乐毅列传》的传主乐毅是司马迁景仰的历史人物，为表明自己对乐毅与燕昭王之间以诚相待的君臣关系的敬慕和向往，太史公选取了在其中起重要作用的《报燕惠王书》作为叙事结构的关键。在这封书信中，乐毅不仅回答了燕惠王对自己的无理指责，畅叙了自己与燕昭王的君臣之义，还表明了自己的磊落胸襟，披肝沥胆，慷慨淋漓，成为全传的关键所在。吴见思对本文以书信为关键的叙事结构作过精当的评价："此文于乐毅伐齐等事俱不实写，只就书词以抟缚前后，反将实事做点缀，如书词注脚，是史传之另一格也。书词是一篇大势，故前用燕昭一书引起，后复有乐间一书以为余波。书词宛转，反复写明先王蓄幸臣之理，臣所以事先王之心，还应他'将军自为计'，及'所以报先王之意'两句。而淋漓曲折，真可废书而泣也。"① 并高度称赞其叙事结构之"精严"："乐毅出处本末，尽在《报燕惠王》一书。故太史公之传乐毅，即以此书为主。前半叙事，步步为此书伏根；后半叙事，处处与此书照应；赞语引蒯通、主父偃事，又遥遥为此书证明。命意最高，章法亦严，诚佳传也。"②

以上对《史记》的叙事结构作了具体分析，从中可以得出如下看法：与西方严谨的"开头—中间—结尾"的"时间化"叙事结构相比，中国古代史传明显缺乏此种清晰的叙事结构。由于古人独特的宇宙观和文化修养，中国古代史传发展出了一种"空间化"叙事结构思想。"空间化"叙事结构不以时间因素结构叙事作品，如要形成具有生命感的整体性结构，必然要在"时间"性因素之外找到结构的"联结点"，这就是中国古代"空间化"叙事结构中极受重视的"神"。"神"构成了古代史传内在的经脉和联络，正如余嘉锡先生评《史记》所言："司马迁之文，行乎其所不得不行，止乎其所不得不止，如常山之蛇，首尾相应，未尝枝枝节节而为之，相其气势不至终篇，必不辍笔。"③ 选用得当的"神"不仅能够使"缀段"式事件组合成具有生命感的整体，而且能够凸显事件排列组合背后的深意，从而完成叙事结构的"人文化"与"哲理性"的深层追求。因而，史传"空间化"叙事结构不仅是一种技巧，也是一种具备整体性和哲理化的结构模式。

---

① 转引自杨燕起等：《历代名家评史记》，北京师范大学出版社，1986年版，第105页。
② 转引自杨燕起等：《历代名家评史记》，北京师范大学出版社，1986年版，第106页。
③ 转引自杨燕起等：《历代名家评史记》，北京师范大学出版社，1986年版，第221页。

第三章　杂史杂传叙事思想

杂史杂传之"杂",暗示了其并非"正史",较之正史,杂史杂传更多小说意味。概而言之,中国早期的杂史杂传和史籍同源异态,经历了一个共生而旁出的嬗变过程。《隋书·经籍志》所叙述的情形说明了这一点:

> 汉初,得《战国策》,盖战国游士记其策谋。其后陆贾作《楚汉春秋》,以述诛锄秦、项之事。又有《越绝》,相传以为子贡所作。后汉赵晔,又为《吴越春秋》。其属辞比事,皆不与《春秋》、《史记》、《汉书》相似,盖率尔而作,非史策之正也。灵、献之世,天下大乱,史官失其常守。博达之士,愍其废绝,各记闻见,以备遗亡。是后群才景慕,作者甚众。又自后汉以来,学者多抄撮旧史,自为一书,或起自人皇,或断之近代,亦各其志,而体制不经。又有委巷之说,迂怪妄诞,真虚莫测。然其大抵皆帝王之事,通人君子,必博采广览,以酌其要,故备而存之,谓之杂史。

叙述认为,杂史杂传虽然表现出一定的小说色彩,"盖率尔而作,非史策之正也",但考其本意,实则出于"博采广览","以备遗亡",依然不失"史"之用意,故而在叙事思想上深受史传影响。这种影响主要表现为两个方面:

首先,在叙事理念上,杂史杂传囿于史传的"实录"叙事观念,缺乏自觉的虚构意识。如陆贾《楚汉春秋》和王粲《汉末英雄记》,虽均被"隋志"摈于正史之外,列入杂史类,却都表现出重信实而近乎史的特点。因此,"隋志"在考察《史记》时说:汉太史公司马谈"乃据《左氏》、《国语》、《世本》、《战国策》、《楚汉春秋》,接其后事,成一家之言。谈卒,其子迁又为太史令,嗣成其志"。陈寿《三国志》未采录王粲《汉末英雄记》,因此裴松之注引录颇详,而后出的《后汉书》则将王粲所记融入正文，成为它补录汉末史事的重要来源。《楚汉春秋》赫然与《左传》、《国语》等正史并列，《汉末英雄记》终被正史所采录，显然是着眼于它们"史"的价值。而与这两部"近乎史"的杂史作品相比，扬雄记古蜀传说而偏于神异色彩的《蜀王本纪》，却因浓郁的神异化色彩而偏离了史传"实录"原则，因而难以被以史学家和经学家的眼光读典籍的中国古人所接受，刘知己便挑剔其中的小说性因素："且雄哂子长爱奇多杂……观其《蜀王本纪》，称杜魂化而为鹃，荆尸变而为鳖，其言如是，何其鄙哉！"在以"信实"为取舍标准的氛围下，《蜀王本纪》自是难逃散佚的命运，今人只能从清人辑本中窥见其支离破碎的面目了。

其次，在叙事视角、叙事时间与叙事结构模式上，杂史杂传尽管出现了一些变化，但因循显然多于创新。下面从叙事视角、叙事时间及叙事结构三方面，对杂史杂传叙事思想作具体分析。

第一节　叙事视角

中国古代史传主要采用全知叙事视角类型。采用"全知"叙事视角，并不意味着所有"已经发生的事"均被"平等"呈现，这是不必要的，也是不可能的。很显然，史传不仅提供史实，而且更强调为历史提供一种阐释。因此，史传的全知叙事视角往往以回顾性叙述出现，是在史家对整个历史有一个相当完整的了解的基础上，"回头将意义赋予行为和行动"的叙述，它不仅决定了历史事件的"选择"，而且决定了它们的呈现顺序。所以，在史传中，任何事件的描述都是根据它们被"赋予的意义"来进行的。当然，在中国古代史传中，这种"赋予意义"的特权被作者有保留地放弃了。因而，中国古代史传的全知叙事视角表现出"中立"性特征，叙述者并不直接抛头露面介入叙述，只是"客观"呈现事件与人物言行，叙述仿佛只是"对所见之事的记录，是对言说时刻正在发生的事情的记录"，从而有效地保证了叙述的真实感与权威性。杂史杂传基本上也是采用此种"中立型"全知叙事视角。

杂史杂传在出入于史实的同时，比史传更多采用神话、传说等神异化幻想材料，叙事中往往氤氲着离奇色彩，《四库全书总目》称《吴越春秋》说:"至于处女试剑、老人化猿、公孙胜三呼三应之类,尤近小说家言,然自是汉、晋间稗官杂记之体。"这里的评价强调的是杂史中包含的虚构性因素,但同时也可感受到全知叙事视角的存在。

一、表现

杂史杂传追慕史传,在叙事视角上多采用全知叙事视角。如《穆天子传》中所记载的"周穆王见西王母"、"周穆王哀盛姬之死"等细节描摹,均清晰地显示了全知叙事视角"无所不在"、"无所不知"的特征。且看"穆王见西王母":

> 吉日甲子,天子宾于西王母。乃执白圭玄璧,以见西王母。好献锦组百纯,组三百纯,西王母再拜受之。乙丑,天子觞西王母于瑶池之上。西王母为天子谣,曰:"白云在天,山陵自出,道里悠远,山川间之。将子无死,尚能复来。"天子答之曰:"予归东土,和治诸夏。万民平均,吾顾见汝。此及三年,将复而野。"西王母又为天子吟曰:"徂彼西土,爰居其野;虎豹为群,于鹊为处。嘉命不迁,我惟帝女。彼何世民,又将去子。吹笙鼓簧,中心翔翔。世民之子,唯天之望。"天子遂驱升于弇山,乃纪名迹于弇山之石,而树之槐,眉曰西王母之山。

穆王史料见于《史记·周本纪》,已略嫌音影模糊,至于穆王"西巡狩,见西王母"之事,在《史记》中更是语焉不详。史料的欠缺和零散,使"穆王见西王母"成为任想象驰骋的广阔空间。而《穆天子传》中所载"周穆王见西王母"一节,叙述笔致周详委婉,人物音容笑貌历历在目,更有情思雅妙的酬唱赠答,清晰地显示了全知叙事视角的存在。

《吴越春秋》中,此类显示全知叙事视角的细节更多。如伍子胥父兄在楚被谗冤死后,子胥奔宋、郑诸国,均无法实现其报父兄之仇的愿望,于是逃奔吴,至于昭关,幸逢渔夫渡其过江,救他一命,饷其麦饭鲍羹后:

> 欲去,胥乃解百金之剑与渔者,"此吾前君之剑,中有

七星，价值百金，以此相答。"渔夫曰："吾闻楚之法令，得伍胥者，赐粟五万石，爵执圭。岂图取百金之剑乎？"遂辞不受，谓子胥曰："子急去，勿留，且为楚所得。"子胥曰："请丈人姓字。"渔夫曰："今日凶凶，两贼相逢，吾所谓渡楚贼也。两贼相得，得形于默，何用姓字为？子为芦中人，吾为渔丈人，富贵勿相忘也。"子胥曰："诺。"既去，诫渔夫曰："掩子之盎浆，无令其露。"渔夫诺，子胥行数步，顾视渔者，已覆船自沉于江水之中矣。子胥默然。

后来，当伍子胥提兵入楚、破楚鞭尸后，又引军击郑，郑国上下一筹莫展，当此之时，渔者之子自告奋勇去退敌：

……郑定公大惧，乃令国中曰："有能还吴军者，吾与分国而治。"渔者之子应募曰："臣能还之，不用尺兵斗粮，得一桡而行歌道中，即还矣。"公乃与渔者之子桡。子胥军将至，当道扣桡而歌曰："芦中人！"如是再。子胥闻之，愕然大惊，曰："何等谓？"与语："公为何谁矣？"曰："渔夫者子。吾国君惧怖，令于国：有能还吴军者，与之分国而治。臣念前人与君相逢于途，今从君乞郑之国。"子胥叹曰："悲哉！吾蒙子前人之恩，自致于此，上天苍苍，岂敢忘也。"于是，乃释郑国，还军守楚。……

同卷中又载有伍子胥乞食粟阳，濑水之上一击绵女子视其可怜，乃饷饭伍子胥，子胥饱餐而去，又顾谓女子曰："掩夫人之壶浆，无令其露。"女子因受疑而投濑水自尽。但在卷四中却出现这样的细节性叙述：

子胥等过粟阳濑水之上，乃长太息曰："吾尝饥于此，乞食于一女子，女子饲我，遂投水而亡。"将欲报以百金而不知其家，乃投金水中而去。有顷，一老妪行哭而来，人问曰："何哭之悲？"妪曰："吾有女子，守居三十不嫁，往年击绵于此，遇一穷途君子而辄饭之，而恐事泄，自投于濑水。今闻伍君来，不得其偿，自伤虚死，是故悲耳。"人曰："子胥欲报百金，不知其家，投金水中而去矣。"妪遂取金而归。

这两个细节在叙述逻辑上显然是讲不通的：因为"渔夫救伍子胥"一事，早已随着渔夫的自沉成为秘密，渔夫之子又从何得知？老妪何以知道其女饷饭伍子胥，且恐事泄而自投于濑水自尽？当然，杂史杂传属于早期的叙事作品，叙事逻辑上的不谨严或许正透露了草创时期的粗糙特点。但如果从叙事视角的角度来分析，那么，全知叙事视角的采用是显而易见的。

二、特点

杂史杂传虽表现出一定的小说色彩，"盖率尔而作，非史策之正也"，但考其本意，实则不出于"博采广览"，"以备遗亡"的"史"之用意，故在叙事思想上与史传实无根本性区别。杂史杂传在采用全知叙事视角时，亦多承袭先秦两汉史传的"中立型"特点。也就是说，在保持叙述者全知权利的前提下，为了最大限度地获取叙述的"真实感"，叙述者并不直接介入叙事，而只是充当故事的"目击者"和"记录者"，让故事人物充分地自我展示，因而故事仿佛是自发进行的，这样可以尽可能地消除叙述者介入的人为痕迹，使故事最大限度地显出原生态。

当然，也如同先秦两汉史传一样，这种"中立"是有限度的，叙述者的声音总有或隐或显的流露，是可加以辨识的，而且，与史传相比，杂史杂传中叙述声音的流露更为清晰。

如在《穆天子传》中，全知叙述者仿佛只是"展示"了周穆王西巡北征的场景。但细读文本，穆王见西王母的风光旖旎，旷原狩猎、载羽而归的盛况，这些场景"展示"并不仅是一种"中立"、客观的叙述，而是一种有意味的设置，具有"讲述"的功能，或隐或显地流露出叙述者的用意和主体性色彩。从文本中可以体会到，身经战国乱世的作者对于周穆盛世显然心向往之，只是这种主体意识的表露比较含蓄。比如在卷五，叙述者饶有深意地设置了一个穆王垂拱而治的突出事件："毕人告戎，曰：'浚翟来侵'，天子使孟愈如毕讨戎。……天子临于军丘，狩于菽。季冬甲戌，天子东游，饮于祈，射于丽虎，读书于黎丘。献酒于天子，乃奏广乐。"安排战事之后的这番从容优游，淋漓尽致地渲染了周穆盛世的升平气象。另外，作者还数次描写穆王赋诗言志,表达其心忧天下、不忘国计民生的仁者之心,这其间无疑寄托着作者对盛世的怀念和追思,从而显示了叙述者的声音。

《吴越春秋》和《越绝书》二书主要勾勒了吴越二国错综复杂的关系,并重点叙述吴越争霸和勾践灭吴。但叙述者没有局限于"中立型"叙事视角,在历史事件的"呈现"和历史人物的"表演"中,自然地流露出作者的褒贬倾向,并含蓄地传达出作者的历史认知和道德立场。

《吴越春秋》名为"春秋",其攀缘史籍的用意十分清晰,但它显然不满足于对吴越史实的"客观"记载,而力图通过吴越两国的兴亡表达作者的历史哲学。作者具有明显的褒越贬吴的"主观性"用意,自然不可能保持纯粹的"客观叙述",即便看似完全"客观"的场景"展示",实则也转化成为情境式"讲述"。

《吴越春秋》将叙事分为两大板块,前五卷主要叙吴事,后五卷主要叙越事。就吴而言,作品重点叙述吴王夫差刚愎自用、亲近奸小、逼杀忠臣,最后落得个国破身亡、为天下人所耻笑的下场;就越而言,则重点叙述越王韬光养晦、卧薪尝胆、潜心复仇的坚韧意志,其褒贬倾向是一清二楚的。但叙述者并不直接抛头露面大发议论,而特意安排夫差兵败自杀前表白其悔意云:"吾生既惭,死亦愧矣。使死者有知,吾羞前君地下,不忍睹忠臣伍子胥及公孙圣。使其无知,吾负于生。死必连结组以罩吾目,恐其不蔽,愿复重罗绣三幅,以为掩明。生不昭我,死勿见我形,吾何可哉!"而且还让越国大夫文种历数其六大罪状:

> 大夫种书矢射之,曰:"上天苍苍,若存若亡。越君勾践小臣种敢言之:昔天以越赐吴,吴不肯受,上天所反。勾践敬天而功,既得返国,今上天报越之功,敬而受之,不敢忘也。且吴有大过六,以至于亡,王知之乎?有忠臣伍子胥忠谏而身死,大过一也。公孙圣直说而无功,大过二也。太宰嚭愚而佞言,妄语恣口,听而用之,大过三也。夫齐、晋无返逆行,无惭忓之过,而吴伐二国,辱君臣,毁社稷,大过四也。且吴与越同音共律,上合星宿,下共一理,而吴侵伐,大过五也。昔越亲戕吴之前王,罪莫大焉,而幸伐之,不从天命而弃其仇,后为大患,大过六也。"

对于越王勾践，通观作品，实际上作者对他的评价是复杂的，既充分肯定了他百折不挠的复仇意志，也对他成功灭吴称霸后不容忠臣给予了批评。但无论赞赏还是批评，基本上都是含蓄的，并非叙述者的直接评价。如勾践入臣吴国，临行时在江上与群臣凄凄相别：

> 越王勾践五年，五月，与大夫种、范蠡入臣于吴，群臣皆送至浙江之上，临水祖道，军阵固陵。大夫文种前为祝，其词曰："皇天佑助，前沉后扬。祸为德根，忧为福堂。威人者灭，服从者昌。王虽牵致，其后无殃。君臣生离，感动上皇。众天哀悲，莫不感伤。臣请荐脯，行酒二觞。"越王仰天太息，举杯垂涕，默无所言。种复前祝曰："大王德寿，无疆无极。乾坤受灵，神祇辅翼。我王厚之，祉佑在侧。德销百殃，利受其福。去彼吴庭，来归越国。觞酒既升，请称万岁。"越王曰："孤承前王余德，守国于边，幸蒙诸大夫之谋，遂保前王丘墓。今遭辱耻，为天下笑，将孤之罪耶？诸大夫之责也？吾不知其咎，愿二三子论其意。"越王曰："孤虽入于北国，为吴穷虏，有诸大夫怀德抱术，各守一分，以保社稷，附何忧焉？"遂别于浙江之上，群臣垂泣，莫不咸哀。越王仰天叹曰："死者，人之所畏。若孤之闻死，其于心胸中会无怵惕。"遂登船径去，终不返顾。越王夫人乃据船哭，顾乌鹊啄江渚之虾，飞去复来。因哭而歌之曰："仰飞鸟兮乌鹊，凌玄虚兮翩翩。集州渚兮忧恣，啄虾矫翩兮云间。任厥兮往还。妾无罪兮负地，有何辜兮谴天。独兮西往，孰知返兮何年！心惙惙兮若割，泪泫泫兮双悬。"

在场景"展示"中肆力铺陈渲染，突出描绘了勾践的仰天叹息和夫人的引颈哀歌，更兼茫茫江面，乌鹊徘徊，使得一个简单的告别场面充满了悲剧性色彩。叙述者隐而不见，却又无处不在，潜在地影响了读者的情感价值评判倾向，这种"不释而释"、"不评而评"的手法巧妙地传达出叙述者的主体性色彩。再如对勾践成功灭吴称霸后不容忠臣的批判，主要借助描写范蠡和文种两个人物的遭遇达到的。范蠡为人明智，洞彻勾践可共患难而不可同享乐的性格特征，以及"高鸟散，良弓藏；狡兔尽，良犬烹"的道理，故能急流勇退，保身自全；而文种却留恋权贵，最后遭到了权势的强行摈弃，从而深刻地反映了人生的缺陷感和悲剧性。文种临死前与勾践的一番话具有残酷的反讽意味，同时也使我们借此洞彻了作者的态度与评判：

> 越王复召相国，谓曰："子有阴谋兵法，倾敌取国。九术之策，今用三已破强吴，其六尚在子所，愿幸以余术为孤王于地下谋吴之前人。"于是种仰天叹曰："嗟乎！吾闻大恩不报，大功不还，其谓斯乎？吾悔不随范蠡之谋，乃为越王所戮。吾不食善言，故哺以人恶。"越王遂赐文种属卢之剑。种得剑，又叹曰："南阳之宰而为越王之擒。"自笑曰："后百世之末，忠臣必以吾为喻矣。"遂伏剑而死。

"文种九术"是兴越灭吴的关键，但在当越国强弱异势时，王者师却化作阶下囚，此中流露的残酷的人生悲剧感显示了强烈的主体色彩，但叙述者未明置一辞，叙事片段全用越王和文种的"表演"组成，而情感评判昭然可视，越王的冷言冷情、文种的"忠臣之喻"，共同指向了这种不言而喻的价值评判。看似冷眼旁观的"记录者"，却通过对叙事焦点的选择、对特定事件组接和发展的设计等叙事修辞的操纵，巧妙地变"中立"为"主观"，从而有效地引导和控制读者的情感反应和价值评判。

与近乎史的《吴越春秋》相比，更具子书色彩的《越绝书》更强调主体性意识的表达，更着重于传达作者"生于忧患死于安乐"的历史认知，因而在叙述中极力夸大吴国的国力和气焰，以此来突显越国之功，从而有效地实现了叙事意图。该书开宗明义就交代了这种用意：

> 问曰："然越专其功而有之，何不第一，而卒本吴太伯为？"曰："小越而大吴。""小越大吴奈何？"曰："吴有子胥之教，霸世甚久，北陵齐楚，诸侯莫敢叛者，乘薛许郯娄间，旁边趋走。越王勾践，屡刍佐养马，诸臣从之，若果中之李。反邦七年，焦思苦身，克己自责，任用贤人，越伐强吴，行霸诸侯。故不使越第一者，欲以贬大吴，显弱越之功也。"

《燕丹子》中，叙述重点在"燕丹求荆轲刺秦"，这一叙述重心的确立决定了叙事视角不可能是完全中立的，当然，这种"主观性"是借助叙事修辞含蓄传达的。如述及燕丹求荆轲刺秦的缘起时，设置了这么一个细节：燕丹作为人质被羁押在秦，因不堪忍受秦的虐待，思归故国，秦王以"乌头白、马生角"等条件来刁难他。这些条件显然是无法实现和满足的，但故事却告诉我们，这些苛刻的条件都实现了，于是燕丹成功地逃回故国。这里的叙述是饶有意味的，作品就是借用这种"理之所必无"而"情之所必有"的幻想性细节，含蓄地表达了对暴秦的切齿之恨，从而消解了叙事视角表面上的不动声色，含蓄地传达了叙述者的主观性评判。

　　《蜀王本纪》的幻想色彩更为浓厚，但考其本意，却不尽为"述奇志怪"的"爱奇"趋向所致，仔细研读《蜀王本纪》，在怪异奇诡的想象和不动声色的"中立型"叙事视角的背后，承载的依然是史家用心，流露出明显的道德价值取向。《蜀王本纪》首先叙述了天地合德，化生古蜀王统的神话："杜宇从天堕，止朱提。有一女子名利，从江源井中出，为杜宇妻。乃自立为蜀王，号曰望帝。"但接下来叙述王统的更替，在保持神奇瑰丽的幻想的同时，更注入了道德价值的取向：

　　　　望帝积百余岁，荆有一人名鳖灵，其尸亡去，荆人求之不得。鳖灵尸随江水上至陴，遂活。兴望帝相见。望帝以鳖灵为相。时玉山出水，若尧之洪水。望帝不能治，使鳖灵决玉山，民得安处。鳖灵治水去后，望帝与其妻通，惭愧，自以德薄不如鳖灵，乃委国授之而去，如尧之禅舜。鳖灵即位，号曰开明帝。

　　很显然，这种王统的更替，是以"好德"和"好色"作为去取标准的，其间渗透着明显的道德价值取向。《蜀王本纪》的批判意识不仅体现在王统更替的标准上，而且渗透进故事的基本情节中。秦王知蜀王好色，献美女五人，蜀王派五丁力士迎至梓潼。见一大蛇入山穴，五丁力士合力引蛇，被山崩压住，五女上山化为石。蜀王的好色是以蜀民的生命作为代价的，从而也曲折地传达了作者的道德取向和评判意识。

综观杂史杂传对叙事视角的处理，多因循史传"中立型"全知叙事视角，在貌似客观、中立的叙述中，却流露出或多或少的主体性色彩，这显然与杂史杂传以"史补"自居的创作主旨直接相关。

第二节　叙事时间

先秦两汉史传在处理叙事时间时，主要表现出如下叙事观念：由于古人所持的哲学观和儒家思想文化的浸染，史传主要采用连贯性叙述，同时又强调通过预叙的采用和时速的操作，达到叙事时间的"人文化"和"哲理化"深度。杂史杂传的叙事时间思想基本上承史传而来。就整体而言，主要是采用连贯性叙述，依照事件的自然演进展开叙述；在连贯性叙述的同时，强调借助时速的操作，传达叙事的深层意蕴，从而构建"人文化"叙事时间。

如《吴越春秋》，其所述内容，出于《史记》的吴、越、楚三《世家》，以及《伍子胥列传》、《仲尼弟子列传》等，与正史所述区别不大。但在对叙事时间的处理上，则表现出一些变化，尽管还是以连贯性叙述为主，但其叙述分为两大板块：前五卷主要叙述吴事，吴中有越；后五卷主要叙述越事，越中有吴。题目分内、外传，时间上两两平行而略有错位。这种对叙事时间的处理，已经带有了一些小说意味，且进一步深化了叙事时间的"人文化"与"哲理性"意味。

时速显示了叙事重心。《吴越春秋》把笔墨主要集中于吴王夫差与越王勾践身上，对于勾践灭吴的叙述浓墨重彩，相对来说，叙事时间速度相当缓慢。这样的时速处理显然有着作者的主体色彩的投射。勾践灭吴不仅富于神奇色彩，而且这一历史事件本身所包含的历史经验教训也发人深省，故而值得大书特书。作品详尽叙述了勾践为灭吴雪耻而做的长期艰苦的准备工作，如称臣吴国、韬光养晦、缓刑薄罚、减免赋敛、虚心纳谏，终至国富民强，一举灭吴，称霸诸侯，雄视天下。而对于夫差偏听轻信、刚愎自用、骄横淫逸、错杀忠臣等行为也进行了大肆的渲染。如卷五《夫差内传》中，就浓墨重彩地叙述了夫差杀忠臣伍子胥的经过。夫差不听公孙胜和伍子胥的直谏忠言，执意伐齐，后伐齐成功后，归国乃对子胥曰："吾前王履德明达于上帝，垂功用力，为子西结强仇于楚。今前王譬若农夫之艾，杀四方蓬蒿，以立名于荆蛮，斯亦大夫之力。今大夫昏耄而不自安，生变起诈，怨恶而出。出则罪吾士众，乱吾法度，欲以妖孽挫折吾师。赖天降衷，齐师受服。寡人岂敢自归其功？乃前王之遗德，神灵之佑福也。若子如吴则何力焉？"至此，吴王夫差益加宠信佞臣，信任越王，疏远忠臣，伍子胥不计个人安危，依然直言进谏，终至触怒吴王，使其痛下杀心，赐其属卢之剑。"子胥受剑，徒跣褰裳，小堂中庭，仰天呼怨，曰：'吾始为汝父忠臣立吴，设谋破楚，南服劲越，威加诸侯，有霸王之功。今汝不用吾言，反赐我剑。吾今日死，吴宫为墟，庭生蔓草，越人掘汝社稷。安忘我乎？'"吴王闻之，更为愤怒，急令自裁。于是，"子胥把剑，仰天叹曰：'自我死后，后世必以我为忠。上配夏殷之世，亦得与龙逄、比干为友。'遂伏剑而死。吴王乃取子胥尸，盛以鸱夷之器，投之于江中，言曰：'胥，汝一死之后，何能有知？'即断其头，置高楼上，谓之曰：'日月炙汝肉，飘风飘汝眼，炎光烧汝骨，鱼鳖食汝肉，汝骨变形灰，有何所见？'乃弃其躯，投之江中。"这里对叙事时间速度的处理也相对缓慢，从而与勾践卧薪尝胆的时速处理异曲同工，均凸显了"生于忧患死于安乐"的哲理性认知。时速的操作映射了主体性的投入，而主体性的投射则成就了"人文化"的叙事时间。

　　《越绝书》对于叙事时间的处理更为独特。就其所述内容而言，它的史料来源与《吴越春秋》没有太大的出入，但在对于叙事时间的处理上，却表现出比《吴越春秋》更强的创造性，因而它的叙事时间的"人文化"与"哲理化"色彩更浓。概而言之，《越绝书》"哲理化"叙事时间主要表现为以下两点：

　　其一，在连贯性叙述的基础上，《越绝书》更倾向于将史事作更为零碎的切割，因而使得正史中不多见的"时间倒错"的叙事现象频繁出现。如它经常使用"昔者"一词倒叙，使叙事时间出现逆转。比如卷四《计倪内经》，叙述勾践由吴返越后，向计倪问计，兴农积粟；卷五《请籴内传》，则用"昔者"一词，倒叙勾践败退会稽山，入吴为臣三年，返国后文种提议请籴于吴，以探吴国虚实，终于使夫差拒绝伍子胥之谏，国破身死；卷六

《纪策考》再度使用"昔者"一词，追溯阖闾初得伍子胥，破楚伐越，败于槜李。其后又倒叙伍子胥父兄在楚受诛，倒叙太宰嚭身世，及其入吴专权；最后还追叙了范蠡早年居楚，与文种结伴入越，遂霸越邦。这种叙事时间的错综使得《越绝书》具有浓郁的子书色彩。考其本意，作者并非将叙事时间当作简单的叙事技巧，而是一种叙述谋略，叙事时间的背后承载的是鲜明的主体色彩和哲理性体验。简而言之，此种叙事时间的错综和回溯，是与作者对春秋乱世秩序颠倒的特殊体验相互映照的，恰如卷十三范蠡所言："阴阳错谬，即为恶岁。人生失治，即为乱世。夫一乱一治，天道自然。"

其二，除了叙事时间的错综和回溯，《越绝书》还设置了一种"凝止性"叙事时间。"凝止性"叙事时间相当于叙事学中的"停顿"，其突出特点是：在叙述过程中看不到故事情节的推进，"时间性"因素仿佛从叙述中被排除出去。在《越绝书》中，"凝止性"叙事时间最典型的体现在卷二和卷八的《吴地传》和《越地传》中。《吴地传》和《越地传》都是专门为地域作传，从而用空间的并置性掩盖了时间的流动性。其间多记王城旧冢、古道战墟，如《越地传》中的记载，"勾践小城，山阴城也。周二里二百二十三步，陆门四，水门一。……不筑北面，而灭吴，徙治姑胥台。""美人宫，周五百六十步，陆门二，水门一，今北坛利里丘土城。勾践所习教美女西施、郑旦宫台也。女出于苎萝山，欲献于吴，自谓东陲僻陋，恐女朴鄙，故近大道居，去县五里。"这些地理记载，有时甚至将其叙事时间伸向远古："涂山者，禹所妻之山也，去县五十里。"所记载的是越邦远祖的遗迹。《吴地传》中罕见太伯遗迹，于是在开头就交代其渊源云："昔者，吴之先君太伯，周之世，武王封太伯于吴。至夫差，计二十六世，且前岁。阖闾之时，大霸，筑吴城。"叙述甚至突破了吴越争霸的范围，记录了吴越之地的历史变迁：如称说其后楚据有吴越之地，封春申君于吴，因此有"楚门，春申君所造"。还记录了秦始皇灭楚，有"秦始皇帝三十七年，坏诸侯郡县城"，"太守府大殿者，秦始皇刻石所起也"。直至汉代秦之后，历代逢王置郡于吴，也有记载，如："汉高祖封有功，刘贾为荆王，并有吴。贾筑吴市西城，名曰定错城。"这些叙述均可归属于叙事时间上的"凝止"，在这种"凝止性"叙事时间中，以地理切割了历史发展时间的连续性，把不同时代的亡灵史迹置于同一叙述视野之中，它不局限于历述历史事件，而是有机地将时间的流逝、城台陵冢的荒芜和自然山水的永恒并置一处，使人产生自然永恒、人世纷扰变幻的哲理性思考和感悟，从而有效地加深了叙述的人文化色彩。

再如《燕丹子》，在叙事时间的处理上，最引人注目的无疑是前慢后快的时速操作。前面叙述燕丹为复仇求荆轲、厚遇荆轲、遣荆轲入秦等，都笔墨细致，节奏舒缓。就情节来看，即如燕丹返国、厚遇荆轲等，实际上于情节发展关系不大，可视之为"插曲式事件"的闲文。但如果抛开西方"情节中心"叙事结构模式的先入之见，从"空间化"叙事结构和"人文化"叙事时间角度着眼，恰恰可以领略到中国古代叙事思想的突出特点。正如中国古代叙述战争并不着力展示战争的经过，"荆轲刺秦"的过程也不是作品着力渲染的重心。叙述战争，意在通过对战争结局的预测和战后的分析，揭示顺天应时、得民心顺民意的重要性；《燕丹子》也不着力描绘一次悲壮的刺杀行动，而重在借此一历史事件，传达秦汉间的民间情绪。所以，"闲文"并不闲，如燕丹厚遇荆轲，实际上正是以浓重的笔墨和夸张的描写，惊心动魄地渲染了燕丹以黄金、宝马和美人为代价的坚韧的复仇意志：

> 太子甚喜，自以得轲，永无秦忧。后与轲之东宫，临池而观。轲拾瓦投龟，太子令人奉盘金，轲用抵，抵尽复进。轲曰："非为太子爱金也，但臂痛耳。"后复共乘千里马。轲曰："闻千里马肝美。"太子即杀马进肝。酒中，太子出美人能琴者。轲曰："好手琴者。"太子即进之。轲曰："但爱其手耳。"太子即断其手，盛以玉盘奉之。

在司马迁所作《刺客列传》中，不见此段记载。但细考其文，在叙事时间的处理上，《史记》与《燕丹子》有异曲同工之妙。"荆轲刺秦"的过程并不是作品着力渲染的重心，史迁将叙事重心放在刺秦之前的大量准备和刺秦失败之后的余波荡漾上，其艺术意图亦与《燕丹子》相同。荆轲离燕时，《史记》中设置了一段著名的"易水送别"：

太子及宾客知其事者，皆白衣冠以送之。至易水之上，既祖，取道，高渐离击筑，荆轲和而歌，为变徵之声，士皆垂泪涕泣。又前而为歌曰："风萧萧兮易水寒，壮士一去兮不复还！"复为羽声慷慨，士皆瞋目，发尽上指冠。于是荆轲就车而去，终已不顾。

　　这种叙述延缓了故事情节的进展节奏，其间透露的萧杀悲凉氛围暗示了故事的悲剧性结局，此种氛围的营造有力地凸显了荆轲坚韧的复仇意志和那种"知其不可为而为之"的可贵精神，正如司马迁的议论："韩子曰：'儒以文乱法，而侠以武犯禁。'两者皆讥，而学士多称于世云。……今游侠，其行虽不轨于正义，然其言必信，其行必果，已诺必诚，不爱其躯，赴士之厄困，既已存亡死生矣，而不矜其能，羞伐其德，盖亦有足多者焉。"

　　"荆轲刺秦"失败后，秦王大怒，发兵灭燕。从故事情节完整性的角度来看，叙述应该结束了，但《史记》却将笔墨延伸，出现了一段金圣叹所谓的"獭尾法"的余波：

　　其明年，秦并天下，立号为皇帝。于是秦逐太子丹、荆轲之客，皆亡。高渐离变名姓为人庸保，匿作于宋子。久之，作苦，闻其家堂上客击筑，彷徨不能去。每出言曰："彼有善有不善。"从者以告其主，曰："彼庸乃知音，窃言是非。"家丈人召使前击筑，一座称善，赐酒。而高渐离念久隐畏约无穷时，乃退，出其装匣中筑与其善衣，更容貌而前。举座客皆惊，下与抗礼，以为上客。使击筑而歌，客无不流涕而去者。宋子传客之，闻于秦始皇。秦始皇召见，人有识者，乃曰："高渐离也。"秦始皇惜其善击筑，重赦之，乃矐其目。使击筑，未尝不称善。稍益近之，高渐离乃以铅置筑中，复进得近，举筑扑秦皇帝，不中。于是遂诛高渐离，终身不复近诸侯之人。

　　这段余波荡漾的文字，亦可归属于"闲文"之列。它实际上是一个小型的"荆轲刺秦"故事的重述，可简称为"高渐离刺秦"。但与前面节奏紧张的"荆轲刺秦"过程相比，叙事节奏大大地舒缓，这种叙事时间的操作同样折射出作者鲜明的"主体性"意识,传达出民间强烈的复仇情绪。叙事时间深刻地"人文化"了。

第三节 叙事结构

中国古代史传经过漫长的发展历程,至两汉时形成比较成熟的"空间化"叙事结构观念:它不突出"时间性"因素,缺乏"情节中心"的连贯整一,表面上呈现为散漫无章的"缀段式"结构,实则具有内在的生命性与整体感,并追求叙事结构的"人文化"与"哲理化"意蕴。汉魏六朝的杂史杂传,其叙事结构思想基本承史传而来,发展轨迹与史传基本上也一致。从先秦时期的《穆天子传》,到两汉的《燕丹子》、《吴越春秋》、《越绝书》,再到魏晋六朝的《汉武故事》、《汉武内传》等,杂史杂传大致是祖述史传编年体、国别体,尤其是纪传体叙事结构模式,但作为从史传到小说的过渡性文体形式,在叙事结构上也出现了或多或少的变迁,并进一步强化了古代"空间化"叙事结构模式的特征。这种变迁可以从三个方面进行分析:

其一,从整体上看,先秦两汉杂史杂传基本上承袭史传"空间化"叙事结构模式。

如《穆天子传》,叙述周穆王西巡北征之旅,基本上遵循时间顺序叙述周穆王的行程,时间似乎是叙事结构的中心,但这些时间因素只具有时间标示意义,并没有构成叙事学意义上的"情节时间",因而不能算是严格意义上的"时间化"叙事结构。细读文本可以清晰地看出,《穆天子传》实际上是由一系列事件单元,如六师祭河、八骏驰驱、西会王母、刺马搏虎、鹄血为饮、牛乳洗足、高山刻石、旷原射鸟等连缀而成:

[卷三] 天子渴于沙衍,求饮未至。七萃之士曰高奔戎,刺其左骖之颈,取其青血以饮天子。

[卷四] 天子乃遂东南翔行,驰驱千里,至于巨隗氏。巨隗之人𦣞奴,乃献白鹄只血,以饮天子。因具牛羊之乳,以洗天子之足,及二乘之人。

[卷五] 有虎在葭中。天子将至。七萃之士曰高奔戎,

请生搏虎必全之,乃生搏虎而献之天子。天子命为岬而畜之东洲,是曰虎牢。

这些事件单元多以场景呈现,这些或壮阔、或旖旎的场景之间或许具有时间上的连贯性,但显然不具备"开头—中间—结尾"的"时间化"叙事结构意义。与此形成有意味的对比的是,这些场景的选择、连缀与组合却带来了"蒙太奇"般的效果,这就是"空间化"叙事结构模式的基本特征。具体而言,《穆天子传》通过场景的选择、连缀与组合描绘了一幅气势雄伟的天子远征图,成功地再现了周穆盛世,再联系它的成书年代作一番并不出格的"知人论世"的考究(出土于汲冢,成书于战国魏人之手),①不难看出作者意在再现周穆盛世,借以传达身处乱世的忧患和对历史上的太平盛世的追思。故而叙事结构并不凸显"时间性"因素,而主要围绕着"忧患与追思"这一中心点组接事件单元,借场景的连缀、组接曲折地寄寓和传达身经战国乱世的作者的盛世追思,典型地体现了"空间化"叙事结构模式的特征。

再如王粲的《汉末英雄记》,更为典型地体现出"空间化"叙事结构模式:

> 时有谣言曰:"千里草,何青青,十日卜,犹不生。"又作《董逃》之歌。又有道士书布为"吕"字以示卓,卓不知其为吕布也。卓当入会,陈列步骑,自营至宫,朝服导引其中。马蹶不前,卓心怪欲止。布劝使行,乃裹甲而入。卓既死,当时日月清净,微风不起,雯、璜及宗族老弱悉在湄,皆还,所其群下所斫射。卓母年九十,走至坞门曰:"乞脱我死。"即斩首。袁氏门生故吏,改殡诸袁死于湄者,敛聚董氏尸于其侧而焚之。暴卓尸于市。卓素肥,膏流漫地,草为之丹。守尸吏暝以为大柱,置卓脐以为灯,光明达旦,如是积日,后卓故部曲收所烧者灰,并以一棺棺之,葬于湄。卓坞中金有二三万斤,银八九万斤,珠玉锦绮奇玩杂物皆山崇埠积,不可知数。

---

① 杨义在《中国古典小说史论》中作了较为详尽的考证,人民出版社,2004年版,第57页。

《汉末英雄记》在处理"诛卓"时,弃而不用"时间化"叙事结构,没有按照首尾相接的原则再现历史事件的完整历程,时谣、《董逃》歌、书"吕"于布等,采用的是立体性的"空间化"并置叙事结构模式。

但还是出现了变迁的印痕。如《穆天子传》、《燕丹子》、《汉武故事》、《汉武内传》等,大体上均可归属于"列传"体,主要承袭《史记》的纪传体"依人叙事"模式,围绕周穆王、燕丹、汉武帝三个历史人物取材。但相对于《史记》而言,叙事结构上还是出现了一些变化。《史记》注重历史人物的一生行事,在确定了通体关照的"主宰"之后,从其一生行事中择取典型事件凸显人物性格(当然,这里的"典型"是从反映人物的性格角度来着眼的,它与事件的大小并不完全吻合,实际上,在《史记》中,史迁经常采用"琐事"来刻画人物的性格,而事实证明这种"细微处见精神"的叙述谋略是相当成功的),从而挖掘历史人物与历史兴衰成败的内在关联,以此来传达史家的"史识"。而杂史杂传基本上抛弃了《史记》全面展示历史人物精神风貌的惯常作法,不再强调全面展示历史人物的基本人生行程和重大历史事件,而仅仅择取某一方面的事件系列,凸显历史人物某一侧面。比如在《穆天子传》和《燕丹子》中,仅仅择取"穆王西征"和"燕丹求荆轲刺秦"这一中心事件,材料择取突出叙事重心,对于周穆王和燕丹的其他历史行事,则基本上没有涉及。择取关键事件作详尽展示,这是杂史"小说化"印痕的突出表现。再如《汉武故事》和《汉武内传》等杂传,从命名可知,这类叙事作品与史传的"纪传体"关联更为密切,它们均是以汉武帝为传主的叙事作品,但与正史不同,其不在于整体叙述和评价一代雄主的生平大略,而仅将笔墨集中于汉武帝的"求仙"活动,与此无关的行事一概略去。

其二,在杂史杂传中,纵向的人生行程被精简,往往只择取历史人物的个别行事进行叙述;但从横向而言,在简略的情节框架中,却添加了大量的神话、传说于其中作大肆渲染,从而进一步加强了其小说意味。如《穆天子传》、《燕丹子》、《吴越春秋》、《越绝书》等杂史和以汉武帝为主人公的《汉武故事》、《汉武内传》等杂传,其间均杂采一些真虚莫测的"委巷之说",从而出现了历史与小说文体错综的特殊形态,《隋书·经籍志》

评之为"盖率尔而作，非史策之正也"。孙星衍《燕丹子》序云："其书长于叙事，娴于词令，审是先秦古书，亦略与《左氏》、《国策》相似，学在纵横、小说两家之间。"《文献通考·经籍考》引《周氏涉笔》评价说：

> 今观《燕丹子》三篇，与《史记》所载皆相合，似是《史记》事本也。然乌头白、马生角、机桥不发，《史记》则以怪诞削之。进金掷龟、脍千里马肝、截美人手，《史记》则以过当削之。听琴姬得隐语，《史记》则以征所闻削之。司马迁不独文字雄深，至于识见高明，超出战国以后。其书受削百家诬谬，亦岂可胜计哉！

这一评价显然是站在正统史家立场上，挑剔《燕丹子》中杂有"小说家言"，但也从另一个角度指出了它与民间传说的密切关系。东汉王充《论衡·感虚篇》的记载也印证了这一点："传书言：燕太子丹朝于秦，不得去。从秦王求归，秦王执留之，与之誓曰：'使日再中、天雨粟，令乌白头，马生角，厨门木象生肉足，乃得归。'当此之时，天地佑之，日为再中，天雨粟，乌白头，马生角，厨门木象生肉足，秦王以为圣，乃归之。"这则故事与今本《燕丹子》相去不远，均可见出历史向小说转化的过渡性痕迹。

此类神异化幻想也见于其他杂史杂传中。如《四库全书总目》称《吴越春秋》云："至于处女试剑、老人化猿、公孙胜三呼三应之类，尤近小说家言，然自是汉、晋间稗官杂记之体。"明确指出夹杂其间的"小说家言"。即如"公孙胜三呼三应"，见于卷五《夫差内传》，吴王夫差欲兴兵伐齐，过姑胥之台时，忽昼而感梦，不知其意，于是请"知鬼神之情状"的公孙胜为之占梦，公孙胜不爱其躯，直言伐齐之不妥及越国的潜在威胁性，提出："愿大王按兵修德，无伐于齐，则可销也。遣下吏太宰嚭、王孙骆解冠帻，肉袒徒跣，稽首谢于勾践，国可安存也，身可不死矣。"吴王闻之，索然作怒，乃曰："吾天之所生，神之所使。"顾力士石番以铁锥击杀之。胜乃仰头向天而言曰："吁嗟！天知吾之冤乎。忠而获罪，身死无辜，以葬我以为直者，不如相随为柱，提我至深山，后世相属为声响。"于是吴王乃使门人提之蒸丘，"豺狼食汝肉，野火烧汝骨，东风数至，飞扬汝骸，骨肉糜烂，何能为声响哉？"后当吴王夫差兴兵伐齐之时，越王勾践乘机伐吴，大败吴兵，吴王夫差率群臣遁逃，至于秦余杭山，吴王心中愁忧，乃谓太宰嚭曰："吾戮公孙胜，投胥山之巅，吾以畏责天下之惭，吾足不能进，心不能往。"太宰嚭曰："死与生，败与成，故有避乎？"王曰："然。曾无所知乎？子试前呼之，胜在，当即有应。"吴王止秦余杭山，呼曰："公孙胜。"三反呼，胜从山中应曰："公孙胜。"三呼三应。吴王仰天呼曰："寡人岂可返乎，寡人世世得胜也。"这种神异性幻想给文本带来了史传无法包容的怪异色彩。横向的渲染与生发，使得叙事进一步脱离了纵向的时间发展线条，更凸显出"空间性"叙事结构特征。

其三，尽管与正史相比，杂史杂传更多小说意味，但考其本意，并不重在说奇志怪，而强调"以备遗亡"，其攀缘史籍的用心非常明显。在叙事结构上，主要承继史传"空间化"叙事结构思想，淡化"时间性"因素的结构作用，强调通过事件单元的组接与连缀追求深层意蕴的传达，从而更突出了史传"空间化"叙事结构的意蕴表达。如上述《吴越春秋》中所叙"公孙胜三呼三应"，从"时间化"叙事结构思想着眼，并不属于"开头—中间—结尾"的"历时性"发展流程中的必叙之事，而属于横向性生发的"插曲性事件"，是应该加以删除的。但如从"空间化"叙事结构思想着眼，这一细节则具有明显的结构功能，它不仅仅增添了叙述的神异性色彩，而且借用民间传说和奇异想象，曲折地承载了某种历史认知，表达了民间情绪，从而加深了叙事结构的意蕴传达。

再如《穆天子传》，其叙事主要是由一系列的事件单元连缀而成，这些事件单元之间尽管显示了一定的时间性因素，但时间因素只具有时间上的标示作用，并未构成"时间化"叙事结构。究其根源，《穆天子传》的本意并不在于构筑一个"历时性"的完整故事，而重在通过"西巡北征"事件单元的组合及连缀，描绘一幅气势雄伟的天子远征图，塑造一个"仁霸兼修"的霸主形象，显示其拱手而治的盛世风范，从而再现周穆盛世，借以传达作者的盛世追思。故叙述并不依照"时间性"因素来连缀与组合，而主要围绕着"忧患与追思"这一中心点组接事件单元，属于典型的"空间化"叙事结构。

《穆天子传》共六卷，极力展示了周穆王北行西征和东巡游宴的盛世风范，通过一系列的事件单元的组接，展示了一幅天子远征的盛世图景。如卷五描述东巡游宴，铺叙穆王饮佳酿于侑上，浮巨舟于大沼，垂钓于渐泽，食鱼于桑野，奏广乐于雀梁，一派为战国人不可复睹的升平景象，其间显然寄托着作者对盛世的怀念之情。与此同时，作品还不停地辅以笔外之笔，揭示周穆王不忘国计民生的仁者之心。如卷一叙述穆王祭河宗西行，入泽菽田猎钓弋，却戚戚然叹息云："于乎！予一人不盈于德，而辨于乐，后世亦追数吾过乎？"卷三叙述穆王在瑶池宴会西王母，也没有忘记"予归东土，和治诸夏"，以达到"万民平均"的升平景象的心愿。就这样，霸者之行不时获得仁者之心的落实，从而深化了叙事意蕴。在卷六，作者更特意设置了盛姬之死，将盛姬的丧礼叙述得细密、哀切，从而给整个叙事增添了深切的悲凉感，并浓墨渲染穆王对盛姬的思念：

（天子）祝丧罢哭，辞于远人，为盛姬谥曰哀淑人。天子名之，是曰"哀淑之丘"。……丁卯，天子东征，钓于缧水，以祭淑人，是曰"祭丘"。甲申，天子北升于大北之隥，而降休于两柏之下。天子永念伤心，乃思淑人盛姬，于是流涕。七萃之士要豫上谏于天子曰："自古有死有生，岂独淑人？天子不乐，出于永思；永思有益，莫忘其新。"天子哀之，乃又流涕。

不难体会到，穆王之姬，姓氏为"盛"，谥号为"哀"，如将盛姬之丧视为盛世丧失的象征，这种解读跟作品的本意应该是相差不远的，那么，"盛姬之丧"这一叙事片段的设置就是饶有意味的，它与前面五卷所极力渲染的太平盛世的叙事基调形成了鲜明的对比，透露出作者对盛世之丧沉重的失落感和悲凉感。

简而言之，杂史杂传基本祖述史传的"空间化"叙事结构模式，同时由于它是不同于正史的史体变异之作，"真虚莫测"，"体制不经"，更多小说色彩和意味。故在叙事结构上，更为淡化"时间性"因素，强化事件单元和场景的并置呈现，突出结构的内在深层意蕴表达，从而进一步推进了"空间化"叙事结构的"人文化"和"哲理化"走向。

第四章 叙事诗叙事思想

中国被称为诗的国度，更恰切地说，应称为抒情诗的国度。与高度发达的抒情诗相比，中国古代叙事诗不够发达，不仅在数量上远远不能与抒情诗相比，即便是为数不多的作品，多数也算不上纯粹的叙事诗，"叙事"往往转为"感事"，具有程度不一的抒情化倾向，带有"亚叙事"特征。中国古代叙事诗的"亚叙事"特征，早在先秦两汉时期就表现得相当明显，并深刻地影响了中国古代叙事诗的风貌。

先秦两汉时期的叙事诗主要见于《诗经》和汉乐府。按照厄尔·迈纳的看法，叙事与抒情的区别在于，叙事作品主要是"历时性"的流程展开；而抒情作品则是"共时性"的场景呈现。也就是说，叙事主要依据"时间性"因素；而抒情主要依据"空间性"因素。以厄尔·迈纳这一观点为参照看先秦两汉叙事诗，无论《诗经》还是汉乐府中的叙事诗，"时间性"因素并不突出，往往将按照时间顺序渐次展开的"历时化"流程转化为空间并置的"共时性"场景呈现，于是，"叙事"转化为"感事"，叙事诗中氤氲着鲜明的情感表达。这种"亚叙事"特征明显地表现在先秦两汉叙事诗的叙事视角和叙事结构思想上。

第一节 叙事视角

一、概说

《诗经》与汉乐府中的叙事诗，在对叙事视角的处理上，表现出较大的差异。这种差异，可大致归结为运用第一人称与第三人称叙事视角所带来的差异。

叙事学认为，第一人称与第三人称的区别，主要表现为限知叙事视角与全知叙事视角的区别。但这种差异性不应该被绝对化，因为"全知"与"限知"的界限是相对而言的。何况，就叙事作品而言，作者对作品中的人事、心理和命运，实际上都拥有全知的权利。所以，所谓的"全知"与"限知"叙事视角，只是作者为达到某种特定的叙事目的而采用的叙事谋略。布斯说得好，指出一部作品是用第一人称叙事视角还是第三人称叙事视角，是没有多少实际意义的，除非能够具体指出采用不同人称叙事视角所带来的不同叙事效果，也就是说，在布斯看来，"全知"与"限知"的采用只不过是一种叙事修辞。从这个角度来看，两者的实质性区别在于叙述者与文本所刻画的世界的距离不同。第一人称叙述者置身于这个虚构的世界之中，是一种受到限制的叙述。而且，作为虚构文本世界中的人物，叙述者已经在一定程度上个体化甚至个性化了，他的叙述在给人带来身临其境的真实感的同时，却又难以保持冷静和客观，往往带上了一定的主观性色彩。而第三人称叙述者则置身于文本虚构世界之外，是一种绝对自由的不受任何限制的叙述。而且，叙述者与故事中的人物不重合，他以非个体化的"旁观者"的身份叙述故事。"旁观者"身份的叙述者创造了这个虚构的文本世界，却又置身于这个世界之外，全知全能，不动声色，上帝般地存在着，因而他的叙述是全面的和冷静的。第一人称与第三人称叙事视角的差异突出地体现在《诗经》和汉乐府中。

从表面上看，《诗经》中的叙事诗多采用第一人称叙事视角，因而"感事"色彩浓，主体性突出，"我"的使用更凸显出个体情感的深切介入，具有典型的"亚叙事"特征。汉乐府则更多地受到史传叙事视角的影响，多采用第三人称全知叙事视角，"中立型""旁观者"叙事视角的运用使叙述显得不动声色、客观冷静。当然，与史传一样，汉乐府叙事视角的"中立"是有限度的，貌似"中立"的叙述背后流露出叙述者或隐或显的主体性色彩。

但从本质上着眼，《诗经》和汉乐府在叙事视角上尽管存在着第一人称与第三人称、全知与限知、主观"表现"与客观"呈现"的区别，但都表现出"感事"色彩与"亚叙事"特征，虽然两者的主体性色彩有显与隐的区别。陈平原在谈及中国古代叙事诗的特征时，曾经说过一段精辟的话：

中国诗歌的语言、形式，均利于抒情而不利于叙事，再加上"诗骚"传统的牵制，即使"以韵语纪时事"的"诗史"也不自觉地倾向于抒情。"上感国变，中伤种族，下哀生民"，诗人的着眼点已从客观的"国变"转为主观的"感"、"伤"、"哀"。选择史诗题材，而后创造"诗史"，保留其历史兴亡感、忧患意识与深沉博大的主导风格，但大大削弱其叙事功能，突出情感因素——"诗骚"传统对叙事诗改造的结果，不仅使"诗史"从"纪事"转为"感事"，而且使继承乐府传统的叙事诗以场面的描写与情感的抒发为中心。这就难怪亚里士多德着力探讨史诗的叙述结构，而中国诗人则追求述情陈事"肯恻如见"，"如泣如诉"地"呈现"。①

这里所说的由"纪事"到"感事"的转换，正是中国古代叙事诗的基本特征。胡宗愈评价杜甫叙事诗说："先生以诗鸣于唐。凡出处去就，动息劳佚，悲欢忧乐，忠愤感激，好贤恶恶，一见于诗，读之可以知其世，学士大夫，谓之诗史。"② 可见，所谓"诗史"，就字面而言是"以韵语纪时事"，重心似乎为"叙事"、"纪事"，当属典型的叙事诗，但正如陈平原的分析所指出的，中国古代的"诗史"，其重点却不在"纪事"上，而偏重于"上感国变，中伤种族，下哀生民"，诗人的着眼点已从客观的"国变"转为主观的"感"、"伤"、"哀"，于是偏于客观的"纪事"转换为偏于主观的"感事"，"诗史"不仅要使人"知其世"，更需要真切地表达一己之悲欢和时代之哀乐。实际上，不仅"诗史"，中国古代绝大多数叙事诗均表现出从"纪事"到"感事"的转换，这其中既包括偏于采用第一人称叙事视角的《诗经》传统，也包括偏于采用第三人称叙事视角的乐府传统。陈平原在论述中就明确指出："继承乐府传统的叙事诗"亦"以场面的描写与情

---

① 陈平原：《中国小说叙事模式的转变》，北京大学出版社，2004年版，第307页。
② 胡宗愈：《成都新刻草堂先生诗碑序》，北京大学出版社，2004年版，第297页。

感的抒发为中心",也就是说,乐府叙事传统中的"场面"一般借助第三人称叙事视角"呈现",虽然表面上更显客观与冷静,但并没有因此改变其以"情感的抒发为中心"的"感事"本质。这就导致中国古代叙事诗普遍表现出"纪事"色彩淡化、"感事"色彩突出的"亚叙事"特征。下面对先秦两汉叙事诗的叙事视角作具体阐述。

二、《诗经》叙事诗叙事视角

《诗经》中的叙事诗,表现出强烈的主观性色彩,故而《毛诗序》在概括《诗经》的创作经验时,将"诗言志"作为最基本的诗学原则提出来:"诗者,志之所之也。在心为志,发言为诗。"而"志"的主体性色彩是不言而喻的。叙述者主体性的介入,使《诗经》中的叙事诗多采用第一人称叙事视角,叙述者叙述的是"我"的故事。在叙事学中,"我"这一人称常意味着叙述者与故事人物重合,叙述者置身于故事之中,表现出鲜明的"私人叙事"的特点,叙事往往不能保持客观与冷静,叙述时的"感事"色彩浓,叙述易于被情绪打断和裹挟,具有明显的抒情色彩和"亚叙事"特征。

"宏大叙事"主要是指那些题材重大、风格宏伟的史诗以及类似的官方叙事,"私人叙事"则指强调建立在个人经验基础上的叙事。"宏大叙事"关注的是集体的命运和英雄人物的行动,叙述者需要保持开阔的时空视野,并使叙述尽可能保持全面、冷静与客观,从而与琐细的个体悲欢拉开距离,因此,采用第三人称的全知叙事视角是恰当的,这也是《雅》、《颂》类偏重"宏大叙事"作品所采用的基本叙事视角。而"私人叙事"的叙述者对于决定集体命运的大事缺乏关注热情和整体把握,而是全身心投入于讲述个体的故事,强调的是个人的具体遭际,重在展示一己之悲欢,人物叙述者的介入符合由"纪事"到"感事"的叙述重心的转移,因而叙事视角由第三人称的全知转向第一人称的限知。在第一人称叙事视角下,社会生活中的重大题材成为激发个体情感表达的温床,叙事不强调全面、冷静与客观地展示这些重大题材,而注重个体经历和情感反应的介入,很容易出现抒情冲击叙事的情况。第一人称叙事视角是导致《诗经》中"宏大叙事"向"私人叙事"转化的关键因素。

《诗经》历来分"风"、"雅"、"颂",其中用于祭祀的"颂"自然属于"宏大叙事"之列,但其数量不多;"雅"是仪式乐歌,其中"大雅"的主旋律是"宏大叙事",但"私人叙事"在《民劳》等怨刺诗中已经有所抬头;"小雅"中的"私人叙事"则进一步增强,朱东润说:"将《小雅》与《大雅》比,则《小雅》多言人事,而《大雅》多言祖宗……要之《大雅》为岐周之诗;《小雅》为一般周人之诗。"① 故而古人有"雅降为风"的说法;"风"多属民间歌谣,郑樵、朱熹将《国风》的内容概括为"闾巷风土、男女情思之词"和"小夫贱隶、妇人女子之言",表明其中叙述的主要是普通民众的一己之悲欢,因而主要属于"私人叙事"。从"颂"到"雅"到"风",叙事视角呈现出从第三人称向第一人称的转换轨迹,随着叙事视角由第三人称向第一人称的变换,《诗经》中的叙事诗也相应地呈现出从偏重于"宏大叙事"向偏重于"私人叙事"的变换轨迹,从"纪事"向"感事"的转化轨迹,"亚叙事"的特征渐次明显。下面以"出征"题材为个案,对《诗经》中叙事视角的运用作具体考察。

《诗经》时代,社会生活中最重大的行动无过于战争,对这一关系到集体命运、同时又极易于进行英雄人物敷衍的重大题材,《诗经》作品巧妙借用不同的叙事视角类型,从而使同一题材分别呈现出"宏大叙事"与"私人叙事"的不同风格。

《大雅》中的《烝民》聚焦于仲山甫等英雄人物的行动,采用第三人称全知叙事视角,展现出"出征"的宏阔场景与"征夫"的英雄情怀:

> 仲山甫出祖,四牡业业,征夫捷捷,每怀靡及。四牡彭彭,八鸾锵锵。王命仲山甫,城彼东方。
> 四牡骙骙,八鸾喈喈。仲山甫徂齐,式遄其归。吉甫作诵,穆如清风。仲山甫永怀,以慰其心。

第三人称全知叙事视角的叙述,展示的是外在于个体情感的

---

① 朱东润:《诗三百篇探故·诗大小雅说臆》,上海古籍出版社,2001年版,第26页。

全景,这种宏阔的叙事视野无暇顾及一己之悲欢,尽管也述及"征夫",但仅将戍人的心态统统概括为"征夫捷捷,每怀靡及",不免抽象笼统。

《小雅》中的《出车》叙述的是同类题材,大将南仲奉王命"薄伐西戎",诗中对出征的描述也与《烝民》相似:

> 王命南仲,往城与方。出车彭彭,旂旐中央。天子命我,城彼朔方。赫赫南仲,玁狁于襄。

但《出车》不是采用《烝民》中的第三人称全知叙事视角,叙事视角由第三人称向第一人称的转换巧妙地完成了"出征"题材从"宏大叙事"向"私人叙事"的转换。叙述者"我"毕竟只是南仲帐下驱驰兵车的一员武士,虽然跟随着浩浩荡荡的队伍出征,"我"满脑子考虑的却是个人的命运。请看"我"的自述:

> 昔我往矣,黍稷方华。今我来思,雨雪载涂。王事多艰,不遑启居。岂不怀归?畏此简书。

叙事、"纪事"转化成"感事",具体的历史事件被拉到"后景",而个人的主观感受却被推到"前景"。第一人称叙事视角的采用,使得本属于"宏大叙事"的题材成功转化为流淌着真情实感的"私人叙事",从而有效地弥补了同类题材"宏大叙事"的空疏,使后人感受到"行道迟迟,载渴载饥"的艰辛,窥见下层军士"我心伤悲,莫知我哀"的辛酸。

《小雅》带有一定的贵族化倾向,因而其情感表达尚属"温柔敦厚",而来自民间的《国风》,更是利用第一人称叙事视角,大胆袒露内心感受,情感表达更为直露,"感事"色彩更为浓烈,充分凸显了"私人叙事"的基本特点。如《邶风·击鼓》,它的开始部分叙述戍人南征:

> 击鼓其镗,踊跃用兵。土国城漕,我独南行。从孙子仲,平陈与宋。

至此,对于南征事件的叙述尚属流畅,其中"从孙子仲,平陈与宋"更是关涉军国大事,如果依此展开,很有可能成为"宏大叙事"。但是,叙述采用的是第一人称叙事视角,叙述者"我"是孙子仲麾下的一名征夫,作为"个体化"的人物叙述者,"我"关心的不是"平陈与宋"的这场战争,而是其个人所面临的具体问题:"不我以归,忧心忡忡。"想到不能与大军同归,"我"不由得忧心忡忡,再想到远方等待自己的亲人,"我"更是思潮起伏,于是,外在的事件进程被打断,取而代之的是汹涌澎湃的思绪:

爰居爰处?爰丧其马?于以求之?于林之下。
死生契阔,与子成说。执子之手,与子偕老。
于嗟阔兮!不我活兮!于嗟洵兮!不我信兮!

叙事进程被打断,事件的"时间化"流程发展被思绪所阻断,叙事转化为"感事"。

《唐风·鸨羽》中的叙述者是一位披上战袍的农夫,他担心高堂父母无人奉养,因此发出了催人泪下的仰天长息:

肃肃鸨羽,集于苞栩。王事靡盬,不能蓻稷黍。父母何怙?悠悠苍天,曷其有所?
肃肃鸨翼,集于苞棘。王事靡盬,不能蓻黍稷。父母何食?悠悠苍天,曷其有极?

《卫风·伯兮》从思妇的角度,倾诉了良人远征所带来的哀怨和痛苦:

伯兮朅兮,邦之杰兮。伯也执殳,为王前驱。
自伯之东,首如飞蓬。岂无膏沐,谁适为容?
其雨其雨,杲杲出日。愿言思伯,甘心首疾。
焉得谖草?言树之背。愿言思伯,使我心痗!

其中情感传达或铿锵激越,或忧心忡忡,或哀怨凄凉,着眼点主要是"感事",而非"纪事"。很显然,与第三人称叙事视角相比,凸显个体化叙述者的第一人称叙事视角更适合"私人叙事",也更有助于主体色彩的表达和叙事的抒情化转向。

三、汉乐府叙事视角

《诗经》中的叙事诗多采用第一人称叙事视角,尤其是其中的民歌。第一人称叙事视角的采用使得《诗经》中的叙事诗具有强烈的"感事"色彩和"私人叙事"意味,表现出明显的"亚叙事"特征。但人物叙事视角使叙述囿于一己之悲欢,难以达到叙述的客观与冷静。相比之下,汉乐府多采用第三人称全知叙事视角,叙述者叙述的是"他"的故事,也就是说,叙述者与故事中的人物不重合,"非个体化"的第三人称叙述者置身于文本虚构世界之外,采用旁观者的身份叙述故事,是一种绝对自由的不受任何限制的叙述。

当然,由于深受史传叙事视角的影响,汉乐府倾向于采用"中立型"全知叙事视角。作者往往只充当"目击者"和"记录者",冷静地记录人物的言行,既不分析人物心理,也很少直接介入作主观评价。与《诗经》第一人称的人物式叙事视角相比,汉乐府惯常采用的这种客观"他者"的第三人称"中立型"叙事视角,无疑更显客观和冷静。也就是说,汉乐府的全知叙述者并不直接抛头露面,而往往通过场景的呈现和连缀,按生活的本色状态去凸显对象,表现生活。如《平陵东》:

> 平陵东,松柏桐,不知何人劫义公。劫义公,在高堂下,交钱百万两走马。两走马,亦诚难,顾见追吏心中恻。心中恻,血出漉,归告我家卖黄犊。

故事叙述了义公被官吏无故绑架、被迫卖犊以求平安的故事,叙述者并未直接发表任何议论评价,而只是"客观"呈现出这一片断式场景,是典型的"中立型"叙事视角。

但汉乐府的"中立型"叙事视角并未改变其以情感抒发为中心的"感事"色彩与"亚叙事"特征,这部分得归结于它所采用的第三人称叙事视角。汉乐府尽管只"呈现"片断式场景,但第三人称叙事视角却内在地赋予叙述者全知全能的权利,他置身于故事之外,自由地选择、组接和连缀场景,使它们构成有意味的整体,从而在一定程度上化"客观呈现"为"主观表现",巧妙地实现了由"叙事"向"感事"的转换。

而且，正如史传的叙事视角，汉乐府叙事视角的"中立"也是有限度的，貌似"客观"的场景"呈现"并没有消除叙述者的声音。一般而言，汉乐府并不叙述完整事件，它仅由一些片断式场景连缀而成，叙述者无意将所有的细节加以细致表现，而只将其中的某些片段加以凝固和放大式处理，但这种选择、凝固和放大清晰地显示了叙述者的存在和声音。他将某些片断呈现，将其组合与连缀，却将另外一些片断加以删除和隐藏，这就是叙述者的操作。通过此种叙述谋略，叙述者暗中控制读者的情感反应与价值评判。这类似于电影中的"蒙太奇"手法，爱森斯坦说："把任何两个镜头对列在一起，它们必然会由于并列而造成一种新的概念，产生一种新的性质。"① 不同时空场景的"叠印"能创造一种特殊的美学效果，因而能更好地体现作者的主观意图，正所谓"写来不著形迹，其妙处全在字句之外"。② 如上述《平陵东》，看似只是"客观"呈现这一生活片断，但作者选择呈现这一场景而非别的什么场景，这本身就起到了主体意图的暗示作用。

再如《上山采蘼芜》：

> 上山采蘼芜，下山逢故夫。长跪问故夫："新人复何如？""新人虽言好，未若故人姝。颜色类相似，手爪不相如。""新人从门入，故人从阁去。""新人工织缣，故人工织素。织缣日一匹，织素五丈余，将缣来比素，新人不如故。"

全诗主要由"弃妇"和"故夫"的问答场景构成，叙述者并未抛头露面，采用的是典型的"中立型"叙事视角，但"这一"场景的选择与呈现却清晰地显示了叙述者的存在，其主观倾向亦隐约可感。

再如《陌上桑》，通篇采用"中立型"全知叙事视角，却能在貌似"中立"的叙述背后含蓄传达主体性色彩，叙事视角的操

---

① 阿尔贝斯迈埃尔：《电影对文学的影响》，见《外国文艺思潮》，陕西人民出版社，1982年版，第84页。

② 半侬：《伦敦之质肆·译后语》，载《中华小说界》第一卷第八期，1914年。

作是很成功的。故事首先展示采桑女罗敷之美：

> 行者见罗敷，下担捋髭须。少年见罗敷，脱帽著绡头。耕者忘其犁，锄者忘其锄。来归相怨怒，但坐观罗敷。

罗敷有多美？叙述者并未直接评价，也未像《诗经·卫风·硕人》中那样，一一描绘美人的"手"、"肤"、"领"、"齿"、"首"、"眉"、"笑"、"目"等，叙述者对罗敷本人的容貌未着一字，而只是细致描摹了旁人见到罗敷时的反应，一个绝世美人就跃然纸上。不是聚焦于"有"，而是聚焦于"无"，这种叙述焦点的选择，鲜明地体现了叙述者的存在。接下来叙述罗敷严词拒绝太守的调戏，采用的亦是场景的"展示"而非直接"讲述"：

> 使君从南来，五马立踟蹰。使君遣吏往，问是谁家姝？"秦氏有好女，自名为罗敷。""罗敷年几何？""二十尚不足，十五颇有余。""使君谢罗敷，宁可共载否？"罗敷前致辞："使君一何愚！使君自有妇，罗敷自有夫。"
>
> "东方千余骑，夫婿居上头。何用识夫婿？白马从骊驹；青丝系马尾，黄金络马头；腰中鹿卢剑，可直千万余。十五府小吏，二十朝大夫，三十侍中郎，四十专城居。为人洁白晳，鬑鬑颇有须。盈盈公府步，冉冉府中趋。坐中数千人，皆言夫婿殊。"

故事只是呈现了"使君"与"罗敷"的问答，但在这一问一答之中，叙述者的主观色彩清晰可辨。也就是说，这种场景的呈现并非是任意的，而是经过了作者主观意识的过滤和选择有意识地"展示"出来的。事先决定的叙述意图往往决定了被呈现事件的选择，不是任何与故事有关的事件都能够得到呈现，只有那些胜任意图表达的事件方被选用。这实际上是一种叙述谋略，叙述者的"缺失"能借助场景的连缀与组接加以弥合，从而含蓄地传达叙述者的主观取向。

另如长篇叙事诗《焦仲卿妻》，绵密细致地叙述了焦仲卿与刘兰芝的爱情悲剧，对封建礼教和封建家长制摧毁人类幸福的罪恶作出了深刻的揭露与鞭挞，但这种叙述意图不是通过"专断地讲述"直接表达,而是采用有限度的"中立型"叙事视角,巧妙地传达主观倾向并进行价值评判。

叙事学认为,描写尽管不像"讲述",能够直接表达作者的主观态度与价值评判,但描写同样负载着思想,也是作者传达观念与价值评判的有效工具,即描写具有讲述的功能。汉乐府很好地印证了叙事学的这一观点,如《焦仲卿妻》,作品大量采用"描写",但这些描写在精心的操作下,显然具备了"讲述"的功能,暗示性地传达了作者的情感倾向和价值评判。作品极力渲染刘兰芝的能干:"十三能织素,十四学裁衣。十五弹箜篌,十六诵诗书。"对于刘兰芝的美丽,同样采用描摹方式:"著我绣夹裙,事事四五通。足下蹑丝履,头上玳瑁光。腰若流纨素,耳著明月珰。指若削葱根,口如含朱丹。纤纤作细步,精妙世无双。"对于她对爱情的坚贞,作品借助她的言行来表达:

> 新妇谓府吏:"感君区区怀。君既若见录,不久望君来。君当作磐石,妾当作蒲苇;蒲苇韧如丝,磐石无转移。我有亲父兄,性行暴如雷。恐不任我意,逆以煎我怀。"

这些描摹不仅"展示"了刘兰芝的美丽、善良、能干和她对爱情的坚贞,而且显然带有叙述者的情感倾向。刘兰芝被休后,尽管她一再拒绝求婚,但却无法掌握自己的命运,只得违心答应了太守家的求亲,这里作者别有意味地安排了一段描写:"交语速装束,络绎如浮云。青雀白鹄舫,四角龙子幡。婀娜随风转。金车玉作轮,踯躅青骢马,流苏金镂鞍。赍钱三百万,皆用青丝穿。杂采三百匹,交广市鲑珍。从人四五百,郁郁登郡门。"这段描写,极力展示太守家的富贵气象,显然暗示了刘兰芝不慕富贵、忠于爱情的品格。面对此种诱惑,焦仲卿满以为刘兰芝会变心,于是反唇相讥:"贺卿得高迁!磐石方且厚,可以卒千年;蒲苇一时韧,便作旦夕间。卿当日富贵,吾独向黄泉。"但兰芝却以自己的行为,驳斥了前夫的猜疑:"奄奄黄昏后,寂寂人定初。'我命绝今日,魂去尸长留。'揽裙脱丝履,举身赴清池。"在这里,叙述者并未抛头露面直接表达自己的观点,但人物言行的"展示"充分传达了叙述者的主体性色彩。

对于封建家长焦母,作品持批判态度,但这种批判性,同样是借助描写来达到的。作品极力刻画焦母冷酷无情的言行：焦仲卿为挽留爱妻，苦苦哀求母亲，而焦母回答说："何乃太区区！此妇无礼节，举动自专由。吾意久怀忿，汝岂得自由！东家有贤女，自名秦罗敷。可怜体无比，阿母为汝求。便可速遣之，遣去慎莫留！""小子无所畏，何敢助妇语！吾已失恩义，会不相从许！"通过言行描绘，一个冷酷、专横的封建家长跃然纸上，而叙述者的评判态度也清晰可见。

综上所论，先秦两汉叙事诗所采用的叙事视角并不相同，如《诗经》与汉乐府的叙事视角就表现出较为明显的差异。《诗经》中的叙事诗，尤其是"风"中的叙事诗多采用人物叙述者的第一人称叙事视角，从而显露出极为鲜明的主体性色彩。汉乐府中的叙事诗则多采用第三人称的"中立型"叙事视角，在使叙述更显客观与冷静的同时，又能调动叙事修辞，巧妙地传达叙述者的情感倾向和价值评判。所以，尽管由于采用不同的叙事视角，《诗经》和汉乐府表现出限知与全知、表现与再现的差异，但这种差异是相对的，表面的叙事效果的差异并没有改变两者共同的"感事"色彩与"亚叙事"特征。

第二节　叙事结构

上节从叙事视角角度涉及先秦两汉叙事诗的"亚叙事"特征，其实，先秦两汉叙事诗的"亚叙事"特征也表现在叙事结构上。依照厄尔·迈纳的考察，"叙事"与"抒情"的区别，主要表现为"历时性"与"共时性"的区别。先秦两汉叙事诗普遍淡化"历时性"的故事流程而强化"共时性"的场景呈现，具有明显的"空间化"叙事结构特点，表现出鲜明的"亚叙事"特征。

一、《诗经》叙事诗叙事结构

《诗经》中的叙事诗，叙事结构的"空间化"特点表现突出：大部分《诗经》中叙事诗的"历时性"特征不突出，作品并不着力于营构曲折的情节，往往对事件进程简笔勾勒，匆匆掠过，主要抓住最富有诗意、最扣人心弦的特定细节和场景大肆渲染，致力于借场景的静态铺排和"叠印"传达出某种情绪。

《诗经》中不乏叙事之作，尤其是保存在《大雅》中的那一组周民族史诗，叙述了周民族从萌生、发展到灭商建国的全过程。但是，这些被后人誉为"周民族史诗"的叙事诗，实际上并不具备完整的"历时性"情节发展流程，而表现出鲜明的"空间化"叙事结构特征：并不以情节叙述为中心，而以场面的描写与情感的抒发为中心，故并非严格意义上的叙事诗。如《生民》中叙述周始祖后稷的不凡身世云："诞寘之隘巷，牛羊腓字之。诞寘之平林，会伐平林。诞寘之寒冰，鸟覆翼之。"再如《绵》将古公亶父率领族人迁岐之后开辟土地、兴建宫室的气象描绘得有声有色："乃立皋门，皋门有伉。乃立应门，应门将将。乃立冢土，戎丑攸行。"构成一幅壮丽的白手起家的创业画卷。但是，这些例子主要是借助"描写"而不是"叙述"来铺排场面，其"历时性"特征并不明显。实际上，这组叙事诗并没有将周民族的创业史、奋斗史敷演成《伊利亚特》、《奥德赛》那样的鸿篇巨制，而主要借助场面铺排来歌颂祖先的英雄业绩，可见其创作意图并不在于叙述故事，而具有明确的颂赞意图和祭祖功用，所以重点扣住某一瞬间场景大肆铺排，借此表达崇敬之情，具有明显的"空间化"叙事结构特征和浓郁的抒情色彩。

《诗经》中的民歌更突出地表现出"空间化"叙事结构特征。一些带有叙事性因素的短诗一般不具备完整的故事轮廓，多选取生活中的某一场景，描述事件发展过程中的一个断面，而略去情节的"历时性"发展流程。在诗人看来，事件只是被当作某种情感的合适载体，叙"事"似乎只是提供一个规定场景，以便"缀文者情动而辞发，观文者披文以入情"①，这样，"共时性"的场景铺排与情感抒发占据了中心，"空间化"叙事结构模式表现突出。

如《郑风·溱洧》写三月三日上巳节青年男女会合游春之事，交代了地点（"溱与洧"）、人物（"士与女"），有对话："女曰观乎，士曰既且。"有行动："伊其相谑，赠之以芍药。"包含了明显的叙事性因素，也具备了营构浪漫故事的基础，但全诗的着眼点不在于讲述浪漫的故事，而是借游春渲染会合之乐。诗中

---

① 刘勰：《文心雕龙·知音》，范文澜注，人民文学出版社，1961年版，第138页。

对于青年男女互赠芍药的浪漫之事不提过程和细节，而仅点到为止，重在传达一种情调。《邶风·静女》截取了青年男女城隅幽会的片断加以描述，但确切地说，带有叙事成分的仅限于前面几句："静女其姝，俟我于城隅。爱而不见，搔首踟蹰。静女其娈，贻我彤管。"以下事件的"历时性"流程便被截断，转入了反复的情感抒发："彤管有炜，说怿女美。自牧归荑，洵美且异。匪女之为美，美人之贻。"主人公端详把玩手中的爱情信物，表现出对幸福的全力沉浸与陶醉，早已经把编织情节、刻画人物的叙事职责置之脑后。《郑风·女曰鸡鸣》只精心描摹了一个夫妻夜话的温馨场面：

> 女曰"鸡鸣"，士曰"昧旦"，"子兴视夜，明星有烂？""将翱将翔，弋凫与雁。"
>
> "弋言加之。与子宜之。宜言饮酒，与子偕老。琴瑟在御，莫不静好。"
>
> "知子之来之，杂佩以赠之，知子之顺之，杂佩以问之。知子之好之，杂佩以报之。"

全诗几乎全部由对话构成，但对话构筑的只是夫妻夜话的一个场面，一个缺乏任何时间进程的平面的情境，对话既没有推动情节的进展，也算不上个性化语言，基本上没有发挥叙事的作用，而只是借此抒情。再如《卫风·木瓜》：

> 投我以木瓜，报之以琼琚。匪报也，永以为好也。
> 投我以木桃，报之以琼瑶。匪报也，永以为好也。
> 投我以木李，报之以琼玖。匪报也，永以为好也。

诗中的实际事件没有"历时性"展开，而始终停留在"投桃报李"的近乎静止的特定场面描写，但"永以为好也"的情感心愿却随着一层层复沓而不断强化。有必要指出，造成《诗经》"亚叙事"特征的原因是多方面的，但不可否认，民歌结构形式上的"回环复沓"实际上起到了对"此时"情境的强化和对事件历时展开的有效遏制作用。

《诗经》中某些历来被视为叙事诗的作品，如《豳风·七月》

和《卫风·氓》，实际上也不能算严格的叙事诗，都表现出"亚叙事"特征，叙事结构亦以"空间化"为特征。如《豳风·七月》，历来被看作典型的叙事诗。如果把农奴们一年中的生活看作一个"事件"，也算叙述了其生活的大致状况，但叙事技巧却拙劣得可笑：从每一诗节看，记事还是有一定的时间顺序，但通观全诗却显得杂乱而繁复。何以如此？只因为作品展示的不是干巴巴的"日历"，而是无休止的劳动和苦涩的呻吟。所以，事件的排列顺序无关紧要，它们已经被抽去了时间上的差异，而互相扭结为一个巨大的共时呈现的整体作为农奴劳苦心境的外化。《卫风·氓》的叙事特征也很明显，全诗以一个弃妇的口吻叙述主人公订婚、结婚、婚变的一系列过程，已经构成一种理想的叙事诗的题材，且具有相对完整的故事框架，但诗人结构全诗的支点并非是事件的客观进程，而是弃妇的情感意识，"历时性"的事件流程转化成为"共时性"的场景呈现。诗作实际上主要刻画了两个相对集中的场景：车至顿丘与车过淇水，就此展开对弃妇丰富的内心感受的抒写。车至顿丘，想起当初送别与成亲，着笔甚详，正状写其"一失足成千古恨，再回头是百年身"的深切悔恨。而车过淇水一节写得极有情致。车至淇岸，触目桑绿，赴耳鸠鸣，弃妇油然生出"于嗟鸠兮，无食桑葚；于嗟女兮，无与士耽"的怨叹，并勾起"三岁为妇"、辛苦受虐的痛苦追忆。车过淇水，家乡在望，以前每次归家尚可"咽泪妆欢"，而今兄弟虽然喜笑如常，自己却恰恰"怕人寻问"，只能"静言思之，躬自悼矣"。这"渐车帷裳"的汤汤淇水，有她几多伤心之泪，而对未来的悬望中恰恰显示出她近乡情怯的心理。车到对岸，她意识到虽则"淇则有岸，湿则有泮"，但氓却暴而无敛，自己如果"及尔偕老"，便只能"老使我怨"，倒不如"亦已焉哉"，主动决绝。诗只选取了两个相对集中的场景，不注重对事件客观进程的详细叙述，而突出主人公的细腻感受。诗中之"事"其实是一个个情感碎片，却因被主人公的特定情感所引发和笼罩而统归于一个有机整体。

统观《诗经》中的叙事诗，虽然包含一定的叙事因素，但往往未及展开为完整过程便被抒情因素阻断；有时所叙事件似乎相对较完整却仍然为抒情成分所统摄和制约，从而体现为"特定时刻"的情志外化形式。总之，"共时"呈现制约和遏制了事件的

"历时性"表达，叙事结构表现出"空间化"倾向，"亚叙事"特征表现得相当突出。

二、楚辞叙事结构

再来看楚辞。众所周知，屈原的诗作多具有人物、事件与情节，而且在呈现事件时，往往遵循线型结构模式，因而这些诗歌表面看来属于叙事作品，尤其是《离骚》。《离骚》形式上具有大致的情节框架，在呈现事件时，也往往遵循线型结构模式。但早有人指出，这种时间更多指向心理时间，而非情节时间。仔细揣摩不难发现，《离骚》虽含有大量的叙事成分，但其本意并不在于叙"事"，这些叙事成分的独立性极其缺乏，诗人关注的重心不是叙事本身，而是叙事成分背后所展示的诗人的情感和体悟，因而故事发展不连贯，叙事流程常被强烈的情绪所裹挟和打断，也就是说，这些叙事成分已经在相当程度上抒情化了。

究其根源，屈原的创作本意并不在于叙事，而指向诗人的情感，归结到"发愤以抒情"。在这一点上，《离骚》实际上与《诗经》中叙事诗的"亚叙事"特征是相同的，作品中所叙之"事"主要是为抒情提供合适的载体，从而鲜明地表现出抒情对叙事的遏制。在叙事结构上，《离骚》同样表现出"空间化"倾向。

《离骚》没有贯穿始终的整体性情节，如果采用二分法，把诗分为两部分的话，它的前半部分涉及主人公辉煌的身世、政治上的不幸遭遇；后半部分则被"浮游求女"这一内容所覆盖。后半部分的"浮游求女"表面上是典型的叙事：主人公遭到女须詈骂，心中淤塞不通，便去向重华陈辞，此后他便踏上"求女"的征途。他到过天宫，也搜遍人间，最后都以失败而告终。他第三次踏上远游的征途，实际上还是以"仆夫悲余马怀兮，蜷局顾而不行"而告失败。"浮游求女"这一内容具有明显的叙事性因素，但细加分析其叙事结构，却表现出明显的"共时性"而非"历时性"特征，所以，严格地说，这后半部分的"浮游求女"也并不足以构成"历时性"完整情节，也称不上是完整的叙事。《离骚》的"浮游求女"部分的"共时性"叙事结构特征主要表现为两个方面：

第一，严格来说，"浮游求女"不是对人物活动和情节的"历时性"叙述，而是一种情节单元的重复，是由人物活动的接连反复而构成的一个"求女"活动系列。这一活动系列大致可划分为三个基本重复的情节单元：第一个单元叙述主人公到天上求女，因天门不得入而失败；第二单元叙述主人公三求人间佚女宓妃、简狄与二姚，均因不同原因而失败；第三单元叙述主人公经过激烈的思想斗争后准备远走他乡，但因眷恋故土而半途而废。

  上述三单元划分的依据，首先在于单元内部情节的完整自足：前面单元的结尾主人公的"求女"活动已经失败；下一单元的开端，依然是以主人公壮观的出游队伍开始。每一个单元结束，"求女"情节即已结束，叙事便告一段落。这种叙事的终结与整体情节中插入其他情节而造成的主体情节的断开有所不同，在后一种情况下，插入情节叙述完毕后，被中断的主体情节又会被重新拾起而继续向前发展，而且插入部分前后的主体情节都是不完整的，不是自足的单元，只有将两者衔接起来，才能构成一个整体。但在《离骚》三单元之间，我们看不到情节上的连贯性，加上三单元中人物活动的相同，与其说是主人公"求女"活动构成的一个整体情节，不如说是"求女"情节的三次反复。

  第二，"求女"失败之后的抒情穿插，有效地消解了叙事的"历时性"特征。第一次"求女"失败后，诗人便发出"世溷浊而不分兮，好蔽美而嫉妒"的哀叹；第二次"求女"失败后，诗人又发出了"世溷浊而嫉贤兮，好蔽美而称恶"的哀叹；第三单元则有所不同，这是一个开放性的结尾，以主人公间接的心理描写结束，但紧跟的乱辞可以让我们倾听到同样的哀叹。三个单元中的情节本已缺乏时间的延续性，而单元末尾的抒情介入使情节的时间延续性更为淡化。这些抒情穿插可以看成是叙事过程中抒情主体的介入。这种介入的结果，不仅是叙事的中断，《离骚》前半部分的抒情和后半部分叙事中断处有节律出现的抒情遥相呼应，构成了一个巨大的抒情张力场，而后半部分"求女"情节的一再中断，叙事张力比抒情的张力小得多，更何况情节要求延续性，情感具有跳跃性，而在诗中，叙事偏偏一再被打断，抒情不仅没有因为其穿插地位被叙事吸收，反而叙事让抒情给消融了。而且，诗中穿插的抒情有一个重要特点，它往往是对叙事过程中主体行为的反思，这种反思造成了主人公动作的内部指向性。实际上，叙事中断处穿插的抒情是叙述完主人公的外部动作后向主人公内部动作的转向，这样，由于抒情的强大张力，每一阶段的叙事成了潜伏抒情与直接抒情在中断后重新复出的基点。跳跃性不仅是情感的特质，而且是情感表达的要求，连续的抒情反而会显得苍白无力，而情感长期潜伏后的复出则更能显示出情感的强烈。所以说，《离骚》中的叙事只不过是为情感抒发提供机遇，这样，情感把叙事纳入了自己的轨道。

综上所述，《离骚》叙事单元间时序的淡化在很大程度上打破了叙事的"历时性"展现特征，打破了叙事的线型结构，而具有强烈的抒情化倾向。故事情节的反复实际上意味着叙事结构上的"空间化"特征已经挤压了"时间化"的叙事流程发展。

三、汉乐府叙事结构

较之《诗经》，汉乐府民歌中的"事"所占比重较大，但是，这些"事"尚不足构成以"论述始终"为特征的"叙事"。这从其叙事结构可以清晰地看出来。

且看一首《相逢行》：

相逢狭路间，道隘不容车。不知何年少，夹毂问君家。
君家诚易知，易知复难忘。黄金为君门，白玉为君堂。
堂上置樽酒，作使邯郸倡。中庭生桂树，华灯何煌煌。
兄弟两三人，中子为侍郎。五日一来归，道上自生光。
黄金络马头，观者盈道旁。入门时左顾，但见双鸳鸯。
鸳鸯七十二，罗列自成行。音声何嗈嗈，鹤鸣东西厢。
大妇织绮罗，中妇织流黄。小妇无所为，挟瑟上高堂。

从"事"的角度来看，是一少年问"君家"，主人公为其介绍，但事件没有充分展开，而是基本上静止于一个戏剧化场面，全诗绝大部分篇幅用于对"君家"绘声绘色的描述。正是这种炫博耀奇的心理阻断了对事件的"历时性"描摹，或者说，所谓叙事不过是为后面的夸耀提供一种适宜的情境，因此，在叙事方面显然是不充分的。

《孤儿行》列举了"行贾"、"汲水"、"收瓜"三件事，表面看来是典型的叙事诗，但实际上，它与《豳风·七月》很相似，事件的时间顺序是模糊的，事件并未充分展开，作者的本意也不在于叙述"孤儿"在某一时间段里的生活经历，而只是拈取几个代表性事件来说明他的生活年年如此、月月如此、日日如此。时间因素在诗中无关宏旨，其作用不过是从不同角度强调"孤儿"的苦，叙事的"历时性"特征被冲淡，"共时性"特征被强化，从而表现出明显的"空间化"叙事结构特征，叙事上的不足是显而易见的。

最特殊的莫过于《孔雀东南飞》。从"事"的角度看，事件的展开完整且具体；从"情"的角度看，诗前小序明白指出："时人伤之，为诗云尔。"结尾处又强调："多谢后世人，戒之慎勿忘。"情感的表达是清晰的，而且赞美与悲悯相融合的情感几乎渗透到每一个细节，只是这种"共时性"呈现并未打断"历时性"描述，而彼此混融成为一体。

综上可以看出，汉乐府叙事诗往往表现出事件不完整的特色，事件的"历时性"进程不够充分，常常很快便过渡到高潮，然后对这一特定时刻作凝固、放大式处理。许多叙事诗中交代了矛盾，但矛盾并不构成推动情节向前发展的动力，作者似乎并不关心矛盾的发展与解决，而主要关注如何"以事传情"，重心是借事件抒发的情感，在叙事结构上多表现为"共时性"，从而表现出明显的"亚叙事"特征。

第三节　小　结

上面我们从叙事视角和叙事结构两方面，对先秦两汉叙事诗叙事思想进行了比较详细的论述，从论述可以得出一个初步结论：先秦两汉叙事诗普遍呈现出"亚叙事"特征，从而表现出鲜明的民族性特征。其实，不仅先秦两汉，中国古代历代叙事诗整体上都表现出陈平原所说的从"叙事"到"感事"的转换轨迹，如后代被称为叙事诗的许多作品，由于长期受到抒情传统的浸润，诗人叙其事的真正目的往往是为了达其情，这就带来了叙事的抒情化转向，因而同样难以达到纯粹的"叙事"。与上举《诗经》、汉乐府中的叙事诗一样，这些叙事诗不管采用何种叙事视角，大都是以某一种感情或情绪为线索，通过一些典型化情节或细节的纵向或横向的铺叙，借事抒情，以情挟事，并不注重对事件本身的"历时性"发展的叙述。所以，这些叙事诗在再现的同时，体验与表现的特征同样很明显，从而在整体上表现出"空间化"叙事结构与"亚叙事"特征。如蔡琰的《悲愤诗》,将自己亲历战乱、沦落异乡、痛别爱子、隐忍再嫁的一系列不幸凝结为悲愤之情喷发而出,发出了"人生几何时,怀忧终年岁"的无奈叹息。白居易的《琵琶行》也最终将琵琶女的不幸身世遭遇与自己官场失意经历的故事,融会到"同是天涯沦落人"的咏叹之中。其他另如杜甫的《自京赴奉先县咏怀五百字》、吴伟业的《圆圆曲》等,抒情色彩愈渐浓烈,所述事件愈渐单纯,关涉的人物愈渐减少,这都显示了抒情因素对叙事因素的日益遏制。且以杜甫的叙事作品作一说明。杜甫的叙事诗被誉为"诗史",按照陈平原的看法,所谓"诗史",指"以韵语纪时事",本属典型的叙事诗,但细考杜甫的"诗史"作品,诗人的着眼点并不在时事上,也即诗人并不着力于历时性地叙述事件之始末,而着重于对时事之感发,即后人所言的杜诗"上感国变,下哀生民",很显然,诗作的重心是主观的"感"和"哀",而非客观的"国变"和"生民",客观之事已成为诗人主观情感的载体。如杜甫的《北征》,在平实叙述的同时,着重传达诗人忧国与爱家、伤时感乱与体验自然、对肃宗政治无道的痛心与对唐朝政治有道的关心的种种复杂之情,尤为真切地体现了诗人"上感国变,下哀生民"的拳拳深情:

乾坤含疮痍,忧虞何时毕。靡靡逾阡陌,人烟眇萧瑟。所遇多被伤,呻吟更流血。回首凤翔县,旌旗晚明灭。前登寒山重,屡得饮马窟。邠郊入地底,泾水中荡谲。猛虎立我前,苍崖吼时裂。菊垂今秋花,石戴古车辙。青云动高兴,幽事亦可悦。山果多琐细,罗生杂橡栗。或红如丹砂,或黑如点漆。雨露之所濡,甘苦齐结实。

此处并无明显的时间流变痕迹,多为共时性的场景并置,但在场景描摹之后,读者自可感受到诗人的深挚情怀。清仇兆鳌《杜诗详注》卷五引周甸注云:"途中所历,有可伤者,有可畏者,有可喜者,有可痛者。"周甸之注可谓深契诗人之心。"菊垂今秋花"十句尤堪注意。在上下文所描写呻吟流血的人世中,突然写出一片"可喜"之佳景,真是意味深长。虽然人间在呻吟流血,大自然却仍然在开花结果,这些细小而顽强的生命,深深地感动了诗人，鼓舞了诗人，复苏了他悲怆的心灵，滋长了他精神的活力，诗人渴念祖国新生的愿念，因此更加顽强有力，于是诗末再三致意说："胡命其能久？皇纲未宜绝"，"周汉获再兴"，"于今国犹活"，"煌煌太宗业，树立甚宏达"。

可以说，我国的叙事诗天生就具有向抒情诗回归的本性，这构成了我国叙事诗的突出特点。故而，陈来生先生在《史诗·叙事诗与民族精神》一书中，多次以"情感型"与"客观型"、"体物写志型"与"戏剧呈现型"、"表现型艺术"与"再现型艺术"对举，阐发中西叙事诗的不同特质。

中国古代叙事诗何以会表现出"亚叙事"的特征呢？这个问题无疑是复杂的，下面试作简单分析。

首先从民族精神和思维特性来看。钱钟书先生在《旧文四篇》中指出：

> 和西洋诗相形之下，中国旧诗大体上显得情感有节制，说话不唠叨，嗓门不提得那么高，力气不使得那么狠，颜色不着得那么浓。在中国诗里算得"浪漫"的，比起西洋来，仍然是"古典"的；在中国诗里算得坦率的，比起西洋诗来，仍然是含蓄的；我们以为词足够浓艳的，看惯纷红骇绿的他们还欣赏它的素淡；我们以为"直凭响喉咙"了，听惯大声歌唱的他们只觉得不失为斯文温雅。①

这一段论述，非常精辟地道出了中国诗歌乃至中国文学的特色。确实，中国古典诗歌表现出一种尚实际、重情感而轻悬想、黜叙事的鲜明特色，即便是叙事性文学，如叙事诗、小说等，也很注重情感的抒发和咏叹，叙事抒情化的"亚叙事"特征表现突出。这一特征与民族性格有关。

别林斯基说得好："文学中的民族性是什么？那是民族特性的烙印，民族精神和民族生活的标记。"② 各个民族由于各自不同的语言，不同的地域，不同的经济生活、文化传统、生活方式和

---

① 钱钟书：《管锥编》，中华书局，1994 年版，第 124 页。
② 别林斯基：《别林斯基选集》（第一卷），上海新文艺出版社，1958 年版，104 页。

风俗习惯,由于特定的社会条件形成并维系着的一个民族对现实事物的稳固态度,以及与之相应的行为方式和思维模式,所有这些,往往表现为一种突出而鲜明的心理面貌和精神个性,凸现为各自独特的民族性格。这些各不相同的民族性格,又构成了各不相同的民族创作个性,成为制约文学之民族风格的决定性因素。在我国,早期封闭式的、周而复始的农耕生活,养成了人们注重实际的特点,人们不求动而求静,不重视对客观世界真实的模拟、可信的再现和细致的描绘,而重在主观情感的抒发和生活意兴的表达。① 汉民族这种重实际、黜悬想,重主体的主观意象和直观感受的表达,而不注重对客体的分析理解和综合概括的民族性格,造就了汉族古代文学再现型艺术不发达、表现型艺术充分发展的特点。古代叙事诗呈现出来的情感特质即为突出代表。就民族思维特性来看,中西存在着重直觉经验与重逻辑推理的差异。叙事作品在营构情节、设计冲突或悬念、交代人物关系等诸方面,都对逻辑思维有着十分直接的依赖。中华民族对推论性语言的隔膜也束缚了叙事性作品的长足发展。浦安迪将西方与中国的思维习惯概括为"时间化的思维方式"与"空间化的思维方式",不同的思维习惯也导致了中西叙事诗的不同特征。西方的叙事诗往往以时间为轴心,叙事讲究一系列故事前因后果逻辑关系的明晰;而中国的叙事诗则不重视讲故事,叙事具有空间化倾向,追求"诗中有画"的境界,构筑的是一幅幅静态的图案,而非动态的故事。如《诗经》中某些叙事诗讲究铺排所产生的客观效果,正是这种空间化思维习惯所致。《大雅》中的史诗常以氛围的渲染来铺排,《国风》及《小雅》中的叙事诗则多以复沓的章法构成铺排。前者如《生民》对祭祀场面的铺排,"或舂或揄"以下几句构成了一幅热闹的画面,但却只是缺乏时间进程的平面情境的展示。后者如《小雅·采薇》,其前三章均以"采薇采薇"起兴,形成章法的复沓,虽说"薇亦作止"、"柔止"、"刚止"暗示了时间的流动,但作者没有将时间意识与叙事的进程联系起来,而是归于渲染思乡之情的浓烈。而真正写到军旅生活的两章,只是以军车、将帅、兵马构成简单画面,至于这画面背后所

---

① 关于这一观点,可参阅李泽厚《美的历程》,北京文物出版社,1981年版。

隐含的惊心动魄的故事,却丝毫没有触及,就只有留给读者去想象了。

其次,从古代诗歌创作理论来看。在早熟的农耕型的中国古代社会,诗更多的是抒情言志的工具,不管抒情诗还是叙事诗,均以抒情为第一要义。钟嵘《诗品》里有一段话很值得回味:

> 若乃春风春鸟,秋月秋蝉,夏云暑雨,冬月祁寒,斯四候之感诸诗者也。嘉会寄诗以亲,离群托诗以怨。至于楚臣去境,汉妾辞宫;或骨横朔野,或魂逐飞蓬;或负戈外戎,杀气雄边,塞客衣单,孀闺泪尽;或士有解佩出朝,一去忘返;女有扬蛾入宠,再盼倾国。凡斯种种,感荡心灵,非陈诗何以展其义,非长歌何以逞其情?

可以看出,钟嵘在此列举的既有抒情诗的题材,也有叙事诗的题材,但其目的却相当一致,都是"展其义"、"逞其情"。可见,在传统诗论家看来,叙事诗决不仅仅是叙述故事,而更要传递情感,即便是那些具备铺叙特征的叙事诗,也总是情意萦绕。

主张诗以言情,这本不错,但若是以此为唯一标准,就容易产生排斥叙事、阻碍叙事诗发展的后果。王渔洋说"议论叙事,自别是一体","别是一体",意即不是正宗,这一点可以从古代诗论往往重比兴而轻赋的态度中看出来。李东阳《怀麓堂诗话》云:"诗有六义,赋止居一,而比兴居其二。所谓比与兴者,皆托物寓情而为之也。盖正言直述,则易于穷尽,而难以感发;惟有所寄托,形容摹写,反复讽咏,以俟人之自得,言有尽而意无穷,则神爽飞动,手舞足蹈而不自觉。此诗之所以贵情思而轻事实也。"这段表述把赋予叙事诗的密切关系、诗人何以重比兴而轻赋的原委说得相当地道。诗论家之所以反对用赋,反对叙事,正与贵比兴、重含蓄有关。王运熙先生认为,叙事诗之所以与含蓄相抵触,大约不仅在于它的"正言直述",还在于它的铺叙。叙述要具体生动,就必须铺叙得详尽些,其结果则必然不可能简约。① 鲍照擅长乐府叙事诗,钟嵘评价为"险俗"、"颇伤清雅之

---

① 王运熙:《谈我国古代叙事诗不发达的一种原因》,光明日报,1956年1月8日。

调"。白居易的诗作中叙事成分较多,但叙事与抒情结合得很好,却仍然被张戒《岁寒堂诗话》贬为"其词伤于太烦,意伤于太尽,遂成冗长,卑陋耳"。声情并茂、情事兼得的《长恨歌》,被许学夷《诗源辩体》讥为"拙于纪事,寸步不遗,犹恐失之","在乐天诗中为最下"。就连杜甫也因其作品叙事成分较多而遭非议,《诗源辩体》谓:"子美古诗、歌行,浮浅者不能读。"上述关于叙事诗诗论,不过是择其大要,但却可以清楚地看出,反铺叙、贵比兴的传统诗论既是民族精神的反映,又顺应了中国古代的创作和欣赏习惯;而且,这种理论既有力地推动了抒情诗的繁荣,又在很大程度上制约着古代叙事诗的发展与繁荣,并且推动了叙事诗的抒情化倾向,促成了古代叙事诗的"亚叙事"特征的形成。传统的力量是巨大的,即便某些诗论家能在某种程度上摆脱正统诗论的束缚,但最终的结论往往惊人地相似,正可谓是殊途而同归。比如日本江户时代的著名学者伊藤仁斋在《白氏文集》的跋中说:"目之以俗之处,此正白氏不可及之所。但伤稍冗。盖诗以俗为善。《三百篇》之所以为经者,亦以其俗也。诗以吟咏性情为本,俗则能尽其情。俗之又俗,固不可取;俗而能雅,妙之所以为妙。"这里提出了诗歌的通俗具有曲尽性情的功用,虽有见地,但依然囿于"诗以吟咏性情"的格套,依然强调诗歌应该"俗而能雅",走得还是传统诗论的老路。

第五章　先秦两汉叙事思想对中国古代叙事思想的影响

在前面四章里，我们分别以神话、史传、杂史杂传及叙事诗为个案，从叙事理念、叙事视角、叙事时间以及叙事结构等方面对先秦两汉的叙事思想作了较为详细的论述。之所以不惮繁琐，主要是着眼于先秦两汉叙事思想对中国古代叙事思想的深远影响。这一章具体探讨先秦两汉叙事思想对中国古代叙事思想的影响，下面先对这一影响作概要的说明。

与西方叙事理论相比，中国古代叙事思想独具一格。当然，这种独特的叙事思想和特征绝不可能是空穴来风，中西叙事思想差异根源于中西哲学观念、思维模式、文化传统、文学取向等诸多差异，这种差异早在叙事思想发生期就已有所表露。一般来说，任一事物发生期表露出来的特征往往会显示出此一事物发展演化的基本趋势，思想的形成也不例外。因此，要对中国古代叙事思想有一个清晰的认知，对其作发生学的研究是有必要的。

先秦两汉可视为中国古代叙事思想的发生与基本形成期。在先秦两汉时期，中国古代叙事思想基本形成，表现出迥异于西方叙事理论的民族性特征，并以强大的渗透与影响力，发展成为中国古代叙事思想的基本特征。这一特征，可以简单地以"诗化"与"史化"来指称。关于"诗化"与"史化"的具体内涵及表现，在绪论中已有具体说明，此处不赘。

需要说明的是，在对中国古代叙事思想作发生学研究时，我们重点强调了史统及抒情传统对古代叙事思想的深刻影响，并试图从"诗化"和"史化"两个方面作出具体说明，前面四章的分析即主要着眼于此。这种思路带来一个弊端：有将两者割裂开来的潜在危险，仿佛两者互不干扰，分别对古代叙事思想的不同方面产生影响，可以对它们作出条分缕析的剖析。不言而喻，这只是为了论述的方便而采取的取巧之法。思想的产生是复杂的，叙事思想的产生是各种因素综合作用的产物，对它作发生学的考究，要涉及各个因素的影响。就先秦两汉来说，古人的宇宙观、思维模式、文化传统、文学取向都对发生期的叙事思想产生或多或少、或隐或显的影响，本应都纳入我们的研究视野之中。但考虑到篇幅的问题，而且在对神话和史传叙事思想进行分析时，对这些问题都有所涉及，这里仅择要而论，不一一作出分析了。考虑到"诗骚"和"史传"对中国古代叙事思想的深远影响，故在这一章专力探讨。可以说，"诗骚"与"史传"对中国古代叙事思想的影响是交互的，正是在它们的"合力"作用下，中国古代叙事思想才表现出如此"这般"的形态。当然，相比之下，史传的影响要明显一些，其影响的轨迹也清晰一些，而抒情传统的影响表现为一种潜在的整体风貌，很难理出清晰的理论逻辑分析轨迹。因此，在具体分析时，我们倾向于将两者的影响结合起来，在其"合力"的层次上分析它们对古代叙事思想的"共同"影响，而不深究这种影响的具体对应关系，因为一般而论，中国古代叙事思想的独特性恰好源于两者的交互作用，要理清究竟哪一叙事思想来自史传影响，哪一叙事思想又来自"诗骚"影响，虽然不是完全不可能，但不免胶柱鼓瑟，是缺乏理论意义的。

在初步分析了先秦两汉叙事思想对中国古代叙事思想的整体性影响后，接下来从叙事理念、叙事视角、叙事时间和叙事结构四方面予以进一步考察，以期对这种根本性影响作出深入的理论论证。

第一节 "实录"叙事理念对中国古代叙事思想的影响

一、概说

叙事理念指叙事所遵循的根本性原则，它内在地反映了对"叙事"本质的基本看法。在西方经典叙事学中，这是一个被"悬置"的问题，因为它与叙事学的形式主义研究意旨格格不入。但本书以为，中西叙事思想之所以呈现出显著的差异性，实际上与中西对"叙事"理念的理解不同密切相关。所以，要理清中国古代叙事思想，首先必须考察根本性层次的叙事理念问题。

中国古代基本的叙事理念是"实录"观念。"实录"观念出自班固对司马迁《史记》的评价中，但对此观念的传统解读多拘于字面，未充分意识到其中所包含的丰富辩证的内涵，对此，本书已经在"史传叙事思想研究"一章中作出详细的辨析，此处不赘。简而言之，史传"实录"叙事理念包括相辅相成的两个层面：其一，史传所叙之事并非单纯记载已经发生的事件，而多为"虚实杂糅的结合物"，并经由有意识的"偏离"事实，达到对"本质性真实"的深层次把握。其二，史传叙述者属"客观叙述者"，但这只是一种营构真实感与权威性的叙事谋略，是一种刻意保持的姿态，叙述者看似不动声色，却通过精心的叙事操作，显示或强或弱的叙述者的声音。

由于史统的权威性地位，中国古代叙事思想深受史传"实录"叙事理念的影响。历来论小说者，多标举"实录"，以达到攀缘史籍、自高身价的目的，这无疑构成了古代叙事思想深受史传影响的最直观证据。这种影响同样表现在中国古代叙事思想的"所叙之事"和"叙述者"两个方面。

二、所叙之事——"虚实杂糅"对后世叙事思想的影响

就"所叙之事"这一层面而论，传统小说理论存在着一定的理解上的偏差，多数论者在祖述"实录"叙事理念之时，对之持一种狭隘理解，将"实录"等同于"事真"，强调小说"羽翼信史"的作用，将故事的"真实性"作为评价小说优劣的基本标准。如《新列国志》是依据史传《列国志传》改编的，可观道人在《新列国志叙》中，高度肯定了它不违背史实的"实录"精神，认为它的特点是"本诸左史，旁及诸书，考核甚详，搜罗极富"，"凡国家之兴废存亡，行事之是非成败，人品之好恶贞淫，一一胪列"，"大要不敢尽违其实"。① 这是典型地以"信实"要求小说。小说本以虚构性为本质，对于植根于史传的中国古代小说，辩证地理解和处理实与虚的关系，则显得尤为重要。通观传统小说理论，对"实录"叙事理念的极力推扬，确在相当程度上限制了虚构性叙事的发展。

---

① 黄霖、韩同文选注：《中国历代小说论著选》（上），江西人民出版社，1982年版，第239页。

但同时又必须看到，古代小说理论对"实录"叙事理念的推扬，虽在一定程度上限制和延缓了虚构性叙事的发展，但并未从根本上阻碍小说的发展。因为古代小说理论家在强调小说的"信实"、"羽翼信史"的同时，也注意到史传"实录"观本身内在地包含有虚构性因素。余象斗就明确提出"世无信史"，"若十七史之作，班班可睹矣。然其序事也，或出幻渺；其意义也，或至幽晦"，① 故均不可信。以"实录"为宗旨的史传尚不可信，小说自然更无法避免虚构。谢肇淛也明确提出，小说不能实录生活，"事事考之正史"，而"须是虚实相半……不必问其有无也"。② 这种"虚实相半"的小说观，已经触及了小说不同于"生活"与"正史"，不能用所叙之事的"有无"来衡量的特点，已摆脱了视"实录"为"事真"的狭隘层面。另有一些小说理论家进一步窥破了中国古代文、史相通的关键点，故所论多发前人所未发，对于准确理解中国古代史传与小说之间的复杂关系富有启示意义。如冯梦龙在理解小说的本质时，超越了对"实录"叙事理念的狭隘理解，不拘泥于表面的"虚"、"实"之争，明确指出小说与生活的关系不必"尽真"，不必"尽赝"，不排斥小说中的"事真"，但更强调小说要达到"理真"和"情真"③，通过小说达到对社会生活"本质性真实"的反映，这种对小说的理解相当透彻。

就叙述者这一层面而言，中国古代叙事，尤其是古代文言小说深受史传"实录"叙事理念的影响，多强调不动声色的"客观叙述者"。但和史传叙述者一样，古代小说的"客观叙述者"也不过是一种刻意保持的叙述姿态，其实质是主观的。中国古代小说历来以"稗史"自居，具有强烈的"慕史"倾向，深受儒家史学话语的影响。大多数古代小说理论家认为，小说应"补史之阙"，发挥积极的社会教化作用，即便是传奇志怪之作，其最终目的也在于借谈奇说怪介入现实，隐寓劝惩。吴承恩在《禹鼎志

---

① 黄霖、韩同文选注：《中国历代小说论著选》（上），江西人民出版社，1982年版，第216页。

② 黄霖、韩同文选注：《中国历代小说论著选》（上），江西人民出版社，1982年版，第166页。

③ 黄霖、韩同文选注：《中国历代小说论著选》（上），江西人民出版社，1982年版，第222页。

序》中明确宣称:"虽然吾书名为志怪,盖不专明鬼,时纪人间变异,亦微有鉴戒寓焉。"① 李贽针对论者对《左传》"失之诬"的指责,理直气壮地反驳说,左氏之"意主劝惩,虽诬而不为罪",而"今世小说家杂出,多离经叛道,不可为训",而他之所以对《水浒传》深为叹赏,除了其叙事上的高度成就外,主要是"殆有《春秋》之遗意焉"。② 庸愚子在《三国志通俗演义序》中认为,史传不仅仅是"纪历代之事",更重要的是通过"纪历代之事","昭往事之盛衰,览君臣之善恶,载政事之得失,观人才之吉凶,知邦家之休戚",以显示"褒贬予夺,垂鉴后世"的意义。在他看来,历史演义小说甚至所有的小说,其优劣性均可用这一标准来衡量,他对《三国志通俗演义》的评价就典型地体现了这一观点:"文不甚深,言不甚俗,事纪其实,亦庶几乎史,盖欲读诵者,人人得而知之,若《诗》所谓里巷歌谣之义也。"可见,他对《三国志通俗演义》持肯定态度的关键点还在于其间所蕴含的"义"。③ 张尚德更是直接标举小说"是是非非"、"裨益风教"的作用,他评价《三国志通俗演义》说:

  史氏所志,事详而文古,义微而旨深,非通儒夙学,展卷间,鲜不便思困睡。故好事者以俗近语,檃括成编,欲天下之人,入耳而通其事,因事而悟其义,因义而兴乎感,不待研精覃思,知正统必当扶,窃位必当诛,忠孝节义必当师,奸贪谀佞必当去,是是非非,了然于心目之下,裨益风教,广且大焉。④

冯梦龙从"触里耳而振恒心"的角度,将"三言"提升到

---

① 黄霖、韩同文选注:《中国历代小说论著选》(上),江西人民出版社,1982年版,第122页。
② 黄霖、韩同文选注:《中国历代小说论著选》(上),江西人民出版社,1982年版,第206页。
③ 黄霖、韩同文选注:《中国历代小说论著选》(上),江西人民出版社,1982年版,第104页。
④ 黄霖、韩同文选注:《中国历代小说论著选》(上),江西人民出版社,1982年版,第111页。

"六经国史之辅"的崇高地位。①欣欣子评《金瓶梅词话》说:"无非明人伦,戒淫奔,分淑慝,化善恶,知盛衰消长之机,取报应轮回之事。"②这些论述,尽管切入角度不尽相同,但无疑都是以读史的眼光读小说,强调以故事示道德,借因果行教化,形成中国古代小说常见的"载道"理论。

可见,儒家史学话语的深刻渗透与影响,使中国古代叙述者不可能真正保持"客观","客观叙述"姿态并不能掩饰实质上的主观性,叙述的不动声色不等于叙述者没有自己的主观立场与价值评判倾向。"客观"叙述者常借助种种叙事修辞,暗中控制读者的情感反应与价值评判,从而含蓄传达主体性色彩。

下面对先秦两汉史传"实录"叙事理念对后世叙事思想的影响作进一步的细致分析。

中国古代因文史未分,且历史占有绝对权威地位,所以中国古代叙事思想基本上导源于史传叙事思想,史传所标榜的"实录"观亦成为后世的基本叙事理念。上面已经谈到,"实录"叙事理念涉及"所叙之事"及"叙述者"两个层面,先来看第一个层面对中国古代叙事思想的影响。

这种影响可从表层和深层两个方面分析。从表层影响着眼,"实录"叙事理念标举"信实",贬斥虚构,在某种程度上偏离了文学叙事的虚构性本质,致使中国古代小说往往处于史的荫庇之下,难以冲破史的束缚走向真正的自觉,从而在很大程度上导致了我国古代虚构叙事的不发达。但从深层影响着眼,"实录"叙事观又不能拘泥于简单的字面理解,这一观念本身包含丰富的内涵:在充分尊重事实的同时,认同合情入理的"揣测"之辞,故标举"实录"的史传能够孕育出小说文体。从根本上来说,正是中国古代以史书为中心,在史书、史传中有机容纳诸如神话、寓言、传说等多种文化因素和虚构意识的早期叙事,逐步孕育了小说这一文体观念的生成。

---

① 黄霖、韩同文选注:《中国历代小说论著选》(上),江西人民出版社,1982年版,第225页。

② 黄霖、韩同文选注:《中国历代小说论著选》(上),江西人民出版社,1982年版,第192页。

从史传母体中孕育而出的中国古代文学性虚构叙事，从其产生之日起，就受到史传"实录"叙事理念的深刻影响，在"所叙之事"层面上同样表现出鲜明的"母体"特征。

第二章在辨析史传"实录"叙事观的第一个层面时曾经强调指出，中国古代有两种"真实观"："实事意义上的真"和"人情意义上的真"，中国古代史传标举"实录"，并不仅仅拘泥于"实事意义上的真"，而更为强调"人情意义上的真"。也就是说，史传不只是对"已经发生过"的"个别事件"的真实性记录，而更强调对过去事件的"想象性再现"，借助虚实杂糅，史家尝试着将孤立事件联系起来，从混乱而不连贯的往事中找出某种道理和意义，借以表达对历史"本质真实"的认知，从而含蓄传达史家的"史识"。这对中国古代叙事思想的影响十分深远。

第一，表层的"真实观"对中国古代叙事思想的影响——"信实如史"、"事皆摭实"。与西方小说崇尚虚构和想象不同，中国古代小说不是虚构文学的直接后裔，而是从一开始就在历史的荫庇下生长。不仅文言小说叙事观念受到史书绝对权威的影响，常常自称"稗史"、"史补"，把"信实如史"、"能与正史参行"作为最高奖誉，就是白话小说也表现出强烈的"慕史"倾向。与此相应，在中国古代叙事批评中，也同样以拟史批评为主，以"实录"为基本的叙事理念。明人胡应麟提出"至唐人乃作意好奇，假小说以寄笔端"的著名观点，标志着古代小说史上对于小说认识的一个飞跃，但胡应麟并没有把虚构作为小说的本质规定，他在进行小说分类时，仍然依照传统观念将小说归于子部或史部，并且认为近实者为小说，近虚者非小说。另如著名小说评点家金圣叹、毛氏父子、张竹坡等，在小说文体观念方面都已经相当自觉，但却仍然念念不忘以史作为评点参证。比如毛宗岗在评论《三国演义》时，就曾经高度赞扬它是"据实指陈，非属臆造，堪与经史相表里"，其父毛纶亦指出："《三国志》所写帝王将相之事，则皆实实有是事，而其事又无不极其曲折，极其变幻，便使捏造亦捏造不出。"① 批评着眼点依然是在其"据实指

---

① 毛宗岗：《三国演义序》，毛纶：《第七才子书总论》，中华书局，2009年版，第3页、第28页。

陈"、"皆实实有是事"的史的价值。

更有甚者，志怪、传奇等明明是述奇志怪，所述无非是"子虚乌有"的传闻之类，但作家却囿于"信实"观念，常采用资佐性的交代将故事的内容加以坐实，以显示其真实性。具体做法一般为：点明故事中人物的乡村道里、姓氏名字，并且在故事的结尾交代情节之外的"后事"，以及事件的目击者、佐证者等，以加强其事实感。如唐传奇中的《南柯太守传》中有这样的交代："公佑贞元十八年秋八月，自吴之洛，暂泊淮浦，偶见淳于生儿楚，询访遗迹，翻覆再三，事皆摭实，辄编录成传，以资好事。"借助作者的亲身经历证明故事的真实性毋庸置疑。

与此相应，古代小说理论多以"信实"为好，贬抑虚构，直至清代纪昀仍然对以虚构为能事的小说颇不以为然：

> 《聊斋志异》盛行一时，然才子之笔，非著书者之笔也。虞初以下，干宝以上，古书多佚矣。其可观完帙者，刘敬叔《异苑》，陶潜《续搜神记》，小说类也。《飞燕外传》、《会真记》，传记类也。《太平广记》，事以类聚，故可并收。今一书而兼二体，所未解也。小说既述所闻，即属叙事，不比戏场关目，随意装点。……今燕昵之词，媟狎之态，细微曲折，摹绘如生。使出自言，似无此理，使出作者代言，则何从闻见之？①

这里清楚地显示了纪昀对小说本质理解的偏离：小说既属叙事，源于史传，故应贬斥虚构。这实际上可以作为解读《四库全书总目·小说家类》汰选标准的钥匙："……唐宋而后，作者弥繁，中间诬谩失真、妖妄荧听者固为不少，然寓劝诫、广见闻、资考证者亦错出其中。……今甄录其近雅驯者，以广见闻，惟猥鄙荒诞、徒乱耳目者则黜不载焉。"这种文学观念几乎把小说等同社会历史资料，弃其诗心，留其史迹。

综而言之，从史传"实录"叙事理念的表层影响着眼，"实录"叙事理念贬斥虚构，偏离了小说的虚构性本质，而中国古代

---

① 盛时彦：《姑妄听之》跋，见《阅微草堂笔记》，上海古籍出版社，2005年版，第2页。

小说强烈的"慕史"与"拟史"倾向，致使中国古代叙事思想表现出过度推崇"信实"的狭隘观念，因而小说往往处于史的荫庇之下，难以冲破史的束缚走向真正的自觉，在很大程度上导致了我国古代小说的不发达。

第二，中国古代叙事思想深受史传"实录"叙事理念的局限，这在一定程度上延缓了小说的成熟。但细味古代小说理论，小说的"慕史"和"拟史化"批评，并非完全局限于小说所叙故事的"真实性"，而主要追求小说"以幻为真"、抟虚成实的"真实感"，力求通过叙事操作，使本属虚幻的故事显得富有生活的真实感。这实际上也是史传"实录"叙事理念的题中应有之义。如前所论，中国古代史传尽管标举"实录"，但由于知识视野的限制和史家的述史目的，其所叙之事并不都是"已经发生的事"。何况古代史传中有机容纳诸如神话、寓言、传说等多种民间文化因素，更进一步造成了史传的实中有虚。所以，史传并非完全"实录"，而是虚实杂糅的结合物。从根本上说，史传的"完全"真实是无法达到的，"实录"不过是一种"乌托邦"。现代历史研究认为，历史不过是一种话语，它是一种建构，而不是对史实的真实表述。罗兰·巴特更是指出："关于过去事件的叙事"（也就是我们通常说的"历史叙事"——引者注）与"我们在史诗、小说或戏剧里看到的那种想象的叙事"没有什么不同。

既然历史话语不可能达到"真实界"，那么，史传的"实录"叙事理念只能培植一种"真实性的效果"，以此保持它的"真实感"与权威性。中国古代叙事标榜"实录"，在很大程度上是追随史传这种对"真实感"的营构，从而达到以幻为真、抟虚成实的艺术效果。鲁迅曾经指出："艺术的真实非即历史上的真实，我们是听到过的，因为后者须有其事，而创作则可以缀合，抒写，只要逼真，不必实有其事也。"[①] 小说的求真尚实，强调的不是"实有其事"，而是要求虚构出来的故事让人觉得"逼真"，能让读者"以假为真"，"信以为真"。可见，古代小说的"慕史"求真，在很大程度上转换成为一种营构"真实感"的叙事谋略。

第三，前面在探讨史传"实录"叙事理念时曾经谈到，导致

---

① 鲁迅：《鲁迅论文学与艺术》（下），人民文学出版社，1980年版，第265页。

中国古代史传虚实杂糅的原因主要有两个：其一是伴随着知识视野限制所必然带来的历史"空白点"；其二，更为重要的是由史家的述史目的所带来的有意虚构或事实偏离。史家著史并非"述而不作"，而具有清晰的著述目的，通过对历史事件的想象性"再现"，传达史家的"史识"。所以，历史叙事与其说追求"事真"，还不如说追求"理真"和"情真"。或者说，历史叙事与其说追求史实的真实，毋宁说它更为关注历史"本质性真实"的呈现，在貌似真实记载的背后，传达的却是历史"应当"如此的信念。在这一点上，所谓的"实录"与亚里士多德的"虚构"观表异而实同：与诗一样，历史并非叙述"已经"发生过的事实，而是叙述"应该"发生的事情，所以，历史即诗，"历史和小说的区分，是一种程度上的区分，而不是类型上的区分"。既然史传是一种"想象性再现"，是史家借以探究"本质性真实"、表达历史哲学的载体，那么，"实录"叙事理念自然有机包含着虚构性因素。路易·卡姆普夫强调指出，只有放弃对"事真"的偏好才能达到对"理真"的揭示。从这一点而言，历史与小说确实没有实质上的区别。

史传"实录"叙事理念的这一层面对中国古代叙事思想的影响至为深远。中国历代论小说者，尽管异口同声标举"实录"，表现出求真尚实的倾向，但其所论并不仅仅停留在"确凿无疑"的"事真"层面上，而更强调"真实感"的营构和"本质性真实"的揭示。浦安迪在阐述中国的真实观时说过一段鞭辟入里的话，他说：

> 真实一词在中国则更带有主观的和相对的色彩……中国叙事传统的历史分支和虚构分支都是真实的……或是实事意义上的真实，或是人情意义的真实。①

在这两种"真实观"中，中国古代叙事思想标榜的"实录"叙事理念更偏重于"人情意义的真实"。正是在这一点上，标榜"实录"的中国古代叙事思想并未从根本上阻碍小说的发展，甚

---

① 浦安迪：《中国叙事学》，北京大学出版社，1996年版，第32页。

至可以说，中国古代小说正是从史传母体中孕育而出的。

中国古代"实录"叙事理念中有机包含的对"本质性真实"的揭示，恰能印证小说的本质特征。通常认为小说的本质是"虚构"。所谓"虚构"，就是"向虚而构"，虚构之物并不存在于现实之中。但这里要澄清一个误解，"虚构"并不等于"虚假"。"虚构"强调的是在现实生活中不存在；而"虚假"是指与实际不符合。两者的区别主要在于是否符合必然律。托多洛夫说："最早的现代逻辑学家（比如弗雷格）早就指出，文学作品不经受真实性检验，它既非真实，也非虚假，它恰恰是虚构的。"① 如何理解"虚构性"本质？托多洛夫这段话，重点应该是强调虚构性的文学虽不同于现实生活，但却符合因果律的特征，实际上未脱亚里士多德那段区分"诗"与"历史"的著名言论："历史叙述已经发生的事，诗描述可能发生的事，文学的目的不在于再现现实生活，而在于通过虚构，体现普遍真理。"姑且不论亚氏对历史的看法是否恰当，他对文学（亚里士多德的"诗"即指文学）的虚构性本质的表述是相当准确的。文学不等于现实生活，不"再现现实生活"，但文学也不完全与现实生活脱钩，它源于生活又高于生活，现实生活构成了小说家的经验世界，而小说的虚构则是在经验世界之上的改造与变形，或者说经验世界被作家心灵折射之后的结果。张竹坡指出，写小说可"假捏一人，幻造一事，虽有风影之谈，亦必依山点石，借海扬波"。② 写小说可"假捏"，可"幻造"，但却不是毫无依据的胡编乱造，而必须"依山点石，借海扬波"，点石必依山，扬波须借海，形象地说明了小说源于生活又高于生活的"虚构"本质。如神话和小说中的天堂地狱、神灵怪异等，在现实生活中显然不存在，但它并非"虚假"，而是"虚构"，是现实生活的折射和反映。《山海经》中所构想的海外世界中，有体型变异、具有飞禽走兽式功能的羽民国、钉灵国之民人，羽民国"其为人长头，身生羽"。《海内经》说，钉灵国"其民从膝以下有毛，马蹄善走"，这无疑反映了初民在山川阻隔中希图通过改造人的肢体，以达到高飞远走之

---

① 托多洛夫：《巴赫金、对话理论及其他》，百花文艺出版社，2001年版，第125页。

② 张竹坡：《张竹坡批评〈金瓶梅〉》，齐鲁书社，1991年版，第12页。

功能的幻想。神话思维尽管怪异，到底也没有脱离人间的生活方式和生产方式的启迪。因此，韦勒克说："伟大的小说家们都有一个自己的世界，人们可以从中看出这一世界和经验世界的部分重合，但是从它的自我连贯的可理解性来说，它又是一个与经验世界不同的独特的世界。"① 那么，小说为什么要虚构一个不同于现实世界的"第二自然"？亚里士多德说得很清楚：是为了"体现普遍真理"。也就是说，小说世界尽管不存在于现实生活之中，但却符合必然律，借助虚构，小说能充分开掘现实生活的本质，这也是亚里士多德一再强调诗高于历史的理由。冯梦龙说话本"事真而情不赝，即事赝而理亦真"，② 脂砚斋评《红楼梦》"事之所无，理之必有"，实际上都触及小说"虚而非伪，诚而不实"的"虚构性"本质特征。从这一点来看，小说正是借助虚构达到对"本质"的开掘。

正是在这一点上，中国古代叙事思想的"实录"叙事理念与小说的虚构观念达到了共通。钱钟书先生说"史有诗心、文心"，应该说窥透了中国古代文、史表异而实同的特征。亚里士多德认为，历史是真实的，小说是虚构的，两者截然不同，泾渭分明。这种观点在现代备受质疑，如罗伯特·斯科尔斯在《小说的要素中》一文中，假定他所说的"小说的光谱"的相反两端为"历史"和"幻想"，并进而得出结论说：

> 唯有职司记录的天使，既不歪曲也不省略地记下人间的全部事迹，才称得上是一个"纯粹"的历史学家。唯有按照他自己的想象而制造世界的某个神，才称得上是"纯粹"的幻想家。光谱的两端凡人是看不见的。由人记录的全部历史都具有虚构性，人的所有的幻想都含有若干与生活相似之处——不论这些幻想离生活有多远。③

所以，在《叙事文的特性》一文中，罗伯特·斯科尔斯进一步提出："科学似乎已表明，亚里士多德对历史和小说的区分，

---

① 韦勒克、沃伦：《文学理论》，三联书社，1984年版，第238页。
② 叶朗：《中国美学大纲》，上海人民出版社，1999年版，第243页。
③ 罗伯特·斯科尔斯：《小说叙事研究》，纽约，1968年版，第6页。

是一种程度上的区分，而不是类型上的区分。"① 既然"由人记录的全部历史都具有虚构性，人的所有的幻想都含有若干与生活相似之处"，既然"亚里士多德对历史和小说的区分"，只能"是一种程度上的区分"，那么历史与小说之间的关系就不是简单的非此即彼，而是相异却又相通。其相异之处以金圣叹的一段文字说得最为透彻："其实《史记》是以文运事，《水浒》是因文生事。以文运事，是先有事生成如此如此，却要计算出一篇文字来，因文生事即不然，只是顺着笔性去，削高补低都由我。"② 一个"运"，一个"生"，指出了一偏向于"实录"，一偏向于"虚构"，但"虚"、"实"的区分显然只"是一种程度上的区分"，正如浦安迪所论："西方文学理论家一般认为，历史讲实事（fact），小说讲虚构（fiction），中国古代批评家则强调，历史中有小说，小说中有历史……从中国文化的叙事审美角度来看，'实'与'虚'，并非简单地处于对立状态，两者常有互补的成分。"③ 两者的"互补"不仅表现为"历史中有小说，小说中有历史"，而且它们的实质是相通的，即通过某种程度的虚实结合，探索和表达"本质性真实"。

　　从这个角度着眼，中国古代小说理论"慕史"、拟史，张扬"实录"叙事理念，并不妨碍小说反映"本质性真实"。因为源于史传的"实录"叙事理念本就包含借虚实杂糅深究"本质性真实"之义，如《左传》借鬼神以言人事、司马迁对始祖神话的处理，其间都渗透着史家"究天人之际，通古今之变"的历史哲学表达。所以，与史传有着深刻的渊源关系的中国古代小说，多受到"实录"叙事理念此一层面的深刻影响，通过虚构性手段体现人情物理，从而达到对"本质真实"的反映。林纾认为："凡小说家言，若无征实，则稗官不足以供史料；若一味征实，则自有正史可稽。"④ 小说既须"征实"，又不能"一味征实"，清晰表达了小说既要以生活为基础，却不能停留在生活的表层，而更要

---

① 罗伯特·斯科尔斯：《小说叙事研究》，纽约，1968年版，第151页。
② 金圣叹：《读第五才子书法》，见《金圣叹批评〈水浒传〉》，齐鲁书社，1991年版，第19页。
③ 浦安迪：《中国叙事学》，北京大学出版社，1996年版，第32页。
④ 林纾：《剑腥录》第32章，北京都门印书局，1913年版，第243页。

反映生活"本质性真实"的思想。

鲁迅曾经讲过这么一个发人深省的例子,他说:"还记得作《阿Q正传》时,就曾有小政客和小官僚惶怒,硬说是在讽刺他,殊不知阿Q的模特儿,却在别的小城市中,而他也实在正在给人家舂米。"可见,阿Q这一形象尽管有模特儿,但却不是哪一个实在的人,他是作家的创造,但为什么那些小政客和小官僚惶怒,硬说是在讽刺他们呢?很显然,这是因为《阿Q正传》通过艺术虚构,深入骨髓地揭示了这一类人的内心真实,这是借助虚构性手段,超越表层现象把握本质真实的绝妙之例。汤因比的观点也深刻地揭示了文学性叙事的本质:

> ……最后还应当说明,戏剧和小说并不全是虚构,除了关于人和人之间的虚构故事而外就没有别的了。如果是这样的话,那么其结果就不配享受亚里士多德的称赞,说它"比历史更真实,更有哲学价值",而会变成全是无聊的令人不能认识的胡思乱想。当我们把一个文学作品称为虚构的作品的时候,我们的意思只不过是说其中人物并不是指任何一个生活在世上的人,其中的情节并不是指任何一件真的发生过的事。事实上,我们只是说在这个作品里有一种虚构的关于人的环境;同时如果我们没有说明它原是在可靠的社会事实背景里发展出来的话,那只是因为这是早已公认的了,无须再做说明。事实上我们对一部好的小说作品的最大称赞便是说它"忠实于生活",说那位"作者深刻地了解人性"。①

韦勒克、沃伦在《文学理论》的《叙述性小说的性质和模式》一章中,指出,"小说与生活或'现实'相比的真实性,不应以这一或那一细节的事实的准确性来评判。""小说虽然没有真实那样奇异,但却比真实更具有代表性。"② 小说"比真实更具有代表性",强调的显然不是对生活本身的细致客观摹写,而是对生活本质真实的深刻思考与反映。脂砚斋曾经评价《红楼梦》说:"余最喜此等半有半无,半古半今,事之所无,理之必有,

---

① 汤因比:《历史研究》(上),上海人民出版社,1986年版,第56页。
② 韦勒克、沃伦:《文学理论》,三联书社,1984年版,第237页,第14页。

极玄极幻，荒唐不经之处。"① 这些"事之所无，理之必有，极玄极幻，荒唐不经"之处不是生活的原生态写照，而是现实生活的折射与提升，通过对现实生活的变形化描写，达到对"事之所无，理之必有"的"本质性真实"的深刻反映。所以，在中国古代小说中，"谈奇说怪"并不妨碍作家对现实的深切介入与深刻洞察，举凡叙事结构、叙事时间等形式均属于"有意味的形式"，均表露了对"深层真实"的探求冲动。

如最能代表六朝志怪成就的《搜神记》，成于东晋文士干宝之手。《晋书》本纪称他"性好阴阳术数"，因父婢殉葬十年复生，兄气绝复苏言见天地间鬼神之事，"遂撰集古今神祇灵异人物变化，名为《搜神记》"，从其成书缘起，可见其中多载荒诞不羁的灵异之事。但考其本意，绝非仅仅是为了搜奇志异，而是借此"发明神道之不诬"，从而实现其所谓"民情风教，国家安危之本"的宗旨。瞿佑在《剪灯新话序》中说，他"编辑古今怪奇之事"，目的即在于"劝善惩恶，哀穷悼屈"，绝不仅仅汲汲于说奇谈怪。凌云翰在《剪灯新话序》中也赞赏说："是编虽稗官之流，而劝善惩恶，动存鉴戒，不可谓无补于世。"可见历来志怪之作者，在广罗博搜怪异之谈以满足"好奇"之心的同时，也相当自觉地强调借志怪介入现实，表达对生活本质的深刻洞察。《搜神记》中的《干将莫邪》、《韩凭妻》等作品，借助神异幻想，传达对统治者的批判，表达人民的反抗意志，已经是为世人所熟知的了。此外，六朝志怪还普遍借助对鬼世界作人间性情化、审美化处理，从而写出了不少意味深沉的世态寓言。如《搜神记》卷十六的"宋定伯捉鬼"，这是家喻户晓的不怕鬼的故事了。但如果我们换一个角度来欣赏和反省这个故事，此鬼未免过于天真率直，在听了宋定伯几句经不起推敲的诳语后，竟然就引其为同类，且轻易地泄露了鬼类畏忌唾沫的隐秘，终于被宋定伯一口唾沫定身为羊之后再也奈何不得。倘若将此故事当作一篇寓言来看，它显然承载着一种"逢人只讲三分话，不可全抛一片心"的沉重现实映照。

初唐传奇《古镜记》上承六朝志怪余绪，备述古镜神异，如

---

① 黄霖、韩同文选注：《中国历代小说论著选》（上），江西人民出版社，1982年版，第438页。

除精怪、止风浪、驱兽鸟、夜发光、疗救灾民、与日月同晦明等,但这些神异事件并非只是一种简单的罗列,其连结的关键点就在于"天地神物,动静有徵",既然天地神物都禀赋着不可明言的灵性,那么很显然,古镜的得失就有深意在。细读文本,作者显然不仅是搜奇记异,而另有用心。全文备陈古镜神异不凡,但却并未忘怀关注社会人生,文中四次提及隋末天下丧乱、盗贼充斥、王室如毁的深沉忧虑,这种反复出现的元素实则提供了有关全文旨意更为准确的信息。再如文中具备十分明晰的时空刻度,这无疑有助于加强叙事的真实感。其设置的时间如"大业八年四月一日"、"其年八月十五日"、"大业九年正月朔旦"、"大业十三年七月十五日"等古镜彰显神异的时间,一方面让人联想到日月天象运行的特殊刻度,进而意识到"天地神物,动静有徵";另一方面也让人明显感觉到时间刻度设置的"人为性"痕迹。小说的"人为性"在一定意义上解构了作品的"似真性",从而使得作品具有了寓言性质。表现最突出的是文末提到,大业十三年七月十五日,"匣中悲鸣,其声纤远,俄而渐大,若龙咆虎吼,良久乃定,开匣视之,即失镜矣",如果结合前文中提到的"昔杨氏纳环,累代延庆;张公丧剑,其身亦终",两相结合,那么古镜飞失或许就是杨隋王朝覆亡的预言。

  清代志怪以蒲松龄的《聊斋志异》成就最高。就蒲松龄的创作目的来看,其中虽不能排除宣扬神道的意图,但更深层的用意在于借助灵异玄怪,寓托劝惩,寄托自己的"孤愤"。故而在创作中能摆脱传载真人真事的藩篱,按照作者的理想意愿虚构故事、刻画人物,往往将现实世界与幽冥世界统一在一起进行描写,将作者内心的孤愤情怀熔铸到鬼怪精魅的故事中加以展现,以"极幻"的笔法,表现出"极真"之事,从而开掘出社会、人生的本质性真实。这实际上形成了《聊斋志异》基本的叙事特征:以幻写真,真幻错综,在幻想的狐鬼世界背后隐藏着焦灼而犀利的人间省视。袁于令为《李卓吾批西游记》作题词说:"文不幻不文,幻不极不幻。是知天下极幻之事,乃极真之事;极幻之理,乃极真之理。故言真不如言幻,言佛不如言魔。魔非他,即我也。"这"极幻之理,乃极真之理",其实也深刻地道出了《聊斋志异》的特征。

  如《聊斋志异》卷二《林四娘》,所记题材与王士祯《池北偶谈》卷二十一"谈异二"之《林四娘》完全相同,均是叙述发生在康熙年间陈宝钥在青州道佥事任上与林四娘鬼魂之间的一段故事,这是当时盛行于山东青州一带的传闻。比较两篇作品,王士禛所作比较接近传闻的原始形态,也就是说王士禛之作比较忠实地记录了传闻;而蒲松龄则对素材进行了改造和虚构,从而赋予这一传闻丰富而深刻的意蕴。细检两篇,其不同之处大致有二:第一,王士禛叙述林四娘在明衡王宫中"宠绝伦辈",不幸早死,死在明朝覆亡之前。林四娘既然生前恩宠无比,又非亡国而死,她的死显然不含社会悲剧的性质。而蒲松龄却将林四娘处理为衡王宫中一普通宫女,特别交代她还是处女,暗示她生前在宫中不曾得宠,而她又在王朝倾覆中遭难而亡,因此她的死是双重的悲剧:青春被扼杀,弱女子却承担亡国的苦难。其二,王士禛叙述林四娘鬼魂出现,只是"犹恋故墟"而已;蒲松龄叙述林四娘鬼魂留居陈府由一年延至三年,一是要了结生前的情怨,从而深化表达其生前寂寞孤苦之感,二是要排遣郁积心中的亡国之恨。据此,有人认为蒲松龄的《林四娘》寄寓了作者的民族情感,具有反满情绪。这种说法未免有些刻意求深,但无可否认,蒲松龄笔下的林四娘确乎是一位意绪风流的悲剧形象,大不同于王士禛笔下的一般鬼魂形象。可见,蒲松龄牺牲了个别事物的真实性存在,却表达了一种普遍性真实,从而达到了对社会本质真实的更高层次的表述。

再如明末四大奇书,同样显示了借助虚构性手段,传达对历史、社会、人生的本质性认知的努力,比较其他小说,深层用意的表达更为深刻和含蓄。此处仅以《水浒传》为例略作说明。

《水浒传》的成书清楚地显示了作者借助虚构性手段,以期揭示社会、历史本质真实的努力。据《宋史·侯蒙传》:"(宋)江以三十六人横行齐、魏,官军数万无敢抗者。"可见,宋江率众反抗官府似乎实有其事,但从周密《癸辛杂识续集》记载的《宋江三十六赞》和《大宋宣和遗事》记载的三十六将姓名绰号互异来看,三十六人除宋江外,并未留下足资凭信的真实姓名。后来,他们的英雄事迹由一种街谈巷语、民间传说,渐渐演化成为勾栏瓦肆的讲史,进而在施耐庵、罗贯中一类文人的参与下,发展成为书面巨帙。在由街谈巷语、民间传说发展到讲史再到书面巨帙,也就是在将叙事片断融合成完整的巨制时,作者借助

"天人感应"的宇宙观念,通过虚构一个"误走妖魔"的富有神话意味的情节,传达了其"乱自上作"的历史洞察力,从而以这种神秘的宇宙意识给予充满野性强力的梁山泊事业以合理主义的解释。

本来第一回是一个"灯花婆婆"的引子,据考证,乃是写灯花爆裂出一个老婆婆,缠住一家主妇,被高僧擒拿现形,却是猕猴精作怪。这个引子自然也充满寓言性和神秘感,但显然无法与作者对梁山泊事业的认识和对历史哲学的认知相对应,故《水浒传》作者将其引首和第一回作了改动,改作叙述北宋承五代乱离而扫清天下,并以宋太祖为霹雳大仙下凡、宋仁宗为赤脚大仙转世,引导出洪太尉奉旨到龙虎山上清宫请张天师祈禳瘟疫,搬倒"遇洪即开"的石碣,误走一百零八魔君,借这种富于神秘感的方式显示了作者"乱自上作"的历史哲学认识。金圣叹更把百回本引首和第一回合并,更改为"楔子",显然是嫌原引首没有起到充分的"引"和"楔"的作用。因为金圣叹的读解,十分注重发掘开头这些事件"引"和"楔"的意义。他这样评论"楔子"说:

> 楔子者,以物出物之谓也。以瘟疫为楔,楔出祈禳;以祈禳为楔,楔出天师;以天师为楔,楔出洪信;以洪信为楔,楔出游山;以游山为楔,楔出开碣;以开碣为楔,楔出三十六天罡、七十二地煞,此之谓正楔也。中间又以康节、希夷二先生,楔出劫运定数;以武德皇帝、包拯、狄青,楔出陈达、杨春;以洪信骄情傲色,楔出高俅、蔡京;以道童猥璀难认,直楔出第七十回皇甫相马作结尾,此所谓奇楔也。①

"楔子"的作用固然是安排人物出场,但实际上又不止人物出场那么简单。金圣叹将之分为"正楔"和"奇楔",似乎是提示读者注意叙述者故意设置了两种不同的"声音"。在属于"正楔"的线索里,妖魔最终出世,发生为王道所不容的行为,从这

---

① 金圣叹:《金圣叹批评〈水浒传〉》,齐鲁书社,1991年版,第30页。

种出场安排中，可以预料到英雄的凄凉结局。而在属于"奇楔"的线索里，作者暗示，造成这种反常局面的原因，完全是朝臣的"骄情傲色"，这就显示了理解人事反常的社会批评的视角。因而小说开头叙述洪太尉求见天师，而天师正是一百零八好汉的隐喻，洪太尉有眼无珠，遇而不见，暗示朝廷蔽塞，不能识英雄于草莽而有后来一系列"官逼民反"的故事。

从"楔子"那种象征笔法进入比较写实的叙事，《水浒传》第一回讲述了一个神龙见首不见尾的好汉王进的故事。很显然，王进的故事游离于主导情节之外，可视之为"插曲性事件"。但根据通常的阅读经验，任何一个看似多余的细节，实际上在后续的文本中，均可得到其合理性存在的说明。那么，作者为何要叙述一个有始无终的好汉王进的故事？其中有何深刻用意？金圣叹的解读颇有启发意义，在第一回的回评中，金氏写道：

> 高俅来而王进去矣。王进者，何人也？不坠父业，善养母志，盖孝子也。吾又闻古有"求忠臣必于孝子之门"之语，然则王进亦忠臣也。孝子忠臣，则国家之祥麟威凤，圆璧方圭也，横求之四海而不一得之，竖求之百年而不一得之。不一得之而忽然有之，则当尊之，荣之，长跽事之。必欲骂之，打之，至于杀之，因逼去之，是何为也！王进去而一百八人来矣。①

按照金圣叹的理解，这段貌似"闲文"的故事，实则不仅暗示了故事角色登场的次序，而且含蓄地表达了作者的历史观念和道德评价："天下有道，然后庶人不议也。今则庶人议矣，何用知其天下无道？曰：王进去而高俅来矣。"② 可见，这段貌似游离性的文字并非是作品艺术力低下的表现，而恰恰是作者精心安排的一段"导读"。

具体到梁山好汉，作品着力刻画了一种"义士——罪人"这种带有悲剧性的人生形态。在作品中，作者着重叙述奸邪当道，讲求道义的好汉在见义勇为、铤而走险，甚至是在安分守己、真

---

① 金圣叹：《金圣叹批评〈水浒传〉》，齐鲁书社，1991年版，第31页。
② 金圣叹：《金圣叹批评〈水浒传〉》，齐鲁书社，1991年版，第47页。

诚待人之时，都可能招致杀身毁家的不虞之祸。武松属于前者，在探明兄长为奸夫淫妇毒杀之后，本想求助于官府的秉公执法，在被贪赃枉法的知县驳回之后，才大开杀戒，以人头供祭，并主动上堂承担罪名。而林冲则属于后者，妻子受高衙内觊觎，因而被以莫须有的罪名刺配沧州道。由此可见，所谓"义士——罪人"的人生形态，乃是社会历史荒谬感的产物。作品正是借助神秘主义的艺术手法，把民心民气混合在天理之中，对一些越轨行为加以特殊的合理解释，曲尽叙事法中似非而是之妙。于是抢劫财宝竟成义举，放走罪犯不失情理，倒戈落草顺应天数，血溅宅院充满义勇，充分显示了叙述者认知社会历史的独特视角。金圣叹对此充满忧虑，他认为："由今日之《忠义水浒》言之，则直与宋江之赚入伙，吴用之说撺掇，无以异也。无恶不归朝廷，无美不归绿林，已为盗者读之而自豪，未为盗者读之而为盗也。"①

上面，对中国古代史传"实录"叙事理念的第一个层面的影响进行了较细致的考察。如前所论，就其所叙之事而言，史传"实录"叙事理念并非如其字面意义所示，仅指确凿的事实记载，其中有机包孕着"虚构性"因素的复杂所指。故而，在评价这种叙事观念的影响时应持审慎态度，它既在一定程度上延缓了文学性叙事的发展和成熟，但强调"实录"又没有从根本上遏制"虚构"叙事观念的发展，而且，客观地说，"虚构"的文学叙事实际上是从历史叙事的母体中孕育的。而从史传中孕育的中国古代叙事思想在所叙之事的层面上表现出明显的母体特征：标举"实录"，通过虚实杂糅的"变形化"操作达到对"本质真实"的深度折射。

三、叙述者——主观的"客观叙述者"对中国古代叙事思想的影响

接下来讨论史传"实录"叙事理念的第二个层面——叙述者对中国古代叙事思想的影响。

第二章在探讨史传"实录"叙事理念的第二个层面——叙述者问题时，已经对史传"客观叙述者"的主观性本质作了辨析，

---

① 金圣叹：《贯华堂第五才子书水浒传·序二》，齐鲁书社，1990年版，第6页。

指出尽管"实录"叙事理念推崇所谓的"客观叙述",但其实质却是,在貌似不动声色的叙述背后,通过精心的叙事修辞,委婉传达叙述者的声音,从而控制读者的情感反应与价值评判。

现代史学认为历史是一种叙述和话语,因而强调历史的虚构性和主观性;中国古代史传则深受儒家思想的影响,强调历史的实用性和社会教化功能,因而一方面强调历史的"实录"以保持它的权威性,另一方面又通过有意的叙事修辞,使它发挥"载道"传义、惩恶扬善的社会功用。因而,中国古代史传叙述者同样不可能保持"客观叙述",如孔子标举"述而不作",却又要求历史发挥"善善、恶恶、贤贤、贱不肖"的政治功能,并推扬"赵盾弑其君"的叙事文本,采用"春秋笔法"表达自己的褒贬态度,均清晰地显示了中国古代史传"客观叙述者"的主观本质。

史传主观的"客观叙述者"与布斯的观点不谋而合。对于现代西方小说热衷谈论的"展示"与"客观叙述",布斯所持的基本观点是,任何"展示"都是一种精心设计的"讲述",任何"客观叙述"都无法完全摆落主体性色彩。有时我们会惊讶地发现,即便被认为是最为典型的现实主义作家的作品中,人为标志也无法完全避免,作者的声音不可能真正沉默。如契诃夫"一再背叛他最狂热信奉的、时常被他称之为客观性的某种东西"。[①]"菲尔丁和狄更斯、特罗洛普和萨克雷"尽管"也会谈到他们忠实于自然或真实的热情,但是他们也时常像某些现代批评家所抱怨的那样,为了泪水或笑声而牺牲真实"。[②] 詹姆斯推崇"展示",反对人为介入,但他自己的作品却常显示出人为的明显印记,他甚至可以相当自由地评论自己的故事和方法,以至他的信奉者只好得出结论说:詹姆斯自己时常"从客观叙述上偏离出去",因为他"还是离十九世纪的小说常规太近,以致于他从未能够完全避开它们的方式和方法的不断袭扰"。[③] 布斯令人信服地指出:其实,不是因为詹姆斯"离十九世纪的小说常规太近,以

---

① 布斯:《小说修辞学》,北京大学出版社,1987年版,第78页。
② 布斯:《小说修辞学》,北京大学出版社,1987年版,第61页。
③ 小约翰·蒂尔福布斯德:《老式介入者詹姆斯》,载《现代小说研究》第4期,第157页。

致于他从未能够完全避开它们的方式和方法的不断袭扰",而是因为从根本上来说,介入是不可能完全避免的。当然,不再是传统叙述者的直接抛头露面,不是传统惯常的"专断式讲述",而转为借助更隐秘的方式显示叙述者的"在场"。实际上,布斯的这些观点亦能有效地阐释中国古代史传的"叙述者"特征。

中国古代由于强烈的"慕史"倾向,古代叙事多追蹑史传"客观叙述",鲜明地反映了史传叙事笔法的影响。但如同史传"客观叙述者"一般,中国古代叙述者的"客观"程度毕竟是有限的。在不动声色、貌似客观的叙述背后,总有着叙述者或隐或显的主体性色彩的流露。刘歆《上山海经表》云:

> 《山海经》者,出于唐虞之际。昔洪水洋溢,蔓衍中国,民人失据,崎岖于丘陵,巢于树木。鲧既无功,而帝尧使禹继之。禹乘四载,随山刊木,定高山大川。益与伯翳主驱禽兽,命山川,类草木,别水土。四岳佐之,以周四方,代人迹之所希至,及舟舆之所罕到。内别五方之山,外分八方之海,纪其珍宝奇物,异方之所生,水土草木,禽兽昆虫麒凤之所止,祯祥之所隐,及四海之外,绝域之国,殊类之人。禹别九州,任土作贡;而益等类物善恶,著《山海经》。皆圣贤之遗事,古文之著明者也。①

刘歆曾与其父刘向一起发掘民间流传的神话、传说,但在叙事观念上,无非是借神话传说察"圣贤之遗事",求有补于王化,此亦班固"可观"之遗意。有补于王化,自然不可能是"纯客观叙述",其中必寄寓有主观性意图,文中必有"我"在。刘歆所论是神话叙事,但他的观点同样适用于评述中国古代叙述者特征。

以"实录"为叙事理念的中国古代叙事中的叙述者并未完全消失,而只是隐而不现,较少采用诸如解释或评论的方式直接介入叙事,却巧妙借助"不释而释"的手法,或诸如叙事时间的操作、叙事结构的设置、叙事视角的调节等叙事修辞含蓄地传达叙

---

① 刘歆:《上山海经表》,见严可均辑《全上古三代秦汉三国六朝文》之《全汉文》,中华书局,1958年版,第346页。

述者的情感倾向和价值评判，暗示和指引读者把握作品的真实意图和"微言大义"，从而显示出叙述者清晰的"在场"。

主观的"客观叙述者"在中国古典文言小说中有着突出的表现。中国古典文言小说多采用白描，故事仿佛是"客观"地自行"呈现"和"展示"。但恰如布斯所指出的，"显示"潜藏着"讲述"，一个象征性的细节、人物的某个特定动作、着意采用的反讽与含混等，实际上都有一种"讲述"的功能，不是"讲述"消失了，而是"讲述"以更为隐秘的方式出现。

中国古代史传"实录"叙事理念不局限于"实事意义上的真实"，而更注重开掘"人情意义上的真实"，这不仅成为中国古代文、史相通的关键点，而且成为"客观叙述者"借以显现主观性的重要叙事修辞。如在中国古代叙事思想中，谈神说怪与"实录"叙事理念并不冲突，借谈神说怪揭示现实本质，成为中国古代叙述者介入现实、显示主观性色彩的重要手法，如叙事中某些神异化细节的设置，看似不过是"好奇"之心的驱使，但往往承担着含蓄的"讲述"功能。《吴越春秋》卷四的《阖闾内传》中叙述到，吴得越所献宝剑三枚，鱼肠之剑被阖闾用于刺杀吴王僚，磐郢之剑被阖闾送于死去的女儿陪葬，湛卢之剑则自行离吴之楚，楚昭王卧而得之于床，不解何故，风湖子为其释之曰：湛卢之剑乃"五金之英，太阳之精，寄气托灵，出之有神，服之有威，可以折冲拒敌。然人君有逆理之谋，其剑即出，故去无道以就有道"，而吴王阖闾"杀君谋楚"，杀为女儿送葬的男女以殉，"杀生以送死"，故湛卢之剑"恶阖闾之无道，乃去而出，水行如楚"。这类传说在赋予宝剑以神性的同时，也赋予其灵性与人性，它能够鉴别人道，去恶就善，具有自身独立的品格。作品正是借助"湛卢之剑去吴如楚"的神异化细节设置含蓄地传达了对吴王阖闾的批判性评价。

《红楼梦》的"客观叙述"达到了相当成熟的境界，这与作家对史传"客观叙述者"笔法的娴熟运用有关。刘诠福评论说："《红楼梦》虽小说，然曲而达，微而显，颇得史家法。"戚蓼生《红楼梦序》也强调这种史家笔法，并对此一笔法作了具体解说：

> 夫敷华绮藻，立意遣词，无一落前人窠臼，此固有目共赏，姑不具论。第观其蕴于心而抒于手也，注彼而写此，目

送而手挥,似谲而正,似则而淫,如《春秋》之有微词,史家之多曲笔,试一一读而绎之:写闺房则极其雍肃也,而艳冶已满纸矣;状阀阅则极其丰整也,而式微已盈睫矣;写宝玉之淫而痴也,而多情善悟不减历下琅琊;写黛玉之妒而尖也,而笃爱深怜不啻桑娥石女。他如摹绘玉钗金屋,刻画香泽罗襦,靡靡焉几令读者心荡神移矣,而欲求其一字一句之粗鄙猥亵不可得也。盖声止一声,手止一手,而淫佚贞静悲戚欢愉,不啻双管之齐下也。噫,异矣!其殆稗官野史中之盲左、腐迁乎?①

所谓"曲而达,微而显"的"史家法",所谓"《春秋》之有微词,史家之多曲笔",均明确指出《红楼梦》借鉴了《春秋》、《史记》的叙述者笔法,"微词"、"曲笔"的采用,使《红楼梦》表面上呈现为"客观叙述",作者并不直接介入作"专断式讲述",但却能含蓄传达主观性意图。

《金瓶梅》通过日常生活刻画人物,表达整个时代风貌,在客观上具有一定的认识价值和反封建意义,诚如鲁迅在《中国小说史略》中所分析的:

> 作者之于世情,盖诚极洞达。凡所形容,或条畅,或曲折,或刻露而尽相,或幽伏而含讥,或一时并写两面,使之相形。变幻之情,随在显见,同时说部,无以上之……至谓此书之作,专以写市井间淫夫荡妇,则与本文殊不符。缘西门庆故称世家、为缙绅,不惟交通权贵,即士类亦与周旋,著此一家,即骂尽诸色,盖非独描摹下流言行,加以笔伐而已。

当然,由于时代的局限,作者对此"客观意义"并不理解。但作者创作《金瓶梅》,显然具有清晰的主观意图。在第一回正文入话之前,作者设置了一段流露浓重虚空感的关于财色祸福、色空世界的话头,类似于古典小说中的"楔子",张竹坡劝人细读:"此一段是一部小《金瓶》,如世所云总纲也。""总纲"的

---

① 黄霖、韩同文选注:《中国历代小说论著选》(上),江西人民出版社,1982年版,第492页。

作用是为一部书的主脑和故事定调，可见这是作者特意安排的"导读"。《金瓶梅》总体上亦为"客观叙述"，作品"展示"了各色人物的兴衰聚散离合，对于这各色人物的"表演"，叙述者仿佛是一个俯视芸芸众生的"智者"，一个冷眼旁观的"觉者"，他并不直接介入作"专断式讲述"，叙述者的主观性隐藏甚深。但隐之再深，叙述者的主观性意图还是有所流露的，小说开头的话头实际上就含蓄地表达了《金瓶梅》的创作意图。作者不仅有意在故事的开头安排了一段意味深长的"导读"以含蓄传达创作主旨，即如书名《金瓶梅》，也不是随意的人名缀合，张竹坡就倾向于把这一书名看成承载作者"主观性"的巧妙工具。《金瓶梅》取自潘金莲、李瓶儿、庞春梅的名字，但通过堆积木式的组合，又隐隐约约地产生了某种金瓶插梅花之类的意义，张竹坡力图发掘其中的"微言大义"，第七回回评云：

> 夫以《金瓶梅》为名，是金莲、瓶儿、春梅，为作者特特用意欲写之人。……言虽是一支梅花，春光烂漫，却是金瓶内养之者。夫即根依土石，枝撼烟云，其花开时，亦为日有限，转眼有黄鹤玉笛之悲。奈之何折下残枝，能有多少生意，而金瓶中之水，能支几刻残春哉？明喻西门庆之炎热危如朝露，飘忽如残花，转眼韶华顿成幻景。总是为一百回内、第一回中色空财空下一顶门针。①

这里强调以"金瓶梅花"的意象比喻暴发户西门庆的威势如离土的残花，终归空幻，是对于世态的一种哲理性的思考。张竹坡的这一读解是有一定的文本依据的，这种叙事修辞与"不释而释"的"史家法"也是相通的。

再如戏剧，本来是由人物的表演来呈现的，它的基本特点是叙述者的"隐退"，因而是"客观叙述"的合适载体。但中国古代戏曲中的叙述者却"隐而不退"，常借剧中人物做代言人，含蓄传达叙述者的价值评判。如马致远的《破幽梦孤雁汉宫秋》借反派角色之口，传达渗透着叙述者价值的评判：

---

① 黄霖、韩同文选注：《中国历代小说论著选》（上），江西人民出版社，1982年版，第110页。

［毛延寿上诗云］大块黄金任意挝，血海王条全不怕；生前只要有钱财，死后那管人唾骂。某毛延寿，领着大汉皇帝圣旨，遍行天下，刷选美女，已选勾九十九名。各家尽肯馈送，所得金银却也不少。昨日来到成都秭归县，选得一人，乃是王长者之女，名唤王嫱，字昭君，生得光彩射人，十分艳丽，真乃天下绝色。争奈她本是庄农人家，无大钱财。我问她要百两黄金，选为第一。她一则说家道贫穷，二则倚着她容貌出众，全然不肯。我本待退了她……［做忖科云］不要倒好了她。眉头一纵，计上心来。只把美人图点上些破绽，到京师必定发入冷宫，教她苦受一世。正是恨小非君子，无毒不丈夫。

中国古代叙述者承史传而来，标举"实录"，推崇"客观叙述者"，但却在极力保持"客观叙述"姿态的同时，通过精心的叙事修辞操作，含蓄传达主体性意识。概而言之，中国古代的"客观叙述"，其本质依然是主观的。

本节重点考察了先秦两汉史传"实录"叙事理念对中国古代叙事思想的深远影响。论述承继第二章对"实录"叙事理念的两层理解展开。从"所叙之事"层面着眼，分析了"实录"叙事理念对古代叙事思想的三方面的影响，并通过论证，得出文、史表异而实同的结论，因而，中国古代恰是在史传的母体内孕育出了小说。从"叙述者"层面着眼，分析了"实录"叙事理念对古代叙述者的影响，强调指出由于儒家史学话语的渗透，中国古代叙述者在保持客观姿态的同时，又或隐或显地透露出主观性色彩。

第二节　叙事视角思想对中国古代叙事思想的影响

叙事视角是一部叙事作品看世界的眼光和角度，它解决的是"谁看见的？从什么位置上？"①的问题，是作者和叙事文本的结

---

① 华莱士·马丁：《当代叙事学》，北京大学出版社，1990年版，第160页。

合点,是作者把他所体验到的世界转化为叙事世界的基本角度。因此,叙事视角是叙事学中的关键问题,美国小说理论家伯克认为:"小说技巧中整个错综复杂的方法问题,我认为都要受角度问题——叙述者所站位置对故事的关系问题——调节。"① 确实,对于一部叙事作品而言,确定从何种角度来叙述故事十分关键,它决定诸如"谁在看"、"看到什么"、"看者的态度"等问题,并潜在地影响着读者的反应。

叙事视角的分类是西方叙事学着力研究的问题之一,其研究成果也确实深化了我们对叙事奥秘的理解。但研究中国古代叙事视角,过于繁复的视角分析是没有必要的,因为从整体上看,中国古代叙事并没有发展出像现代小说一样复杂的叙事视角技巧。中国古代叙事视角深受史传叙事视角和抒情传统的"合力"影响,表现出比较明显的民族性特征。

在叙事学中,叙事视角通常分为全知与限知两种。从根本上说,不管史传叙事还是文学性虚构叙事,作者对叙事世界都拥有全知的权利和资格。但是,从叙事学的角度说,向我们讲述故事的不是文本之外拥有对叙事世界全知权利和资格的作者,而是叙述者。叙述者不等于真实作者,他是作者创造的产物,是作者在文本中的心灵投影,为了达到特定的叙述效果,表达特定的体验世界的角度、程度、层面和方式,作者放出了"叙述者"这一替身。因此,叙述者可以是全知,也可以是限知。

中国古代叙事视角思想主要承传于史传。从整体上看,先秦两汉史传尽管不排除局部采用限知叙事视角,但基本上采用全知叙事视角。因为史传叙事不仅要全面地把握历史事实,而且还要对历史事实进行"阐释",即要探明因果原委、来龙去脉,以此达到"究天人之际,通古今之变",发挥"上明先王之道,下辨人事之纪,别嫌疑,明是非,定犹豫"② 的作用。没有全知叙事视角,是难以全方位地表现历史事件的复杂因果关系、人事关系及兴衰存亡的形态的。

由于史统的权威地位,古代小说的"慕史"倾向,史传所采

---

① 卢伯克:《小说的技巧》,转引自罗钢《叙事学导论》,云南人民出版社,1994年版,第159页。

② 司马迁:《史记·太史公自序》,中华书局,1982年版,第1427页。

用的全知叙事视角成为中国古代叙事的基本叙事视角。在中国古代叙事中，故事的叙述往往是以全知全能的单一、固定的叙述视角来展现。这些采用全知叙事视角的叙述者仿佛就是那洞察一切、通晓一切的上帝，他超越于故事和任何人物之上，对作品中所发生的每一件事的来龙去脉一清二楚，对作品中每一个人物的命运了如指掌，且他无须向读者解释他是如何知晓这一切的，因为他所采用的叙事视角决定了他全知全能的权力：他知道正在叙述的一切东西。

全知全能叙事视角的采用会带来一个明显的叙事特征：它往往在很大程度上消解了叙事悬念。如志怪之类本为谈奇志异，采用限知叙事能够有效地保持神秘色彩，但中国志怪却往往采用全知叙事视角。如《宋定伯捉鬼》，叙述人鬼相遇的一段奇事，若采用限知叙事视角，无疑会增加故事的悬念，使叙述更显摇曳多姿。但事实上，叙述的第一句是："南阳宋定伯年少时，夜行逢鬼。"明言宋定伯所遇为"鬼"，而不是像限知叙事视角那样，一直到故事的结局，读者才会与主人公一样，勘破同行者的真实身份。在这类叙事视角的处理中，最能够感受到史传"全知"叙事视角的影响。

再比如侦探故事这类以"情节"取胜的作品，叙述重心是营造富有悬念的跌宕情节，自然以限知叙事视角为佳。但中西恰恰在此一点上出现了分歧。西方侦探故事悬念性强，不到最后往往不知道事件的收场结局如何；而中国侦探故事往往没有悬念，或者悬念弱得微乎其微，作者如果不是用读者能够预料到的方式讲故事，就是在事件的开头就给读者暗示了结尾。俞明震早在1907年就意识到了柯南道尔选择华生作为叙事角度的奥妙：

> 余谓其佳处全在"华生笔记"四字。一案之破，动经时日，虽著名侦探家，必有疑所不当疑，为所不当为，令人阅之索然寡欢者。作者乃从华生一边写来，只须福终日外出，已足了之，是谓善于趋避。且探案全恃理想规划，如何发纵，如何指示，意义明写于前，则虽犯人弋获，亦觉索然意尽。福案每于获犯后，详述其理想规划，则前此无益之理想，无益之规划，均可不叙，遂觉福尔摩斯若先知，若神圣矣。是谓善于铺叙。因华生本局外人，一切福之秘密，可不早宣示，绝非勉强。而华生既茫然不知，忽然罪人斯得，惊

奇自出意外。截树寻根，前事必须说明，是皆由其布局之巧，有以致之，遂令读者亦为惊奇不置。余故曰"其佳处全在华生笔记四字"也。①

俞明震看到了柯南道尔选择"局外人"华生作为叙述者的限知叙事视角所带来的巨大的叙事张力。相比之下，中国古代的公案小说则多采用全知叙事视角，叙述者不仅熟悉案情的详细经过，而且在故事开始之前，往往就以简短的话语对故事的结局作了介绍。这种现象在白话小说中尤为普遍，如冯梦龙《醒世恒言·十五贯戏言成巧祸》，开头在感叹了一番为人难处之后，接着说："这回书，单说一个官人，只因酒后一时戏笑之言，遂至杀身破家，陷了几条性命。"简单几句话，把整个故事的前因后果、情节结构都作了简单介绍，读者在进行阅读时，已经知晓了故事的结果，那种想探知故事结局的悬念已被消解。

探讨一下中西在处理相似题材上采用不同叙事视角的原因是饶有意味的。实际上，全知与限知叙事视角的区别，不仅是叙事技巧的形式问题，它还牵涉对叙事的本质性认识，在后现代叙事理论中，理论家们倾向于将两者的差异性与回顾叙述与同步叙述的差异性联系起来。

按照叙事学的描述，回顾叙述是指叙述的事件、行动与状态都是已知的确立的事实，于是事件序列被设想为充分展开的过程，能够组成有意义的整体，叙事可以回顾的方式解释事件何以发生、为何沿着特定路线发展直至结局，从而为事件的整体提供一致的阐释。这种"回头"赋予意义的叙述自然以全知叙事视角为佳，在回顾叙述中，有一个叙述者对所叙述的事件、行动与状态都有着肯定的、全面的和正确的了解，对于这个叙述者来说，整个叙述事件过程是已经过去的、完成的、从外面看的事情，这样一个叙述者完全胜任对整个事件作出回顾性的反思与评价。

而同步叙述则是指叙述是对所见之事的记录，是对言说时刻正在发生的事情的记录，所叙事件仍然处于进行过程之中，因而不能立刻从这一连续过程中抽取故事主旨。正如莫妮卡·弗鲁德

---

① 俞明震：《觚庵漫笔》，《小说林》（卷一），第5期，1907年。

妮克所说，我们不能同时既体验一个故事，又对这个故事进行叙述。因而，同步叙述具有不确定性，事件的展开与演化是一个未知数，而且得不到回顾性的纠正和补充。同步叙述适合采用限知叙事视角，所叙之事尚处于事件进程之中，对"言说时刻正在发生的事情"的观察与记录不可能整合为具有认知意义的整体。所以，限知的同步叙述能有效地营构叙事悬念，读者面对的不是回顾叙述那种周全的总体把握，而是跟随故事一起，直到最后才能知道事情结局的那种总是"在路上"（海德格尔语）的感觉。

这一理论视角富于启发性。中国古代叙事偏重于采用回顾性的全知叙事视角，不仅因为史传多采用全知叙事视角，而且与古人所持的哲学观和叙事理念有关。中国古代叙事不强调逼真地"再现"生活，不追求对情节悬念的营构，而追求通过对事件的反思与评述，勘破生活的真相与本质，达到一种理性的思考与哲理性认知，所以一般不采用限知叙事视角的同步叙述，而特别垂青全知型叙事视角。比如，在上述侦探故事中，事先点明结局的全知叙事视角在消解叙事悬念的同时，又会带来另一种阅读兴趣，读者想探究"诸如此类的事件缘何会发生？"比如说，"酒后一时戏笑之言"何以会带来"杀身破家，陷了几条性命"的严重后果？从而进入比单纯的故事情节欣赏更高一层的理性思考，而这恰恰就是中国古代叙事追求的重心所在：借故事行劝惩。

在史传与抒情传统的共同影响下，中国古代叙事所采用的全知叙事视角表现出鲜明的民族性特征。这种特征主要体现为两点：一为"中立型"而非"编辑型"；一为"流动型"而非"固定型"。下面分别予以论述。

一、"中立型"而非"编辑型"全知叙事视角

第二章在论述史传叙事思想时，曾论及史传"中立型"而非"编辑型"的全知叙事视角特征，这一特征深刻地影响了中国古代叙事思想，成为中国古典文言小说叙事视角的基本特征。金圣叹就把《水浒传》中所采用的"中立型"全知叙事视角称为"史家案而不断之式"[1]，并把它与《史记》相联系。

---

[1] 金圣叹：《评点〈第五才子书施耐庵水浒传〉第四十回回评》，齐鲁书社，1990年版，第236页。

简而言之，中国古代文言小说叙事视角承史传而来，偏于采用"中立型"全知叙事视角。也就是说，为了更显真实、客观与公正，叙述者往往并不直接介入叙事，而只是充当故事的"目击者"和"记录者"，让故事人物充分地进行自我"展示"，故事仿佛是自发进行的，尽可能地消除叙述者介入的人为痕迹，从而使故事最大限度地显出原生态。当然，与史传"中立型"叙事视角一样，"中立"是有限度的，它不可能也不会完全消除叙述者的介入。在强调充分地保持叙述的"客观"与冷静的同时，又通过操纵叙事修辞，含蓄地传达主观性色彩。

（一）表现

中国古代小说普遍采用回顾性叙述，这种"回头"赋予意义的叙述要求采用全知叙事视角，叙事文本中存在着一个对所叙述的事件、行动与状态都有着肯定的、全面的和正确的了解的叙述者，他能够对整个事件作出整体性的反思与评价，并将这种反思与评价贯穿于叙述过程中，将事件单元组织成为具有整体意义的事件序列，从而为事件整体提供一致的阐释。这一全知叙述者在古代白话小说中直接抛头露面，将自己的观点直接表露出来，而在古代文言小说中则放弃了直接发表见解的特权，叙述者仿佛只是一个忠实的"记录者"，人物充分地表演，事件自发地进展，一切好像都是自然而然。但在"中立型"叙事视角下，同样存在着叙述声音，仅"选择"就清晰地显示了叙述者的存在：缘何"这一"事件而不是"那一"事件被"展示"？为何人物的"这一"言行而不是"那一"言行得以"展示"？事件为何沿着"这一"路线而不是"那一"路线发展？诸如此类的"选择"无一不暗示了叙述者的存在。何况，在这些叙事文本中，作者还经常采用特定的叙事修辞，如"春秋笔法"等来含蓄地传达自己的褒贬态度。因此，"中立型"全知叙事视角看似客观、中立，实则同样显示了作者的主观性色彩，只是与"编辑型"叙事视角相比，其主体性色彩的表达更显含蓄而已。

前面在谈到中西叙事视角的差异时，曾经以志怪为例，说明中国古代主要采用的是全知型叙事视角，即便是谈神说怪，也多在故事的开头即揭破神怪的真实身份，从而在很大程度上消解了叙事的悬念。同时，志怪采用的全知叙事视角也表现出"中立型"特点。与那种无所不能，可以随时随地进入作品发表评论与感想的上帝般的"编辑型"全知叙述者不同，中国古代志怪小说的叙述者虽然拥有全知的权利，但是一般不对故事进行干预，不在故事中任意发表议论，很少公开表白自己的观点。这种叙事视角与热奈特所说的外聚焦有不少相似之处。在外聚焦型视角中，叙述者严格地从外部"呈现"事件，他只提供人物的外表、行动以及客观环境，而不告诉读者人物的动机、目的、思维和情感。如《搜神记·干将莫邪》的叙述者尽管不是故事中的任何一个人物，但他只充当叙事世界的"记录者"，只描述人物外在的外貌、言语和行动，对人物的内心情感与思想基本上不置一辞。再如《搜神记·王祥卧冰》：

> 王祥字休徵，琅琊人。性至孝。早丧亲，继母朱氏不慈，数谮之。由是失爱于父，每使扫除牛下。父母有疾，衣不解带。母常欲生鱼，时天寒冰冻，祥解衣，将剖冰求之，冰忽自解，双鲤跃出，持之而归。母又思黄雀炙，复有黄雀数十入其幕，复以供母。乡里惊叹，以为孝感所至。

很显然，在上述"中立型"全知叙事视角中，叙述者只起到"摄像机"的作用。

当然，采用"中立型"叙事视角，并不等于叙事中没有主观性的流露，叙述者并非不介入，而只是不直接介入作"专断式讲述"，却借助巧妙的方式含蓄传达主观性。如上述《搜神记·王祥卧冰》中，叙述者并未出现，他只描绘场景，但通过那些具有暗示性的画面和场景，如"冰忽自解，双鲤跃出"、"复有黄雀数十入其幕"的描写，却清晰地显示了叙述者的存在，"描写转化为叙述"，描摹承担"讲述"的功能。

志人小说往往也采用"中立型"全知叙事视角。叙述者只作客观描绘，并不直接介入叙述，发表评论。如《世说新语·假谲》中的"愍度道人过江讲义"篇："愍度道人始欲过江，与一伧道人为侣，谋曰：'用旧义，在江东恐不办得食？'便共立心无义。既而，此道人不成渡，愍度果讲义积年。后有伧人来，先道人寄语曰：'为我致意愍度：无义那可立，治此计权救饥尔，无为遂负如来也。'"支愍度是东晋初年的名僧，是"心无宗"的创始人。叙事文本中并没出现直接的介入式评价，但叙述者通过"先道人"之语对愍度道人的"新义"作了含蓄评价，并潜在地影响了读者的情感与价值评判。

（二）"中立型"叙事视角的修辞意趣

在"中立型"叙事视角中，叙述者是置身于故事之外的"旁观者"，只充当故事的"目击者"、"见证人"和"记录者"，故事仿佛是自发"呈现"，人物也在"表演"中尽情地展现自我。但这种"中立"是刻意保持的姿态，叙述者抛弃了直接的介入，却借助叙述谋略与叙事修辞，通过暗中控制读者的情感反应与价值评判，含蓄地传达他的看法与评价。不是不介入，而是介入的方式更为巧妙。

"中立型"叙事视角的采用，使得中国古代叙事更显真实、冷静和客观，同时也产生了多种由"中立型"叙事视角所带来的修辞意趣，突出者如寓意和反讽，这是构成中国古代叙事"耐读"的重要因素。

如前所引《世说新语·假谲》中的"愍度道人过江讲义"篇。叙述者对愍度道人的"新义"未置一辞，他仅仅设置了两个话语片段，但看似简单的话语却饶有意味：名噪一时的高僧支愍度抛弃旧义另立新义，并非真的对佛教有新的认知，只不过是为了谋生罢了，言语之间显而易见的意趣与反讽含蓄传达了作者的主观态度与评价。再如《笑林·楚人隐形》所载故事：

> 楚人居贫，读《淮南方》："得螳螂伺蝉自障叶，可以隐形。"遂于树下仰取叶。螳螂执叶伺蝉，以摘之，叶落树下。树下先有落叶，不能复分别，扫取数斗归。一一以叶自障，问其妻曰："汝见我否？"妻始时恒答言见，经日乃厌倦不堪，绐云："不见。"默然大喜。赍叶入市，对面取人物。吏遂缚诣县。县官受辞，自说本末。官大笑，放而不治。

这是一个富于喜剧色彩的笑话，叙述者并未直接表达故事背后的讽刺性，但通过楚人的行为举止，却很含蓄而生动地传达出反讽意味，而且对《淮南方》之荒谬的讽刺，也尽在不言之中。

明清长篇章回小说尤为突出地表现了"中立型"叙事视角的

修辞意趣。就寓意而言，浦安迪曾认为："在局部运用时，寓意是修辞手段，在通贯运用时，寓意变成为立意谋篇或立主脑的方法了。"① "寓意"一词的暗示性是不言而喻的，它排斥叙事中直接的主观式介入，欣赏含蓄性传达，追求言有尽而意无穷的境界。明清长篇章回小说的寓意运用大致属于"通贯运用"，从而在很大程度上造就了叙述的深层意蕴。如托名虞集的《西游证道书序》中有一段评价很值得玩味：

> 余窃窥真君之旨，所言者在玄奘，而意实不在玄奘；所记者在取经，而志实不在取经，特假此以喻大道耳。猿马金木，乃吾身自具之阴阳；鬼魅妖邪，亦人世应有之魔障。虽其书离奇浩瀚，亡虑数十万言，而大要可以一言以蔽之曰："收放心而已。"盖吾人作魔成佛，皆由此心。此心放则为妄心，妄心一起则能作魔，其纵横变化无所不至，如心猿之称王称圣而闹天宫是也。此心收则为真心，真心一见则能灭魔，其纵横变化亦无所不至，如心猿之降妖缚怪而证佛果是也。然则同一心也，放之则其害如彼，收之则其功如此。其神妙非有加于前，而魔与佛则异矣。故学者但患放心之难收，不患正果之难就。真君之谆谆觉世，其大旨宁能外此哉！

这段论述正确地指出了《西游记》的寓意。《西游记》的表层不过是一个引人入胜的神魔故事，但其深层却具备哲理性的寓意。前七回叙述孙悟空"闹三界"，正是"放心"之喻；"五行山下定心猿"，乃"收心"之喻；保护唐僧西天取经，战胜"九九八十一难"，乃是"修心"之喻。谢肇淛的评价与虞集之论互为契合："小说野俚诸书，稗官所不载者，虽极幻妄无当，然亦有至理存焉。……《西游记》曼衍虚诞，而其纵横变化，以猿为心之神，以猪为意之驰，其始之放纵，上天下地，莫能禁制，而归于紧箍一咒，能使心猿驯伏，至死靡他，盖亦求放心之喻，非

---

① 浦安迪：《中国叙事学》，北京大学出版社，1996年版，第127页。

浪作也。"①

　　反讽即所谓的"言在此而意在彼"的"表里不一"、"皮里阳秋"。这种智性的反讽意味与中国古典小说擅长于"中立型"叙事视角的操作是密切相关的，在看似"中立"的叙述背后，通过前后、表里褒贬不一的精心操作，隐含地传达叙述者的主观性评价。运用"中立型"全知叙事视角以造成此种反讽意味，早在先秦两汉史传，如《史记》中就有出色表现，前面在讨论史传叙事视角时曾论及《史记》中所载汉高祖刘邦，就呈现出"明褒实贬"的反讽色彩。这种借"中立型"全知叙事视角以行反讽的手法在中国古代文言小说中得以发扬光大，成为一种重要的修辞意趣。如《三国演义》对刘备的处理、《水浒传》对宋江的描写、《西游记》对玄奘的刻画、《红楼梦》对王夫人和薛宝钗等人的描绘，都是采用"中立型"全知叙事视角达到反讽的典范。且以《三国演义》对刘备的处理为例说明。

　　许多研究者都认为《三国演义》有着鲜明的"拥刘反曹"的倾向，但实际情形却要复杂得多。刘备这一人物形象本来就比较复杂，加上作者大量采用"中立型"叙事视角，借助人物自身"表演"隐约透露出反讽意味，使得对刘备的评价更显棘手。

　　刘备出场时，叙述者称其是一个"素有大志"的"英雄"，其叔父也认为他"非常人也"。再看他与关羽、张飞共破黄巾军，也确实出力不少。但其中有一个细节颇值得玩味：首战黄巾军时，刘备意外救出的是大逆不道的董卓。具有讽刺意味的是，当刘备再次出场时，却是要与各路诸侯共诛董卓。难怪张飞要埋怨他说："当时若容我杀了此贼，免有今日之事。"字里行间显然隐含着某种反讽意味。孔融被数万黄巾军所围困，当太史慈杀破重围向刘备求救时，刘备却敛容答曰："孔北海知世间有刘备耶？"话中透露的是一股无法抑制的醋意，所以毛宗岗评价曰："自负语，亦肮脏语。"

　　取徐州、占荆州、夺益州，是刘备立蜀的三大关键事件，但叙述者都或显或隐地采用了反讽的笔法。刘备来救徐州，陶谦要将徐州让给刘备，"再三相让，玄德那里肯受"，对此，毛宗岗两

---

① 黄霖、韩同文选注：《中国历代小说论著选》（上），江西人民出版社，1982年版，第166页。

次评述道："真耶？假耶？"刘表已死，刘琮欲以荆州降曹，伊籍劝告刘备以吊丧为名，乘机将刘琮捉下，夺取荆州。诸葛亮也十分赞成此计，但刘备却垂泪云："吾兄临危托孤于我，今若执其子而夺其地，异日死于九泉之下，何面目复见我兄乎？"毛宗岗在此又提出疑问说："刘琮既降曹操，则玄德非取荆州于刘琮，而取荆州于曹操也，何尚以刘表为言乎？前刘表让之而不取，失一机会，今刘琮失之而不取，又失一机会。"在夺取益州时，叙述者的反讽意味更为强烈。张松本欲将西川献于曹操，可惜曹操以貌取人，致使张松转欲献于刘备。对张松的这一行动，毛宗岗调侃说："一个主顾不着，只得再寻一个。"显然对张松此举甚为鄙视。刘备闻听张松要来荆州，先让赵云远远迎候，又与孔明、庞统亲自迎接。毛宗岗评价曰："非敬张松也，敬西川耳。"刘备一连留张松饮宴三日，并不提起西川之事，张松深为感动，临别时主动劝刘备夺取西川，并且献出了地图，还答应与法正、孟达共同相助。毛宗岗在夹评中不断指出："非为张松而泪，为西川而泪也。""连日殷勤相待，只为要钓他这几句话。""此处方才应承，却便要钓他这本画图出来。"刘备取西川明明是迫不及待，但当他达到目的后，却还要与刘璋"握手流涕"，表白说："非吾不行仁义，奈势不得已也。"对此，毛宗岗评价曰："'不得已'三字，亦是玄德实话。然古来以此三字解说者多矣！如重耳之杀怀公，小白之杀子纠，唐太宗之杀建成、元吉，皆是也。兄弟之变至于如此，为之一叹。"实际上，叙述者正是要借刘备的"表演"造成反讽的叙事效果。

二、"流动型"而非"固定型"全知叙事视角

中国古代叙事视角主要承继史传传统，采用"中立型"全知叙事视角，同时又深受中国重"表现"传统的影响与渗透，多采用与"固定型"视角不同的"流动型"叙事视角，反对枝枝节节的精微刻画与细致描摹，强调以形显神，具有鲜明的"写意性"特征。

中国古代"流动型"而非"固定型"的叙事视角特征，构成与西方叙事视角明显的民族性差异。中西叙事视角"流动型"与"固定型"的差异，实际上是中西认知心理结构差异和中西"表现性"、"再现性"诗学差异的折射。

首先，采用"流动型"而非"固定型"的叙事视角，与中国古人理解的天人之道的运行轨迹相暗合，与中华民族的认知心理结构相对应。中国古代哲学认为宇宙无始无终，周流不息，世间万物均处于运行无穷、变迁演化的过程中。有理由相信，这种对于宇宙的观念深刻地影响了中华民族的认知心理结构，进而影响到古人的叙事观念，包括采用"流动型"而非"固定型"的叙事视角。鲁迅曾经这样谈论中国农民的绘画欣赏习惯："譬如罢，中国画是一向没有阴影的，我所遇见的农民，十之九不赞成西洋画及照相，他们说：人脸哪有两边颜色不同的呢？西洋人的看画，是观者站在一定之处的，但中国的观者，却向不站在定点上，所以他说的话也是真实。"① 所谓"站在一定之处"，也即定点透视，这种透视法往往选定一事一物，对其进行穷形尽相地精微刻画；所谓"不站在定点上"，也即不定点透视，这种透视法则不重精细刻画，而重在以形写神，以形传神。鲁迅谈的是中西绘画欣赏习惯的差异，这种差异性也体现在中西叙事视角上。在西方叙事中，往往采用与定点透视相应的"固定型"叙事视角；而在中国古代叙事中，则往往采用与不定点透视相应的"流动型"叙事视角。"流动型"叙事视角不拘泥于一事一物的精微刻画，追求"文章最妙，是目注彼处，手写此处，若有时必欲目注此处，则必手写彼处"②，故能以虚实兼备的笔墨，笔在此而意在彼，营造一种言外之意。

其次，采用"流动型"而非"固定型"的叙事视角，是中西"表现性"、"再现性"诗学差异的反映。与西方诗学重"再现"与"写实"不同，中国古代诗学更重"表现"和"写意"。当然，重"表现"和"写意"并不意味着完全摆脱对客观物象的摹写，而是讲究摹写的虚实相生，不尺尺寸寸拘泥于细节特征，而更加注重传达物象的意蕴和神韵，借以传达出或浓或淡的主体性情感色调，氤氲着抒情意味。清代赵执信曾经以一个故事生动地表达了这种艺术追求，他说：

---

① 鲁迅：《且介亭杂文·连环图画琐谈》，见《鲁迅全集》，人民文学出版社，2005年版，第1248页。

② 金圣叹：《读第六才子书〈西厢记〉法》，齐鲁书社，1991年版，第9页。

> 钱塘洪坊思升,久于新城之门矣。与余友。一日,并在司寇宅论诗。坊嫉时俗之无章也,曰:"诗如龙然,首尾爪角鳞鬣,一不具,非龙也。"司寇哂之曰:"诗如神龙,见其首不见其尾,或云中露一爪一鳞而已,安得全体?是雕塑绘画者耳。"余曰:"神龙者,屈伸变化,固无定体,恍惚望见者,第指其一鳞一爪,而龙之首尾完好,故宛然在也;若拘于所见,以为龙具在是,雕绘者反有辞矣。"坊乃服。①

赵执信认为,神龙的变化固无定体,人们往往只能望见其一鳞一爪,但首尾完整的龙"宛然在也";但如果据此断定龙就只有一鳞一爪,从而拘于所见,那不免有片面之嫌。可见,龙的一鳞一爪是可见的,也就是"实"的;首尾完整的龙是难得窥见的,故而是"虚"的,然而人们不难从一鳞一爪中想象出首尾完好的龙。在文学创作中,把龙的首尾爪角一一描绘出来,固然不必;拘于所见,孤立地去画龙的一鳞一爪,则未免因小失大。所以要从全龙着眼来刻画龙的一鳞一爪,又通过一鳞一爪来体现全龙的神韵。这实际上触及虚实相生的"写意性"问题,是颇得中国传统艺术的精髓的。中国古代艺术的这种"写意性"取向深刻地影响了中国古代对叙事视角的选用。与"固定型"视角专注于一事一物的精微刻画不同,流动视角重在以形写神,它所提供的是与工笔画不同的写意画。也就是说,流动视角并不固定在某一点上,而是借助虚实兼备的笔墨、笔在此而意在彼的谋略,写出意态和意趣。

可见,由于认知心理结构的差异和艺术取向的不同,在叙事视角上,中西表现出"流动型"与"固定型"的民族性差异。当然,这种差异性并不是绝对的。在中国古代叙事思想发生、形成期的先秦两汉,这种混合性和相对性表现得尤为突出。但在哲学、文化、文学的交相作用下,先秦两汉时期已较为清晰地显示了叙事视角的"流动型"特征,并对中国古代叙事视角思想产生了深远的影响。这里以赋体为例,对赋体叙事视角的流变轨迹作一简单说明,借以阐述中国古代叙事思想发生期在叙事视角上逐

---

① 赵执信:《谈龙录》,上海古籍出版社,1983年版,第310页。

步显露的民族性特征。简而言之，赋体的发展轨迹表现出由大赋的"固定型"叙事视角向小赋的"流动型"叙事视角的转化趋向。

作为一种具有鲜明民族特色的文体，赋在汉代蔚成大国，成为汉代最有特色的"一代之文学"。汉赋多为大赋，大赋的特征，刘勰在《文心雕龙·诠赋》中论定为："赋者铺也，铺采摛文，体物写志也。"可见，其基本特征是铺张扬厉，即在"体物"上下工夫，追求"极声貌以穷文"。如汉赋作家司马相如的名作《子虚赋》、《上林赋》就是突出代表。《子虚赋》中描写云梦泽，就以山为中心，不惮繁琐地四面极力展开描写：其土……其石……其东……其南……其高燥……其埤湿……其西……其中……其北……其树……其上……其下……而且对其中任一事物的描写也是罗列无遗，力求繁富，以大为美。这种描写采用的是"定点透视法"，叙事视角相应地采用"固定型"。汉大赋在中国古代文学史上自有其地位，但单就叙事而言，这种"极声貌以穷文"，追求形似的大赋作品并不符合中国古代的审美习惯。所以，后来的赋作逐步摆脱此种枝枝节节、不惮繁琐的"定点透视"，而由形及神，逐步发展出"流动型"叙事视角。如曹植的《洛神赋》，对洛神的美极尽描摹之能事：

其形也，翩若惊鸿，婉若游龙，荣曜秋菊，华茂春松。仿佛兮若轻云之蔽月，飘摇兮若流风之回雪。远而望之，皎若太阳升朝霞；迫而察之，灼若芙蓉出渌波。秾纤得衷心，修短合度。肩若削成，腰若纨素。延颈秀项，皓质呈露，芳泽无加，铅华弗御。云髻峨峨，修眉联娟。丹唇外朗，皓齿内鲜。明眸善睐，辅靥承权。瓌姿艳逸，仪静体闲。柔情绰态，媚于语言。奇服旷世，骨像应图。披罗衣之璀璨兮，珥瑶碧之华琚。戴金翠之首饰，缀明珠以耀躯。践远游之文履，曳雾绡之轻裾。微幽兰之芳蔼兮，步踟蹰于山隅。

尽管未脱赋"铺陈"之习，在叙事视角上基本上采用"固定型"叙事视角，但却能摆脱定点透视所带来的繁重、板滞的精微描摹，扣住水上女神的特点，进行生动传神的刻画。特别是写她将至未至的神情，更给人一种若真若幻的美感："体迅飞凫，飘忽若神，凌波微步，罗袜生尘，动无常则，若危若安；进止难期，若往若还。"从汉代开始出现的抒情小赋深受抒情传统的影响，改"体物"为抒情，小赋不孜孜于"体物"，不求形似和繁复，而追求情景交融，因而在叙事视角上，表现出由"固定型"向"流动型"的转化趋向。

从上述对赋体叙事视角由"固定型"向"流动型"转换的轨迹中，可以看到先秦两汉叙事视角在这一转化趋势中，不仅有效地去板滞趋灵动，而且还逐渐发展出虚实相生、以形传神，甚至是以无写有的叙述谋略，从而充分地显示了"流动型"叙事视角的"写意性"妙用。如以写美人为例，《诗经·卫风·硕人》描绘卫庄公夫人的美貌云："手如柔荑，肤如凝脂，领如蝤蛴，齿如瓠犀，螓首蛾眉，巧笑倩兮，美目盼兮。"尽管多方设喻，极尽描摹之能事，但这种定点透视的"固定型"叙事视角总显得板滞而缺乏灵动之美。而汉乐府《陌上桑》描绘罗敷的美貌，就采用了"流动型"叙事视角，避免了通常的直接描摹，而另辟蹊径，从虚处着笔："行者见罗敷，下担捋髭须。少年见罗敷，脱帽著绡头。耕者忘其犁，锄者忘其锄。来归相怨怒，但坐观罗敷。"罗敷有多美？茅盾说："虽然未直接描写她的绝色美貌，但其美貌却跃然纸上，比直接描写高明十倍。"陈祚明说："写罗敷全须写容貌，今只言服饰之盛耳，偏无一言及其容貌；特于看罗敷者尽情描写，所谓虚处著笔，诚妙手也。"这些看法都准确地阐明了"流动型"叙事视角"虚实相生"的妙处。

莱辛说得好："诗人啊，替我们把美所引起的欢欣，喜爱和迷恋描绘出来吧，做到这一点，你就已经把美本身描绘出来了。"① 他以荷马《伊利亚特》中描写海伦的美为例说明："荷马故意避免对物体美作细节的描绘，从他的诗里我们只偶尔听到说海伦的胳膊白、头发美之类的话。但是尽管如此，正是荷马才会使我们对海伦的美获得一种远远超过艺术所能引起的认识。试回忆一下他写海伦走过特洛亚国元老们的会议场里那一段诗。这些尊贵的老人看见了海伦，就彼此私语道：'没有人会责备特洛亚人和希腊人，说他们为了这个女人进行了长久的痛苦的战争，她

---

① 莱辛：《拉奥孔》，朱光潜译，人民文学出版社，1979年版，第120页。

真像一位不朽的女神啊！'能叫冷心肠的老年人承认为她战争，流了许多血和泪，是值得的，有什么比这段叙述还能引起更生动的美的意象呢？"①莱辛的这一看法清楚地阐释了"流动型"叙事视角的基本特征：即不强调对"中心点"的定点透视，而追求对从"中心点"辐射出去的不定点透视，用"流动性"取代"固定性"，不必直接聚焦于"中心点"，而围绕着"中心点"左写右写，上写下写，从而更传神地凸显"中心点"的妙处。金圣叹曾经用形象的语言描绘了"流动型"叙事视角的妙处，他说："文章最妙，是先觑定阿堵一处已，却于阿堵一处之四面将笔来左盘右旋，右盘左旋，再不放脱，却不擒住。分明如狮子滚球相似，本只是一个球，却教狮子放出通身解数，一时满棚人看狮子，眼都看花了，狮子却是并没交涉。人眼自射狮子，狮子眼自射球。盖滚者是狮子，而狮子之所以如此滚，如彼滚，实都是为球也。"

可见，采用"流动型"叙事视角，不追求精微的细腻描摹，可以有效避免直接写实的不足，从而达到"以无写有"、虚实相生，取得"言近旨远"、"意在言外"的韵味。与"固定型"叙事视角相比，这一叙事视角类型显然更契合中国古代以"写意"为主导的审美艺术取向。

从先秦两汉开始，这种独特的以形传神、虚实相生甚至"以无写有"的"流动型"叙事视角成为中国古代叙事视角的基本类型，从而更有效地推进了中国古代叙事的"写意性"特征。

志人小说《世说新语》，世称"意在言外"、玄韵悠远，具有浓郁的"写意性"特征，这主要得力于"以形传神"的白描手法的成功运用。典型者如写汉代著名经学大师郑玄，"以博闻强记之才，兼高节卓行之美，著书满家，从学盈万，当时莫不仰望"。②但《世说新语》的叙述并没涉及他的著书授学，而是避实就虚，选择了他的"挞婢"这一独特视角，叙述一位婢女用《诗经·邶风·式微》中的句子："胡为乎泥中？"问另外一位被拖曳在泥中的婢女，回答是《邶风·柏舟》中的诗句："薄言往诉，逢彼之怒。"两个身份卑微的婢女出口成章，以《诗经》中

---

① 莱辛：《拉奥孔》，朱光潜译，人民文学出版社，1979年版，第120页。
② 皮锡瑞：《经学历史》，中华书局，1959年版，第141页。

的句子酬对解嘲，就以"不写之写"、避实就虚的方式，将郑府经学风气之盛"有意味"地显示出来了。

另如宋乐史所作传奇《绿珠传》，叙述绿珠坠楼殉情的动人故事，但细检其文，实际上对美人殉情的中心情节着笔不多，仅仅写道："崇谓绿珠曰：'我今为尔获罪。'绿珠泣曰：'愿效死于君前。'崇固止之，于是坠楼。而崇弃东市。"与之形成鲜明对照的是，接下来的叙述将笔墨主要转向山水方物：

> 时人名其楼曰："绿珠楼"。楼在步庚里，近狄泉。狄泉在王城东。绿珠有弟子宋韩，有国色，善吹笛，后入晋明帝宫中。今白州有一派水，自双角山出，合容州江，呼为绿珠江，亦犹归州有昭君滩、昭君村、昭君场，吴有西施谷、脂粉塘，盖取美人出处为名。又有绿珠井，在双角山下。耆老传云：汲此井饮者，诞生女必多美丽。里闾有识者，以美色无益于时，因以巨石镇之。尔后虽有产女端妍者，而七窍四肢，多不完具。异哉！山水之使然。昭君村生女，皆炙破其面。故白居易诗曰："不取往者戒，恐贻来者冤；至今村女面，烧灼成疤痕。"又以不完具而惜焉。

作品采用避实就虚、"以无写有"的"流动性"叙事视角，借助楼之长存、水之远流，巧妙地传达了对一个歌舞妓凛然不可侮辱的高尚节操的称誉。同时将山水方物与昭君村、西施谷等相呼应，也隐约暗示了某种道德劝诫意图。

"流动性"叙事视角能充分展示"言近旨远"、"意在言外"的"写意"妙处，故成为中国古代叙事视角的基本特征，并构成与西方"固定型"叙事视角不同的民族性特征。毛宗岗评点小说时明确指出："善写妙人者，不于有处写，正于无处写。"所谓"不于有处写，正于无处写"，也就是"以无写有"，从虚处着笔，即采用"不定点透视"的"流动型"叙事视角。例如《三国演义》写刘备请诸葛亮出山，两次未遇，也是纯用虚笔。毛宗岗总结说：

> 此卷极写孔明，而篇中却无孔明。盖善写妙人者，不于有处写，正于无处写。写其人如闲云野鹤之不可定，而其人

始远；写其人如威凤祥麟之不易睹，而其人始尊。且孔明虽未得一遇而见孔明之居，则极其幽秀；见孔明之童，则极其古淡；见孔明之友，则极其高超；见孔明之弟，则极其旷逸；见孔明之丈人，则极其清韵；见孔明之题咏，则极其俊妙：不待接席言欢，而孔明之为孔明，于此领略过半矣。

这种避实就虚、"以无写有"的"流动性"叙事视角，其妙处在于不需诸葛亮出面，就提供了一个属于他的精神人格的人文世界。文中叙述道，刘备在未遇诸葛亮之前，就已经闻歌五首。一前一后是田夫歌和黄承彦吟出的"梁父吟"，都说明为诸葛亮所作。一以隐士高眠对应世局变幻如棋，一咏瑞雪寒梅的滢洁独标，抒情言志，都透露了诸葛亮遗世独立的襟怀。中间三首为石广元、孟公伟和诸葛均所吟，格调显然激越一些，或咏史以赞颂古代名臣风云际遇、功业垂成，或刺世以针砭奸雄弄权、灾祥屡见，或表达躬耕垄亩、以待天时的心迹。虽未点明为诸葛亮所作，但仔细体会，这些诗歌可以视为他的"代言"，以表明其济世之苦心。于是诸葛亮还未出现，他那隐逸和济世双构的精神世界，已经弥漫于卧龙岗的山山水水，从而独具神采地建构了一个文化人格世界。

综而言之，中国古典文言小说基本取"全知型"叙事视角类型，但在史传叙事思想和重"表现"诗学传统的双重影响下，这种"全知型"叙事视角表现出鲜明的特征："中立型"而非"编辑型"，"流动型"而非"固定型"，从而进一步深化了中国古代叙事思想"人文化"与"诗化"的民族性特征。

第三节　叙事时间思想对中国古代叙事思想的影响

叙事学认为，叙事作品是一个具有双重时间序列的转换系统，它暗含有故事时间和叙述时间两种时间，托多洛夫指出："从某种意义上说，叙事的时间是一种线性时间，而故事发生的时间则是立体的。在故事中，几个事件可以同时发生，但是话语则必须把它们一件一件地叙述出来；一个复杂的形象就被投射到一条直线上。"① 叙事作品的这种双重时间性质赋予了叙事作品根据一种时间去变化乃至创造另一种时间的功能，这种种变化或创造导致了叙事时间的摇曳多姿。

与西方经典叙事中"再现性"、"写实性"叙事时间不同，中国古代叙事中的叙事时间往往是不确指、难以坐实的，这些叙事作品往往通过有意识地模糊时间，拒绝与现实时间的等同，从而构筑一个不同于现实时间的"第二时间"。这种有意营构的叙事时间，因其阔大、模糊和不确指，往往显得诗意氤氲且富有哲理性色彩，是一种深刻"人文化"、"哲理化"的时间。

中国古代叙事"人文化"、"哲理化"叙事时间深受先秦两汉叙事时间思想的影响，其中尤以史传和"诗骚"的影响为著。当然，两者的影响不是等效的。简而言之，史传的影响主要表现在直接的叙事操作层面上，而"诗骚"的影响则远为隐秘，主要造成了中国古代叙事时间思想的不确指和"写意化"倾向。但两者的影响并非截然分开、分别进行，而是以一种"合力"的形式共同起作用，共同促成了中国古代叙事时间的"人文化"、"哲理化"特点。为了更好地理解中国古代叙事时间的特征，将中西叙事时间作对比式研究是行之有效的途径。下面首先对西方经典叙事时间作一个简单的概括。

一、西方"写实性"叙事时间

西方自亚里士多德开始就崇尚理性，反对任何非理性的成分，叙事理论亦不例外。就叙事时间而论，西方强调确定的叙事时间，其中针对戏剧提出的著名的"三一律"，尤为突出地反映了西方对"写实性"叙事时间的偏好。这与西方对艺术本质的认识也有关系，不管柏拉图还是亚里士多德，不管是把艺术的摹仿看作高于现实世界还是低于理式的、现实的世界，其出发点却是相当一致的，那就是从西方传统的认知哲学出发，重在对客体世界的摹仿、认识和"再现"。艺术既然是对现实的摹仿和"再现"，自然尊重现实时间。

当然，强调"再现"故事的现实时间，并不意味着不能对客

---

① 托多洛夫：《叙事作为话语》，见《美学文艺学方法论》，文化艺术出版社，1985年版，第36页。

观时空作艺术处理,亚里士多德早就断言,诗比历史具有更高的哲理性意味,从而也肯定了通过对故事时间的艺术化处理达到更高真实的做法。何况,严格地说,一维的叙事时间是不可能与多维的故事时间完全平行的,即便是童话和民间传说,故事时间与叙事时间之间也必然存在着孰先孰后的问题,而当故事中有几条线索时更是如此。所以,在西方叙事中,尤其是现代小说中充满了对叙事时间表现的种种探索和尝试,以求更有效地传达作家的某种本质性认知。但是,由于西方的理性传统与求"真"精神的潜在影响,不管如何变异故事时间,不管叙事时间的表现形态是如何的错综复杂,叙事时间在总体上呈现为"写实性"特征,保留着现实时间的具体可感性,基本上是清晰可辨的。

为解决一维叙事时间与多维故事时间的矛盾,倒叙、插叙等叙事手法应运而生。从故事的中间开始,再用倒叙手法回忆或解释事件的起因曾是19世纪西方现实主义作家推崇的一种形式格局。西方现代作家更是有意扩大叙事时间与故事时间的差异,试着用各种方式处理时间。他们中"有的把过去和未来去掉,让时间只剩下是对于片刻的纯粹本能知觉;另有一些人,像多斯·巴索斯,把时间作为一种局限的机械的记忆。普鲁斯特和福克纳干脆把时间斩了首……"① 在这种种错综复杂的时序中,尤为引人注目的是逆时序和非时序。

逆时序是一种包含多种变形的线型时间运动,在逆时序的叙事作品中,预叙、倒叙、插叙往往交织在一起,因而叙事时间的轨迹并不是一目了然的,过去、现在和未来常常错综复杂地交织在一起。比如下面这段引文:

> 多年以后,面对着行刑队,奥雷连诺上校将会想起那久远的一天下午,他父亲带他去见识了冰块。

这是马尔克斯《百年孤独》的第一句。在这句话里,叙述者站在某一个时间不明确的"现在",讲"多年以后"——"将来"的事情,然后又从这个"将来"回顾"那久远的一天下

---

① 萨特:《福克纳小说中的时间:〈喧哗与骚动〉》,载《福克纳评论集》,中国社会科学出版社,1987年版,第164页。

午"——"过去"。在逆时序中,故事线索错综复杂,时间顺序前后颠倒,但从本质上来说,逆时序是一种线型时间运动,其中的故事时间具有理性特征,故仍然可能重建一个完整的故事时间。

普鲁斯特的名作《追忆似水流年》对叙事时间的处理更是煞费苦心。这部小说可称为"是一部驾驭、征服、控制、暗中破坏、或确切地说曲解时间的小说"①。叙述者在回忆中追寻那逝去的岁月,但叙述中的时间关系是相当复杂的,有些片断虽在追忆往事,但其间却往往夹杂有对未来想象的展开。例如在《簪花少女的影子下》中,叙述者忆起斯万婚前精心筹划日后妻子在上流社会中生活的情景,这是倒叙,但倒叙的内容却是斯万对婚后生活的憧憬,这又是倒叙中的预叙。而斯万当年的希望与他妻子多年来一直不受上流社会欢迎形成了鲜明的对照,从而构成一种反讽的意蕴,有效地映衬了斯万婚后的失意和痛苦。《追忆似水流年》中的有些片段是指向未来的,但它往往又是站在未来的位置上回忆过去或现在发生的某段往事,请看下面一段引文:

> 许多年以后我们才知道,我们那年夏日之所以每天都在吃芦笋,是因为分派剥洗芦笋的可怜的厨娘闻到芦笋的味道就发哮喘病,结果她的哮喘真的发作,最后不得不辞退了。(《斯万家那边》第一卷)

这里事件是过去的,认识是后来的,主人公当时只是经历了事件,一直到后来的某一天才了解真相,原来是姑婆家的厨房管家想赶走其他仆人独揽大权所玩弄的权术。这里显然把将来和过去联在一起了。在《追忆似水流年》中,这种叙事时间的交错是大量的,过去中孕育着未来,未来又渗入到过去中,人们有时甚至很难判定那众多的片段究竟属于"回首性前瞻",还是该归于"前瞻性回首"。不过,尽管小说的叙事时间纷繁复杂,但作品设有"马赛尔成了作家"这一逻辑线索作为引导,故而稍加整理,人们还是可以从那纷繁的叙述中把握故事的总的时间进程,也就

---

① 热奈特:《叙事话语》,中国社会科学出版社,1999年版,第160页。

是说，故事时间总体上依然是清晰的。

当然，有些极端作品在处理时间时，故意拉大故事时间与叙事时间的差距，有时借助难以觉察的时间上的跳跃，甚至造成叙事时间的隐秘以至于紊乱，从而出现某种非时序。下引《喧哗与骚动》"昆丁部分"中的一段，以领略非时序在叙事时间处理上的微妙之处：

"你喝过香水吗？"斯波特说。他一只手就能把她举到自己肩膀上带着她跑着跑着。跑着

"没喝过，"施里夫说。那畜生跑着两只背相叠在一起她在眨着眼的桨影中变得模糊了跑着那只优波流斯的猪一边跑着一边交配凯蒂在这期间和多少个

"我也没喝过，"斯波特说。我也不知道反正很多我心里有件很可怕的事很可怕的事。父亲我犯了罪，你做过那样的事吗。我们没有我们没有我们做过吗。

这一段叙述中既有两个人的对话，又有昆丁脑海中闪出的凯蒂与别人私通的情景以及父亲发现后的斥责。这些叙述之间没有任何标志时间和中断叙述的词汇，有意设置的时间的模糊以至混乱进一步强化了非时序表达。但即便是在这种对叙事时间的极端操作中，故事时间基本上还是可以辨识的。

从根本上说，叙事学所涉及的任何一个理论范畴都不可能完全归属于形式范畴，其后总有着某种哲学、思想和文化的支撑，叙事时间自然也不例外。西方叙事强调对叙事时间的操作，现代主义和后现代主义小说家对叙事时间更是作了煞费苦心的处理，其中频繁现身的逆时序与非时序甚至导致了叙事时间的错综乃至紊乱。但从总体上看，西方叙事时间基本上是清晰可辨的，这主要根源于西方执著的"求真"倾向和理性中心的哲学取向。如以"解时序化"尝试为基本特征的新小说派写作，并不仅是一种标新立异的形式狂欢，其后有着深刻的哲学支撑。自卡夫卡以来，传统上作为人文精神主体的人，已经蜕变为"荒诞的人"，成为没有灵魂的身体，现代人呆滞和呆板的外表下面并不隐含任何心理活动，因此，无论是巴尔扎克式的"行为主义"的现实主义描写，还是普鲁斯特式的"心理现实主义"的细腻心理刻画，在新

小说家看来，都无法适应现代人生活真实状态的描写需要。在新小说家看来，要真实"呈现"现代人的生活状态，必须要拆解事物的意义链条，而要拆解事物的意义链条，首先得进行"解时序化"尝试。因为在经典叙事学中，叙事时间内在地包含着时序和因果关系，是构筑意义的要素。因此要拆解事物的意义链条，就必须进行"解时序化"尝试，拆解叙事时间内含的时序与因果意义链条，使事件成为纯粹的空间事件，用葛利叶的话来说，就是："表明视觉的和描写性的词——限于度量、定位、限制、形容——为未来小说艺术指出了一条艰苦然而可行的道路。"① 可见，拆解事物意义链条的"解时序化"尝试，归根结底还是一种求"真"倾向的反映，是为了更真实地"呈现"现代人的生活状态。

二、中国古代"写意性"叙事时间

"求真"倾向和理性中心的哲学取向是导致西方"写实性"叙事时间的根本性原因，中国古代自然论宇宙观和天人合一的整体性关联式思维模式则是促成中国古代"写意性"叙事时间的根源。

中国古代多取自然论宇宙观，这种自然论观念具有排斥以因果律寻求事物相互关系而给出最终解释的倾向，故不强调对"情节"和故事时间的重新组织安排，所以中国古代叙事在大框架上多按照事物进程的本来"自然样貌"呈现，在叙事时间上多采用连贯性叙述。与此同时，中华民族多持天人合一观，长于整体性思维模式，习惯于对时间进行整体性的观照与把握。以时间呼应天道，往往把天象运行、季节更替、万物荣枯，以及人对于自身的生命形态和年华盛衰的体验交融在一起，这在长期的文化积淀过程中已经成为中华民族的潜在惯常思维模式。这种对时间进行整体性观照与把握的整体性思维模式，对中国古代叙事时间的表现形态产生了深刻影响。所以，中国古代叙事在放弃了对叙事时间的多样化操作，主要依照"自然"时序连贯性"呈现"故事的同时，又力求通过对叙述时间的处理以把握天人之道，借以传达

---

① 葛利叶：《未来小说的道路》，载《新小说派研究》，第67页。

对宇宙、生命等的哲理性思考，从而形成了与西方"写实"叙事时间不同的"人文化"和"哲理化"叙事时间思想。

中国古代叙事"人文化"、"哲理化"叙事时间早在先秦两汉史传中就有着鲜明表现，并由史统和"诗骚"的潜在深刻影响，构成为中国古代叙事时间思想的主要特征。这一特征突出地体现为中国古代叙事时间的"预叙"、"时速"以及"叙事时间的淡化、错位和幻化"。下面分而论之。

（一）预叙

1. 概说

第二章在探讨史传叙事时间问题时指出，中国古代史传在基本上采用连贯性叙述的同时，又特别地发展了预叙形式，并强调指出，与西方文学传统中预叙相对薄弱的情形不同，在中国古代叙事中，预叙被相当普遍地采用。因为预叙虽不利于"重新安排生活"和营造悬念，却有利于把握天人之道，借以传达对宇宙、生命等的哲理性思考，从而有效创设"人文化"、"哲理化"叙事时间。中西早在叙事思想形成期就已表现出这一民族性差异。先秦两汉史传，如《左传》、《史记》中采用的预叙在将结局的惊奇化为乌有的同时，却成功地代之以对社会、历史和人生的深邃思考。史传预叙对后世叙事时间思想影响深远，中国古代叙事常在开头即采用预叙揭破故事结局，并借助高跨度、高速度的时间操作，以期与天人之道、历史法则接轨，因而充满对历史、对人生的透视感和预言感，有些蕴涵着作者生命体验和哲学思考的预叙是十分耐人寻味的。

2. 表现

与先秦两汉史传对预叙的偶一用之相比，承史传而来的中国古代小说更普遍地采用预叙形式，更突出了预叙的"人文化"、"哲理化"色彩，从而更彰显了中国古代叙事时间的"写意化"民族特征。

元代《至治新刊全相三国志》在整体艺术成就上远不能和《三国演义》相比，但它开头所采用的预叙却是很独特的：东汉光武年间，书生司马仲相在御花园饮酒读史，对秦始皇残暴却得天下甚为愤慨。于是天公委任他当阴司之君，审理西汉初年汉高祖、吕后杀害韩信、彭越、英布三位功臣的冤狱。最终的判决是：

> 汉高祖负其功臣，却交三人分其汉朝天下：交韩信分中原为曹操，交彭越为蜀川刘备，交英布分江东长沙吴王为孙权；交汉高祖生许昌为献帝，吕后为伏皇后。交曹操占得天时，囚其献帝，杀伏皇后报仇；江东孙权占得地利，十山九水；蜀川刘备占得人和。刘备索取关、张之勇，却无谋略之人，交蒯通生济州，为琅琊郡复姓诸葛，名亮，字孔明，道号卧龙先生，于南阳邓州卧龙冈上建庵居住。此处是君臣聚会之处，共立天下，往西川益州建都为皇帝，约五十余年。交仲相生在阳间，复姓司马，字仲达，三国并收，独霸天下。

这里采用预叙形式，不仅事先揭破了故事的结局，且巧妙借用因果报应的外衣，包裹着民间对汉初高祖、吕后诛杀功臣的历史非议，从而表达了强烈的民间情绪。

《红楼梦》采用了形式众多的预叙，其中最富于"人文化"、"哲理化"色彩的预叙当推"贾宝玉梦游太虚幻境"，这其中蕴涵着复杂深玄的文化密码。贾宝玉梦中一进入太虚幻境，听到的歌便是："春梦随人散，飞花逐水流。寄言众儿女，何必觅闲愁。"在牌坊上看到的对联是："假作真时真亦假，无为有处有还无。"于此，整部书的基本格调与走向定下来了：它真假、有无错综交织，闪烁着佛教和道教的幻影；它梦里说人生，云散水流无从把握，从而带有丰富的多义性。"太虚"一词，源于《庄子·知北游》所描述的几个具有哲学象征意义的人物太清、无为、无穷、无始，讨论道之深浅内外、可知与不可知，然后说："有问道而应之者，不知道也。……是以不过乎昆仑，不游乎太虚。"唐代成玄英疏曰："昆仑是高远之山，太虚是深玄之理。"《红楼梦》的作者以"太虚"命名"幻境"，大概是想借它来沟通天道与人道，并进而探讨人的命运与天道之关系的深玄之理。预叙往往暗示人物和事态在其后的岁月里带命运感的发展和变异，因而它的文字经常采取密码方式。就《红楼梦》而言，它显然是梦中说梦，让贾宝玉在初涉人生之时，就以迷离恍惚的梦幻状态，与他当时尚且不能参悟的人生结局打了一个照面，这个"梦中梦"就成为了人与天、人与情欲、后代与祖先、现实与命运的多重对话。警幻仙姑带贾宝玉到"薄命司",翻阅了"金陵十二钗"正册、副册以及又副册的一部分,其中充满了隐喻,对此戚蓼生在《石头记序》中说得很清楚:

> 吾闻绛书两歌,一声在喉,一声在鼻;黄华二牍,左腕能楷,右腕能草——神乎技矣,吾未之见也。今则两歌而不分乎喉鼻,二牍而无区乎左右,一声也而两歌,一手也而二牍。此万万所不能有之事,不可得之奇,而竟得之《石头记》一书。嘻,异矣!夫敷华揾藻,立意遣词,无一落入窠臼,此固有目共赏,姑不具论。第观其蕴于心而抒于手也,注彼而写此,目送而手挥,似谲而正,似则而淫,如《春秋》之有微词,史家之多曲笔。

这些富有隐喻性的语言具有多重折射的功能,往往写此涉彼,写今日暗示未来,写幻境影射现实,语言之间充满了意义的张力和暗示,故而贾宝玉"看了不解","看了仍不解"。接着,贾宝玉又听了太虚幻境中演出的《红楼梦》十二支曲子,这些曲子都暗示着金陵十二钗的命运,但此时的贾宝玉身处荣华富贵,因而浑然不解其意。但是,不管主人公是否参透人生,这些暗示性的预叙渗透到全书的行文脉络之中,成为若隐若现的叙事密码。这样,这段预叙成功地把主人公个人的人生行程与提前暗示的人生结局交织在一起,从而形成了动人心弦的象征诗一般的审美张力。

3. 原因

为什么在中国古代叙事中,预叙被运用得如此普遍,这其中折射出一种怎样的文化立场呢?

前面说过,中国古代主要是持自然论哲学立场,故而认为万事万物的周流运行都是自然而然的,是没有目的的,也是人力无法强行地加以改变的,因而事件或故事多以本来"自然"样貌呈现,叙事时间也相应地表现为连贯性叙述,"时间倒错"的现象并不普遍。但古人又深受儒家思想文化的浸润,在排斥以因果律寻求事物相互关系而给出最终解释的倾向的同时,却并不否认在人事范围内,人的自身行为对人事的深刻影响,故中国古代叙事又普遍表现出对人事范围内是非善恶的深切介入。早在先秦两汉史传中，如《国语》、《左传》、《史记》等，从常见的"史臣曰"、"太史公曰"的评价到普遍采用的"预叙"形式，都表现出鲜明的道德立场。

文学性叙事基本上承继了史传这种对人事兴亡的儒家式的解释。这种解释的欲望和道德化立场表现在小说中，形成了独特的一套模式，并基本上集中于开篇的"引子"和"楔子"中。在中国古代叙事思想中，"引子"和"楔子"要解决的显然不仅是简单的人物出场与布局问题，其中更包孕有作者对其立言本意的阐释。李渔有一段话论及戏曲开场，可以为此作一旁证，他说："予谓词曲中开场一折，即古文之冒头，时文之破题，务使开口见山，不当借帽覆顶。即将本传中立言大意，包括成文，与后所说家门一词相为表里。"① 李渔将"古文之冒头、时文之破题、词曲之开场"的作用归于一类，即"将本传中立言大意，包括成文"在开篇之时明确显示，故其所论"冒头"、"破题"、"开场"，实际上就是一种预叙。它往往借助某种神秘化手段，凸显人事范围内的是非善恶的因果关联，充满对社会、历史、人生的透视感和预言感，从而形成了中国古代叙事中富有"人文化"、"哲理化"色彩的叙事时间。

（二）时速

第二章在探讨史传叙事时间思想时还曾论及，先秦两汉史传常通过对叙事时间速度的操作，借助历史时间与叙事时间的反差来制造审美快感，并由此显示史家的"史识"和用心，从而显露了叙事时间的"人文化"特征。这种叙事谋略经由史传的影响渗透到我国古代虚构性叙事领域中，成为中国古代"人文化"、"哲理化"叙事时间的基本操作手段。

《水浒传》第三十九回叙述梁山泊好汉江州劫法场，宋江戴宗将要被斩，情况十分紧急，但施耐庵偏偏急事缓叙，慢慢道来，从而创造了巨大的审美快感。对此，金圣叹不仅在文中多次指出其在叙事节奏处理上的巧妙："偏是急杀人事，偏要故意细细写出，以惊吓读者。盖读者惊吓，斯作者快活也。读者曰不

---

① 李渔：《李渔全集》第三卷，浙江古籍出版社，1992年版，第60页。

然，我亦以惊吓为快活，不惊吓处，亦便不快活也。"① 还在回首评语中详加分析说：

> 写急事不得多用笔，盖多用笔则其事缓矣。独此书不然。写急事不肯少用笔，盖少用笔则其急亦遂解矣。如宋江戴宗，谋逆之人，决不待时，虽得黄孔目挨延五日，然至第六日已成水穷云尽之际。此时只须云只等午时三刻，便要开刀一句便过耳。乃此偏写出早辰先着地方打扫法场；饭后点士兵刀仗剑子；巳牌时分狱官禀请监斩，孔目呈犯由牌，判斩字，又细细将贴犯由牌之芦席，亦都描画出来。此一段是牢外众人打扮诸事，作第一段。次又写碾扎宋江、戴宗，各将胶水刷头发，各绾作鹅梨角儿，又各插朵红绫纸花；青面大圣案前各有长休饭、永别酒；然后六七十个狱卒一齐推拥出来。此一段是牢里打扮宋、戴两人，作第二段。次又写押到十字路口，用枪棒团团围住；又细说一个面南背北，一个面北背南，纳坐在地，只等监斩官来。此一段是宋、戴已到法场，只等监斩，作第三段。次又写众人看出人，为未见监斩官来，便去细看两个犯由牌。先看宋江云：犯人一名某人，如何如何，律斩。次看戴宗云：犯人某人，如何如何，律斩。梭巡间，不觉知府已到，勒住马，只等午时三刻，此一段是监斩已到，只等时辰，作第四段。使读者乃自陡然见有第六日三字便吃惊起，此后读一句吓一句，读一字吓一字，直至两三页后只是一个惊吓。吾常言读书之乐，第一莫乐于替人担忧。然若此篇者，亦殊恐得乐太过也。

当然，在中国古代叙事思想中，借助对叙事时速的操作来制造审美快感，远不如借时速操作传达深层意蕴来得普遍和自觉，这也清晰地显示出虚构性叙事与史传的渊源关系。因为从根本上说，史传对叙事时速的操作，并不仅仅注重时速创造悬念制造审美快感的作用，而更为强调它传达意蕴和史家用心的叙事功能。

如《东周列国志》，其引首和第一回的开头，作者以快速的

---

① 陈曦钟等辑校：《水浒传会评本》上卷，北京大学出版社，1981年版，第741页夹批。

时间流转概述了从周武王灭商开国，到周宣王之间二百七十余年的历史变迁，然后以两三回的简短篇幅叙述了周幽王烽火戏诸侯和平王东迁，后面的一百零五回则叙述了从平王东迁到秦始皇统一中国之间的五百五十年的历史进程。很显然，叙事开头部分的快速时间流转具有暗示作者历史意识的功能，而且，作者还在卷首设计了这样一首充满历史反省意识和生命感的词：

> 道德三皇五帝，功名夏后商周；英雄五霸闹春秋，顷刻兴亡过手！青史几行名姓，北邙无数荒丘；前人田地后人收，说甚龙争虎斗。

这首词把时间的触角，伸向更为遥远的三皇五帝的传说时代，它把远古圣王的道德功名看作永恒，从而反照出春秋五霸、战国七雄的龙争虎斗的瞬间性，历史兴亡顷刻过手，在一种"前人田地后人收"的目的悖论中，反省着历史的荒诞，从而使全文笼罩在浓郁的苍凉气氛中。

毛宗岗评点本《三国演义》开头概述了约七百年的历史进程，并且巧妙地将作者的历史意识糅合在其中：

> 话说天下大势，分久必合，合久必分。周末七国纷争，并入于秦。及秦灭之后，楚汉纷争，又并入于汉。汉朝自高祖斩白蛇起义，一统天下。后来光武中兴，传至献帝，遂分为三国。推其致乱之由，始于桓灵二帝。

随后以不满九百字的篇幅概述了桓、灵二帝时期的政治腐败，从而导致了黄巾起义。与这种高速流转的概述形成鲜明对照的是紧接其后的场面性叙述：幽州太史出榜招兵，引出刘、关、张邂逅、结义和投军，只不过是二三日的事情却花费了差不多一千字。从叙事节奏的处理、叙事时速的快慢操作可以发现，作者是把叙述焦点放在刘、关、张桃园结义上，这就意味着作者以刘备蜀汉集团为正统势力。对此，毛宗岗《读三国志法》是作为第一法强调的：

> 读三国志者，当知有正统、闰运、僭国之别。正统者

何？蜀汉是也。僭国者何？吴魏是也。闰运者何？晋是也。魏之不得为正统者，何也？论地则以中原为主，论理则以刘氏为主，论地不若论理。故以正统予魏者，司马光《通鉴》之误也。以正统予蜀者，紫阳《纲目》之所以为正也。……陈寿之《志》，未及辨此，故余折衷紫阳《纲目》而特于演义中附正之。

而刘备集团在三国中立足最迟、实力最弱，这就形成了"有心扶汉、无力回天"的历史悲剧，从而于刘、关、张、诸葛亮"知其不可为而为之"的无可奈何的历史正义性中铸就了伟大的人格悲剧。但《三国演义》作者在执著历史的用世态度之旁，还设置了某种超越历史的出世眼光，从而提供了反思历史的"另一种眼光"。卷首词云：

> 滚滚长江东逝水，浪花淘尽英雄。是非成败转头空，青山依旧在，几度夕阳红。白发渔樵江渚上，惯看秋月春风。一壶浊酒喜相逢，古今多少事，都付笑谈中。

词调冷峻超脱，富有道家色彩地提出了对历史是非成败、对永恒与瞬间的深刻反思。这一反思与开头的概述相为契合，既然"天下大势，分久必合，合久必分"，那不妨将这些"是非成败转头空"的古今之事消解在浊酒笑谈之中，快速流转的叙事时间速度与冷峻超脱的历史反思和哲理思索相为表里，极为成功地创设了富于"人文化"和"哲理化"色彩的叙事时间。

（三）叙事时间的淡化、错位及幻化

与重理性、摹仿和"再现"的哲学美学观相对应，西方叙事时间主要表现出"理性化"、"写实性"特征；与重"表现"的哲学美学观相对应，中国古代叙事时间更明显地表现出"主观化"和"写意性"特征，其间蕴涵着更为丰富的文化密码。在经过了先秦两汉的漫长发展过程后，这种蕴涵着丰富的文化密码的叙事时间逐步沉淀为中国古代叙事时间的原型，从而深刻地影响了中国古代的叙事时间形态。中国古代叙事中常见的叙事时间的淡化、错位及幻化最为典型地体现了这一民族性特征。

1. 叙事时间的模糊、凝止与错乱

（1）叙事时间的"模糊"

中国古代文言短篇小说开篇往往按照史传叙事的惯例，用三言两语对人物的籍贯、身世等作粗略的交代，对于时间的叙述亦常用模糊语词，如以"岁余"、"经年"等纪年，以"他日"、"一夕"、"隔夕"、"又数夕"等纪日，以"未几"、"俄而"、"俄顷"、"少时"等纪时辰，对叙事时间作淡化处理。长篇小说在对叙事时间的处理上稍微精细一些，但对时间的精确性依然不甚着意。更有一些小说的叙事时间本身往往存在着某些模糊之处，早已有人指出《红楼梦》中的时间存在着模糊错乱之处。其中也许存在某种"深意"，正如杨义所指出的，《红楼梦》中的叙事时空跨越着天上人间，它的时间常常融合着瞬间和永恒，融合着过去、现在和未来，如果加以坐实，就无法表达叙述者于"满纸荒唐言"中所蕴涵的审美真味和哲理性玄思，这种推测和读解是有着本文依据的。实际上，对此种借模糊叙事时间来传达某种意蕴的叙事谋略，作者有着清晰的认识和表达，在第一回就让石兄反驳空空道人关于此书"无朝代年纪可考"的质询："我师何太痴也！若云无朝代可考，今我师竟假借汉唐等年纪添缀，又有何难？但我想历来野史皆蹈一辙，莫如我不借此套者反倒新奇别致，不过只取起事体情理罢了，又何必拘于朝代年纪哉！"叙述者看来，小说不仅没有必要局限于"朝代年纪"，反倒应该借助对叙事时间的有意模糊来传达"事体情理"和某种"深意"，因此，贾宝玉在哀悼晴雯的《芙蓉女儿诔》中如此设置时间："太平不易之元，蓉桂竞芳之月，无可奈何之日。"叙事时间的模糊中恰有某种"深意"在，从而鲜明地显示了叙事时间的"人文化"和"哲理性"特征。

（2）叙事时间的"凝止"

叙事时间的"凝止"，叙事学称之为"停顿"，指故事时间的暂时停止或悬置，叙事时间不与任何故事时间对应。在西方"情节"中心的"历时性"经典叙事中，不与任何故事时间对应的叙事时间的"凝止"被视为与主导情节关系不大的"插曲"，因而"凝止"或"停顿"在西方经典叙事中是不多见的，但在中国古代"共时性"叙事模式中则颇为常见。"共时性"叙事模式缺乏"历时性"流程发展，而是若干事件单元的"共时性"并置，放弃对"情节"的刻意营构，追求内在的意蕴传达。叙事时间的"凝止"契合这种"人文化"叙事追求，因而成为中国古代常见的叙事谋略和操作手段。这种"凝止"式叙事时间常以议论形式出现，主要出现在小说的开头，起到某种理性思考的导向作用。

如《警世通言》第八卷《崔待诏生死冤家》，叙述的是一位民间女子被游春的咸安郡王收养后，与碾玉的工匠恋爱私奔，被捉回打死，又化身为鬼重缔姻缘。它的入话部分是十一首咏春诗词连珠，在将文人与妓女混杂、真伪诗词混杂的自由心态中，反复辩驳春天是如何归去的：

……王荆公看见花瓣儿片片风吹下地来，原来这春归去，是东风断送的。有诗道："春日春风有时好，春日春风有时恶。不得春风花不开，花开又被风吹落！"

苏东坡道：不是东风断送春归去，是春雨断送春归去。有诗道："雨前初见花间蕊，雨后全无叶底花；蜂蝶纷纷过墙去，却疑春色在邻家。"

……苏小小道：都不干这几件事，是燕子衔将春色去。有《蝶恋花》词为证："妾本钱塘江上住，花开花落，不管流年度。燕子衔将春色去，纱窗，几阵黄梅雨。斜插犀梳云半吐，檀板轻敲，唱彻黄金缕。歌罢彩云无觅处，梦回明月生南浦。"

这里的诗词连珠属于叙事时间上的"凝止"，它既没有推进情节的发展，而且与悲情故事主体似乎也没有多少联系，但是，在那种反复吟咏花开花落的时间"凝止"状态中，明显地给故事主体浸染上一种"无可奈何花落去"的悲凉情调，或浓或淡地流露出作者对社会生活的认知和评价。

《金瓶梅》的卷首，也是出色运用"凝止"叙事时间的例子。其卷首安排了"解空去财"诗、"解空去色"诗，然后是一首在话本和章回小说中用得俗滥的《色箴》诗："二八佳人体如酥，腰间仗剑斩愚夫；虽然不见人头落，暗中教君骨髓枯。"并把这首诗安在唐朝修炼成仙的吕洞宾头上，这是有着深刻寓意的。它借助吕洞宾"纯阳祖师"的身份，谈论着酒色财气四样东西中"财色"两者的厉害，教诲世人要"看得破"，"若有那看得破的，便见得堆金积玉，是棺材内带不去的瓦砾泥沙……枕上绸缪，被中恩爱，是五殿下油锅中生活"，从而以某种人间伦理规范和宗教禁欲主义，导向了"如梦幻泡影，如电复如露"的空幻境界，这里的叙事时间"凝止"成功地穿透时间，导向对人生的一种哲理性思辨。

叙事时间的"凝止"因与主导情节关系不大，故在西方经典叙事中甚是少见，但在西方现代主义和后现代主义小说中却频繁现身，如非时序中的"凝止"。简单探讨一下西方现代主义和后现代主义小说采用的"凝止"性叙事时间，也许有助于加深我们对中国古代叙事时间借"凝止"传达意蕴的理解。

在西方现代主义和后现代主义小说中，"凝止"性叙事时间往往与非时序相联。非时序不等于无时间，而是指故事时间处于中断或凝固状态，也就是缺乏时间的线型发展，叙述表现为一种非线型运动。在这类作品中，不存在完整的故事线索，时间的连接是自由的，往往以"共时性"叙述取代了"历时性"叙述。突出者如意识流小说和法国新小说派，从而形成了对自亚里士多德以来的对"时序性"和"因果律"崇拜的叙事时间范式的挑战。

意识流小说中经常出现的"共时性"叙述方式，使得叙事可将不同时间里发生的事件以及各种奇思异想借助某一契机在瞬间同时呈现出来。叙事时间的流动呈喷射状，叙述任意地跳跃和返回，各时间点之间的跨度和幅度的界限已难以分辨。伍尔芙的《墙上的斑点》是此类叙事时间的范例。小说叙述者从墙上的一个斑点引起了一系列的联想，不同时间、地点的情景乃至各种幻象都在这一片刻涌现，作品中的时序已经由叙述者的意识流动所取代。那个斑点就像一个星座，人们的思维围绕着这个中心翻腾，在这里，心理时间实际上已经取代了现实时间，叙述呈现共时状态。在这种叙事中，西方经典叙事时间模式被打破，过去—现在—未来的时间秩序被时序错综所取代，而且有时时间甚至完全停顿，自然时间停留在某个事物表面，停留在场面上，而人物的体验则深入到心的纵深之处。此时事件幻化为图景，记忆的"历时性"凝结为场景的"共时性"，行动的静止性下面隐藏着心理时间的流动性。也就是说，这种叙事时间改变了传统叙事时间的时序性，改变了传统叙事思想的情节中心，却赢得了深层心理的真实表达。

在新小说派中，叙事时间的"凝止"更有趋于极端之势，叙述者的目光主要集中于某一特定的空间和物件，整个作品犹如一幅静物画。这种画面式的作品在罗布－格里耶的小说中屡屡出现，《咖啡壶》是其突出代表。作品从不同角度展示了房间的陈设：首先映入眼帘的是一张圆桌，桌上铺着桌布，上面放着咖啡壶；桌子后面有一个壁炉，壁炉上方墙上装着一块长方形的大镜子，镜子中的左边也就是窗子右边是一个带穿衣镜的大柜；接着，叙述者不惮繁琐地叙述了从壁炉上方的镜子和从穿衣柜的镜子里反射的窗子、人体模型和咖啡壶的形状及其位置。整个叙述仿佛一场文字游戏，构成的是一幅毕加索式的立体叠合静物画。这里不妨摘录有关"咖啡壶"的描写部分，来领略一下非时序的"凝止"叙述风格：

> 咖啡壶是一种褐色的陶瓷。它呈球状，上部有圆柱形的过滤器，盖子是蘑菇形状的。壶嘴略呈 S 形，下部稍稍鼓凸。壶的把手可以说状如耳朵，或者说像耳朵外缘卷边的形状，但这是一只做得怪难看的耳朵，形状太圆，又没有耳垂，倒像陶罐的把手。那壶嘴，那把手，那蘑菇形的盖子，都是乳白色的。所有其余部分是一抹的淡褐色，闪闪发亮。①

在这里，我们已经看不到时间的流动，也许可以说，作品中唯一呈现时间因素的是叙述者的观察顺序本身。也就是说，叙事时间处于静止或凝固状态。但这种叙事时间的"凝止"是有深意的，新小说派的理论家对此作出过清晰的说明。萨洛特是在批判以普鲁斯特为代表的"心理现实主义"基础上表达自己的观点的，他说：

> 普鲁斯特说过："只要将感受推进到洞察力所能容许的最大范围"，（就可能）"试图达到真相存在的最深层，即真实的境界，我们真正的感受"。对这一点居然敢于确信不疑的时代，早已成为过去了。接踵的回信失望教育了每个人。

---

① 袁可嘉等选编：《外国现代派作品选》第三册（下），上海文艺出版社，1984年版，第443页。

现在，每个人都清清楚楚地知道，并不存在什么"最深层"。所谓"我们真正的感受"，早已揭示出，它具有不是一个而是多个深层；这些深层又是层层加深，无穷无尽的。①

葛利叶进一步指出，既然普鲁斯特的分析所揭示的那一个"深层"，早已不过是个表面而已，那么，"我们必须制造出一个更实体、更直观的世界，以代替现有的这种充满心理的、社会的和功能意义的世界。让物件和姿态首先以它们的存在去发生作用，让它们的存在驾临于企图把它们归入任何体系的理论阐述之上，不管是感伤的、社会学的、弗洛伊德主义的，还是形而上学的体系"②。葛利叶的这段话实际上是强调，要放弃对生活的理性思考与实质探究。如上引罗布－格里耶的《咖啡壶》片断，运用"凝止"式叙事时间，对咖啡壶作不惮繁琐的描写，其中也许隐含着人在认识世界的问题上的某种寓意，或表达了叙述者对物的世界的某种感受，但根据新小说派的理论思路，作家或许正是想借助对咖啡壶的繁琐描写，"制造出一个更实体、更直观的世界"，从而放弃对生活的理性思考与实质探究。新小说派所表达的借叙事时间"凝止"拆解事物的意义链条的理论主张与中国古代叙事和西方现代意识流小说对叙事时间"凝止"的理论追求显得格格不入。确实，三者的具体理论主张也许不尽相同，但在借助对叙事时间的处理，借采用"凝止"式叙事时间表达自己对现实、历史、自我的哲理式认知的理论动机上则是相通的，只是它们理论视野中的"实质"与"真实"各不相同罢了。与西方经典叙事时间相比，意识流小说和新小说派的"凝止"叙事时间观显然更具有"人文化"与"哲理性"色彩，从而与中国古代"人文化"、"哲理化"叙事时间思想亦多有相通之处。

（3）叙事时间的"错乱"

中国古代叙事中不仅有着叙事时间的模糊和"凝止"，而且还存在着独特的"错乱"式叙事时间。

例子很多。志怪、传奇、神魔小说中都不乏将异代时间并置的例证。

---

① 萨洛特：《从陀思妥耶夫斯基到卡夫卡》，载《新小说派研究》，第3页。
② 葛利叶：《未来小说的道路》，载《新小说派研究》，第63页。

如六朝志怪《幽明录》中的"王辅嗣"即采用了时间错乱的叙述形式。三国时期魏的玄学大师王弼（辅嗣）注解《易经》时，嘲笑东汉著名经学大师郑玄为"老奴无趣"。夜间听到著屐声，原来是郑玄前来责备他："君年少，何以轻穿文凿句，而妄讥诮老子邪？"于是王弼"心生畏恶，少年遇厉疾而卒"。幽明相通的幻想，竟然使作品穿透了时间界限，使两个生年互不相及的文化思想大师见面诘责。而且汉代经学大师郑玄著屐造访，一副魏晋名士的派头，无疑也是借叙事时间错乱而成的小幽默。

对于这种时间错乱的叙事谋略，钱钟书先生论之甚详：

> 时代错乱，亦有明知故为，以文游戏，弄笔增趣者，汤显祖《牡丹亭》第三三折柳梦梅欲发杜丽娘之墓，商诸石道姑，姑曰："《大明律》开棺见尸，不分首从皆斩哩！你宋书生是看不着《大明律》。"……李汝珍《镜花缘》另出手眼，作狡狯。第十九回："多久公道：'今日唐兄同那老者见面，曾说识荆二字，是何出处？'唐敖道：'再过几十年，九公就看见了'"；……第八十四回："孟玉芝道：'我今日要学李太白斗酒百篇了。'尚红珠道：'这位李太白不知何时人，向来却未听过。'"……①

钱钟书所论略有片面之嫌，叙事时间的错乱不排除作者"以文游戏，弄笔增趣"的因素，但显然不仅是徒增趣味的笔墨游戏，其中往往有深意存焉。作者并不深究故事时间的准确，不执著于叙事时间的一枝一节，而强调对时间作整体性审视，从而突出了叙事时间的"人文性"和"哲理化"色彩。这在中国古代叙事中有着突出的表现。

如唐传奇《周秦行记》，这是中唐牛李党争的产物，是李党集团写来用以诬陷牛党魁首牛僧孺的，用假冒作者牛僧孺的第一人称行文。"余"（即牛僧孺）暮行迷道，进入一处大宅，受到汉文帝的母亲薄太后的接待。这位"不甚年高"的汉朝太后介绍"余"认识了两位女子：一是"仅可二十余"的汉高祖戚夫人；

---

① 钱钟书：《管锥编》，中华书局，1991年版，第248页。

一是年轻貌美的汉元帝时的王昭君。其时又来了两位女客,一是唐玄宗妃子杨玉环,"年三十许";一是更年少的南朝齐昏侯的潘淑妃。于是大家一起进酒加乐,即席赋诗,乐妓中有年少美丽的绿珠。这里的叙事时间的错乱是很明显的,但显然不仅基于"以文游戏,弄笔增趣",而有着借时代错乱、辈分颠倒与贤劣混杂,隐含某种亵渎的信息,从而暗藏着诬陷敌党的机心的深刻用意。

自唐的《周秦行记》以来,风流文士与前朝宫妃错乱时空的艳遇,于志怪小说中时有所见,而《周秦行记》借叙事时间的错乱,隐含亵渎和诬陷机心的叙述谋略在后世叙事中亦得到广泛采用,成为后世叙事创设"人文性"叙事时间的重要手法。这里仅以南宋洪迈的志怪小说《夷坚志》为例稍作说明。

《夷坚志》在承继前代志怪幽明相通、人鬼并陈、时空错综的审美趣味时,显然少了些谈神说怪的怡适心态,却更多地折射出宋人对于民族、社会、时代和人生的焦虑感。《夷坚支庚卷第八》"江渭逢二仙"条,叙述士人江渭在建康花园与张丽华、孔贵嫔的上元夜之会,作品写得相当华艳缠绵。但作者所选择的对象是总揽陈后主的后宫之政、权势熏灼四方的嫔妃,她们曾经与陈后主沉溺于一首《玉树后庭花》,从而葬送了一个小王朝。小说还饶有深意地设置了一位道士,让这茅山道士追摄斥责她们,自然是将她们视为邪祟的。很显然,在"错乱"的叙事时间操作中,作者已经把历史道德的判断渗透进去了。而当叙事时空以生死轮回的错综形式出现时,作者对历史人物的道德谴责表现得更为明显。《支戊卷第一》,叙述陈氏女为秦将白起的后身,自叹说:"为生时杀人七八十万,在地狱受无量苦。近始得复人身,然只世世作女,寿不过二十。"《支戊卷第五》转述刘无言托名柳子厚作《龙城录》,说惠州倡女被雷震死,乃唐代奸相李林甫转生后受业报;其后又说宋代蔡氏女七岁遭雷击死,背上还留有文字说:"唐相李林甫,七世为倡,今生灭形。"轮回和业报为作者提供了一种新的叙事时间操作方式,用以评点和声讨古代的滥杀将军和弄权佞臣。可见,叙事时间的错乱不仅提供某种叙事的趣味和幽默感,而且成为作者解说人生和评判历史的有效手段。

再如《封神演义》第一回,叙述商纣到女娲宫进香,目睹女娲圣像"国色天姿,宛然如生",不免"神魂飘荡,陡起淫心",提笔作了一首诗:

> 凤鸾宝帐景非常，尽是泥金巧样妆。
> 曲曲远山非翠色，翩翩舞袖映霞裳。
> 梨花带雨争娇艳，芍药笼烟骋媚妆。
> 但得妖娆能举动，取回长乐侍君王。

第二十四回周文王春日郊游，迎聘垂钓渭水的姜子牙，也作诗两首，其一曰：

> 宰割山河布远道，大贤抱负可同谋。
> 此来不见垂竿叟，天下人愁几时休。

其二曰：

> 求贤远出到溪头，不见贤人只见钩。
> 一竹青丝垂绿柳，满江红日水空流。

殷周之际的君王吟咏着唐以后才出现的近体诗，这里显然表现出叙事时间的错乱，但叙述者似乎并不斤斤计较历史的准确性，而是借用演义某些历史陈迹，以探寻天上人间之道的深义。

另如《儒林外史》，其叙事时间的错综渗透着更为自觉的主体性意识。它的素材取自清朝前期的雍正、乾隆年间（公元18世纪前期）的士林人物，但叙事文本却把他们推前到明朝中期的成化至万历年间（公元15世纪至16世纪），且在"敷陈大义"的"楔子"中，借元末时的王冕之口，对"八股取士"制度所造成的非"人"化和非"才"化的厄运作了预示。这里的叙事时间的错乱折射出深刻的理性体认。两百年时间的推移与连接，使作者能超越单纯的个人身世的感伤主义体验，达到对历史的超越性认知，从而以清醒并带着嘲讽的眼光，审视自明朝成化末年定型以来的"八股取士"制度的弊端，冷静地剖析这一制度对士人的钳制、异化和毁灭，从而达到了前所未有的文化批判高度和深度。

2. 叙事时间的幻化与变形

与叙事时间的模糊、凝止和错乱相比，叙事时间的幻化与变形更富有"人文化"与"哲理化"意味。所谓"幻化时间",是与"客观时间"相对比而存在的,它往往在把时间"非人间化"之后,反过来来审视时间。在中国古代叙事中,这种叙事时间的幻化主要表现为仙界时间形态和梦境时间形态。

先看第一种:仙界时间形态,它主要是借仙凡对比呈现的时间幻化形态。任昉《述异记》中有一段著名的记载:

> 信安郡石室山,晋时王质伐木至,见童子数人棋而歌,质因听之。童子以一物与质,如枣核,质含之,不觉饥。俄顷,童子谓曰:"何不速去?"质起视,斧柯尽烂。既归,无复时人。

刘义庆的《幽明录》也有相似记载:汉明帝年间,剡县刘晨、阮肇共入天台山,迷不得返,后取水时发现有装着胡麻饭的杯子从山间深处流出,于是沿山溪上行,遇见两个美女。刘、阮在这个四季如春的地方逗留了半年,因思乡心切,苦苦请求回家,结果"既出,亲旧零落,邑屋改异,无复相识。问讯得七世孙,传闻上世入山,迷不得返"。

旧题东汉郭宪著的《汉武洞冥记》中,也展示了神仙世界与凡间世界的时间反差:

> 东方朔字曼倩……邻母拾养之。年三岁,天下秘谶一览暗诵于口,常指挥天下空中独语。邻母忽失朔,累月方归。母挞之,后复去,经年乃归。母复见,大惊曰:"汝行经年一归,何以慰我耶?"朔曰:"儿至紫泥海,有紫水污衣,仍过虞渊前浣,朝发中返,何谓经年乎?"

上述三个故事都是通过仙凡对比的时间幻化操作,极力展现神仙世界与凡间世界的巨大时间反差,这其间无疑折射出人对于生命飘忽的焦虑感,恰如钱钟书先生所分析的:

> 盖人间日月与天堂日月则相形见多,而与地狱日月复相形见少,良以人间乐比如天堂而地狱苦又逾人间也。常语称欢乐曰"快活",已直探心源;"快"、速也,速、为时短促

也，人欢乐则觉时光短而逾迈速，即"活"得"快"，如《北齐书·恩幸传》何士开所谓"即是一日快活敌千年"，亦如哲学家所谓"欢乐感即是无时间感"……乐而时光见短易度，故天堂一夕、半日、一昼夜足抵人世五日、半载、乃至百岁、四千年；苦而时光见长难过，故地狱一年只抵折人世半日。①

再看第二种：梦境时间形态，这主要是借梦真对比呈现的时间幻化形态。中国古代叙事中的时间幻化除了常见的仙界时间形态，还经常表现为梦境中的时间形态。梦是对现实生活的倒映，与仙凡时间形态对比所蕴涵的哲理化意蕴一样，梦真时间形态的对比也常寄寓了作者对生命和人生的深刻感受，也是一种深刻"人文化"和"哲理化"的叙事时间形态。《幽明录·柏枕》、沈既济的《枕中记》、李公佐的《南柯太守传》、汤显祖的《邯郸记》和《南柯记》以及蒲松龄的《续黄粱》等，都属于这种时间幻化的梦中说人生。如李公佐的《南柯太守传》，叙述淳于棼沉醉入梦，到槐安国与公主结婚，备受恩宠，出任南柯太守二十年。公主死后，受人诽谤，被送回人间，时"二客濯足于榻，斜日未隐于西垣，余樽尚湛于东牖。梦中倏忽，若度一世矣"。沈既济的《枕中记》，叙述邯郸卢生入梦，梦中"三十余年，崇盛赫奕"，年逾八十而死，"欠身而悟，见其身方偃于邸舍，吕翁坐其旁，主人蒸黍未熟"。通过梦与真的叙事时间幻化操作，深刻地反映了人生、富贵荣华如梦的感受，正如卢生所悟："夫宠辱之道，穷达之运，得丧之理，死生之情"，"岂非梦寐也"？

这类仙界、梦境的幻化时间形态，折射出普遍存在的社会现实和人生苦恼，具有深刻的哲理性意味。如以叙事时间幻化形态频繁出现的魏晋六朝叙事为例，其借仙凡、梦真的时间对比以达到某种叙事时间的"人文化"、"哲理化"的用意是相当明显的。魏晋六朝是人的主体意识觉醒的时代，是个体个性情感高扬的时代。正如李泽厚所分析的，魏晋六朝时代动乱，苦难连绵，死亡枕藉，加之宗教思潮的传入和泛起，人的生命与生死意识浓郁，

---

① 钱钟书：《管锥编》，中华书局，1991年版，第315页。

因而"人生如寄"的迷思愈加浓重。《世说新语》中有大量这样的记载，如《言语》篇云：

> 桓公北征经金城，见前为琅琊时种柳，皆已十围，慨然曰：木犹如此，人何以堪，攀枝执条，泫然流泪。

产生于这个时代的《古诗十九首》频繁地出现这样的句子："人生寄一世，奄忽若飙尘。""人生非金石，岂能长寿考。""人生天地间，忽如远行客。"阮籍的《咏怀诗》也深刻地表达了对生命的嗟叹与对死亡的恐惧：

> 殷忧令志结，怵惕常若惊；逍遥未终晏，朱阳忽西倾。蟋蟀在户牖，蟪蛄号中庭；心肠未相好，谁云亮我情。愿为云间鸟，千里一哀鸣；三芝延瀛洲，远游可长生。

与在诗歌或宗教中寻求生死超脱相呼应的，六朝志怪也借助时空幻想，表达了对生命的叩问与生死的反思。如上引《幽明录》所载刘晨、阮肇入天台山遇仙，人仙行欢作乐，无异于人间男女的桑中幽情。刘、阮仙居半年，"既出，亲旧零落，邑屋改异，无复相识。问讯得七世孙，传闻上世入山，迷不得返"。这画龙点睛的一笔，最终归结到仙界、凡世的时间对比上：山中方半年，人间已七世。后来渐渐演化为一句俗语：洞中方数日，世上一千年。《幽明录·柏枕》则借梦幻、现实的时间对比，传达对荣华富贵的人生反思。故事叙述生意人汤林从焦湖庙祝的柏枕裂缝中，进入一个极乐世界，并在其间娶妻育子，飞黄腾达。最后被庙祝招呼出来，面前依然是一个枕头，"谓枕内历年载，而实俄顷之间矣"。这一切叙事时间幻化操作的背后，折射和传达的都是人对世局乱变和死生无常的焦虑感，是对于变幻莫测的人生命运的审美式反思。

可见，就中国古代叙事时间表现形态而言，与西方经典叙事学追求"写实性"叙事时间不同，中国古代叙事时间深受抒情传统和"写意"倾向影响，不斤斤局限于叙事时间的准确性，而强调叙事时间的"人文化"与"哲理化"意蕴。无论是叙事时间的模糊、凝止、错乱还是叙事时间的幻化与变形，都极为典型地体现了这一民族性特征。

综上所述，不管是时序、时速还是时间表现形态，中国古代叙事时间思想承继先秦两汉史传与抒情传统，不强调"写实性"叙事时间的"再现"，而重在营构"写意性"叙事时间，追求叙事时间的"人文化"、"哲理化"表达。

第四节　叙事结构思想对中国古代叙事思想的影响

一、概说

罗兰·巴特认为，任何叙事作品都必须"具有一个可资分析的结构，不管陈述这种结构需要多大的耐心。因为最复杂的胡乱堆砌和最简单的组合是不可同日而语的。如果不依据一整套潜在的单位和规则，谁也不能组织成（生产出）一部叙事作品"①。作为西方结构主义叙事学的代表，罗兰·巴特对叙事结构的功能与地位不免有夸大之嫌，但同时也不乏正确地指出了叙事结构在叙事中所占据的重要地位。

任何叙事作品都必须借助叙事结构方能呈现。但中西叙事结构模式有着明显的差异，理论上一般用"时间化"与"空间化"来表征两者的差异性。这种差异早在荷马史诗与中国早期神话、史传中就表现了出来。导致中西叙事结构原型差异性的因素是多方面的，最重要的当属中西宇宙观、思维模式及文学取向的不同。关于这个问题已经在第一章神话叙事结构思想部分作了详细探讨，此处不赘。

西方将宇宙看作实体性存在，在此种宇宙观下，偏重于将"事件"看作具有时间性的演进系列。在西方叙事学中，"情节"或"事件"与"故事"是有区别的，情节强调的是时间上的延续性和事件之间的因果联系。故西方叙事重在讲述首尾完整、情节连贯的故事，通过深入挖掘导致事件发生、发展、结局的个人性

---

① 转引自伍蠡甫等编：《西方文艺理论名著选编》（下），北京大学出版社，1987年版，第474页。

主观意愿，突出"行动"在叙事中的地位，展示事件系列的"时间性"关联和其间的因果关系，通过观察事件在时间之流中的运动，洞悟事件背后的因果律，从而认识和把握人生，因而叙事主要遵从"历时性"结构模式。

与西方叙事学将"事"视为循时间演进的"实体"不同，中国古代持循环往复的哲学观，天地万物无始无终，流动不息，故侧重于从"空间化"的循环往复中看待"事"。与西方叙事传统主要将"事"作为实体的"时间化"设计相反，中国古代叙事传统对事件的"历时性"流程发展不甚着意，而习惯于从"空间化"的角度把握事件之间的关系，重点把握事件在整体结构中的位置功能，从而形成了"空间化"叙事结构思想。与西方经典"时间化"叙事结构思想相比，中国古代"空间化"叙事结构模式表现出鲜明的特征。如中国古代叙事重点往往不在完整事件的"历时性"展示上，而常体现在事与事的交叠处，或者放在"事隙"处，或者放在"无事之事"处。在大多数中国古代叙事作品中，真正包含有动作的"事"，常常处于"无事之事"——静态的描写——的重重包围之中。比如饮宴的描写就是"无事之事"的一种典型，明清章回小说里有许多游离于情节发展之外的宴会描写，可见中国古人对"事"的空间化感受十分强烈。再如史传里面的纪传体，似乎本身就是专门设计出来为了打断事件发展固有的连续性的一种工具；而编年体与其说是为了按照时间顺序讲述历史事件，还不如说是为了把重要的历史事件包罗无遗，而且其中的时间是外在于叙事的标示性时间，并不暗示事件之间的因果关系，其内涵与西方叙事学中的叙事时间是不同的。再如，与西方叙事多述"事"不同，中国古代叙事多记"言"，从神话、史传一直到明清章回小说大致都如此。"记言"重于"叙事"，也意味着叙事空间感优于时间感。

先秦两汉时期基本成型的"空间化"叙事结构思想对中国古代叙事结构思想产生了深刻的影响，构成与西方叙事学迥异的民族性叙事思想特征之一。为加深理解，我们首先还是简单地评述一下西方经典叙事结构模式。

二、西方"时间化"叙事结构

亚里士多德是西方经典叙事结构理论的奠基人。他认为叙事是对因果相接的一连串事件的叙述，强调构成悲剧情节的事件必须具备首、身、尾，这个首、身、尾并不是任何事件都具有的在时间进程中自然而然的首、身、尾，而是特指那种经过一番情节周密安排组织的事件的首、身、尾，因为亚里士多德明确指出事件之间的因果关系不等同于时间上的先后序列。当然，在西方理性中心的支配下，对事件的重新组织安排，也即叙事时间上出现"倒错"并不会造成理解上的混乱，事件之间的时间顺序和因果关系是清楚的。在《诗学》中，亚里士多德认为，只有荷马才会制造"诗性的谎言"，他说：

> ……荷马教会了其他诗人如何把谎话说圆，即利用合理谬误。如果一件事情发生了，作为结果相继发生，人们就会推论，第二件事情发生时，第一件事情必然已经发生或正在发生。虽然这种推理不成立。……①

这构成了《荷马史诗》的基本叙事特征，即利用合理谬误，强调事件系列之间的时序和因果关系。亚里士多德采用"推理"一词，明确指出事件系列内含的时序性与因果关系，这也构成了西方"时间化"经典叙事结构理论的基本理论基础。

西方经典叙事学向来以叙事结构的整一连贯为基本观点，这种叙事结构模式不仅突出"时间性"因素，而且强调时序性内含的因果性：叙事就是对一系列首尾相连、因果相关的事件的叙述。例如，亨利·詹姆斯就曾将叙事中的事件视为一串有开头、中部和结尾的珠子："这则小故事全在这里。我可以一点一点地触摸它，我所说的故事线条，就像穿在绳子上的一串彩珠。一颗珠子都不缺——至少我是这么想的：我就是想证实这一点，以此来获得乐趣。"詹姆斯强调的是"一颗珠子都不缺"，他显然将叙事看成由一串具有内在的因果承接关系的事件序列组合而成，如果缺少其中任何一颗"珠子"，如后现代叙事理论中所探讨的"永久性延宕"，那么事件系列的时序性与因果逻辑关系就会出现断裂，在西方经典叙事学家看来，这种叙事结构显然是不完

---

① 亚里士多德：《诗学》，上海译文出版社，1981年版，第27页。

美的。

由于《诗学》的经典地位，它所建立的这种以理性中心为基础的整一连贯的叙事结构观长期以来一直在西方占据着权威地位。亚里士多德在阐释"情节"中心叙事结构的开头、中部和结尾时，其清晰的理论思辨就已经赋予了这种形而上学假定非常强大的意识形态力量。尽管在叙事理论史上，这种观念曾经遇到过种种怀疑和挑战，但事先存在的结构范式会以各种方式应对挑战，以此保持自己的权威地位，并在西方叙事学中继续发挥着它的重大的影响。

三、中国古代"空间化"叙事结构

西方经典叙事结构理论强调的是"时间化"和"因果律"标准，而中国古代叙事结构，尤其是明清长篇章回小说却明显缺乏西方叙事结构"时间化"外形和"因果律"标准，因此被普遍认为缺乏结构意识和艺术的整体感，不过是一种"缀段"式的结构。

亚里士多德所说的"缀段性结构"是指那种"前后毫无因果关系而串连成的情节"①，也就是缺乏整体感。但这种"缀段"性讥评显然有失偏颇。无论是史传还是小说，中国古代叙事同样追求叙事结构的"整体感"和"统一性"，如刘勰就曾对富有生命感和整体性的叙事结构提出了明确的要求；历代文评家，尤其是明清小说评点家更是对我国古代叙事的严密章法赞不绝口。看来，并不是中国古代叙事散漫无章、缺乏整体性叙事结构意识，而是此结构意识不同于彼结构意识，中西叙事结构模式明明有差异，却简单地采用西方叙事结构意识来绳法和评述中国古代叙事结构，观照角度出现偏差，自然会得出不切实际的武断结论。

正如浦安迪所说，叙事艺术对人类经验的摹仿，有时采用"时间化"的模式，有时却是遵照某种"空间化"的模式。由于神话与史诗在西方文学史上享有的崇高地位，一般文学理论家很自然地认为神话与史诗的"时间化"结构模式一定是小说结构应遵循的基本模式。然而，亚里士多德在考察叙事结构时，其实针

---

① 亚里士多德：《诗学》，上海译文出版社，1981年版，第36页。

对的是形制较短的文体，例如悲剧和史诗。当西方叙事文学渐渐扩展成为长篇文体的时候，批评家就感受到了这种"时间性"的"整体感"和"统一性"的主张并不容易实现。于是，他们退而求其次，或者致力于寻找叙事作品的外加框架结构，或者从主题和意象方面入手探讨统一性。因此，即使就西方叙事文学而论，"时间化"叙事结构亦非放之四海而皆准的真理。克洛德·西蒙认为："在传统小说中，人们总是认为表现时间的经过只要时间，我认为这种想法幼稚。在这种小说中，第一页叙述人物的诞生，第十页是写他的初恋。在我看来，问题不在表现时间、时间的延续，而在描绘同时性。"① 克洛德·西蒙在这里强调指出，小说可以不"表现时间、时间的延续"，而"描绘同时性"，就叙事结构而言，他的观点显然不囿于西方传统的"时间化"叙事结构，而近似于中国古代"空间化"叙事结构模式。詹姆逊也说过："每一个深层的叙事结构都可以用许多不同方式予以实际化。"玛丽-劳勒·莱恩进一步指出，根据亚里士多德的观点，一个讲得好的故事必须有开头、中腰和结尾，但这种看法是有疑问的，因为每一种初始状态都有一个前历史，每一个结尾都隐含着一个后续，每一个中腰事件都将其分支延伸到叙事主线条之外。伊塔洛·卡尔维诺在《假如冬夜里一个旅行者》中也对这种似是而非的"时间化"叙事结构予以辩驳说：

  我之所以一次写出许多故事，是因为我想让你们感觉到，围绕一个故事我可以或可能讲出许多其他故事，说不定有些故事我已经在某个其他场合讲过；我的一生就是一个充满故事的空间，在这个空间里可以朝任何方向前进，讲了一些故事之后总是发现，原来还可以讲其他许多故事；所以从任何时间或任何地点出发，都可以碰到异常丰富的要讲的材料。

既然"可以朝任何方向前进"来讲述故事，故事的结构当然不仅仅限于亚里士多德的线型叙事结构模式，而有着多种方向发

---

① 克洛德·西蒙：《对〈快报〉记者的谈话》，转引自《佛兰德公路》，林秀清译，漓江出版社，1987年版，第267页。

展的潜能。中国古代叙事结构模式恰好印证了这些理论家的观点。

(一) 概说

与西方"时间化"经典叙事结构不同，中国古代叙事结构模式呈现出"空间化"特征。在这种叙事结构模式中，"时间性"因素退居其次，"空间性"因素占据结构中心位置。

在中国古代，"叙事"与"序事"经常互文换用，而"序"的空间方面的意思是十分明显的。明清小说评点家经常使用"叙事"一词，但并不关心叙事在时间方面的含义，不将批评兴趣立基于诸如故事时间转换、时距变化等从叙事时间角度分析故事的批评框架上。就叙事来讲，评点家们似乎把它理解成在空间次序方面安排一篇故事，而不是将它理解成在时间流程中讲述一个故事。如张竹坡就说："做文如盖造房屋，要使梁柱笋眼，都合得无一缝可见；而读人的文字，却要如拆房屋，使某梁某柱的笋，皆一一散开在我眼中也。"① 张竹坡此一妙喻隐含着如此的观念：将艺术作品看成具有空间结构形式的创造物，房屋的比喻再明显不过地表示人们可以从空间结构的角度把握一部叙事作品的根本艺术特征。

"空间化"是中国古代叙事结构的基本特征，它主要是从先秦两汉史传中发展出来的。简而言之，先秦两汉史传"空间化"叙事结构思想主要表现出三个方面的特征：

其一，先秦两汉史传"空间化"叙事结构基本上呈现为一种"共时性"场景并置模式特征。与西方强调"首—身—尾"叙事线条的整一连贯，具有时序性和因果律的"时间化"结构模式不同，中国古代叙事的"空间化"叙事结构看起来不过是一系列事件的罗列与连缀，因而呈现出"缀段式"的散漫无章。

其二，在先秦两汉史传"空间化"叙事结构中，"事件"所处位置具有结构性功能与意义，它是中国古代整体性思维模式在叙事结构思想上的折射。中国古代哲学是一种"关联式的思考方式"，擅长在整体关联中观照事物，在事物的相互关联中确定其关系、功能和地位。在先秦两汉史传"空间化"叙事结构中，事

---

① 张竹坡：《张竹坡批评〈金瓶梅〉》，齐鲁书社，1991年版，第40页。

件仿佛只是被随意加以罗列，事件之间缺乏明晰的时间关系和逻辑性，但实际上每一事件的排列位置都是精心设计的，事件正是借助其所处位置获得结构性功能和价值。

其三，先秦两汉史传"空间化"叙事结构不仅具有内在的整体感与生命性，而且强调借叙事结构传达深层意蕴。用杨义的观点来说，"空间化"叙事结构是一种"结构之技"与"结构之道"的有机结合，在两者之中，"结构之道"处于更为根本的地位，古代叙事往往以"结构之技"呼应"结构之道"，以结构之形暗示结构之神。司马迁《报任安书》阐述创作《史记》的目的说："网罗天下放失旧闻，略考其事，综其终始，稽其成败兴坏之纪，上计轩辕下至于兹，为表十、本纪十二、书八、世家三十、列传七十，凡百三十篇。亦欲究天人之际，通古今之变，成一家之言。"他把全书的叙事结构和他所探讨的历史哲学联系起来，其中所透露的意味是深长的。在中国古代史传中，叙事结构各部分之间的组合并不是简单的相加，结构整体的意义也并不简单地等同于各部分意义相加的总和，它往往超越了具体的文字，而在文字所表述的叙事单元之间或叙事单元之外，蕴藏着作者对于世界、历史、人生以及艺术的理解，从这个角度看，"空间化"叙事结构可以说是具有哲学意味的构成。

通过对先秦两汉史传"空间化"叙事结构特征的简要分析，可以得到下面一个结论：说到底，艺术形式不仅是形式，叙事结构不仅是一种叙事技巧，更是一种负载着特定哲理意味的叙述谋略。正如西方"时间化"叙事结构模式所显示的是西方追求明晰、因果和逻辑的哲学观；中国古代"空间化"叙事结构模式也是中国古老的整体性关联式思维模式的反映。在中国古代"空间化"叙事结构模式中，表面看起来，叙述不过是将散漫无章的事件联结起来，但其实质却是，经由"神理"而非"形迹"的内在性关联，使表面散漫无章的事件单元形成一个具有整体性的组合体。《史记》"通体关照"叙事结构最为典型地体现了此一特点。司马迁首创纪传体，这种以人物为中心、事随人变的体例往往缺乏一个贯穿始终的事件，而是若干小规模事件的连缀，叙述结构因此显得凌乱随意，但实际上，这些表面毫不相干的事件却都在围绕着人物性格这一"核心"内容作向心运动，从而构成具有整体感的叙事结构。实际上，历代名家论述《史记》时已经涉及此一问题。黄庭坚《余师录》对此结构早有觉察："凡为文须熟读司马子长、韩退之文，每作一文，皆须有宗有趣，终始关键，有开有阖。如四渎，虽纳百川，或汇而为广泽，汪洋千里，要自发源注海耳。""《史记》长篇之妙，千百言如一句，由其线索在乎，举重若轻也。识得此法，便目无全牛。"① 所谓"终始关键"、"千百言如一句"等，都形象准确地概括了《史记》"形散神聚"的"空间化"叙事结构的特点。中国古代"空间化"叙事结构不仅"形散神聚"，而且强调经由一番次第安排，将诸多事件进行有意味的组接和连缀，在事与事的排列组合之中，获得某种难以用语言直接传达出来的深层意蕴，因此，叙事结构往往深刻地"人文化"和"哲理化"了。

在先秦两汉史传，尤其是《史记》中发展出来的"空间化"叙事结构思想，对中国古代叙事结构思想产生了深远的影响。

与史传不同，小说不受史实的局限，但中国古代历来文史不分家，且小说是从史传中孕育出来的，深受史传叙事思想的影响。在叙事结构思想上，古代小说亦基本祖述史传，受到以《史记》为代表的史传叙事结构思想的深刻影响，形成一种"事与其来俱起，事与其去俱迄"的随意叙述风格，表现出独特的"缀段式"章法结构。这在古典长篇章回小说中表现得尤为突出。无论《儒林外史》那种"驱使各种人物，行列而来，事与其来俱起，亦与其去俱迄，虽云长篇，颇同短制"②的叙述结构，还是《官场现形记》、《孽海花》等晚清小说那种"连缀多数短篇成长篇的方式"③，在叙事结构上与《史记》都有着明显的祖述关系。

与《史记》围绕"主宰"通体关照的"空间化"叙事结构异曲同工，中国古典小说的"缀段式"叙事结构实际上亦有内在的整体感，且将"结构之技"与"结构之道"结合，以"结构之技"呼应"结构之道"，以结构之形暗示结构之神，强调叙事结构的深层意蕴表达，从而创设出富于哲理性的叙事结构。表面看来，这些叙事作品仅是随意排出了一长串散乱的叙述轴心，但

---

① 转引自杨燕起等：《历代名家评史记》，北师大出版社，1986年版，第208页。
② 鲁迅：《鲁迅全集》第九卷，人民文学出版社，1981年版，第221页。
③ 鲁迅：《鲁迅全集》第九卷，人民文学出版社，1981年版，第221页。

实际上这些轴心都在围绕着小说的"核心"内容作向心运动，不仅形成了钱钟书先生所谓"宛转回复"、"类蛇之自衔其尾"的"蟠蛇章法"，构成所谓"前有伏脉，后有余波"①的叙述章法；而且通过对叙事单元的精心缀合，力求折射某种深层意蕴。

比如《儒林外史》，"全书无主干，仅驱使各种人物，行列而来，事与其来俱始，亦与其去俱迄"，是典型的散文化结构，但"蟠蛇章法"的巧妙设置不仅使叙述获得了整体感，而且借叙事结构进行了深刻的文化反思，从而使叙事结构达到了"人文化"深度。全文叙述轴心由王冕、范进、匡超人、荆元等组成，而核心内容则是礼，具体说来，由"礼崩乐坏"到"君子以礼乐还俗"再到"礼失而求之于野"，特别是一头一尾两个轴心王冕和荆元都是未被污染的"嵚崎磊落"之士，使得这种"开端与结局复合"的"蟠蛇章法"呈现得十分清楚，从而显示了"空间化"叙事结构的整体性特征。表面上散漫的叙事结构不仅具有内在的整体感，而且出色地表达了深层文化意蕴。作者驱使他的人物四处漂泊，以大时空跨度的人和事，对科举制度进行嘲讽性的反思，深刻透视了"八股取士"的科举制度下士人的悲喜剧行为和命运，从而创构出辛辣的文化反思小说。站在中国古代"空间化"叙事结构深层"结构之道"的角度，叙事中出现的每一个事件都是别有意味的，且以第一回的王冕出场为例作一简要说明。从"时间性"叙事结构模式着眼，王冕叙事片段显然游离于中心情节之外，是所谓的"插曲性事件"，是应当删除的，但如从中国古代"空间化"叙事结构模式着眼，这一"插曲"和"闲笔"自有其存在的理由和价值，它为全文的文化反思设置了一个理想的切入口和批判点，实际上，它相当于古代小说津津乐道的"楔子"，是一段作者精心安排的"导读"。我们可以抽取那个著名的写景片断来稍作分析：

  那日正是黄梅时候，天气烦躁。王冕放牛倦了，在绿草地上坐着。须臾，浓云密布，一阵大雨过了。那黑云边上镶着白云，渐渐散去，透出一派日光来，照耀得满湖通红。湖

---

① 钱钟书：《管锥篇》第一册，中华书局，1991年版，第230页。

边山上，青一块，紫一块，绿一块。树枝上都像水洗过一番的，尤其绿得可爱。湖里有十来枝荷花，苞子上清水滴滴，荷叶上水珠滚来滚去。

这里显然不是单纯绘景，而是借景烘托王冕的人生情趣，其中印照着王冕《墨梅图》自跋中的高洁胸襟："不要人夸颜色好，只留清气满乾坤。"有意味的是，《儒林外史》还特意描绘了八股文选家马二先生游杭州西湖，所见多为富贵人家女客的衣裙和酒店柜台的鸡鸭鱼肉；登山眺望西湖里的打鱼船，所见却"如小鸭子浮在水面"；饱览钱塘江景致，却只能感叹出《四书五经》中的句子："真乃'载华岳而不重，振河海而不泄，万物载焉！'"王冕眼中的乡村小湖的文化品位竟然超越了马二先生眼中的杭州西湖，前者的清逸之气与后者被压抑和扭曲的食、色和科举一类的浊气形成迥然有别的鲜明对照，从而含蓄地传达了作品的深层意蕴。

《三国演义》亦是将文学叙事与历史哲学有机结合的典范性创作，在促成作品的历史哲学认知，传达作者对于历史、社会、人生的哲理性反思时，作品调动了多种叙事谋略，但叙事结构的成功运用无疑起着关键性作用。作品在整合历史叙事的多种体例时，深刻地表现出"空间化"叙事结构思想的深远影响与强烈渗透力。在表现由汉末经三国至西晋一百年间的政治军事斗争时，先将这百年大事分解为若干叙事单元，借助数字和伏应等"结构之技"完成事件单元内外的连接与组合，贯穿其间的则是以儒为主、儒道佛互补的历史哲学观。作品别有用意地将三国三方中立足最晚、军事实力最弱的蜀汉置于叙事结构的中心，大大突出了"知其不可为而为之"的历史悲怆感，且在执著历史的用世态度时，又设置了某种超越历史的出世眼光，从而传达了对历史的冷峻反思，全文就是由这一"结构之道"来统摄的。卷首词就透露出道家色彩：

  滚滚长江东逝水，浪花淘尽英雄。是非成败转头空，青山依旧在，几度夕阳红。
  白发渔樵江渚上，惯看秋月春风。一壶浊酒喜相逢，古今多少事，都付笑谈中。

作品虽然浓墨重彩地渲染着历史是非成败,却又要把这是非成败消解于浊酒笑谈之中,正是这种冷峻的超越历史是非成败的眼光,引发许多对永恒与瞬间的哲理性思考。如关羽,行文给予他一个"我有迷魂招不得,雄鸡一唱天下白"的按语。他在过五关斩六将的途中,曾经得遇同乡的普净和尚解难和叙旧;至他荆州失守、麦城殒命之日,英魂不散,尚且高呼"还我头来",被普净和尚一句"云长安在"点破迷津,顿然悟道。毛宗岗回评道:"'云长安在'一语,抵得一部《金刚经》妙义。以'安在'二字推之,微独云长为然也。吴安在,蜀安在,魏安在,三分事业、三国人才皆安在哉!凡有在者不在,而惟无在者常在。知其安在,而云长乃千古如在矣。"这无疑是以佛学关于有与无、永恒与短暂来观照所谓的千秋功业与人生价值,思考关于人、人类与历史的哲学,这种深邃的思考是与哲理性的"结构之道"遥相呼应的。

可见,与西方"时间化"叙事结构思想相比,中国古代"空间化"叙事结构思想更富于哲理性意味,借助叙事结构,作者无须现身说法,却能够更为内在地传达他对世界意义的理解。金圣叹腰斩《水浒传》和《西厢记》,就包含着他对艺术与世界的独特思考与认知。金氏反对把"忠义"归于"水浒",认为"《水浒传》所叙,叙一百八人,其人不出绿林,其事不出劫杀,失教丧心,诚不可训",故而后半部书的宋江受招安和"顺天护国"的情节逻辑是他所不能接受的。腰斩《水浒传》,他是作了认真的艺术上的考虑的,力求使新的结构与他对世界意义的理解相吻合。他把百回本"引首"与第一回合并,更为"楔子",将百回本第二回改为第一回,故事结于梁山泊好汉大聚义后,卢俊义做了一个噩梦,梦见所有好汉被斩首,这一噩梦是金圣叹加上去的。金氏就此大谈其叙事结构的妙处:"晁盖七人以梦始,宋江、卢俊义一百八人以梦终,皆极大章法。"金圣叹腰斩《水浒传》,既突出以梦始、以梦终首尾呼应的"空间化"叙事结构模式,同时又强化了百回本中种种对好汉必将没落的暗示,从而传达出英雄事业终不免灰飞烟灭的虚无感,非常清晰地表达了金氏对世界意义的独特体认。对《西厢记》的删减亦体现了金圣叹的此种努力,他删去第五本"张君瑞庆团圆",而以第四本"草桥店梦莺莺"结束,并且解释道:

旧时人读《西厢记》至前十五章既尽，忽见其第十六章乃作《惊梦》之文，便拍案叫绝，以为一篇大文如此收束，正使烟波渺然无尽。于是以耳语耳，一时莫不作是说。独圣叹今日心窃知其不然。——我又再细细察之，而后知其填词虽为末技，立言不择伶伦，此有大悲生于其心，即有至理出乎其笔也。今乎天地，梦境也；众生，梦境也。无始以来，我不知其何年齐入梦也。夜梦哭泣，旦得饮食；夜梦饮食，旦得哭泣。我则安知其非夜得哭泣，故旦梦饮食，夜得饮食，故旦得哭泣耶？何必夜之是梦，而旦之独非梦耶？

　　金氏所推崇的这种"止于未止之处"的叙事结构方式，显然与"时间化"叙事结构所要求的"首—身—尾"整一连贯的美学追求相左，却极为鲜明地体现了"空间化"叙事结构的审美意蕴追求，它给人们提供了联想天地和人生的广阔空间，给故事的结局提供并非非此即彼的丰富的可能性，从而表达了浓郁的哲理性意味。

　　综上所述，与西方"时间化"叙事结构模式相比，中国古代"空间化"叙事结构模式表面看来似乎毫无章法，作者看似不过散漫写来，但如能摆脱西方叙事结构思想的先入之见，就会发现，中国古代叙事同样具有内在的经脉和联络，往往通过事件之间的罗列、连缀和组合，如电影中的"蒙太奇"一般，产生叙事结构的整体感与深层的哲理性意味。也即，中国古代"空间化"叙述结构在留有所谓"缀段性"遗憾的同时，却获得了深层哲理意蕴的深刻表达。可见，中国古代"空间化"叙事结构绝不是一个简单的形式技巧，其中往往隐含着某种人生、哲理的意味，它既内在地统摄着叙事的程序，又外在地指向作者所体验到的人间经验和人间哲学，已经深刻地"人文化"和"哲理化"了。

　　（二）表现

　　中国古代"空间化"叙事结构主要导源于先秦两汉史传，尤其是《史记》的"通体关照"叙事结构思想。当然，与先秦两汉史传叙事结构相比，后世叙事，尤其是明清长篇章回小说的"空间化"叙事结构更为复杂和精致，但它们在叙事结构思想上是相当一致的：表面上呈现为"缀段式"的散漫无章，却巧妙地经由"神理"而非"形迹"组接与连缀叙事单元，从而达到叙事结构的整体感，并力求透过叙事结构传达某种对社会、历史、人生的哲理式体认。这种"空间化"叙事结构思想在后世叙事中有着独特的表现形式。其具体表现，分而论之，大致有以下几端：

(1) 大起大结大关锁的照应

如前所述，我国古代叙事结构表面散漫而无章法，但实际上却有着内在的连贯性和整体性，只是这种连贯性和整体性往往是以"神联"而非"形联"的方式来显现。"神"一般不显露为外层的表面性特征，故"空间化"叙事结构常设计有贯穿叙述主干的线索以组接和连缀事件单元，黄庭坚评《史记》说："《史记》长篇之妙，千百言如一句，由其线索在乎，举重若轻也。识得此法，便目无全牛。"① 清楚地指出了"线索"在《史记》叙事结构中所起的关键性作用："线索"能使"千百言如一句"，能让一盘散沙似的事件组合成有着内在整体感和生命性的序列。《史记》以无形之"神"统摄事件单元，这种无形之"神"往往成为联接和缀合文章的线索，从而起到"通体关照"全文的作用：不仅使"缀段式"叙事结构显示出整体感，而且有效地加强了叙事结构的意蕴传达。中国古代小说"空间化"叙事结构思想多得益于《史记》，看起来毫无整体感和结构章法，不过是一些事件单元的散漫缀合，但其中的优秀之作显然有着精心的叙事结构运作，正如金圣叹所断言的："若诚以吾读《水浒》之法读之，正可谓庄生之文精严，《史记》之文亦精严。不宁惟是而已。盖天下之书诚欲藏之名山，传之后人，即无有不精严者。"② 他进一步解释"精严"说："何谓之精严？字有字法，句有句法，章有章法，部有部法是也。"就整体而言，中国古代小说叙事结构的"精严"，常体现在作者精心地设计了大起大结大关锁，从而使看似散漫无章的叙事富有整体感。透彻把握这些大起大结大关锁的照应要素，更能清晰地感受中国古代"空间化"叙事结构思想的特征。

《金瓶梅》精心设置了叙事结构的"关锁"照应。张竹坡认为，在全文中起联接贯穿作用的是具有地理色彩的"玉皇庙"和

---

① 转引自杨燕起等《历代名家评史记》，北师大出版社，1986年版，第221页。
② 金圣叹：《金圣叹批评〈水浒传〉》，齐鲁书社，1991年版，第11页。

"永福寺"，以玉皇庙"热结兄弟"起，以身死名裂葬身永福寺结，他在《读法》中指出："起以玉皇庙，终以永福寺，而一回中已一齐说出，是大关键处。"①《金瓶梅》是一部牵涉诸色人物、写尽聚散离合兴衰的世态炎凉书，故必须设计众多角色的起始处与结穴处，玉皇庙和永福寺起的就是这种作用。如从情节连贯的角度来看，以玉皇庙和永福寺为起结的手法，不免与主导故事有所游离，但它们对于人物角色所起的聚拢、发散、归结的结构作用是十分明显的。张竹坡这样评论永福寺在归穴众角色时的结构功能说：

> 永福寺，如封神台一样，却不像一对魂旗引去之恶套。如武大死，永福寺念经，结穴于永福寺也。杨宗保非数内人，故其念经用素僧。子虚又用永福寺僧念经，一样结穴也。瓶儿虽并用吴道官，实结穴于永福寺，千金喜舍，本为官哥也。至梵僧药，实自分得来，自为瓶儿致病之由，而西门溺血之故，亦由此药起。则西门又结穴于此寺。至于敬济，亦葬永福。玉楼由永福来，而遇李衙内。月娘、孝哥、小玉，俱自永福而悟道。他如守备、雪娥、大姐、蕙莲、张胜、周义等，以及众残形怨愤之鬼，皆于永福寺脱化而去。是永福寺，即封神台之意。但用笔参差矫健，真如天际神龙，令人有风云不测之慨，以视《封神》，真有金矢之别。②

《金瓶梅》除了设置首尾相衔的大起大结之外，张竹坡认为还有所谓的"冷热金针"作为具体的关锁和线索。《金瓶梅》叙述的是由热到冷的炎凉故事，整部书一百回在气氛上显然可以划分为一个完整的冷热循环，前五十回是由冷到热，后五十回是由热到冷。这种气氛的循环转换是由无数细节的烘托、渲染而形成的，如小说中大量季节转换的描写、性暴力极端化的细节暗示、饮宴节庆琐事气氛的烘托，从而汇集成一条如同带金针的线，将其中的无数琐事贯串组织起来，形成具有整体感的结合体。

这种借助线索做大起大结大关锁的手法在中国古代小说中屡

---

① 张竹坡：《张竹坡批评〈金瓶梅〉》，齐鲁书社，1991年版，第13页。
② 张竹坡：《张竹坡批评〈金瓶梅〉》，齐鲁书社，1991年版，第1395页。

见不鲜，由于小说家的出色运用，不仅强化了叙事结构的整体感和生命性，而且有效地深化了叙事结构的深层意蕴表达，达到了"人文化"和"哲理化"的深度。

早有评点家指出，《水浒传》中反复出现的"石碣"起着大起大结大关锁的贯穿作用，金圣叹评曰："一部大书七十回，以石碣起，以石碣止，奇绝。"当然，将"石碣"仅视为贯穿全文的线索，不免辜负了作者的艺术用心。"石碣"不仅起着关锁照应的线索功能，其本身又构成意象，由它所联结的人道与天道因而更显示出"空间化"叙事结构的哲理性意味。且看这一意象的结构功能。

"石碣"最早出现在《楔子》中"误走妖魔"的情节里：

> 真人等惧怕太尉权势，只得唤几个火工道人来，先把封皮揭了，将铁锤打开大锁。众人把门推开，一齐到殿内，黑洞洞不见一物。太尉教从人取十数个火把点着，将来打一照时，四边并无一物，只中央一个石碣，约高五六尺，下面石龟趺坐，大半陷在泥里。照那石碣上时，前面都是龙章凤篆，天书符箓，人皆不识。照那背后时，却有四个真字大书，凿着"遇洪即开"。

这石碣并非凡物，龙虎山的真人对此作了说明："此殿中，当初是老祖天师洞玄真人传下法符，嘱咐道：'此殿内镇锁着三十六员天罡星，七十二座地煞星，共是一百单八个魔君在里面。上立石碣，凿着龙章凤篆姓名，镇住在此。若还放他出世，必恼下方生灵。'"这就把《水浒传》中一百单八好汉群体的出现和石碣联系起来，和天地之道联系起来，赋予这个群体以超人间的意义。中间的关锁处无疑是第十四回出现的"石碣村"，阮氏三雄的石碣村看似一个不起眼的村名，但把它置身于整个叙事结构中，它就变得相当重要，它在梁山泊聚义的过程中实具有里程碑的意义。金圣叹对此有一番评点：

> 《水浒》之始也，始于石碣；《水浒》之终也，终于石碣。石碣之为言一定之数，固也。然前乎此者之石碣，盖托始之例也。若水浒之一百八人，则自有其始也。一百八人自

有其始，则又宜何所始？其必始于石碣矣。故读阮氏三雄，而至石碣村字，则知一百八人之入水浒，断自此始也。

这里标志着这个好汉群体第一次重大的对抗官府的行动：智取生辰纲。行动之前晁盖梦见北斗七星直坠屋脊，这与"误走妖魔"时的百十道金光散落四面八方相互呼应，而七星聚会的关键是吴用到石碣村游说阮氏三雄入伙。智取生辰纲案发后，宋江私放晁盖一伙逃命至梁山泊落草，而他自己也被牵连到杀阎婆惜的案件中，最终成为梁山泊的寨主。"石碣"意象的第二次出现，其意义是最早展示了这个好汉群体所神往的"不怕天，不怕地，不怕官司；论秤分金银，一样穿绸锦；成瓮吃酒，大块吃肉"的江湖人生的风貌。而第三次出现，则在第七十回梁山泊好汉取得一系列的对抗官府的军事胜利，一百八员云集设醮祭天的时候：

是夜三更时候，只听得天上一声响，如裂帛相似，正是西北乾方天门上。众人看时，直竖金盘，两头尖，中间阔，又唤作天门开，又唤作天眼开，里面毫光射入眼目，霞彩缭绕，从中间卷出一块火来，如栲栳之形，直滚下虚皇坛来。那团火绕坛滚了一遭，竟钻入正南地下去了。此时天眼已合，众道士下坛来。宋江随即叫人将铁锹锄头掘开泥土，跟寻火块。那地下掘不到三尺深浅，只见一个石碣，正面两侧，各有天书文字。

这些天书文字经过破译，侧首是"替天行道"、"忠义双全"，前面是三十六员天罡星，后面是七十二员地煞星。也就是说，"误走妖魔"时下凡的一百八员魔君于此聚集齐全，并且排出座次，这无疑是全书结构的重要扭结，也是梁山泊最为鼎盛的一刻，对此，金圣叹评点说：

或问：石碣天文，为是真有是事？为是宋江伪造？此痴人说梦之智也。作者亦只图叙事既毕，重将一百八人姓名一一排列出来，为一部七十回书点睛结穴耳。盖始之以石碣，终之以石碣者，是此书大开阖；为事则有七十回，为人则有一百单八者，是此书大眼节。若夫其事其人之为有为无，此固从来著书之家之所不计,而奈之何今之读书者之惟此是求也?

很显然,金氏强调的是"石碣"在整体结构中的重要意义。另外,石碣由伏魔殿连通天上,再由地上惩治腐败的反抗行为连通梁山泊,最后又在梁山泊的大聚合中连通上天,故而这一由"石碣"意象连结的叙事结构又带有了深厚的"人文化"与"哲理性"意蕴。"石碣"意象成功地将"结构之技"与"结构之道"联结起来。

毛氏父子在考察《三国》叙事总结构特征时,说过一段十分重要的话:

> 《三国》一书,有首尾大照应、中间大关锁处。如首卷以十常侍为起,而末卷有刘禅之宠中贵以结之,又有孙皓之宠中贵以双结之,此一大照应也。又如首卷以黄巾妖术为起,而末卷有刘禅之信师婆以结之,又有孙皓之寻术士以双结之,此又一大照应也。照应既在首尾,而中间百余回之内若无有与前后相关合者,则不成章法矣。于是有伏完之托黄门寄书,孙亮之察黄门盗蜜以关合前后。又有李榷之喜女巫,张鲁之用左道以关合前后。凡若此者,皆天造地设,以成全篇之结构者也。然尤不止此也,——作者之意,自宦官、妖术之外,尤重在严诛乱臣贼子,以自附于《春秋》之义。故书中多录讨贼之忠,记弑君之恶。而首篇之末,则终之以张飞之勃然欲杀董卓;末篇之末,则终之以孙皓之隐然欲杀贾充。①

在毛氏看来,这些起结安排、中间关锁的巧妙照应不可能是自然而然呈现的,而是出自于作者有深意的构思安排。毛氏在后来的回评和夹批中,坚持这种对《三国》总结构特征的理解,并不断以文本的根据来证明他的看法。如《三国》起首第一回,说了几句天下分合,几经兴亡,而至于东汉桓、灵二帝的话,毛氏

---

① 毛宗岗:《毛宗岗批评〈三国演义〉》,齐鲁书社,1991年版,第47页。

夹批道："桓、灵不用十常侍，则东汉可以不为三国；刘禅不用黄皓，则蜀汉可以不为晋国。此一部大书，前后照应起。"① 叙事的起点是正常秩序的被扰乱，任用了奸邪或者贼臣乱政，打破了周流运行的既定秩序，于是故事开始了。《三国》第五回讲到董卓乱政而得势，惹来群雄并起联手攻打董卓。毛氏回评云："董卓不乱，诸镇不起；诸镇不起，三国不分。此一卷，正三国之所自来也。"② 毛氏将《三国》百二十回分成为十九卷，每卷六回或七回。第一卷七回，三国故事中的起首人物都已出场，除"桃园三结义"具有正统色彩外，其余都是一连串的乱政事件，毛氏的评点十分敏感地注意到叙述起点事件的性质。其余提到作为中间关锁事件的李榷喜女巫出现在十三回；伏完托黄门事在六十六回，孙亮识破黄门盗蜜在一百十三回。毛氏之所以看重这些事件单元，无非是因为它们加强了政治失序的暗示，因而毛氏觉得它们可以在某种程度上与首卷核心事件相提并论，构成相互照应的大关锁。

《三国》最后两卷，讲到蜀汉和东吴的灭亡也伴随着令人痛心的乱政事件。一百十三回和一百十五回刘禅信任宦官黄皓，荒怠朝政，终至于无可收拾。毛氏于一百十五回批云：

> 又有读书至终篇，而复与最先开卷之数行相应者。……至于姜维之欲去黄皓，则明明以十常侍为比，明明以灵帝为鉴。于一百十回之后，忽然如睹一百十回以前之人，忽然重见一百十回以前之事。如此首尾连合，岂非绝世奇文！③

一百十六回讲到钟会、邓艾大军压境，而刘禅尤信妖术，毛氏回评道：

> 黄巾以妖邪惑众，此第一卷中之事也，而师婆之妄托神言似之；张让隐匿黄巾之乱以欺灵帝，亦第一卷中之事也，而黄皓隐匿姜维之表又似之。前有男妖，后有女妖，而女甚

---

① 毛宗岗：《毛宗岗批评〈三国演义〉》，齐鲁书社，1991年版，第1410页。
② 毛宗岗：《毛宗岗批评〈三国演义〉》，齐鲁书社，1991年版，第1421页。
③ 毛宗岗：《毛宗岗批评〈三国演义〉》，齐鲁书社，1991年版，第1478页。

于男；前有十常侍，后有一常侍，而一可当十。文之有章法也，首必应尾，尾必应首。读《三国》至此篇，是一部大书前后大关合处。①

《三国》最后一回写到孙皓任用非人，滥施酷刑，终至亡国，毛氏亦有类似的评点。小说临末，作者再次提起"天下大势，合久必分，分久必合"的话头，毛氏评点道："直应转首卷起语，真一部如一句。"毛氏特别赞赏最后总括三国事迹的一篇古风："此一篇古风将全部事迹隐括其中，而末二语以一'梦'字、一'空'字结之，正与首卷词中之意相合。一部大书以词起以诗收，绝妙章法。"

毛氏父子对《三国》叙事总结构特征的考察，不仅强调《三国》一书借"首尾大照应、中间大关锁"以为关合，以成全篇之整体性结构，而且强调叙事"自附于《春秋》之义"的作者本意，从而挖掘出《三国演义》"空间化"叙事结构的意蕴特征。

通过对《金瓶梅》、《水浒传》和《三国演义》叙事结构的分析可知，与西方"时间化"叙事结构模式一样，中国古代"空间化"叙事结构亦具有内在的生命性与整体感，这种内在的生命性与整体感往往依靠"神联"而非"形联"来显示。构成"空间化"叙事结构模式的大结构框架的事件单元，诸如大起大结、各处关锁等，往往起着结构线索的作用，负责引导、组织和暗示其余主导故事部分的事件单元，它不仅肩负着将表面松散的事件单元组织成具有整体感的序列，而且承担着解释、暗示主导事件单元深层意蕴的结构功能，典型地体现了中国古代叙事结构思想的特征。

（2）引子、楔子、入话的设置

从叙事学的角度看，叙事结构中的大起大结大关锁，不管是意象形态，还是片段式情节单元，基本上内属于主导故事情节。在中国古代"空间化"叙事结构中另有一种特出现象，即在叙述中常出现引子、楔子、入话、闲文等，不管从哪一个角度着眼，这些事件均是与主导情节关系不大的"插曲性事件"，在西方叙

---

① 毛宗岗：《毛宗岗批评〈三国演义〉》，齐鲁书社，1991年版，第1479页。

事中是应该尽量避免出现的"蛇足"和赘笔,但却为中国古代叙事理论所津津乐道。那么,如何理解这些"插曲性事件"在中国古代"空间化"叙事结构中的结构功能?首先来分析引子、楔子、入话的结构功能。

在中国古代叙事作品中常可发现这样一种现象:在进入正式叙述之前,作品往往设置了诸如引子、楔子、入话的事件单元。这些处于起首部位的事件单元一般与故事主导事件单元没有情节上的连贯性,因此常造成一种"游离"之感。但古代文论家对此类文法却赞不绝口,因此,简单地否定这些事件单元显然缺乏理论的说服力。这里拟借古代文论家的观点,对这些事件单元的结构功能作详细考察。

前面说过,中国古代叙事中设置的诸如引子、楔子、入话的事件单元多处于起首部位,且可能与故事主导事件单元没有情节上的连贯性。但这些事件单元却具有重要的结构功能,体现了整部作品的大结构和大布局,尽管它们可能与其后的主导情节有游离,但两者存在着神理上的统一性。实际上,它们在整个故事中处于解释和支配的地位,解释其后一系列事件发生、出现的原因。正是因为这一原因,起首的故事又被习惯性地称为"引子"、"楔子",它们与其后故事的联系不体现在形迹上,而体现在神理上,没有起首故事的暗示、解释,则如群龙无首。因此,老练的小说家总是在起首安排某种具有特殊含义的事件单元,以为暗示和解释,并以其神理贯串于其后的故事,特别是叙述者的观点和评价,往往在起首的这个架构中有很明显的流露,从而起到了"导读"的作用。

金圣叹对《水浒》结构的评点就强调了起首事件单元对其后故事的暗示、导引和解释作用。《水浒传》劈头一首诗后两句为:"天下太平无事日,莺花无限日高眠。"渲染江山依旧、日子周流的无事气氛,金圣叹批道:"好诗。一部大书诗起诗结,天下太平起,天下太平结。"① 在金圣叹看来,天道自然,人事周流,本来无事可叙,只是因为人们自己违背自然天理,违反圣人古训,反常行为打破了既定秩序,故而从此天下有事,故事从无起而又

---

① 金圣叹:《金圣叹批评〈水浒传〉》,齐鲁书社,1991年版,第47—48页。

归于无有，其实十分符合这种古代宇宙观。《水浒传》作者亦是以此种宇宙观为前提来叙述水浒故事的，所以，水浒故事是以虚空了局的。容与堂本题李卓吾评点对结尾的批评，可以和金圣叹"太平天下起，太平天下结"的观念相生："施罗二公，真是妙手，临了以梦结局，极有深意。见得从前种种，都是说梦。"① 天下从无事到有事必然起因于一系列反常事件，《水浒》就是以一系列反常的神奇事件拉开序幕的。金圣叹的读解就十分注意发掘这些事件"引"和"楔"的意义。小说开头洪太尉上山求见天师，而这天师正是一百八好汉的隐喻，洪太尉有眼无珠，遇而不见，事后反说天师样貌猥獕。金圣叹不失时机评点道："此一句，直兜至第七十回皇甫端相马之后，见一部所列一百八人，皆朝廷贵官嫌其猥獕，而失之于牝牡骊黄之外者也。"② 反常行为的出现正昭示着从此天下开始多事，而洪太尉无缘结识天师，暗示朝廷壅塞，不能识英雄于草莽而有后来的一系列官逼民反的好汉故事。起首这一事件单元与故事主导事件单元并无连贯性，但它所起的"引"与"楔"的结构作用是很明显的。

《金瓶梅》在第一回正文之前，同样设计了一段流露浓重虚空感的关于财色祸福、色空世界的话头，类似于《水浒传》的"楔子"，张竹坡认为，"此一段是一部小《金瓶》，如世所云总纲也。"③ "总纲"的作用是为一部大书的主脑和故事定下基调，"开讲处几句话头，乃一百回的主意。一部书总不出此几句，然却是一起四大股，四小结股。临了一结，齐齐整整。"④ 开头的这么几句"话头"之所以赢得张竹坡的叹赏，显然是他看到了这一"话头"在全书中所起的"总纲"和"主意"的结构性功能作用。

再如《儒林外史》，开宗明义第一回名曰"说楔子敷陈大义，借名流隐括全文"，"楔子"重塑了元末诗人和画家王冕，使之有若一枝凌波高举的"苞子上清水滴滴"的荷花一般清新和高逸，并借大跨度的时间移位操作，使王冕形象带有明显的历史预言意

---

① 金圣叹：《金圣叹批评〈水浒传〉》，齐鲁书社，1991年版，第38页。
② 金圣叹：《金圣叹批评〈水浒传〉》，齐鲁书社，1991年版，第40页。
③ 张竹坡：《张竹坡批评〈金瓶梅〉》，齐鲁书社，1991年版，第13页。
④ 张竹坡：《张竹坡批评〈金瓶梅〉》，齐鲁书社，1991年版，第1页。

味,借他作"八股取士"制度下文人厄运的历史预言,从而显示了隐括全文的深意。饶有意味的是,尽管王冕叙事单元与主导故事单元不具有时间上与情节上的连贯性,却显然具有神理上的关联。王冕的预言下距第二回明朝成化末年的周进,大约八十年;下距第五十五回万历年间的琴、棋、书、画四客,大约一百九十年。但王冕的身影仿佛没有消失,时时站在一边,和在省城贡院撞号板的周进,和一听到中举就痰迷心窍的范进,进行嘲讽性的对话;和咽气之前看见灯盏点着两根灯草,而举着两根手指断不了气的严监生,进行鞭挞性的对话。当然,这种文化精神的对话,是正反兼备的。尽管杜少卿是状元府的破落子弟,琴、棋、书、画四客是卖火纸筒子、开茶馆的平民,但是前一人尊崇古礼,随任自然,仗义疏财,托病不应鸿词博学之征;后四人不慕财势,诗画自娱,靠自己的才能手艺吃饭,"诸事都由我",自得其乐。在他们和"楔子"中王冕所进行的呼应性的文化精神对话中,可以发现《儒林外史》的文化理想和人生价值观念,"楔子"的结构功能与意义是显而易见的。《儒林外史》正是借助这一预言式的架构,暗示、解释和支配着对其后故事的感知与评价,它显然是作者精心安排的一段"导读"。从"楔子"的这一结构功能分析,闲斋老人对《儒林外史》的评价可谓透彻,他在《〈儒林外史〉序》中评价说:"夫曰'外史',原不自居正史之列也;曰'儒林',迥异玄虚荒渺之谈也。其书以功名富贵为一篇之骨,有心艳功名富贵而媚人下人者;有倚仗功名富贵而骄人傲人者;有假托无意功名富贵自以为高,被人看破耻笑者;终乃以辞却功名富贵,品第最上一层为中流砥柱。"

与精致的文人创作不同,我国古代话本小说源于"说话",因而保留了深刻的"说话"的烙印。话本小说一般都有入话,可以是诗词,也可以是一个小故事,以小故事作为入话的又称为"得胜头回"。入话本为说书场上等待听众的热场手段,郑振铎在《明清二代的平话集》中分析说:

> 话本既是说话人的底本,我们就说书先生的实际情形一观看,便知他不能不预备好一套或长或短的"入话",以为开场之用。一来是,借此以迁延正文开讲的时间,免得后至的听众,从中途听起,摸不着头脑;再者,"入话"多用诗

词，也许实际上便是用来"弹唱"以肃静场面怡娱听众的。

既然入话只不过是说书场上等待听众的热场手段，本属于说话场套数的外在程式，因而是比较随意和简陋的，经常是采用小说、讲史、讲经"并可通用"的段子。如《醉翁谈录》第一卷的《小说引子》便类似于话本的"得胜头回"，却注明"演史讲经并可通用"，而且它结尾的两首诗："破尽诗书泣鬼神，发扬义士显忠臣，试开嘎玉敲金口，说与东西南北人"，以及"春浓花艳佳人胆，月黑风寒壮士心，讲论只凭三寸舌，称评天下浅和深。"所谓"称评天下浅和深"，是足以涵盖话本的主要题材，因而具有"通用"性质的。既非"特用"，自然与"正话"的关系较为松散，并没有成为故事情节的有机组成成分。

这种游离于主导故事的入话，对于书面化、典范化的话本小说来说，显然属于多余。但奇怪的是，在典范化的话本小说体制中，入话不是被删削，反而被增补和强化，并形成了比较定型的、以小故事牵引和阐发大故事的基本结构模式，这主要是着眼于入话所起的叙事结构功能。与"引子"、"楔子"的结构功能一样，在一般情况下，入话的小故事与主导情节的大故事之间缺乏情节上的连贯性，但两者之间有着神理上的内在关联，入话对主导故事起着暗示、导引和解释的结构性作用，有些入话还强化了叙事哲理意味的传达，这些话本正是在把入话和正话进行的正反顺逆多种方式的牵合中，引发出有关人生、社会、历史的哲理性思索。

入话对正话暗示、导引和解释的结构性功能在冯梦龙的"三言"中得到明确的表达。冯梦龙的"三言"将许多早期话本的"得胜头回"拉长和强化，借头回点破正话的主题，在入话与正话的牵合、照应和转折等诸多组接方式中，传达作者的认知，从而充分发挥了入话的叙事结构功能。如《清平山堂话本》中的《柳耆卿诗酒玩江楼记》，冯梦龙讥为"鄙俚浅薄，齿牙弗馨"，被收入《古今小说》时，改题为《众名姬春风吊柳七》，并且对其作了一番根本性修改。其中最值得注意的是，原文中作为入话的那首甜俗肉麻的《柳耆卿题美人诗》被删削了，而换上了取材于《北梦琐言》第七卷的《孟浩然以诗失意》的"得胜头回"，入话的改换显然重构了话本的叙事意味。它把两种不同类型的文人,一个是"白首卧松云"的高士,一个则是出入秦楼楚馆的风流才子,以于不协调中求协调的方式牵合在一起,于人物类型反差极大之间,精选出"不才明主弃,多病故人疏"一诗,和"我不求人富贵,人须求我文章"一词,并在他们同样触犯龙颜,以致造成终身失意这一共同点上,建立了独具意味的叙事焦点。在"怀才"与"不遇"这种荒谬的社会错位中,尽情倾泻了山野文人的闲云野鹤和诗酒风流的抑郁情绪,及其对自身悲剧命运的不测感。

可见,话本小说的入话从原来演出现场的需要,演变成为叙事本身的需要,其间入话与正话内容意味的关联渐趋密切,入话成为正话主题的提示、阐释和发挥,发挥的正是"引子"和"楔子"的作用,从而逐步演化成为话本小说的有机组成部分。

(3) 闲文的设置

在探讨了引子、楔子和入话的结构功能后,再来看中国古代叙事中"闲文"的结构功能。

所谓"闲文",是与"正文"相对而言的,指那种脱离中心情节的穿插式文字,也就是特罗洛普所言的"插曲性事件"。很明显,所谓正文、闲文的区分是从"情节"中心的"时间化"叙事结构着眼的,从情节组织的角度看,闲文游离于故事情节之外,是多余的,故文有正、闲之分。

由于不同的叙事观念和审美取向,中西看待闲文的观点迥异。在注重情节连贯整一、强调清晰完整的叙事线条的西方"时间化"叙事结构传统中,叙事被规定为某种理想的线条,是一根两点成一线的笔直狭窄的线条。传统上认为这种笔直狭窄的叙事线条的组合,依据的是有关开头、中部和结尾的一体化概念,以及内在的根据、情理和逻辑,这是由亚里士多德在《诗学》中确立的基本叙事结构观念,并在西方叙事传统中经久不衰。所以,游离于中心情节之外的"闲文"被视为是一个很大的缺点,故西方叙事要求尽可能地避免和消除"插曲性事件",特罗洛普说:"在小说中,不应该有插曲式的事件。"但在不注重情节连贯的中国古代"空间化"叙事结构传统中,"闲文"点缀则显得五彩缤纷。古典小说理论通常认为,从情节组织的角度看,闲文是多余的,但从仪态摇曳、故事完美的角度来看就必须正、闲配合。一个细节、一个意象或一小段文字,虽然它们在情节上游离于中心,但经此一点缀,中心故事则更具异彩;叙述企图传达的意味,如果没有闲文的点缀,往往得不到完美的表现。所以,正、闲恰到好处的配合是中国古代叙事艺术达到很高的境界的一种标志。对闲文的高度称赏也为中国古代叙事结构思想的"空间化"特征提供了有力的旁证。

早在先秦两汉史传,如司马迁的《史记》中就出现了对"闲文"的出色运用。

司马迁的《史记》意在"究天人之际,通古今之变,成一家之言",有着明确的著述目的,但在创作实践中,却并未将其笔墨完全集中在"事关国家兴亡、生民休戚"的重要历史人物和事件上,即便是在某些重要的历史人物传记中,也不仅仅局限于浓墨重彩地勾勒历史人物一生的重大行事,而是巧妙地运用正、闲配合的叙事谋略,常常偏线走题,叙述一些"插曲性事件",从而塑造了许多形神兼备、血肉丰满的立体人物形象,千载而下,读来依然栩栩如生。陈涉的"鸿鹄之志"、李斯的"入仓观鼠"、张汤的"幼年审鼠",于主体故事均关涉不大,可归于"闲文"之列,从而清晰地显示了"空间化"叙事结构模式的特点,但"闲文"又不闲,这些琐事不仅使文态显得摇曳多姿,而且加深了叙事的深层意蕴表达。如上述陈涉的"鸿鹄之志"、李斯的"入仓观鼠"、张汤的"幼年审鼠",都不是作者兴之所至的随意之笔,实际上是对人物基本性格特征的形象展示,陈涉的胸怀大志、不甘贫贱;李斯的热衷功名、贪恋富贵;张汤的残酷性格、狱吏气质,在这些精心设计的琐事"闲文"中得到了充分展现,所谓"细微处见精神",这些看似与主导故事无关的琐事实则起着"特写"与"点睛"之效。再如《项羽本纪》,司马迁着重刻画了钜鹿之战、鸿门宴、垓下之围这三个与项羽一生事业的决定性价值有着深刻关系的重大事件,但在叙述乱世英雄的悲壮生命历程时,司马迁有时却离题偏线,设置了一些饶有意味的"插曲性事件"。如"垓下之围"中,刘邦、韩信和彭越合兵垓下与项羽决战,战争异常惨烈,作品对此几乎没有花费笔墨,却精心刻画了这么一个带有生活意味的场景:

> 夜闻汉军四面皆楚歌,项王乃大惊曰:"汉皆已得楚乎?是何楚人之多也!"项王则夜起,饮帐中。有美人名虞,常

幸从；骏马名骓，常骑之。于是项王乃悲歌慷慨，自为诗曰："力拔山兮气盖世，时不利兮骓不逝；骓不逝兮可奈何，虞兮虞兮奈若何！"歌数阕，美人和之。项王泣数行下，左右皆泣，莫能仰视。

在"四面楚歌"的残酷战争环境中，作者却聚焦于一个日常情感生活画面，从情节组织的角度看，"霸王别姬"显然只能归于"闲文"之列，但这一与中心情节关系不大的"插曲性事件"却自有其重要的结构功能。它提供了"正文"意想不到的情景的突然变换，不仅使故事情调刚柔相济、摇曳多姿，且有效地加深作品的意蕴表达：项羽和美人慷慨悲凉的唱和，尽管构成为他与世界和生活的告别仪式，但却在更高的层面上使他的生命获得了诗的升华。从这一"闲文"设置不难看出，司马迁对"闲文"结构功能的深刻理解。

实际上，即便是在视"闲文"为缺点，强调笔直狭窄、清晰明了的西方"时间化"叙事结构传统中，也不时会出现各种离题或偏离。特罗洛普不喜欢"闲文"，自信能够将"插曲式的事件"与笔直狭窄的主要故事线条区分开来，但他在讲故事时，虽然重点突出，但往往巧夺天工，采用多重情节，这样一来，无论从哪个单一情节的角度来看，小说中都充满"插曲式的事件"。罗兰·巴特告诉我们说，只要下点工夫，看上去最不相关的细节也能显得相关。既然如此，又怎么能断定某一事件肯定是无法收入主线条的"插曲性事件"或所谓"不相关的细节"呢？可见，叙事无法完全避免"闲文"的出现。事实上，"闲文"不仅能使故事更为摇曳多姿，且能增加作品的意蕴，这恰恰契合了中国古代"空间化"叙事结构的审美追求。在中国古代小说中，"空间化"叙事结构发展得更为成熟，"闲文"也在小说家的笔下成为发挥叙事结构功能的有效手段。

毛氏父子的《读三国志法》中有两条"文法"涉及"闲笔"点缀的妙处：

> 《三国》一书，有寒冰破热，凉风扫尘之妙。如关公五关斩六将之时，忽有镇国寺内遇普净长老一段文字；昭烈跃马檀溪之时，忽有水镜庄上遇司马先生一段文字；孙策虎距

江东之时，忽有遇于吉一段文字；曹操晋爵魏王之时，忽有遇左慈一段文字；昭烈三顾茅庐之时，忽有遇崔州平席地闲谈一段文字；关公水淹七军之后，忽有玉泉山下点化一段文字。至于武侯征蛮而忽逢孟节，陆逊追蜀而忽遇黄承彦，张任临敌而忽问紫虚丈人，昭烈伐吴而忽问青城老叟。或僧、或道、或隐士、或高人，俱于极喧闹中求之。真足令人躁思顿清，烦襟尽涤。①

《三国》一书，有笙箫夹鼓，琴瑟间钟之妙。如正叙黄巾扰乱，忽有何后、董后两宫争论一段文字；正叙董卓纵横，忽有貂蝉凤仪亭一段文字；正叙榷、汜猖狂，忽有杨彪夫人与郭汜之妻来往一段文字；正叙下邳交战，忽有吕布送女、严氏恋夫一段文字；正叙冀州厮杀，忽有蔡夫人商议一段文字；正叙赤壁鏖兵，忽有曹操欲取二乔一段文字；正叙碗城交政，忽有张济妻与曹操相遇一段文字；正叙赵云取贵阳，忽有赵范寡嫂敬酒一段文字。……人但知《三国》之文是叙龙争虎斗之事，而不知为凤、为鸾、为燕，篇中有应接不暇者。令人于干戈队里时见红裙，旌旗影中常睹粉黛，殆以豪士传与美人传合为一书矣。②

《三国演义》一百二十回，毛氏在回评与夹批中共有四十七处提到"闲笔"穿插以及正、闲配合，仅次于所提及的照应、伏笔一类笔法，由此可见其对正、闲笔法感受的强烈程度。

细考毛氏父子对"闲笔"作用的说法，重在强调"闲笔"往往能提供"正文"意想不到的情景的突然变换。按照中国传统叙事审美观念，情景的突然变换不仅能使故事更为摇曳多姿，且能加深作品的意蕴表达，能提供无穷的遐想与阅读暗示，"闲笔"与中心故事的配合能恰尽其妙地表达作品的意旨。因此，"闲文"似闲实不闲，它具有"正文"无法替代的结构功能。中国古代小说家与小说理论家均深谙其中奥妙，小说家借助正文、闲文的巧妙配合，不仅使叙事"有笙箫夹鼓，琴瑟间钟之妙"，曲尽叙事变化之美，且能使叙事"有寒冰破热，凉风扫尘之妙"，能有效

---

① 毛宗岗：《毛宗岗批评〈三国演义〉》，齐鲁书社，1991年版，第18－19页。
② 毛宗岗：《毛宗岗批评〈三国演义〉》，齐鲁书社，1991年版，第477页。

地加强叙事意蕴的传达。故明清评点家常常提醒读者注意欣赏"正文"之外的"闲文"点缀，在他们看来，叙事的妙处很可能不在中心情节骨架之中，而在附着于此骨架之上的珠玉花朵，所谓的"闲文"，就是这些珠玉花朵。

《三国演义》第三十九回诸葛亮出山初用兵，曹操向徐庶询问诸葛亮为何人时，徐庶将己比为萤火而将诸葛亮比为皓月，这段话于叙事情节脉络中实属可有可无之"闲笔"，但于塑造诸葛亮的盖世才华却起到了渲染强调之功效。毛氏评曰："前徐庶在玄德面前夸奖孔明，是正笔、紧笔；今在曹操面前夸奖孔明，是旁笔、闲笔。然无旁笔、闲笔，则不见正笔、紧笔之妙。不但孔明一边愈加渲染，又使徐庶一边不冷落，真叙事妙品。"① 在四十八回回评中，毛氏亦重申此意，再次强调指出，正、闲笔法的穿插、点缀有如"天然妙事，凑成天然妙文。固今日作稗官者构思之所不能到也"。

《金瓶梅》涉及"闲笔"技巧的地方也很多，其叙事笔端所及几乎都是闺内琐事，而作者着"闲笔"的地方又很多，所以习惯阅读以情节模式为主导的小说的读者，往往觉得这部小说头绪纷繁。如第四十二回"豪华门前放烟火，赏元宵楼上醉花灯"，按照张竹坡的理解，"此回侈言西门之盛也"。② 主导情节是元宵节到，西门庆为显示其豪华富贵，在家摆放四架烟火，但作者真正渲染焰火之盛的叙事笔墨却很少，四架烟火中，三架只用棋童口中一点，详写的狮子街的那一架，则是用含有嘲讽意味的近似韵文来形容的，并无叙述描写的交代，通篇几乎都是调笑、看灯、喝酒等琐事。无怪乎张竹坡评曰："文字不肯于忙处不着闲笔衬，已比比然矣。今看其于闲处，却又必不肯徒以闲笔放过。若看灯，闲事也；写闹花灯，闲笔也。却即于此处出王三官。文字无一懈处可击。又善于掉空便入。便捷如此，真如并州快剪矣。"③ 所谓"不肯徒以闲笔放过"，就是说这些叙事的小"段"虽然是游离于中心的"闲文"，但对于刻画人物表现寓意却不可或缺，故不得目之为纯粹的"闲笔"。再如张竹坡在《批评第一

---

① 毛宗岗：《毛宗岗批评〈三国演义〉》，齐鲁书社，1991年版，第590页。
② 张竹坡：《张竹坡批评〈金瓶梅〉》，齐鲁书社，1991年版，第621页。
③ 张竹坡：《张竹坡批评〈金瓶梅〉》，齐鲁书社，1991年版，第621页。

奇书〈金瓶梅〉读法》中的这一段话，更是直指"闲文"的结构功能：

> 张二官顶补西门千户之缺，而伯爵走动说娶娇儿，俨然又一西门，其受报亦必有不可尽言者。则起不着墨处，又有无限烟波，直欲又藏一部大书于无笔处也。此所谓笔不到而意到者。

这里是指第八十回西门庆暴亡之后，张二官打点上千两黄金走朝廷的门路，买了西门庆的提刑千户的缺，又把应伯爵一班帮闲招来厮混，娶了李娇儿，并且打潘金莲的主意，也就是说，张二官在贪权、好色和接纳帮闲诸方面，开始重复西门庆的人生逻辑，他的罪恶和命运也就在不着墨处暗示出来了。这种看来几乎是无意的一笔带过的"闲笔"式描写，实则渗透着深长的人生哲理性意味，构成一个读者可以自由联想的开放世界。张竹坡的评点显然看到了"闲文"增进深层意蕴表达的叙事结构功能，可谓老练精到。

综上所论，"闲文"的叙事结构功能主要体现在两个方面：不仅能将正闲、动静巧妙穿插，从而使叙述更显得摇曳多姿，而且能借正、闲配合，提供某种耐人寻味的暗示和联想，从而更有效地传达叙事意蕴。

综而言之，由于中西所持宇宙观、思维模式的不同，中西对"事"与"叙事"观念的看法迥异，因而形成了中西"时间化"与"空间化"叙事结构思想的差异。与强调时序性与因果律的西方"时间化"叙事结构观不同，中国古代经由先秦两汉叙事，尤其是神话和史传发展形成的"空间化"叙事结构观，不强调"情节"中心，不追求叙事结构大框架的整一连贯，叙述显得散漫无章。即便在发展成熟的古典小说中，叙述的散漫无章也表现得相当明显，叙事缺乏严密的情节贯串与组织，一个一个具有相对独立性的事件单元依次呈现，事件单元之间缺乏严谨的逻辑联系，甚至出现诸如"引子"、"楔子"、"闲文"等游离于主导情节的"插曲式事件"，因而被讥称为"缀段式"结构。但通过细致的分析可以看出，中国古代"空间化"叙事结构实则具有内在的整一性，只是这种整一性不是依靠"形迹"而是借助"神理"来实现的。不仅如此，中国古代"空间化"叙事结构属于一种"结构之技"与"结构之道"有机结合的双构性结构模式，事件单元的呈现缺乏外在的形式整体感，却通过事件单元之间有意味的排列、连缀和组接，获得了"神理"上的生命性与整体感，并传达出某种无法用文字直接表达出来的意蕴，从而使得叙事结构不仅是一种形式技巧，而且转换成一种可负载意义和意蕴的叙事谋略。

参考文献

[1] 杨义:《中国叙事学》,人民出版社,1997年。
[2] 胡亚敏:《叙事学》,华中师范大学出版社,1998年。
[3] 傅修延:《先秦叙事研究》,东方出版社,1999年。
[4] 热奈特:《叙事话语》,中国社会科学出版社,1999年。
[5] 浦安迪:《中国叙事学》,北京大学出版社,1996年。
[6] 戴卫·赫尔曼主编:《新叙事学》,北京大学出版社,2003年。
[7] 华莱士·马丁:《当代叙事学》,北京大学出版社,1990年。
[8] 瑞蒙-科南:《叙事虚构作品》,伦敦,1983年。
[9] 黄霖、韩同文选注:《中国历代小说论著选》,江西人民出版社,1982年。
[10] 鲁迅:《中国小说史略》,人民文学出版社,1963年。
[11] 林岗:《明清之际小说评点学之研究》,北京大学出版社,1999年。
[12] 陈平原:《中国小说叙事模式的转变》,北京大学出版社,2003年。
[13] 布斯:《小说修辞学》,北京大学出版社,1987年。
[14] 福斯特:《小说面面观》,伦敦,1927年。
[15] 珀西·卢伯克:《小说的技巧》,伦敦,1921年。
[16] 容格:《原型与集体无意识》,中译文载《文艺理论译丛》第一辑。
[17] 袁珂:《中国神话史》,上海文艺出版社,1988年。
[18] 爱德华·泰勒:《原始文化》,连树声译,上海文艺出版社,1992年。
[19] 张京媛主编:《新历史主义与文学批评》,北京大学出版社,1993年。
[20] 汤因比:《历史研究》,曹未风等译,上海人民出版社,1986年。
[21] 林纾:《左传撷华》,商务印书馆,1921年。
[22] 韩兆琦:《〈史记〉通论》,广西师范大学出版社,1996年。

[23] 张大可:《史记研究》,甘肃人民出版社,1985年。
[24] 亚里士多德:《诗学》,人民文学出版社,1982年。
[25] 韦勒克、沃伦:《文学理论》,三联书社,1984年。
[26] 厄尔·迈纳:《比较文学》,王宇根、宋伟杰译,北京中央编译出版社,1998年。
[27] 海登·怀特:《元历史》,译林出版社,2004年。
[28] 钱钟书:《管锥编》,中华书局,1991年。
[29] 杨燕起:《历代名家评史记》,北京师范大学出版社,1986年。
[30] 金圣叹:《金圣叹批评〈水浒传〉》,齐鲁书社,1991年。
[31] 张竹坡:《张竹坡批评〈金瓶梅〉》,齐鲁书社,1991年。
[32] 毛宗岗:《毛宗岗批评〈三国演义〉》,齐鲁书社,1991年。

后　记

　　这部书稿得以完成和出版，首先要感谢湖南师范大学文学院赵炎秋先生。2003 年，赵炎秋先生申报国家社科基金课题"中国古代叙事思想研究"，课题下来后，我承担其中先秦两汉部分的研究工作。从 2003 年到出版，先后断续七八个年头，现在回首研究当中的艰辛、痛苦和快乐，历历如在眼前，未免有几分慨然。

　　作叙事研究，自然无法跳过西方叙事学。西方叙事学研究叙事作品的叙述机制、结构规律和叙事技巧等问题，深入揭示"讲故事的奥秘"。在系统阅读西方叙事学理论著作的同时，我一直在思考叙事理论研究的本土化和视界融合的问题。在一次访谈中，叶嘉莹先生指出，多年来，我们热衷于学习西方的新理论，但是对于自己国家的古典文化传统却已经相当陌生，这种陌生造成了要将中西新旧的文化加以融会结合时，无法将西方理论和术语在实践中加以适当的运用。这在古代文论研究方面尤为典型。近现代以来，在西方文论的强势话语权威下，中国古代文论似乎缺少应对之术，以致出现所谓"失语症"。自 20 世纪 90 年代以来，古代文论的现代转换成为古文论研究的中心话题。中国古代文论能不能转换、如何转换，如何在古今中西对话间挖掘和利用古代文论资源以建构当代文论，这在中国古代叙事学研究中是一个很有现实意义的课题。我清楚地意识到，由于本土叙事理论资源的匮乏，我的研究必须依托于西方叙事学的研究方法和理论范式，但作为一种文化现象，叙事思想不可避免地具有民族性。如何在叙事研究中具体解决中西文化的视界融合，弥合经验与理论的脱节，建构既充分吸收西方叙事学之长，又内蕴了切身体验而流淌着民族文化血脉的中国叙事学体系，对我而言，这是一个极富挑战性的课题。本着这种问题意识，在批判吸收西方经典叙事学的研究方法的基础上，在准确把握中国古代叙事思想特点的基础上，我试着对西方叙事学原理进行某种程度的修正与创造性变形，初步形成了自己的分析概念、范畴和研究模式，力图提纲挈领地阐释中国古代叙事思想的民族性特征。

在研究过程中，对前贤的研究成果多有吸收。其中，杨义先生的《中国叙事学》、《中国古典小说史论》，陈平原先生的《中国小说叙事模式的转变》，林岗先生的《明清之际小说评点学之研究》，对本书的写作多有拓思启迪之功，谨此深表谢意。在本书的写作过程中，湖南师范大学文学院赵炎秋、赖力行、张文初等先生予以密切关注和悉心指导，我的家人、同事、朋友给予了热情的关心、帮助和鼓励，令我十分感激。

湖南师范大学出版社为本书出版提供了有力的支持，本书的责任编辑谭南冬老师为书稿的修改和出版做了大量的工作，在此一并表示诚挚谢意。

限于本人学识，本书对先秦两汉叙事思想的解读和阐释，一定存在不少疏漏之处，祈望得到专家和广大读者的批评指正。

熊江梅
2010 年 11 月